Theresa Prammer
Wiener Totenlieder

Theresa Prammer

Wiener Totenlieder

Kriminalroman

Marion von Schröder

Der Abdruck des Zitats auf Seite 7 erfolgt mit
freundlicher Genehmigung des Reclam Verlages
und folgt der Ausgabe Giacomo Puccini, *Turandot*,
2006 Philipp Reclam jun. GmbH & Co. KG,
Stuttgart, aus dem Italienischen
von Henning Mehnert.

Marion von Schröder ist ein Verlag
der Ullstein Buchverlage GmbH

2. Auflage 2015

ISBN 978-3-547-71209-4

© 2015 by Theresa Prammer
© der deutschsprachigen Ausgabe
Ullstein Buchverlage GmbH, Berlin 2015
Alle Rechte vorbehalten
Gesetzt aus der Dante
Satz: LVD GmbH, Berlin
Druck und Bindearbeiten: GGP Media GmbH, Pößneck
Printed in Germany

Für Joseph

Keiner schlafe! Keiner schlafe!
Auch Du, Prinzessin,
in Deinem kalten Gemach
betrachtest die Sterne,
die vor Liebe und Hoffnung beben!
Aber mein Geheimnis ist in mir verborgen,
meinen Namen wird keiner erfahren!

        aus *Turandot* von Puccini

Alles, was einmal war, ist immer noch,
nur in einer anderen Form.

        Hawaiianisches Sprichwort

PROLOG

Vorstellung:

MONOSTATOS

»Monostatos auf die Bühne! Zum Beginn der dritten Szene, Monostatos auf die Bühne! Bitte!«

Bereits zum dritten Mal hallte die Stimme des Inspizienten aus dem Lautsprecher in der Wiener Oper. Und zum sicher zehnten Mal innerhalb der letzten Minute betätigte der Tenor Wilhelm Neumann mit zitternden Fingern die Klingel, um seinen Garderobier Fritz zu rufen.

Der Sänger hielt inne und horchte – nichts rührte sich. Auf dem Gang waren noch immer keine Schritte zu hören. Hatte Fritz ihn vergessen und war mit den anderen Garderobiers auf der Hinterbühne, um die Premiere zu verfolgen? Oder war vielleicht die Klingel kaputt?

Wilhelm Neumann riss die Tür auf, streckte den Kopf hinaus und rief, so laut er konnte: »FRIIIT…!« Voller Panik stoppte er vor dem »Z«.

Was war das gewesen? Hatte seine Stimme etwa gerade gekiekst?

So Gott wollte, käme in ein paar Minuten sein großer Auftritt als Monostatos in Mozarts *Zauberflöte* mit dem Lied »Alles fühlt der Liebe Freuden«. Und wenn Fritz nicht bald auftauchte, dann würde er es eben in der Unterhose singen, die er jetzt trug. Aber wenn bei seinem einzigen Solo seine Stimme nicht saß …!

Er räusperte sich, hüstelte ein paarmal. Ein Glück, die Stimme fühlte sich gut an. Ein paar »Mmmm« und eine Tonleiter aus »A-a-a-a-a-a-a-a-a« gaben ihm Gewissheit.

Leiser wiederholte er den Namen seines Garderobiers und fügte noch ein paar »Hallo« und »Hilfe« hinzu.

Doch der Gang, der die Sologarderoben der Herren miteinander verband, lag weiterhin wie ausgestorben da. Einzig die feuchten braunen Kaffeeflecken auf dem hellgrauen PVC-Boden waren der Beweis, dass hier jemand vor nicht allzu langer Zeit durchgegangen war.

»Monostatos auf die Bühne! Monostatos dringend auf die Bühne!«, drängte die sonst so devote Stimme des Inspizienten aus dem Lautsprecher. Wilhelm Neumanns Herz schien bis zum Hals hinauf zu schlagen. Verzweifelt suchte er mit einem Bein den Eingang in sein Kostüm – ein Ungetüm aus weißem Latex und glänzenden scharfkantigen Metallplatten.

Reichte es denn nicht, dass heute die Premiere der Neuinszenierung der *Zauberflöte* war? Zum ersten Mal seit seiner abgeschlossenen Ausbildung vor sieben Jahren durfte er in der Wiener Oper, dem bedeutendsten Opernhaus der Welt, auftreten. Die wichtigsten Kritiker saßen im Publikum, sein Debüt war mit seinen zweiunddreißig Jahren ein Drahtseilakt. Und die Gewissheit, dass der heutige Abend über seine weitere berufliche Karriere entscheiden würde, hatte ihm in der letzten Woche mehr als einmal den Schlaf geraubt.

Fast hatte er die Hoffnung schon aufgegeben, nachdem er sich jahrelang durch Kellertheater und Provinzopernhäuser gesungen hatte. Doch dann hatte er es geschafft, sich durch alle drei Runden beim Vorsingen gequält und schließlich das Angebot als Tenorbuffo für die Rolle des Monostatos bekommen.

Sogar die fünf Wochen Probenzeit mit diesem egozentrischen Arschloch von Regisseur hatte er nach außen hin mit geradezu buddhistischer Gelassenheit ertragen. Und wofür das alles? Etwa um an diesem absolut hirnrissigen Kostüm, einer Mischung aus

Sadomaso-Outfit und Hollywoodmonster, das er in dieser Szene tragen musste, zu scheitern?

Vor vier Wochen hatte er noch gedacht, es wäre ein Scherz, als man ihm bei der Probe den Entwurf dieses Kostüms gezeigt hatte. Er hatte laut aufgelacht. Leider hatte es der cholerische Regisseur gehört und »Wenn er es nicht versteht, kann er die Rolle auch nicht singen!« gebrüllt. Sofort hatte sich der Tenor für seinen Ausrutscher entschuldigt. Aber was hatte er auch anderes erwartet von diesem modernen Konzept der *Zauberflöte*? Ein Konzept, das man noch nicht einmal dann verstand, wenn man sich die zweiundzwanzigseitige Erläuterung im Programmheft durchlas!

Als Wilhelm Neumann endlich sein rechtes Bein mit Gewalt in das Latexbein verfrachtet hatte, war er so außer sich, dass er nicht mehr sagen konnte, ob es Schweißperlen oder Tränen waren, die ihm übers Gesicht liefen. Das Problem war nicht nur der Latexanzug, der so eng war, dass er mit dem Kostümbildner darum hatte kämpfen müssen, darunter seine Unterhose anbehalten zu dürfen. Die viel größere Schwierigkeit waren die unzähligen Bänder, die sich im Innenleben des Anzugs wie ein Labyrinth verflochten. Jedes einzelne musste beim Anziehen in einer exakten Position an seinen Körper gebunden werden, um den Metallplatten die richtige Ausrichtung zu geben, damit sie wie ein sich bewegender zerbrochener Spiegel für das Publikum wirkten.

»Monostatos, sofort auf die Bühne! Monostatos, die zweite Szene ist gleich zu Ende!«, kreischte es nun laut aus dem Lautsprecher über ihm.

Der Tenor fing an zu wimmern wie ein kleines Mädchen. Oh Gott, das Kostüm schaffte er jetzt wirklich nicht mehr. Er musste also tatsächlich in der Unterhose auftreten. Würde er dann nicht zur Lachnummer der ganzen Aufführung werden? Anderseits, er konnte noch immer die Schuld auf den Kostümbildner schieben. Oder zumindest auf Fritz. Und ganz ehrlich, was sollte an einer weißen Feinrippunterhose schlimmer sein als an diesem hässlichen Ungetüm? Vielleicht würden sie ihn sogar als Helden feiern?

Er zog an dem Latexbein, um sich davon zu befreien, ließ aber sofort wieder davon ab, als er eine der scharfen Metallkanten an seiner Wade spürte und ein dicker Blutstropfen über das weiße Plastik lief.

Schon mit der Hilfe von Fritz war es ein Kunststück, heil in und vor allem aus diesem Kostüm zu kommen. Er brauchte beim Ausziehen Hilfe. Sofort und egal von wem. Sonst würde er gleich die Bühne vollbluten.

Als er auf den Gang humpelte, die klirrenden Metallplatten hinter sich herschleifend, hörte er noch die blecherne Stimme des Inspizienten: »MONOSTATOS! BÜHNE! JETZT!«

»Hilfe, ich brauche Hilfe«, heulte Wilhelm Neumann. »Bitte Hilfe.« Wie konnte das möglich sein, wo waren denn alle?

Poch, poch, poch.

War das sein Herz, oder hatte da gerade jemand geklopft? Da wieder: poch, poch, poch. Es kam von weit her, aus der Richtung, wo der Gang eine Linkskurve machte und zu den Herrentoiletten führte. *Indisches Häusl* wurden sie von den Angestellten genannt, denn sie lagen jenseits des Ganges.

Wilhelm Neumann folgte dem Hämmern, es wurde immer lauter, je näher er den Toiletten kam.

»Fritz, Fritz, sind Sie das?«, kreischte der Sänger über das Geklirre und Geklopfe.

»Ja, oh Gott, Herr Neumann, ich bin's! Ich kann nicht raus! Die Tür klemmt! Ihr Auftritt …«

Dem Tenorbuffo blieb nur ein kurzer Moment, um die Eisenstange zu bemerken, die von außen so unter die Türschnalle der Toilettentür geklemmt worden war, dass man sie von innen unmöglich öffnen konnte.

Ein Arm griff nach ihm, riss ihn an der Schulter herum, und noch ehe Wilhelm Neumann begriff, was passierte, war der

Mann, dem der Arm gehörte, auch schon über sein Bein gebeugt und befreite ihn aus dem Latex-Gefängnis. Dann packte er ihn fest am Oberarm und schrie: »BÜHNE!«

Erst jetzt erkannte er in dem Retter den Inspizienten, der ihn bis vorhin noch über den Lautsprecher eingerufen hatte. Sie rannten den Gang entlang, der Inspizient krachte so fest gegen die Tür, die ins Stiegenhaus führte, dass das dicke Glas schepperte. Auf den Stufen stolperte Wilhelm Neumann ein paarmal, aber der Inspizient riss ihn sofort wieder hoch, noch ehe er gestürzt war.

»Kostüm?«, fragte der Tenor, als sie im Erdgeschoss angekommen waren, und krallte seine Finger in den Unterarm des Inspizienten.

»DAS DA«, brüllte der als Antwort, machte eine Kopfbewegung Richtung Unterhose und riss die Bühnentür auf.

Auf der Hinterbühne herrschte ein einziges Gedränge. Eine Unmenge an Statisten, Bühnenarbeitern, Technikern und Menschen, die Wilhelm Neumann noch nie gesehen hatte, versperrte ihnen den Weg. Durch einen Seitengang, der direkt auf die Bühne führte, konnte er bereits seine Kollegin, die die Pamina sang, in dem großen schwarzen Bett mitten auf der Bühne sehen. Wie eine Zuschauerin bei einem Tennismatch wand sie auf der Suche nach ihm den Kopf, als würde sie einem imaginären Ball folgen.

»Wie lange schon?«, keuchte Wilhelm Neumann und meinte damit, wie lange seine Kollegin schon auf seinen Auftritt wartete. Doch statt einer Antwort bugsierte ihn der Inspizient gekonnt durch die Menge. Seinen Text »Wo finde ich nun die schöne Pamina?« konnte er sich bei seinem Auftritt auf jeden Fall schenken.

Jemand hinter ihm, den er im Gegenlicht des Scheinwerfers nicht erkennen konnte, warf ihm etwas über die Schultern. Es war einer der weißen Schutzmäntel aus dünnem Frottee, die normalerweise über dem Kostüm getragen wurden, um es vor Flecken während des Kantinenbesuchs zu schützen. Das war zwar nicht chic, aber immerhin besser als das Unterhosenoutfit. Bevor er endgültig aus dem Seitengang auf den für das Publikum sichtbaren Teil der Bühne geschubst wurde, spürte der Tenorbuffo einen unglaublich stechenden Schmerz im Rücken, der ihm den Atem raubte.

Jetzt nicht auch noch seine Bandscheiben! Sein Arzt hatte ihn nach dem siebten Bandscheibenvorfall gewarnt, er hätte sich schon längst operieren lassen müssen. Doch selbst wenn er es jetzt auf allen vieren kriechend tun müsste – er würde singen!

Zum Glück war der Schmerz schon beim ersten Schritt auf die Bühne vergessen – das unruhige Gemurmel des Publikums empfing ihn wie eine Horde summender Wespen. Er nickte dem Dirigenten zu, der auch sofort dem Orchester ein Zeichen gab und zu »Alles fühlt der Liebe Freuden« einsetzte.

Die Worte »Alles fühlt der Liebe Freuden, schnäbelt, tändelt, herzet, küsst, und ich soll die Liebe meiden, weil ein Schwarzer hässlich ist, weil ein Schwarzer hässlich ist! Ist mir denn kein Herz gegeben? Bin ich nicht aus Fleisch und Blut?« schmetterte er nur so aus seiner Kehle.

Noch nie, niemals, hatte er so gut gesungen. Es war, als hätten der Stress und die Panik, die er eben erlebt hatte, alle Blockaden der Angst, mit denen er sonst bei seinen Auftritten gekämpft hatte, aufgelöst.

Voller Elan wand er sich dem Publikum zu, es war zwar nicht inszeniert, aber das war sein Frotteemantel-Outfit auch nicht. Ein greller Schrei hinter ihm ließ ihn zusammenfahren.

War das etwa Pamina? Wollte sie sein Lied zerstören? Diese blöde Kuh, wahrscheinlich war sie eifersüchtig, weil er so gut war – zu gut! Aber er würde es ihr zeigen.

Gerade als er genauso kraftvoll mit der zweiten Strophe einsetzen wollte, entglitten ihm plötzlich die Worte. Ein Röcheln kam stattdessen aus seinem Mund. Schlagartig legte sich eine bleierne Schwere über seinen Körper, und der Raum begann sich zu drehen. Das Publikum saß in einem Meer, dessen Wellen sich auf ihn zubewegten. Daran war nur die blöde Kuh schuld, ihr Schrei hatte sein Lampenfieber wieder aufgeweckt und ihn aus dem Flow gebracht!

Wütend drehte er sich zu seiner Kollegin, wurde aber sofort von der Reaktion des Publikums abgelenkt. Lachen mischte sich mit empörten Buhrufen, jemand rief »Scheißinszenierung«, andere wisperten, sogar vereinzelter Beifall war zu hören.

Es musste irgendetwas mit ihm zu tun haben, doch es war plötzlich so schwer, einen klaren Gedanken zu fassen – als wäre sein Gehirn aus Kaugummi. Mehr aus Reflex als aus Überlegung fasste sich Wilhelm Neumann an seine Rückseite. Der Frotteemantel war über seinem Hintern komplett durchnässt! Oh Gott, war das der Grund gewesen, weshalb er so schwach war, Pamina geschrien und das Publikum so reagiert hatte? Weil er sich in die Hose gemacht hatte?

Wenn er in diesem Moment einen Wunsch hatte, dann war es der, auf der Stelle tot umzufallen. Langsam zog er seine Hand wieder nach vorne. Das grelle Bühnenlicht tat ihm in den Augen weh, er blinzelte, während er aus dem Augenwinkel die hektischen Bewegungen des Dirigenten sah. An Singen war nicht mehr zu denken, er hatte schon die größte Mühe damit zu atmen. Langsam hob er seine Hand vor die Augen.

Sie schimmerte rot. Leuchtendes, dunkles Rot. Das war kein Durchfall. Das war Blut.

Und mit einem Mal wusste er es: der eingesperrte Fritz, der Schmerz in seinem Rücken vor dem Auftritt. Es waren nicht die Bandscheiben gewesen.

Er versuchte mit den Fingerspitzen zu ertasten, was da in der Mitte seines Rückens steckte, doch er konnte es nicht erreichen, ohne das Gleichgewicht zu verlieren.

Wie ein betrunkener Krebs wankte er bei dem Versuch über die schwarzen Bühnenbretter.

Gerade als er die scharfe Kante, die in seinem Rücken steckte, berührte und in ihr eine der Metallplatten seines verhassten Kostüms erkannte, verlor er endgültig die Balance.

Sehr leise stürzte er in den Orchestergraben. Das Letzte, was er in seinem Leben hörte, waren die Schreie des Posaunenbläsers, den er unter sich begrub.

Dann war da nur noch dieses Licht – als würde die Welt um ihn in tausend rosafarbene Kristalle zerbrechen.

1.

A CAPELLA

»Oh bitte – nicht schon wieder!«

Ich stöhnte laut auf, lehnte mich in meinem Schreibtischstuhl zurück und schlug mir die Hände vor die Augen. Als würde die Frau, die eben auf einem der zwölf Monitore vor mir aufgetaucht war, dadurch verschwinden. Auch ohne die Kamera auf sie zu zoomen, hatte ich sie, kaum hatte sie einen Fuß in das Möbelhaus gesetzt, erkannt.

»Nein, Henriette, geh weg!«, flehte ich und linste durch meine Fingerspitzen auf den Bildschirm, der den Eingangsbereich zeigte. Doch da sie mich nicht hören konnte, schritt sie mit ihrem unverwechselbaren Gang auf die Rolltreppe zu. Selbst unter den tausend Kunden, die ich jeden Tag aus meinem kleinen Büro beobachtete, würde ich sie schon alleine deshalb immer sofort erkennen.

Henriette ging nicht – sie schritt. Wie eine Balletttänzerin, die jeden Moment damit rechnet, aus dem Stand eine Pirouette zu drehen. Den Oberkörper durchgestreckt, das Becken nach vorne gekippt und die Fußspitzen, die bei jedem Schritt als Erstes zart den Boden berührten, zur Seite gedreht. Es hatte etwas grotesk Elegantes. Henriette wog über hundert Kilo, die Gläser ihrer Brille hatten die Stärke von Aschenbechern, und man konnte ihrer Kleidung ansehen, dass sie aus der Altkleidersammlung stammte. Obwohl wir fast gleich alt waren, kam es mir immer so vor, als lägen Jahrzehnte zwischen uns.

»Also gut, worauf hast du es diesmal abgesehen«, gab ich mich geschlagen und vergrößerte mit dem Joystick das Bild. Sie blieb vor der Tafel mit dem Verzeichnis der Abteilungen in den Stockwerken stehen und tat so, als würde sie sie studieren.

»Ach bitte, als würdest du das nicht alles auswendig wissen«, sagte ich und überlegte, ob ich ihr diesmal den Spaß verderben und sie gleich aufhalten sollte. Andererseits hatte ich so wenigstens etwas zu tun, denn obwohl Samstag war, war es ruhig in dem Möbelhaus. Kein Wunder, denn schließlich war nicht nur der erste schöne Frühlingstag, es war auch noch Ende des Monats.

Henriette schien ihre Auswahl getroffen zu haben, betrat leichtfüßig die Rolltreppe, und ich wechselte zu dem Monitor, der ihre Fahrt in das nächste Stockwerk zeigte.

Kein einziges Mal war sie hier gewesen, ohne zu versuchen, etwas mitgehen zu lassen. Dieses Spiel spielten wir jetzt schon seit zwei Jahren. Damals hatte ich sie in meiner zweiten Woche als Hausdetektivin beim Diebstahl einer billigen gläsernen Teekanne erwischt.

Jedes Mal seit dieser Begegnung verlief alles nach dem gleichen Schema: Nachdem ich ihr das Diebesgut abgenommen hatte, wollte ich sie gehen lassen. Doch sie bestand darauf – der Ordnung halber, wie sie sagte –, in mein Büro zu gehen, wo ich den Tathergang und ihre Daten aufnehmen sollte.

Die Polizei rief ich schon lange nicht mehr, nachdem aufgeflogen war, dass Henriette log, was ihren Nachnamen und ihre Adresse betraf.

Ihr wirklicher Aufenthaltsort war eine Nervenheilanstalt, von der sie ein paarmal die Woche Ausgang hatte. Als ich sie darauf angesprochen hatte, hatte sie gegrinst und gesagt: »Wir haben alle unsere Geheimnisse, nicht wahr? Wie war das doch gleich bei Ihnen? Hat nicht geklappt mit der Polizeischule? Ein Jammer, Ihre Mutter muss sehr enttäuscht gewesen sein, weil Sie ja deshalb nicht als Opernsängerin weitergemacht haben, oder?«

Ich fragte nicht, woher sie das wissen konnte, und wir hatten danach nie wieder ein Wort darüber verloren.

Nach dem dritten versuchten Diebstahl wurde mir klar, dass Henriette gar nicht die Absicht hatte, etwas zu stehlen. Mir kam es vor, als wäre sie mehr an einer Unterhaltung und dem Kaffee interessiert, den sie jedes Mal verlangte und auch bekam, wenn sie in meinem Büro saß.

Eine Person, die hinter Henriette aufgetaucht war, zog meine Aufmerksamkeit auf sich. Hatte diese dunkle Gestalt eben in die Kamera gewunken?

Mit dem Joystick wechselte ich die Perspektive, und meine Finger verkrampften sich auf dem schwarzen Plastikteil, als ich ihn erkannte. Das letzte Mal hatten wir uns vor drei Jahren gesehen, kurz nachdem ich diesen Job hier angenommen hatte.

Der Mann auf dem Bildschirm deutete auf sich, dann führte er seine Finger zum Mund, machte ein paar stumme Sprechbewegungen und richtete schließlich seinen Zeigefinger in Richtung Kamera. Auch ohne ihn zu hören, verstand ich die Worte, die er jetzt mit den Lippen bildete: »Es ist wichtig.«

»Ach du Scheiße«, fluchte ich, nahm mein Handy vom Tisch und verließ die kleine dunkle Kammer, die mir als Büro diente.

»Und, was führt dich zu mir?«, fragte ich bemüht beiläufig, nachdem ich Henriette einen Pappbecher mit Kaffee in die Hand gedrückt und sie – trotz ihres lauten Protests – aus meinem Büro geführt hatte.

»Bekomme ich auch einen Kaffee, oder ist der nur für deine Ladendiebe reserviert?«, überging Hannes Fischer meine Frage. Er stand vor dem Tisch mit den Monitoren und hatte die Arme fest auf Brusthöhe verschränkt. Bis auf seine längeren Haare und ein paar graue Strähnen hatte er sich überhaupt nicht verändert. Er sah noch immer so gut aus wie damals, was ich von mir nicht behaupten konnte.

»So wie immer?«, fragte ich und schaltete die Espressomaschine wieder ein.

»Wie immer ist gut«, lachte er. Der Vorwurf darin war nicht zu überhören. »Wenn du mit ›wie immer‹ wie vor drei Jahren meinst, dann nein. Ich trinke ihn schwarz.«

Ich wechselte das Thema: »Wieso wusstest du eigentlich, dass ich dich sehe?«

»Was meinst du?« Er schien sich ein bisschen zu entspannen und lockerte seine Haltung.

»Auf der Rolltreppe. Wieso hast du gewusst, dass ich gerade dabei war, Henriette zu beobachten?«, fragte ich und füllte frischen Kaffee in den Siebträger.

»Die Überwachungskameras haben sich in ihre Richtung bewegt.«

»Das ist dir aufgefallen?«

Ich stieß einen anerkennenden Pfiff aus und setzte mein verführerisches Grinsen auf, doch er fuhr dazwischen: »Versuch das jetzt bloß nicht.«

»Was?«

»Hör auf zu flirten, Carlotta!«

»Nenn mich nicht so!«, fauchte ich und zeigte mit dem silbernen Siebträger auf ihn.

Im ersten Moment dachte ich, er würde wütend werden, doch dann hob er die Hände, als würde er sich vor meinem Siebträger ergeben, und sagte lächelnd: »Okay, entschuldige. Ich hab's vergessen.«

Obwohl ich nicht wollte, musste ich darüber lachen. Das Eis zwischen uns schien gebrochen, ich hängte den Siebträger ein, und der Kaffee floss zischend in die kleine Porzellantasse. Als sie zur Hälfte gefüllt war, reichte ich sie ihm und nahm auf meinem Schreibtischstuhl Platz.

Ich konnte mich noch gut an unser letztes Treffen vor drei Jahren erinnern: Er hatte gebrüllt, ich hatte gebrüllt, dann hatten wir beide gebrüllt, und das war es. Hannes Fischer war, wie für mich üblich, eine Affäre gewesen. Zumindest redete ich mir das ein. Er hatte in Gedanken bereits unsere gemeinsame Wohnung eingerichtet, während es für mich schon zur Höchstleistung zählte, dass wir uns zweimal die Woche sahen.

»Du bist nicht mehr Ausbilder«, sagte ich, »hast jetzt groß Karriere gemacht. Ist in der Zeitung gestanden …«

»So groß auch nicht, ich habe noch immer genug Leute über mir, die mir das Leben zur Hölle machen. Zum Beispiel Krump!«

Automatisch verzog sich mein Gesicht bei diesem Namen. Schließlich war es Krump gewesen, der damals dafür gesorgt hatte, dass ich schon nach einer Woche aus der Polizeischule geflogen war.

»Wie geht es dir?«, fragte er nach dem ersten Schluck. »Ich meine … hier?« Er war meinem Blick bei dem Wort »hier« ausgewichen.

»Phantastisch, es ist das Paradies auf Erden.«

»Okay, gut. Und sonst?«

»Was sonst?« Ich funkelte ihn herausfordernd an, doch er ging nicht darauf ein.

»Kannst du noch diese Sache?«

Ich verdrehte die Augen. »Wieso fragst du mich nicht gleich, ob ich noch Auto fahren kann? Ja, deine Lieblingsfarbe ist noch immer Moosgrün, oh, du hattest heute Schokoflakes zum Frühstück, wie nett, und du bist 35, aber das weiß ich auch so, ohne diese Sache.«

Er hatte keine Miene verzogen. »Und was macht die Singerei?«

»Ist das wichtig?«, fragte ich knapp.

Hannes schüttelte den Kopf. »Okay, warum ich hier bin, Carlott…«, er stoppte und verbesserte sich selber, noch bevor ich Einspruch eingelegt hatte. »Entschuldige, ich weiß, Lotta. Es geht um einen neuen Fall. Und ich bin hier, weil ich deine Hilfe brauche.

Hast du von dem Todesfall während einer Vorstellung in der Wiener Oper gehört?«

»Du meinst das mit der umgestürzten Kulisse, von der eine Soubrette während ihrer Arie erdrückt wurde? Ja, ich hab es in den Nachrichten gesehen.«

»Das war Mord.«

»Wieso Mord? Es hieß, es war ein Unfall.«

»Das dachten wir zuerst auch, aber es war der erste Mord.«

»Der erste?«

»Ja, denn gestern Abend, bei der Premiere der *Zauberflöte*, gab es den zweiten. Ein Sänger wurde durch eine Spiegelscherbe im Rücken getötet – sie war Teil seines Kostüms. Während seines Solos ist er auf der Bühne gestorben.«

»Wie poetisch! Und wieso seid ihr so sicher, dass es gestern nicht doch ein Unfall war?«

»Weil er sein Kostüm gar nicht angehabt hat. Der Typ, der ihn hätte anziehen sollen, wurde in der Toilette eingesperrt.«

»Das ist also dein neuer Fall?«

»Ja, das ist er.«

»Und was hat das mit mir zu tun?«

Hannes stellte die Kaffeetasse auf den Tisch und beugte sich so nah über mich, dass ich sein Aftershave riechen konnte. Süßer Jasmin und herbe Bergamotte, ich hatte es nicht vergessen.

»Ich habe ein Jobangebot für dich«, flüsterte er und deutete mit dem Daumen zu der geschlossenen Tür. »Oder willst du mir einreden, du hast deine Erfüllung darin gefunden, den ganzen Tag solchen Verrückten aufzulauern?«

Ich hielt seiner Nähe stand und flüsterte zurück: »Und was soll das für ein Angebot sein?«

Dann fuhr ich ihm mit den Fingern zart über seine glatt rasierte Wange und hauchte: »Oder bist du doch aus einem anderen Grund hier und benutzt diese Geschichte nur als Vorwand?«

Er seufzte, und einen Moment dachte ich, er würde darauf eingehen. Doch dann richtete er sich wieder auf: »Bitte, hör damit auf, Lotta.«

»Warum?«, fragte ich und legte mich tiefer in den Stuhl.

»Hörst du damit auf, wenn ich es dir sage?«

»Ich verspreche es hoch und heilig«, antwortete ich und streckte meinen Oberkörper ein bisschen durch, damit mein Busen besser zur Geltung kam.

»Ich bin vor kurzem von einer Frau verlassen worden, die ich sehr geliebt habe. Mir ist nicht nach irgendwelchen Spielchen.«

Ich verharrte in meiner Position und überspielte den unerwartet heftigen Stich, den es mir gab, mit: »Oh, hat eine böse Frau dein kleines Herz gebrochen?«

»Ich bin hier, weil ich Hilfe brauche. Inoffizielle Hilfe. Und mir sind nur du und noch jemand dafür eingefallen. Durch deine Vergangenheit und deine Mutter bist du einfach ideal dafür.«

»Könntest du dich ein wenig klarer ausdrücken?«

»Hat deine Mutter nicht damals an der Wiener Oper gesungen?«

»Meine Mutter hat auf der ganzen Welt gesungen!«

»Heißt das ja?«

»Natürlich heißt das ja!«

»Gut, dann kann sie dir sicher einiges darüber erzählen, wie es dort zugeht.«

Ich lachte laut auf. »Das wäre ein Wunder! Meine Mutter ist vor zwei Jahren gestorben. Sag bloß, du hast nichts davon mitbekommen? Dieses pompöse Ehrenbegräbnis, für das fast der ganze 1. Bezirk gesperrt war?«

»Es tut mir leid, das wusste ich nicht.«

»Da bist du wahrscheinlich der Einzige in ganz Wien. Also, jetzt sag endlich, wieso du gekommen bist«, unterbrach ich ihn.

»Okay, es geht um die Wiener Oper. Da deine Mutter dort aufgetreten ist, wärst du keine Unbekannte, wenn ich dich …« Er stockte, als würde er nach den richtigen Worten suchen, und ich fragte: »Wenn du mich was?«

»Wenn ich dich als Statistin einschleuse!«

Ich sprang von meinem Schreibtischstuhl hoch, er rollte weg und donnerte gegen die Wand. »Spinnst du? Das soll der Job sein, den du mir vorschlägst? Als Statistin? Willst du mich verarschen?«

»Lotta, du verstehst das falsch ... es hat nichts damit zu tun, dass es mit deiner Gesangskarriere nicht geklappt hat. Es ist eher ... das Paket, das du bist.«

Ich zischte »Raus!« und machte eine Kopfbewegung Richtung Ausgang.

»Hör mir vorher noch zu. Du weißt genug über die Oper, dann natürlich der Bonus, den du durch deine Mutter hast, die meisten Leute werden dich kennen und dir sicher mehr erzählen als uns ... wir müssen von weiteren Morden ausgehen ... du hast keine Ahnung, unter welchem Druck ich stehe! Krump weiß nicht, dass ich hier bin, niemand weiß es, bis auf ... die Person, die mir ein anonymes Bankkonto eingerichtet hat und mich hat wissen lassen, dass dieser Fall sofort geklärt werden muss. Egal, was es kostet ...«

Ich wollte gerade nach der Türschnalle greifen, um ihm den Weg zu weisen, doch dieser letzte Satz wirkte wie ein Stoppschild.

»Was meinst du mit ›Egal, was es kostet‹?«, fragte ich.

»Ich meine das, was es heißt. Du bekommst 10 000 Euro, die nirgendwo aufscheinen werden. Dafür wirst du in drei Stücken als Statistin eingesetzt. Also, was sagst du?«

Ich zuckte unbeeindruckt mit den Schultern, während in meinem Kopf ein Feuerwerk startete.

10 000 Euro!

»Was muss ich sonst noch dafür tun?«

»Wir werden die Ermittlungen natürlich weiterführen, aber du sollst deine Kontakte nutzen, um diesen Opernhaus-Mikrokosmos von innen zu durchleuchten.«

»Als Statistin?« Die Stimme war mir hochgerutscht, aber ich stemmte die Hände in die Hüften, um die Peinlichkeit zu überspielen.

»Das ist die einzige Möglichkeit. Nicht nur wegen dir, es geht auch um den Undercoverpartner, mit dem du zusammenarbeiten wirst. Er hat keine Ahnung von der Oper, aber er kennt sich mit der Ermittlungsarbeit aus. Und was Auftritte betrifft, nun ja, er hat ... gewisse Vorkenntnisse.«

»Was für Vorkenntnisse?«

Statt einer Antwort nahm er einen kleinen Zettel aus seiner Brusttasche und drückte ihn mir in die Hand. »Morgen, 14 Uhr. Und sei pünktlich.«

Kaiserwiese – Bühne vor dem Riesenrad, Clown Foxi stand da.

Was sollte das alles?

»Ich überleg es ...«, begann ich, doch als ich den Kopf hob, stand die Bürotür offen. Von Hannes war nichts mehr zu sehen.

Das Mädchen   30. August

Sie war vier Jahre alt, als das merkwürdige Mädchen verschwand.

Plötzlich war es fort. Der Platz im Bett, auf dem es neben ihr geschlafen hatte, war noch warm. In den Kissen und in der Bettdecke hing der süße, schwere Geruch nach den buttrigen Keksen mit der dicken Schokoladenglasur, die das Mädchen immer in sich hineingestopft hatte.

Kaum war eine neue Packung da, hatte das Mädchen sie auch schon wieder leer gegessen. Wie oft hatte sie sich darüber geärgert, dass es ihr nicht einmal einen einzigen Keks übrig gelassen hatte. Doch auf ihren Protest hatte das Mädchen sie jedes Mal mit ihrem schokoladeverschmierten Mund angegrinst, die Arme ausgestreckt, sie an sich gedrückt und abgeküsst, als wäre sie auch aus Schokolade.

Jede Nacht waren sie eingeschlafen, die Finger so ineinander verschlungen, dass man auf den ersten Blick nicht sagen konnte, welche Hand zu welchem Mädchen gehörte.

Jetzt war sie zum ersten Mal alleine hier, weit weg von zu Hause. Diese verschlingende Angst wanderte durch ihren kleinen Körper, alles hätte sie in diesem Moment hergegeben – Teddybären, Puppen, Spielsachen, sogar ihre heiß geliebten pinkfarbenen Schuhe mit den violett glitzernden Klettverschlüssen, wenn nur das merkwürdige Mädchen wieder auftauchte. Wenn sie nur nicht alleine hierbleiben müsste.

Plötzlich öffnete jemand die Tür. Sie konnte die große Gestalt in der Dunkelheit nicht erkennen, aber sie war sich sicher, dass es dieselbe Person war, die sie hier eingesperrt hatte. Verzweifelt versuchte sie, um Hilfe zu rufen, aber die Angst lähmte ihre Stimme. Panische Tränen liefen in kleinen Bächen über die Wangen, den Mund zu einem stummen Schrei aufgerissen, flehte sie in Gedanken: »Bitte, lass mich nach Hause. Ich will nach Hause!«

Statt einer Antwort tauchte ein vertrauter Schmerz in ihrem Oberarm auf und dazu ein Rütteln, als würde ihr Bett vibrieren.

»Schatz, wach auf!«

Das merkwürdige Mädchen, sie wollten doch zusammenbleiben. Sie musste doch ...

»Schatz, komm, wach auf! Ich bin es, deine Mama.« Keuchend riss sie die Augen auf. *Es war nicht echt gewesen. Sie hatte wieder geträumt!*

Es dauerte einen Moment, bis sie die hübsche Frau vor ihrem Bett erkannte, die jetzt zerzauste Haare hatte und deren schneeweißer Schlafmantel schief über den Schultern hing.

»Ach Schatz, es war doch nur ein böser Traum«, flüsterte die Frau, während sie ihr die schweißnassen Haare aus der Stirn wischte. »Alles nur ein böser Traum. Mama ist da.«

Sie nickte, obwohl sie wusste, dass es nicht die Wahrheit war.

Es war noch nie nur ein Traum. Denn das war nicht ihr Bett, in dem sie lag. Und das war auch nicht ihr Zuhause. Genauso wenig, wie diese Frau ihre Mutter war.

2.

CAPRICCIO

Es war, als würde der Sommer ein paar Monate zu früh auf Stippvisite vorbeikommen, als ich am nächsten Tag kurz nach 14 Uhr im Prater ankam. Die Sonne strahlte, ein sanfter Wind wehte und wäre ich nicht so verkatert und übermüdet gewesen, hätte ich es genossen. Aber so nervte mich nur, dass meine langärmelige Bluse am Rücken klebte und der Wind mir ständig die Haare ins Gesicht blies. Meine Haarspange musste noch im Bett von Gerd oder Bert liegen – ich hatte mir seinen Namen nicht gemerkt.

Je mehr ich mich mit wackeligen Schritten der Kaiserwiese näherte, desto öfter trug das laue Lüftchen Gekreische in meine Richtung. Zuerst dachte ich, es käme von irgendeiner Achterbahn, doch je näher ich meinem Ziel kam, desto lauter wurde es.

»Das hat mir gerade noch gefehlt«, murmelte ich, als ich bei der Kaiserwiese angekommen war. Mein Kopf würde gleich zerspringen von dem Lärm.

Mitten auf der Wiese war eine riesige Bühne aufgebaut, vor der sich über zweihundert Kinder drängten. Sie grölten, plärrten, johlten und quietschten der Person auf der Bühne zu.

CLOWN FOXI stand in großen roten Buchstaben auf dem quer gespannten Banner, unter dem ein Mann im Clownkostüm seine Show abzog. Er hatte eine grellrote Coppola-Kappe auf, unter der sich dichte schwarze Locken auf seiner Stirn kräuselten. Über einem weißen T-Shirt trug er ein genauso grellrotes Gilet und einen viel zu großen karierten Smoking, der fast bis zum Boden reichte. Er tanzte und wirbelte in seinen riesigen schwarzen Clownschuhen herum, die über den Zehen zu einer großen Beule gewölbt waren. Seine untere Gesichtshälfte war mit einem Kreis aus weißer Farbe überzogen, Nase und Lippen waren im selben roten Farbton bemalt wie Kappe und Gilet. Die Augen hatte er mit schwarzem Kajal und blitzblauem Lidschatten betont, und zwei Apfelbäckchen auf den Wangen gaben ihm den letzten Schliff.

Ich sah ein paar Minuten zu, wie er ein kleines Mädchen auf die Bühne holte und mit seiner Hilfe versuchte, einen blauen Schal grün zu zaubern. Natürlich klappte es nicht, anstatt die Farbe zu wechseln, verschwand der Schal einfach. Und die Kinder schrien wie auf Kommando aufgeregt durcheinander, als dem Clown der verschwundene blaue Schal plötzlich aus einem Hosenbein wuchs. Das Geschrei schwoll an. Es war ohrenbetäubend. Ich wollte gerade die Flucht ergreifen, bevor sie mir meinen letzten Rest an Gehirn herausbrüllten, doch ich kam nicht weit. Hinter mir stand Hannes, und ich lief direkt in ihn hinein. Er trat einen Schritt zurück, musterte mich und schüttelte mitleidslos den Kopf.

»Dir auch einen guten Morgen«, brüllte ich, um lauter zu sein als das Kindergekreische. Ein Schmerz blitzte durch meinen Schädel und ich zuckte zusammen, doch Hannes reagierte nicht auf mein Gejammer, sondern bedeutete mir nur, ihm zu folgen.

Wir gingen in einen abgesperrten Bereich links neben der Bühne. Zwischen Lkws, Kleintransportern und Wohnwägen standen zwei lange Holztische mit Sitzbänken.

»Gibt es hier Kaffee? Wasser?«, fragte ich. Meine Stimme knarrte so sehr, dass sie mir fremd vorkam.

»Geh dich erst mal frisch machen«, befahl Hannes und deutete auf einen der Wohnwägen, an dem ein Schild mit »Clown Foxi« angebracht war. »Seine Show dauert noch eine halbe Stunde. Ich besorge dir in der Zwischenzeit Kaffee.«

»Du bist ein Engel.« Ich stolperte auf den Wohnwagen zu.

»Und fass nichts von seinen Sachen an«, rief Hannes mir nach.

Statt einer Antwort knallte ich die Wohnwagentür hinter mir zu.

Ich war das letzte Mal als Kind in einem Wohnwagen gewesen. Es war in Paris, während eines Gastspiels meiner Mutter in der Opéra National. Sie war an einem freien Abend mit mir in den Zirkus gegangen. Nach der Vorstellung wollte der Zirkusdirektor sie unbedingt kennenlernen und lud sie zu sich in seinen luxuriösen Wohnwagen ein. Er war sichtlich enttäuscht, als meine Mutter, die für ihren freizügigen Lebenswandel bekannt war, plötzlich mit mir im Schlepptau auftauchte. Ich war überwältigt von den roten Samtmöbeln und dem goldenen Stuck an der Decke, es war wie ein kleiner Palast auf vier Rädern.

Dieser Wohnwagen hier war vollkommen anders. Von außen hatte er nicht so schäbig gewirkt, wie er sich innen präsentierte. Der hellbraune Spannteppichboden war zwar sauber, aber ausgefranst und löchrig. Es gab ein kleines Waschbecken, der Wasserhahn darüber war mit Isolierband abgedichtet, aber es bildete sich trotzdem ein kleines Rinnsal, das in die angeschlagene Waschmuschel lief. Auf einem Klapptisch, an dem schon die Lasur abblätterte, stand ein großer Spiegel, der Tisch war vollgestellt mit diversen Schminksachen, Tiegeln mit Cremes und Abschminktücherpackungen. Vor dem kleinen Fenster hingen fein säuberlich ein sauberes weißes Hemd und eine dunkelblaue Hose. Darunter stand eine breite Sitzbank mit einem altmodischen karierten Überzug, dessen Farbe schon ausgeblichen war.

Als ich mich im Spiegel sah, rutschte mir ein »Oha« heraus. Meine Haare standen verfilzt vom Kopf ab, und die Wimperntusche hatte sich unter meinen Augen in den kleinen Fältchen abgesetzt. Der Lippenstift hatte blassrosa Schatten über meiner Oberlippe hinterlassen. Weil ich meinem Undercoverpartner nicht wie Winnetous Schwester auf Entzug entgegentreten wollte, setzte ich mich an den Tisch, griff nach einem der

Abschminktücher und entfernte die zerlaufene Wimperntusche. Dann reinigte ich damit auch gleich mein Gesicht von Lippenstift und Make-up-Resten. Aus der Palette mit Clownschminke, die auf dem Tisch lag, zog ich mit grellem Rot meine Lippen nach und malte mir damit genau solche Apfelbäckchen wie der Clown Foxi. Mit dem schwarzen Kajal umrandete ich meine Augen und legte mir ebenfalls den blitzblauen Lidschatten auf die Augenlider. Dann betrachtete ich mein Werk. Ja, ich sah wieder aus wie ein Mensch.

Zufrieden nahm ich einen tiefen Atemzug, und erst da fiel mir dieser Geruch auf. Ich schloss die Augen und schnüffelte – es war eine Mischung aus Herbstlaub, reifen Zitrusfrüchten, frisch geschnittenem Holz und einem Hauch Zimt, er erinnerte mich an irgendetwas, aber ich kam nicht darauf, was es war.

Also legte ich mich auf die Sitzbank, und während ich versuchte, mir ins Gedächtnis zu rufen, woher mir der Geruch so bekannt vorkam, schlief ich ein.

Das Flüstern zweier Männerstimmen weckte mich auf.

Der Geruch war nun stärker geworden und ein weiterer Duft hatte sich dazugemischt: frischer Kaffee!

»Ich habe Ihnen einen Kaffee geholt«, sagte Hannes, worauf eine fremde Männerstimme knurrte: »Danke. Ich habe nur kurz Zeit, es geht in fünf Minuten weiter.«

Gerade als ich meine Augen öffnen wollte, sagte die unbekannte Stimme: »Wer ist das? Wen haben Sie da mitgebracht?« Es hatte nicht besonders freundlich geklungen – ich nahm an, er meinte mich.

»Es tut mir leid, ich werde sie sofort ...«

»Nein, wecken Sie sie nicht«, unterbrach ihn die fremde Stimme. Sie klang viel tiefer und rauer als die des Clowns auf der Bühne. Das musste jemand anderes sein. Obwohl sich mein Körper danach sehnte, mit heißem Kaffee wiederbelebt zu werden, war ich zu neugierig, um das Gespräch zu unterbrechen. Also stellte ich mich weiterhin schlafend.

»Okay«, erwiderte Hannes leise.

»Ich habe mir das überlegt, weswegen Sie gestern hier waren. Und die Sache ist die – ich werde es nicht tun.«

»Ist es wegen der Summe, die ich genannt habe? Wollen Sie mehr?«

»Nein, es hat nichts damit zu tun.« Die fremde Stimme hielt kurz inne, und ich dachte schon, das Gespräch wäre beendet, doch dann fuhr er fort: »Seit wann sind Sie schon bei der Mordkommission?«

»Seit einem Jahr«, antwortete Hannes.

»Was wissen Sie über mich?«

Sogar ich spürte das Gewicht dieser Frage, obwohl ich die Augen geschlossen hatte. Ich konnte hören, wie Hannes schluckte, bevor er sagte: »Ich weiß alles. Jeder in der Mordkommission kennt Ihre Geschichte.«

Die fremde Stimme lachte traurig auf. »Dann werden Sie meine Entscheidung verstehen. Ich kann Ihnen nicht helfen.«

»Aber das ist doch schon so lange her.«

»Es ist vielleicht lange her, aber es ist nicht vorbei. Es wird nie vorbei sein.«

»Was meinen Sie damit?«

Die fremde Stimme antwortete nicht.

»Sie haben die Suche nicht aufgegeben?«, fragte Hannes, so überrascht, als hätte er eben etwas begriffen, das er nicht glauben konnte. Ich fragte mich, von welcher Suche er sprach.

»Sie sollten jetzt gehen«, sagte die tiefe Stimme. Es klang mehr nach einer Drohung als nach einem Vorschlag.

Hannes drängte: »Wenn es wegen Krump ist, er hat nichts damit zu tun. Er weiß nicht einmal, dass ich hier bin. Ich versichere Ihnen, niemand von der Mordkommission außer mir weiß von der ganzen Angelegenheit. Ich brauche wirklich Ihre Hilfe.«

Einem erschöpften Seufzen folgte ein hölzernes Knarren – ich nahm an, dass sich einer der beiden gerade gesetzt hatte.

»Wir müssen davon ausgehen«, fuhr Hannes eilig fort, »dass die ganze Sache in der Oper eben erst begonnen hat. Und wir tappen völlig im Dunkeln!«

»Wie gehen Sie vor?«, fragte die fremde Männerstimme.

»Wir beruhigen erst einmal die Presse, indem wir alle Personen vorladen, die in den letzten fünf Jahren gegen ihren Willen nicht weiterbeschäftigt wurden.«

»Wieso nur in den letzten fünf Jahren?«

»Weil das Opernhaus vor fünf Jahren neu übernommen wurde. Es ist anscheinend üblich, dass auch Sängerinnen und Sänger ausgetauscht werden, wenn die Direktion wechselt.«

»Das heißt, ein neuer Chef kommt und man ist den Job los?«

»Ganz genau«, sagte Hannes.

»Aber Sie glauben nicht, dass das die richtige Spur ist, nicht wahr?«

»Ich glaube es nicht nur nicht, ich weiß es. Es wäre einer Person, die nicht mehr in dem Haus beschäftigt ist, unmöglich, sich so frei zu bewegen, ohne aufzufallen. Der Mörder kann die Oper ungehindert über den Bühneneingang betreten, der ständig von einem Portier besetzt ist. Er hat überall Zutritt, und kein Mensch wundert sich darüber. Und er kennt sich sehr genau aus.«

»Da haben Sie wahrscheinlich recht«, stellte die fremde Stimme fest. Sie schwiegen, und ich wagte es, mein linkes Auge ein klein wenig zu öffnen. Hannes stand mit dem Rücken zu mir, schräg vis-à-vis saß der Mann mit der fremden Stimme an dem Tischchen mit dem Schminkspiegel.

Das war doch der Clown!

Der Clown Foxi, der vorhin noch mit lautem Getöse seine Show abgezogen hatte. Da er zu Hannes hochsah, öffnete ich auch mein rechtes Auge einen ganz kleinen Spalt.

Ich schätzte ihn auf Mitte bis Ende fünfzig, die große rote Kappe hatte er abgesetzt, darunter kamen kurze schwarze Locken zum Vorschein. Ein kleiner Speckbauch ließ das Gilet in Höhe des Bauchnabels spannen. Trotz der Schminke und für jemanden, der sich vor Kindern zum Affen machte, hatte er etwas an sich, dass ich nicht aufhören konnte, ihn anzusehen.

»Gibt es einen Plan, wie lange jetzt keine Vorstellungen stattfinden?«, fragte der Clown.

»Was meinen Sie, keine Vorstellungen?«

»Ich meine, wie lange wird die Oper geschlossen?«

»Sie wird nicht geschlossen, darum ist der Undercovereinsatz ja so wichtig!«

»Moment! Ich dachte, es finden während der Ermittlungen keine Vorstellungen mehr statt, aber die nächsten Stücke werden geprobt und dafür brauchen Sie mich.«

»Nein, der Betrieb läuft unverändert, und daran wird sich, soweit ich das beurteilen kann, auch nichts ändern.«

»Trotz der beiden Morde?«

»Ja, es gab gestern eine Pressekonferenz von Kulturminister Schöndorfer. Mit einem Appell an den Mörder, die Kunst wird nicht der Gewalt weichen, nicht solange ich Kulturminister bin, bla, bla, bla …«

»Das ist verrückt …«

»Ich weiß. Aber wenigstens gibt es so eine reelle Chance, den Mörder so schnell wie möglich zu erwischen.«

»Na wunderbar, Sie planen eine Überführung in flagranti! Was ich aber noch nicht verstehe, wieso wollen Sie mich dafür?«, fragte der Clown und verengte die Augen zu schmalen Schlitzen.

»Liegt das nicht auf der Hand?«, entgegnete Hannes überrascht.

»Auf meiner jedenfalls nicht.«

»Sie haben als Clown Bühnenerfahrung. Also sind Sie für diesen Fall die perfekte Mischung von Darsteller und Ermittler.«

»Ich bitte Sie, Fischer, ich muss doch keine Oper singen. Sie könnten jeden dort einschleusen.«

»Ja, das stimmt, aber bei Ihnen kann ich sicher sein, dass Sie dem Druck einer Aufführung standhalten und dabei nicht Ihre Aufgabe als verdeckter Ermittler vernachlässigen. Sie waren schließlich einer der Besten in der Mordkommission ... bevor es passiert ist.« Die Stille, die daraufhin eintrat, war sogar mir peinlich. Und ich fragte mich, was denn wohl passiert war, das einen Ermittler auf Clown umsatteln hatte lassen? Hannes ließ den Clownmann nicht aus den Augen, als wäre er ein Rennpferd, auf dessen Zieleinlauf man wartet.

»Und was machen Sie wegen Krump?«

»Was meinen Sie?«

»Ich darf ihm dort nicht über den Weg laufen – Sie wissen, warum.«

»Das wird kein Problem sein. Die Ermittlungen leiten in erster Linie meine Kollegen und ich vor Ort. Sollte sich Krump in der Wiener Oper aufhalten, bekommen Sie rechtzeitig von mir Bescheid.«

»Was wissen Sie sonst noch, irgendwelche Streitigkeiten, Verdächtige, Eifersuchtsszenen?«, fragte der Clown, und Hannes atmete hörbar aus.

»Das ist es ja! Wir kommen einfach nicht durch, dieses Haus ist ein Mikrokosmos und jeder hält dicht. Ich bin nicht mal in der Nähe eines brauchbaren Hinweises ...«

»Ich verstehe. Was ich noch wissen möchte: Wer hat Ihnen den Auftrag für diese Undercoveraktion gegeben? Wer hat Ihnen so viel Geld gegeben ...?«

»Sie werden alles erfahren, was der Aufklärung dient, nur das kann ich Ihnen nicht sagen. Ich habe mein Wort gegeben, und das werde ich halten.«

»Ist es Ihr Wort, das Sie hindert, oder die beträchtliche Summe, die Sie für Ihr Schweigen ausverhandelt haben?«

Als Hannes ihm keine Antwort gab, fuhr der Clown sich mit den Fingern über die Stirn, dann stützte er sein Kinn ab und zeigte mit dem Zeigefinger auf mich. »Und wer ist sie?«

Blitzschnell schloss ich die Augen, ich wusste nicht, ob er es bemerkt hatte, doch er sagte nichts.

»Sie ist Ihre Eintrittskarte – ihre Mutter war Maria Fiore.«

»Wer?«

»Maria Fiore, die Opernsängerin.«

»*Die* Maria Fiore? Ich wusste gar nicht, dass sie eine Tochter hat.«

»Ja, *die* Maria Fiore. Ihr Name ist Carlotta.«

Ich hörte, wie der Clownmann Luft ausblies, bevor Hannes weiterflüsterte: »Aber sie ähnelt ihrer Mutter nicht sehr. Na ja, sie hat es lange versucht, hat es aber nie als Opernsängerin geschafft.« Hannes senkte seine Stimme so sehr, dass ich nicht mehr alles verstehen konnte: »… wollte zur Polizei … vor ein paar Jahren … ziemlich verkorkst …«

Ich musste nicht alles hören, um zu verstehen, was er meinte. Dann sagte er lauter, fast als wäre es Absicht, dass ich es hörte: »Ich glaube, sie kann Ihnen sehr nützlich sein. Nur tun Sie sich selber einen Gefallen und gehen Sie nie mit ihr ins Bett.«

»Ich gehe prinzipiell mit keiner Frau ins Bett, die meine Tochter sein könnte«, entgegnete der Clownmann.

»Großartig, ein heiliger Clown, dem man ein Denkmal errichten sollte, und ein Arschloch, aus dessen Mund nur Scheiße kommt. Ihr seid ein wunderbares Team«, sagte ich und öffnete die Augen.

Die beiden Männer hatten sich zu mir gedreht, ich erhob mich von der Sitzbank und versuchte, meine Stimme nicht zittern zu lassen, als ich zu Hannes sagte: »Du bist ein Arschloch. Und man hat mich schon viel in meinem Leben genannt, aber Eintrittskarte? E-I-N-T-R-I-T-T-S-K-A-R-T-E?«

Der Clown lehnte sich in seinem Stuhl zurück, verschränkte die Arme vor der Brust und musterte mich mit seinen Kohleaugen, die so dunkel waren, dass ich nicht sehen konnte, wo die Iris in die Pupille überging. Er hatte nichts Überhebliches oder Herablassendes, trotzdem war da etwas in seinem Blick, das mich mit voller Wucht erwischte. Es war das erste Mal, dass sich unsere Blicke trafen, und ich wusste sofort: Türkis wie das Karibische Meer, Gulasch mit Nudeln und 57 Jahre.

Ich verschränkte ebenfalls die Arme. »Schiebt euch eure Eintrittskarte in den Arsch!«

Dann griff ich nach einem der Kaffeebecher, die auf dem Tisch standen. Hannes zuckte zurück, aus Angst, ich würde ihm den Kaffee ins Gesicht schütten.

»Du kannst mir gar nicht so viel zahlen, dass ich für dich auch nur einen Finger krümmen würde«, lachte ich ihn aus und verließ polternd den Wohnwagen.

Draußen stürzte ich den lauwarmen Kaffee in einem Zug hinunter, zerdrückte den leeren Becher und schleuderte ihn auf den Boden. Ich riss die Tür des Wohnwagens erneut auf und brüllte: »Und ich bereue jedes einzelne verdammte Mal, das ich mit dir gefickt habe, Hannes Fischer.«

Das Geschrei der Kinder, die wie ein Mantra »FOXI! FOXI! FOXI!« brüllten, begleitete mich, bis ich beim Taxistand angekommen war.

3.

STACCATO

Als ich am Montagmorgen, um eine halbe Stunde zu spät, dafür aber völlig nüchtern und halbwegs ausgeruht, den Gang zu meinem Hausdetektivbüro betrat, erwartete mich bereits meine Ladendiebin Nummer eins: Henriette. Sie stand neben einer kleinen leichenblassen Verkäuferin und redete hektisch auf sie ein.

»Gott sei Dank«, begrüßte mich die Verkäuferin und suchte das Weite, kaum hatte ich den Schlüssel ins Schloss gesteckt, um die Bürotür aufzusperren.

Henriette hielt mir eine aufgerissene Packung mit einem dunkelbraunen Spannleintuch vor die Nase. »Ich war damit schon draußen«, sagte sie vorwurfsvoll. »Wäre ich nicht zurückgekommen und hätte mich selber gestellt ...«

»Bitte«, unterbrach ich sie, »nicht dieses Drama vor dem ersten Kaffee. Wir wissen doch beide, dass Sie hier sind, weil es am Samstag nicht so gelaufen ist wie immer.«

»Wer war überhaupt dieser Kerl?« Sie knallte die Verpackung auf den Schreibtisch und setzte sich auf einen der Stühle, die für die erwischten Ladendiebe gedacht waren.

Ich überging ihre Frage nach Hannes und schaltete die Espressomaschine ein. Als ich die Kaffeedose aus dem kleinen Kühlschrank nahm, murmelte Henriette etwas, das ich nicht verstehen konnte. Aber ich fragte nicht nach, sondern fing an, den Siebträger vom alten Kaffeesud zu reinigen. Sie murmelte weiter, aber erst als sie laut »Diesmal gehe ich nicht wieder« sagte, schenkte ich ihr Beachtung.

»Was haben Sie gesagt?«, fragte ich und folgte ihrem Zeigefinger, der auf einen der Monitore gerichtet war. Darauf ging Hannes Fischer gerade zielstrebig durch das Möbelhaus, direkt in Richtung meines Büros.

»Nein, diesmal werden Sie sicher nicht gehen«, ließ ich sie wissen. Keine fünf Sekunden später klopfte er an die Bürotür und öffnete sie, ohne eine Aufforderung bekommen zu haben.

Er beachtete Henriette nicht und sagte nur: »Ich muss mit dir reden, Lotta.«

»Bitte tu dir keinen Zwang an«, gab ich seelenruhig zurück, während ich vorgab, damit beschäftigt zu sein, die Espressomaschine weiter zu reinigen. Ich konnte mir nicht verkneifen hinzuzufügen: »Wenn dir mein verkorkster Anblick nicht zu unangenehm ist.«

Er öffnete den Mund, doch dann wandte er sich an Henriette: »Würden Sie uns ein paar Minuten alleine lassen?«

»Wird sie nicht«, fuhr ich scharf dazwischen.

»Nein, werde ich nicht«, bestätigte Henriette und nickte Hannes freundlich zu.

Er stemmte die Hände in die Seiten: »Was soll das alles, Lotta?«

»Ich weiß nicht, was du meinst? Sie ist eine Ladendiebin, und es ist mein Job, ihre Daten aufzunehmen. Und ich muss doch froh sein, dass ich einen Job habe, so verkorkst, wie ich bin.«

»Verdammt«, entfuhr es ihm so laut und wütend, dass Henriette vor Schreck ein Quieken entfuhr.

»Ich glaube, ich warte doch draußen«, flüsterte sie und erhob sich.

»Wagen Sie es ja nicht«, drohte ich ihr, woraufhin sie gehorsam und mit hochgezogenen Schultern wieder Platz nahm. Ihr Gesichtsausdruck war so verängstigt, dass es mich einen Moment irritierte.

»Lotta, bitte …«, drängte Hannes und griff nach meiner Hand. Ich entwand mich seinem Griff und stieß ihn von mir weg, worauf er sein Gesicht zu einer wütenden Fratze verzog und brüllte: »Verdammt, du machst mich wahnsinnig!«

»Nicht …«, schrie Henriette auf und begann plötzlich hysterisch zu wimmern. »Nicht, nicht, nicht schlagen …«, wiederholte sie kreischend und wiegte dabei rasch ihren Oberkörper vor und zurück, wie ein Pendel. Sofort war unser begonnener Streit erloschen, und Hannes stotterte: »Aber … ich hätte sie doch nicht …«

Henriette sprang von ihrem Sitz hoch, grinste Hannes mit weit aufgerissenen Augen an, dann hob sie ihre Arme über den Kopf und machte etwas, das wohl eine Pirouette sein sollte. Ich hatte sie noch nie so erlebt, und in diesem Moment kam mir der Gedanke, dass sie in einer Nervenheilanstalt lebte, nicht mehr abwegig vor.

»Lass uns draußen reden«, sagte ich zu Hannes und bereitete Henriette noch wortlos einen Kaffee zu, bevor ich ihm folgte.

»Also?«, fragte ich ihn und lehnte mich lässig gegen die Gangmauer.

»Es tut mir leid, was ich gestern gesagt habe«, sagte er, ohne mich anzusehen. »Ich habe es nicht so gemeint, ich war einfach wütend auf dich. Was heißt *war* – ich bin es noch immer! Scheiße, Lotta, was denkst du eigentlich von mir? Glaubst du, es ist mir leichtgefallen, zu dir zu kommen, nach allem, was zwischen uns passiert ist?«

»Hannes, hör auf mit dem Gesülze! Was soll denn groß ›zwischen uns passiert‹ sein?«, äffte ich ihn nach.

Wie ein sich entzündendes Streichholz flammte der Zorn erneut in seinen Augen auf. »Du verarschst mich, oder?«

»Das mit uns war von Anfang an klar, und wir hatten unseren Spaß. Es war wie ein Geschäft, ich gebe dir was und du gibst mir was.«

Er kam mir näher und drückte mich mit seinem Körper gegen die Wand. Ich spürte seinen schweren Atem, sah das leichte Zittern seiner Arme, die er neben meinem Kopf abgestützt hatte.

»Wieso tust du das, Lotta?«

»Was?«

»Wieso lässt du mich nicht ...«

»Wenn du wieder mit mir vögeln willst, Hannes, dann sag es einfach.«

»Mein Gott, Lotta ...«, begann er, doch dann schüttelte er nur den Kopf und löste sich sehr langsam von mir.

Es war fast schmerzhaft, als sich unsere Körper nicht mehr berührten. Er drehte sich um und sagte schon im Fortgehen: »Du kannst dich bis 14 Uhr entscheiden, ob du den Undercoverjob annimmst oder nicht. Ich werde dich anrufen.«

»Hannes!«, rief ich ihm hinterher, als er schon fast bei der Tür angekommen war, die in das Möbelhaus führte.

Er drehte sich so rasch um, dass die Sohlen seiner Schuhe ein quietschendes Geräusch machten.

»Ja?«

Ich stockte einen Moment, unfähig, das auszusprechen, was mir auf der Zunge lag. Stattdessen sagte ich: »Mach dich nicht besser, als du bist.«

»14 Uhr, Lotta«, sagte er nur, dann trat er durch die Tür in das Möbelhaus.

»Geh nicht ...«, rief ich, aber es ging in dem Geräusch der Metalltür unter, die hinter Hannes ins Schloss fiel.

Die Tür zu meinem Büro ließ sich schwer öffnen, da war irgendein Widerstand. Ich drückte mit meiner ganzen Wut dagegen.

»Aua«, schrie Henriette von drinnen, dann war ein Poltern zu hören. Sie empfing mich am Boden sitzend und rieb sich die rechte Schläfe.

»Sie sind selber schuld, wenn Sie lauschen«, sagte ich und

hockte mich neben sie auf den Boden. »Zeigen Sie mal. Das wird eine schöne Beule«, stellte ich fest, nachdem ich mir den roten Fleck über ihrer Schläfe angesehen hatte.

»Was war das vorhin?«, fragte ich sie.

Sie zuckte mit den Achseln. »Dasselbe kann ich Sie fragen.«

»Er ist nur ein ehemaliger Kollege, der mich um einen Gefallen gebeten hat«, erklärte ich.

»Ja, und ich bin nur eine ganz normale Kundin, die hier einkaufen geht«, gab sie zurück.

»Wir hatten was miteinander und er wollte mehr. Das war die ganze Geschichte. Und bei Ihnen?«

Statt einer Antwort verschloss sie einen imaginären Reißverschluss über ihren Lippen.

»Und das alles vor meinem ersten Kaffee«, stöhnte ich und stand auf. »Wollen Sie noch einen?«

Henriette nickte, und während ich ihn zubereitete, stand sie so grazil auf, als hätte sie eben einen liegenden Tanz aufgeführt, und setzte sich wieder in einen der Sessel.

Henriette sagte etwas, aber ich war noch so mit meinen Gedanken bei Hannes, dass ich nicht zugehört hatte und »Was?« fragte.

»Nicht was, sondern Sie sich. Sie verstecken sich. Sie sitzen hier in dieser kleinen dunklen Kammer und tun den ganzen Tag nichts anderes, als Leute zu beobachten.«

»Das ist mein Job«, entgegnete ich, während ich wartete, dass die Kaffeemaschine die richtige Temperatur erreichte.

»Nein. Sie tun das nicht, weil es Ihr Job ist. Sie tun es, um sich besser verstecken zu können. Sie lassen niemanden an sich heran – so wie Sie diesen Mann nicht an sich herangelassen haben, der eben da war.«

Jetzt hatte sie meine Aufmerksamkeit, und ich wandte mich ihr zu: »Wenn Sie so weiterreden, können Sie auch gleich gehen, ohne zweiten Kaffee.«

Wieder verschloss sie den imaginären Reißverschluss über

ihren Lippen und lächelte mich an. Ich schäumte die Milch in dem kleinen Metallkännchen auf und ließ sie in die zwei mit Espresso gefüllten Porzellantassen fließen.

Kaum hatte ich ihr die Tasse gereicht, fragte sie: »Und werden Sie es tun?«

»Was?«

»Das, worum er Sie gebeten hat.«

»Nein, werde ich nicht.«

»Und warum nicht?«

»Weil er ein Arschloch ist.«

Henriette stieß ein helles, kehliges Lachen aus. »Also, das hat vorhin, als ich gelauscht habe, aber nicht so geklungen. Es hat eher so geklungen, als wären Sie das ...«

Ich zog die Augenbrauen hoch und sie verstummte.

Doch nicht einmal nach fünf Sekunden fuhr sie fort: »Wieso tun Sie das?«

»Was?«

»Sie wissen genau, was ich meine!«

»Nein, weiß ich nicht. Und ich glaube, es ist besser, Sie gehen jetzt.«

Sie erhob sich in ihrer unnachahmlich eleganten Art und stellte die Tasse vor mir ab. Dann griff sie in ihre Handtasche, zog eine Tageszeitung heraus und legte sie neben die Tasse. Sie beugte sich über mich, und ich dachte schon, sie wollte mir einen Kuss auf die Wange geben, doch sie flüsterte mir ins Ohr: »Sie sollten es tun. Und hören Sie auf, sich zu verstecken. Es bringt nichts – außer einem Zimmer in einer Nervenheilanstalt, von dem man dreimal die Woche Ausgang hat. Wollen Sie wissen, warum ich immer wieder stehle? Weil Dinge nicht weggehen. Menschen aber schon. Keep calm and survive, Carlotta Fiore.«

»Was?«

»Ruhig bleiben und überleben.«

»Ja, ich spreche englisch, danke. Was meinen Sie damit?«

Statt zu antworten, richtete sie sich auf, lächelte und schritt zur Tür, so leicht und leichtfüßig wie eine Ballerina. »Pastellrosa, Nudelsuppe, 5«, sagte sie und blieb in der geöffneten Tür stehen.

»Was?«

»Pastellrosa, Nudelsuppe und 5«, wiederholte sie, dann betrat sie den Gang und zog die Tür hinter sich zu.

Ihre Worte sickerten in meinen Körper und machten sich selbstständig. Das konnte nicht sein – es war absolut unmöglich. Es gab nur einen Menschen, der davon wusste, und der war nicht nur weit weg, es war auch eine Ewigkeit her, dass ich ihm davon erzählt hatte. Mein Herz fing an, bis in die Fingerspitzen zu hämmern. Die Panik legte sich über mich wie ein Pullover, den man schon lange nicht mehr getragen hat, der einem aber überraschenderweise noch wie angegossen passt. Ich wollte Henriette nachlaufen, aber meine Beine widersetzten sich jeder Bewegung – als hätte ich vor, in ein lichterloh brennendes Haus zu laufen. Mir wurde schwarz vor Augen, und kleine leuchtende Kreise tauchten in der Dunkelheit auf.

Wenn ich jetzt nicht hysterisch werden wollte, dann musste ich mich sofort ablenken.

Mit zitternden Fingern zog ich die Zeitung zu mir heran, die Henriette dagelassen hatte. Sie war von heute, der Bericht über die beiden Morde in der Wiener Oper war aufgeschlagen.

Ich zwang mich, meine ganze Konzentration auf die Buchstaben zu richten, doch die Schrift löste sich vor meinen Augen auf und verwandelte sich in kleine schwarze Strichmännchen. Und je mehr Strichmännchen zu sehen waren, umso panischer wurde ich.

Ich öffnete den Browser und hämmerte auf die Tastatur meines Laptops: »Wienr Opper«. Zum Glück erkannte die Suchmaschine, was ich damit gemeint hatte, und eine Liste mit Schlagzeilen über die Morde erschien auf dem Bildschirm. Wie dumm und unfähig die Wiener Polizei war, dass sie bei dem ersten Mord von einem

Unfall ausgegangen war. Rührselige Berichte über die Opfer, mit unzähligen Fotos ihrer »größten Erfolge«, nach denen unter anderen Umständen nie ein Hahn gekräht hätte. Eine CD der beiden, die im Auftrag der Wiener Oper posthum herausgebracht werden sollte.

Je mehr ich mich durch die Zeilen scrollte, desto ruhiger wurde mein Herzschlag. Mit jedem Fenster, das ich öffnete, verdrängte ich die Panik ein weiteres Stückchen.

Die beiden Mordopfer hatten eine durchschnittliche Karriere vorzuweisen, deren unumstrittener Höhepunkt das Engagement in der Wiener Oper war. Ich klappte den Laptop zu, nahm einen Schluck Kaffee und starrte, noch immer um normale Atmung bemüht, auf die Monitore vor mir.

Auf einem der Bildschirme war Henriette zu sehen. Sie hatte eine neue aufgerissene Spannleintuchpackung in der Hand und fuchtelte damit wieder aufgeregt vor der kleinen leichenblassen Verkäuferin herum, die sie vorhin in mein Büro gebracht hatte. Die Verkäuferin sah aus, als würde sie gleich anfangen zu weinen. Aber Henriette war unbarmherzig und redete weiter auf sie ein.

Schließlich lief die Verkäuferin heulend davon und Henriette hielt triumphierend die Spannleintuchpackung vor die Kamera. Und ich griff nach meinem Handy und wählte Hannes' Nummer.

Das Mädchen   13. Juli, 1 Jahr später

Die Alpträume blieben. Obwohl sie mittlerweile begriffen hatte, dass es wirklich immer nur ein Traum und nicht real war, sträubte sich trotzdem alles in ihr, wenn sie dieses Wort hörte: »Schlafenszeit«. Die Nacht wartete auf sie wie ein Gefängnis, aus dem es keinen Ausweg gab.

Und dann kam ein Tag, ganz anders als die anderen Tage,.

Der 13. Juli war wie ein Regenbogen bei Unwetter.

So viel Wunderbares war heute passiert. Ihre Mutter hatte sie in dieses schöne Haus mit den weißen Säulen mitgenommen, und sie wurde den Menschen dort vorgestellt. Alle hatten verzückt ihre Gesichter verzogen, kaum hatten sie ihren Namen gehört. Sie war von ihnen bewundert worden, als wäre sie ein kostbares Schmuckstück und kein kleines Mädchen. Von einigen dieser Fremden hatte sie sogar Geschenke bekommen, Schokolade, Zuckerperlen, ein buntes Halstuch und eine kleine Spieluhr, die »Frère Jacques« spielte. Das alles hatte sie ihre Angst vor der Schlafenszeit zum ersten Mal seit den Alpträumen vergessen lassen. Sogar als sie viel später als sonst ins Bett gebracht worden war, hatte es heute kein wildes Szenario wie sonst gegeben. Sie hatte eine Geschichte vorgelesen bekommen, der sie wegen der vielen glücklichen Eindrücke des Tages schon nach den ersten zwei Sätzen nicht mehr hatte folgen können.

Ihre Mutter war zu ihr ins Zimmer gekommen, um ihr einen Gutenachtkuss zu geben, bevor sie zu der großen Party aufbrach. Das Licht wurde abgedreht, die Tür fiel leise ins Schloss, und sie beobachtete die Schatten, die der Vollmond in ihrem Zimmer zauberte.

Sie hatte sich ein Spiel ausgedacht, um das Einschlafen erträglich zu machen. Es hieß: Monster sehen. Ihre Mutter hatte gelacht, als sie ihr davon erzählt hatte. »*Aber Schatz, mach dir doch nicht selber solche Angst. Es gibt keine Monster.*«

Sie war dem Blick ausgewichen. Wie hätte sie ihr erklären können, dass dieses Spiel ihr keine Angst machte? Dass ihr hier gar nichts mehr Angst machte, seit sie diese Träume hatte, die so real waren, dass sie nicht wusste, ob sie noch schlief oder schon aufgewacht war.

»*Wer bist du?*«, *hatte sie ihre Mutter oft angebrüllt, wenn diese mitten in der Nacht ins Zimmer gekommen war, um sie aufzuwecken. Da die Alpträume so häufig waren, dauerte es nun nicht mehr so lange wie früher, vielleicht drei, vier Minuten, in denen sie schrie und um sich schlug. Erst dann konnte ihre Mutter sie beruhigen, und sie erkannte, dass sie zu Hause war und keine Angst mehr zu haben brauchte. Auch nicht vor ihrer Mutter. Dann kuschelte sie sich an sie und wurde hin und her gewiegt wie ein kleines Baby.*

Obwohl an diesem 13. Juli ihre Angst vor dem Einschlafen noch immer nicht auftauchte, war sie ihr Einschlafspiel schon so gewohnt, dass sie es trotzdem spielte. Der Kleiderkasten, dessen Tür einen Spalt geöffnet war, verwandelte sich im wabernden Schwarz gerade in einen buckligen Mann, der seine Kapuze bis tief über die Augen gezogen hatte. Sie versuchte, ihn genauer zu betrachten, aber ihr Blick verlor sich in seinen unwirklichen Umrissen. Ihre Augenlider wurden schwerer und schwerer. Unerwartet rasch übermannte sie der Schlaf. Wie ein Stein, der sie immer tiefer unter Wasser zog.

Und während ihr Bewusstsein in die Traumwelt hinüberglitt, fiel ihr ein, was heute noch anders war. Ihre Mutter würde nicht da sein, um sie aus dem Alptraum zu befreien. Sie würde nicht im Nebenzimmer schlafen und in ihr Zimmer stürmen, um dieses schreiende Kind aufzuwecken. Sie war bei einer Party. Und das Au-pair-Mädchen hatte sein Zimmer einen Stock höher am anderen Ende der Wohnung.

»*Niemand wird mich hören*«, *war ihr letzter Gedanke, bevor der Schlaf sie verschluckte.*

4.

OUVERTÜRE

Wie mit Hannes ausgemacht, betrat ich an diesem Nachmittag, eine Stunde vor der ersten Abendprobe, das kleine Kaffeehaus in der Nähe der Wiener Oper. Clown Foxi und ich sollten hier alles besprechen, was unseren Undercovereinsatz betraf. Im Möbelhaus war mir nichts Besseres eingefallen, als zu erklären, meiner Mutter ginge es schlecht und ich müsse sofort zu ihr nach Hause. Erst als ich schon in der Straßenbahn saß, begriff ich den betretenen Blick der Chefsekretärin – auf ihrem Schreibtisch hatte sie Fotos von Pavarotti, Callas, Netrebko und meiner vor zwei Jahren verstorbenen Mutter. Ich war mir nicht sicher, aber es gab eine dunkle Ahnung, dass sie mir damals sogar kondoliert hatte. Doch so sehr ich mich auch zu konzentrieren versuchte, sie lag vergraben in den Ruinen meiner vom Alkohol fortgeschwemmten Erinnerungen. Und dorthin sollte Henriettes »Pastellrosa, Nudelsuppe, 5« auch bald geschickt werden.

Bis auf drei besetzte Tische war das ein wenig heruntergekommene Café leer, vom Clown war noch nichts zu sehen. Zielstrebig steuerte ich auf einen Platz in der hinteren Ecke zu, als eine tiefe Männerstimme rief: »Frau Fiore.«

Ich drehte mich um – der Mann, der am Marmortisch beim Fenster saß, winkte mir zu.

Das sollte Foxi sein? Der Clown Foxi?

In meiner Vorstellung versuchte ich das graue Sakko, das dunkelblaue Hemd und die Jeans, die er jetzt trug, gegen das bunte Clownkostüm auszutauschen. Als hätte er meine Gedanken erraten, nickte er.

»Wow. Nie im Leben hätte ich Sie erkannt«, sagte ich, als ich vor ihm stand. Der Unterschied zwischen ihm und dem Clown von gestern war gigantisch – angefangen bei den rabenschwarzen Augen, die ohne Schminke eine so irritierende Tiefe hatten, als hätte er einen Röntgenblick, über die schwarzen Locken, die er, so gut es ging, aus der Stirn verbannt hatte, wodurch er um einiges jünger wirkte. Im sanften Gegensatz zu seinen kantigen Gesichtszügen stand der rosige Unterton seiner Haut, die leichten Fältchen um seine großen Augen und die herzförmig geschwungenen Lippen.

Ich setzte mich und konnte gar nicht aufhören, ihn anzustarren – es war nicht nur eine platte äußerliche Attraktivität, er gehörte eindeutig zu den Menschen, die auch noch beim zweiten Hinsehen ihre Besonderheit offenbarten.

Sofort schaltete sich mein Flirtmodus wie von selber ein, und ich raunte: »Foooxi.«

Er streckte mir die Hand über der Tischplatte entgegen: »Konrad Fürst.«

Ich nahm sie, und als er sie zurückziehen wollte, ließ ich sie nicht mehr los. Er zog einen Mundwinkel zu einem halben Lächeln in die Höhe: »Wie alt sind Sie?«

»Achtundzwanzig«, hauchte ich, als wäre mein Alter etwas sehr Unanständiges.

»Ich bin siebenundfünfzig, ich könnte Ihr Vater sein. Es hat nichts mit Ihnen zu tun, aber hören Sie auf, mit mir zu flirten.«

»Wer flirtet hier«, sagte ich und gab seine Hand frei. »Ich bin immer so.«

Er lachte auf. »Okay, mein Fehler.«

›Ich könnte Ihr Vater sein‹, wieso hatte er das gesagt? Wieso kam er überhaupt auf so einen Gedanken? Ich hatte schon mit Männern geschlafen, die weiß Gott älter gewesen waren als er, und sehr selten war ein großer Altersunterschied ein Problem gewesen. Und wenn, dann höchstens in der Richtung, dass ich zu alt war. Aber nie zu jung.

»Frau Fiore«, begann er, doch ich unterbrach ihn: »Ich heiße Lotta.«

Er hielt einen Moment inne, in seinem Blick blitzte ein klein wenig von dem Clown hervor, den ich gestern vor der tosenden Kindermenge beobachtet hatte.

»Lotta, das ist ein schöner Name. Ich heiße Konrad.«

»Gut, Konrad. Also, was ist der Plan?« Gerade, als er antworten wollte, kam der Kellner. Einen Moment war ich versucht, mir mit einem doppelten Wodka Mut für meinen Auftritt als Statistin in der Wiener Oper anzutrinken, wählte dann aber doch einen großen Espresso mit extra Milch im Kännchen.

»Der Plan ist«, sagte Konrad, als wir wieder alleine waren, »dass wir bei den Proben so viele Kontakte wie möglich knüpfen und uns so fürs Erste einen Überblick verschaffen.«

Ich wieherte auf: »Du warst noch nie Statist, oder?«

Konrad Fürst schüttelte den Kopf, eine Locke löste sich und fiel ihm in die Stirn. Er wischte sie zur Seite, aber kaum hatte er sie aus dem Gesicht gestrichen, machte sie sich wieder selbstständig und kringelte sich über seinen Augen. Ich musste mich zurückhalten, um nicht über den Tisch zu langen und sie ihm aus der Stirn zu streichen.

Er sah mich fragend an, ich fing mich wieder und fuhr fort: »Ich auch nicht, aber ich kann mich noch gut an die Proben meiner Mutter erinnern. Es ist so wie mit den indischen Kasten: Als Statist bist du in der untersten, und es gibt keine Möglichkeit für dich, da rauszukommen.«

»Erzähl mir mehr«, bat er.

»Da gibt es nicht viel zu erzählen. Du hast die verschiedenen Abteilungen, Chor, Ballett, Solisten, Musiker, und die Schwarzen haben dann auch noch ihre Hierarchie …«

»Die Schwarzen, wer ist das?«

»Die, die man nicht sieht. Regie, Abendspielleitung, Kostümbildner, Choreograph, was weiß ich, eben alle, die mitarbeiten, aber dann nicht bei der Aufführung auf der Bühne stehen.« Der Kellner brachte meinen Kaffee, und ich nutzte die Unterbrechung, um einen neuen Flirtversuch zu starten.

»Wieso verkleidet sich ein so gut aussehender Mann wie du als Clown?«

Konrad Fürst wich zurück, als hätte ich eben nicht etwas gefragt, sondern etwas nach ihm geworfen. Wie Spinnweben legten sich Kummerfalten über sein Gesicht, sein Blick war plötzlich dumpf und leer – das war nun schon die dritte Version von Konrad Fürst, die ich vor mir sah. Er räusperte sich, bevor er schließlich sagte: »Lotta, es ist besser, wenn wir uns nur auf den Fall hier beschränken.«

Ich verdrehte die Augen und griff mir ans Dekolleté: »Ach Pardon, ich wollte dem alten Herrn nicht zu nahe treten.«

Ohne darauf einzugehen, fragte er: »Also, was muss ich sonst noch wissen?«

»Das kannst du selbst rausfinden«, antwortete ich, stand auf und ließ ihn alleine sitzen.

Kaum war ich aus dem Café draußen, bereute ich es schon. Jetzt musste ich nicht nur alleine zu der Probe, wir hatten auch sonst noch nichts besprochen.

»So eine Scheiße«, stöhnte ich und lehnte mich an die Mauer hinter mir, von der prompt ein lautes Klopfen kam. Ich drehte mich um – da war gar keine Mauer. Ich hatte mich direkt an das Fenster gelehnt, hinter dem Konrad Fürst am Marmortisch im Kaffeehaus saß. Mit den Händen auf den Hüften und zusammengekniffenen Augen fixierte ich ihn. Er hob die Schultern und bedeutete mir mit einer Kopfbewegung, wieder zurückzukommen. Ich versuchte zu verbergen, wie froh ich über seine Reaktion war, seufzte theatralisch »Na gut« und ging zurück in das Kaffeehaus.

Kaum hatte ich mich hingesetzt, fragte er: »Was hast du vorhin gemeint mit den indischen Kasten?«, als hätte die Szene zwischen uns eben gar nicht stattgefunden.

»Na ja, wie ich von damals noch weiß – und ich glaube nicht, dass sich da viel geändert hat –, gibt es Hierarchien in der Oper. Eben wie bei den Indern das Kastensystem. Aus einer oberen Kaste, also Sänger, Regisseur, Dirigent etc. würde nie jemand ernsthaft etwas mit jemandem aus der alleruntersten Kaste, den Statisten, zu tun haben. Wirklich niemals.«

»Okay«, sagte er und nahm einen Schluck seines Mineralwassers. »Das ist zwar ein Nachteil, andererseits werde ich dadurch wenig Aufmerksamkeit erregen.«

»Na, das auf jeden Fall. Weniger Aufmerksamkeit, als du sie als Statist bekommst, ist gar nicht möglich.«

»Gut zu wissen. Und was haben wir zu tun?«

»Was weiß ich, zweimal über die Bühne laufen. An einem Tisch sitzen. Das Volk spielen. Solche Sachen eben.«

»Okay, das ist sehr gut.«

»Wieso?«

»Weil es die idealen Bedingungen sind, um die Umgebung im Auge zu behalten. Weißt du, welche Stücke wir proben?«

»Nein, keine Ahnung.«

Er lehnte sich zurück und verschränkte die Finger vor seinem Bauch. »Was denkst du über die ganze Sache? Ich meine, als ehemalige Sängerin.«

Ich überspielte den Stich, den das Wort »ehemalige« ausgelöst hatte, mit der Frage: »Über die Morde?«

Er nickte, ich stützte mein Kinn in meiner Hand ab und sprach unzensiert aus, was ich dachte: »Es ist irgendwie merkwürdig. Ich habe im Internet gesucht, es gibt nichts, was die beiden Mordopfer in ihrem Lebenslauf verbindet, außer zwei Gemeinsamkeiten: 1.: Sie waren vor ihrem Engagement in der Wiener Oper nur mäßig erfolgreich und 2.: Sie waren nicht besonders gut.«

Er hob fragend die Augenbrauen.

»Sie waren keine Stars«, erklärte ich, »eher im Gegenteil. Ihre Kritiken waren nicht berauschend, und auch sonst habe ich keine Besonderheiten bei ihnen entdeckt.«

»Hast du sie auf der Bühne gesehen?«

Ich schüttelte den Kopf. »Ich hab mir ein paar ihrer Auftritte auf YouTube angeschaut. Sie waren ganz gewöhnlicher Durchschnitt. Sowohl das erste Opfer, die Soubrette, die von der Kulisse erschlagen wurde, als auch der Tenorbuffo, der erstochen wurde. Sie hatten beide keine großen Stimmen.«

»Soub- was?«

»Soubrette. Bei einer Soubrette und einem Tenorbuffo steht nicht unbedingt die Stimme im Vordergrund, es ist eine Mischung aus schauspielerischem Talent und Gesang. Es gibt natürlich Ausnahmen, aber nach dem, was ich gesehen habe, haben die beiden nicht dazugehört.«

»Siehst du dir gerne Opern an?«

»Genauso gerne, wie ich eine Wurzelbehandlung ohne Betäubung bekomme«, antwortete ich und fragte mit gespielter Operettenfröhlichkeit: »Also, sollen wir los?«

»Sofort, ich muss nur noch kurz telefonieren.«

Er nahm sein Handy aus der Sakkoinnentasche, dann klopfte er seine anderen Taschen ab. »Ich habe meine Brille nicht dabei.« Er hielt mir das Handy entgegen: »Kannst du?«

»Welche Nummer soll ich wählen?«

»Die von Hannes Fischer.«

Ich suchte die Nummer in seinen Kontakten und wählte, doch anstatt ihm das Handy zurückzugeben, hielt ich es mir ans Ohr.

Mit den Worten »Sagen Sie nicht, dass sie nicht da ist« hob Hannes ab.

»Sie ist da«, gab ich als Antwort. Ich überlegte, ob ich noch eine Spitze hinterherschieben sollte, entschied mich jedoch dagegen und reichte Konrad das Handy.

»Hier Fürst. Fischer, wissen Sie etwas über die Kartenverkäufe der Wiener Oper, sagen wir, in den letzten zwei Jahren? ... Können Sie es herausfinden? ... Gut. Und mich interessiert auch, ob sich etwas geändert hat, seit die Morde passiert sind ... Genau, ob mehr oder weniger Karten verkauft werden im ...«

»Vorverkauf«, sagte ich dazwischen.

»Stimmt, Vorverkauf ... Ja, das wär's.« Hannes sagte am anderen Ende etwas, ich nahm an, es handelte sich dabei um mich, da Konrad sich bemühte, mich nicht anzusehen. Dann sagte er »Kein Problem, Fischer« und legte auf.

»Was ist kein Problem?«, fragte ich.

»Du bist kein Problem. Er macht sich Sorgen um dich.«

»Er macht sich nicht Sorgen um mich – er macht sich Sorgen wegen mir«, verbesserte ich.

»Ich glaube, wir sollten gehen.« Konrad stand auf und rief den Kellner. Wir zahlten getrennt, und ich spürte, wie mein Herzschlag heute zum zweiten Mal seinen Rhythmus verlor, als wir zu der Probebühne der Wiener Oper gingen.

»Da drin – sollen wir so tun, als würden wir uns nicht kennen?«, fragte ich, als wir schon fast beim Eingang waren.

Konrad schüttelte den Kopf. »Da wir ja sowieso als Statisten so gut wie unsichtbar sein werden, müssen wir die Sache nicht auch noch unnötig verkomplizieren.«

»Wir können ja sagen, wir sind Vater und Tochter«, scherzte ich. Im Bruchteil einer Sekunde versteinerte sich sein Gesichtsausdruck, die Anspannung löste sich aber sofort wieder: »Nein, das werden wir nicht.«

Dann drückte er ohne ein weiteres Wort die Gegensprechanlage zum Eingang der Probebühne.

5.

TONART

»Oh mein Gott«, kreischte eine weibliche Stimme, kaum hatten wir den Proberaum mit der Nummer 2 auf dem Türschild betreten. Es kam von einer unglaublich dicken Frau mit kastanienbraunen Locken und einem riesigen Busen, den sie vor sich hertrug wie einen Kaufmannsladen. Sie kam auf uns zugestürmt, der Busen wippte dabei auf und ab, und ich rechnete damit, im nächsten Moment davon erschlagen zu werden. Mit einem gekonnten Rempler stieß sie Konrad zur Seite und glotzte mich an.

Ich wollte meine ›Eingebung‹ ausschalten, so, wie ich es mir vor vielen Jahren selber beigebracht hatte, aber sie war so schnell gewesen, dass ich meine Konzentration nicht mehr hatte umlenken können und sofort wusste: Bananenpudding, Nussbraun und 41. Sie faltete ihre Hände wie zum Gebet: »Ich konnte es gar nicht glauben, als ich Ihren Namen auf der Statistenliste gesehen habe. Carlotta! Ach, Carlooottaaaa!«

Und ich konnte mein Entsetzen nicht verbergen und wich vor ihr zurück. Nicht nur deshalb, weil mich diese Begrüßung völlig überforderte, sondern auch, weil ich meinen Namen hasse. Carlotta!

Wie hatte mir meine Mutter nur diesen idiotischen Namen geben können? Carlotta, das war der perfekte Name für Damenbinden oder ein Küchengerät, aber nicht für einen Menschen! Die dicke Frau missverstand meinen gequälten Ausdruck und sagte zuckersüß: »Ach, Carlotta, Sie Arme, es muss noch immer furchtbar für Sie sein. Dieser Verlust!«

Hilfe suchend sah ich zu Konrad Fürst, aber der hatte sich bereits ein paar Schritte entfernt. Im nächsten Moment wurde ich von der dicken Frau herangezogen, sie drückte mein Gesicht auf ihren üppigen Vorbau und tätschelte meinen Hinterkopf. Dabei schluchzte sie: »Ich habe Ihre Mutter verehrt, so sehr verehrt. Aber das habe ich Ihnen ja schon beim Begräbnis gesagt.«

Langsam fiel mir wieder ein, wer sie war. Diese entfesselte Opernsängerin, die mich gerade mit ihren Fleischkugeln zu ersticken drohte, hatte beim Begräbnis meiner Mutter das »Ave-Maria« gesungen.

Ich sagte: »Ich bekomme keine Luft«, aber weil ich weiterhin in ihr Dekolleté gepresst wurde, kam nur »M mmm mm m« heraus.

Endlich ließ sie von mir ab, ich rang noch nach Luft, doch da war auch schon die nächste Anwärterin hinter ihr. Zum Glück schaffte ich es wenigstens jetzt, mich so zu konzentrieren, dass mir der Blick in ihre Augen keine Informationen mehr lieferte, die ich sowieso nicht wissen wollte.

Die zweite Frau, vielleicht ein paar Jahre älter als ich und mit aufgeregten roten Flecken am Hals, schnappte sich meine Hand. »Ihre Mutter war immer mein Vorbild – immer. Ich habe sie in der Oper gesehen, als ich noch ganz klein war. Ihre Madame Butterfly war einfach …« Tränen stiegen ihr in die Augen, und sie sah aus, als würde sie jeden Moment in eine Arie ausbrechen. »Sie war göttlich. Ihre Mutter hat gesungen wie ein Engel.«

»MEIN LIEBES MÄDCHEN!«, donnerte eine blecherne Stimme von der anderen Seite, und die zwei Frauen vor mir stoben auseinander. Sie gaben den Blick auf einen Mann frei, den ich sofort erkannte.

Mir fiel sein Name nicht ein, obwohl ich ihn schon in ein paar Opern mit meiner Mutter gesehen hatte. Dafür konnte ich mich noch sehr gut an unsere letzte Begegnung erinnern. Bei dem Begräbnis meiner Mutter vor zwei Jahren war er derjenige gewesen, der, nachdem der Sarg in die Erde eingelassen worden war, nicht wie alle die übliche weiße Rose in seiner rechten, sondern unabsichtlich den schwarzen Hut in seiner linken Hand in das Grab geworfen hatte.

Er war so darüber erschrocken – hätte der Pfarrer ihn nicht aufgehalten, er wäre die zwei Meter hinabgesprungen, um seinen Hut herauszuholen. Zwei Totengräber mussten angefordert werden, die mit einer Leiter auf den Sarg meiner Mutter kletterten und den Hut für ihn hochholten.

»Carlotta«, rief er jetzt und schlug die Hände zusammen. »Dass ich das noch erleben darf! Du! Hier! In der Wiener Oper!« Er schluchzte auf, der perfekte Bass, mit dem nächsten Atemzug fing er sich gleich wieder und strahlte: »Deine Mutter würde sich so freuen!«

Meine Mutter würde sich im Grab umdrehen, wenn sie das wüsste, dachte ich nur und ließ mir von ihm zwei feuchte Küsse auf die Wangen drücken.

»Das reicht jetzt«, herrschte ein junger Mann uns energisch an, und ich war ihm dafür unendlich dankbar. »Hebt euch das für später auf, wir beginnen jetzt mit der Probe.« Er deutete auf mich. »Und Sie gehen bitte zu den anderen Statisten.«

»Aber Rudi«, sagte der ehemalige Kollege meiner Mutter zu dem jungen Mann und hielt meine Hand hoch, als hätte ich eben einen Boxkampf gewonnen. »Weißt du denn nicht, wer das ist? Das ist Carlotta Fiore, die Tochter von Maria Fiore.«

»Sehr schön. Grüß Gott«, antwortete der unbeeindruckt und bedeutete mir, in die Ecke zu gehen, in der bereits Konrad Fürst mit ein paar anderen Statisten wartete. Leider läutete im nächsten Moment das Telefon auf seinem Regiepult, und er lief hin, hob ab und begann irgendwas über das Bühnenbild zu schimpfen.

»Ach Carlotta«, flüsterte der Hutwerfer, ohne mich loszulassen, »ich kann dir gar nicht sagen, wie sehr ich deine liebe Mutter vermisse. Sie war immer ein Fels in der Brandung. Und gerade jetzt brauche ich sie so dringend. Es ist so schrecklich, so furchtbar schrecklich ... du hast doch schon davon gehört?«

»Nein, wovon?«, hauchte ich und klimperte mit den Augenlidern.

»Es hat einen Mord gegeben, hier, an der Oper. Wahrscheinlich sogar zwei!«

»Wirklich? Wer wurde denn ermordet?«

»Eine Soubrette und ein Tenorbuffo!«

»Nein!«

»Doch!«

»Hast du sie gekannt?«

»Gekannt kann man nicht sagen, ich habe sie in einer Vorstellung und ihn bei einer Probe gesehen.«

»Und, wie waren sie?«

Er verzog das Gesicht, als hätte er in eine Zitrone gebissen. »Wie es aussieht, hat der Mörder es nur auf grauenhafte Sänger abgesehen.«

»Hoffentlich, dann brauchst du ja keine Angst zu haben«, säuselte ich und musste mich zurückhalten, um nicht zu lachen. Er wiegte sich hin und her und drückte dann theatralisch meine Hand, als würden wir hier gerade eine Szene spielen. »Ach Carlotta, Carlotta. Du bist so ein Schatz! Weißt du, du bist genau wie deine Mutter!«

»Nein, wirklich?«, fragte ich und spielte mit, indem ich so tat, als müsste ich gleich weinen.

»Oh ja, sie hat immer ein offenes Ohr für mich gehabt. Nie hat mir jemand so geholfen, wenn ich Probleme hatte, wie deine Mutter.«

»Meine Mutter zu fragen, wie man Probleme löst, war, als hätte man den Teufel gefragt, wie man Frieden stiftet«, hauchte ich zurück und lächelte mein zuckersüßestes Lächeln. In seiner Überraschung löste er den Griff, und ich nutzte sofort die Gelegenheit, um zu Konrad Fürst und den fünf anderen Statisten hinüberzugehen. Endlich fiel mir auch sein Name wieder ein: Erich Freiwerf. Wie passend.

»Aha, du gehörst anscheinend nicht in die unterste Kaste«, sagte Konrad. Er versuchte, ernst zu bleiben, aber es gelang ihm nicht.

Ich bestrafte sein verstecktes Grinsen mit einem wütenden Blick und wollte gerade etwas entgegnen, als der Regieassistent den Telefonhörer auflegte und »Ruhe dahinten« in unsere Richtung brüllte.

»Welche Oper war das überhaupt?«, fragte Konrad, nachdem die Probe für uns beendet war und wir uns weit genug von der Probebühne entfernt hatten. Die untergehende Sonne tauchte die graue Häuserzeile vor uns in orangefarbenes Licht.

»*Carmen*«, sagte ich und fuhr mir erschöpft durch die Haare. »Wie lange waren wir da drinnen?«

Konrad sah auf die Uhr. »Zwei Stunden.«

Es war erst zwanzig Uhr, und ich war schon so unglaublich müde.

Es war nicht die Probe, die mich so erledigt hatte – wie erwartet, mussten wir nur in einer Szene an einem Tisch sitzen und ununterbrochen mit hölzernen Weinbechern anstoßen, während von vier Sängern ein Lied gesungen wurde. Und es wäre für uns auch schnell wieder vorbei gewesen, hätten sie den ganzen Akt nicht zu Ende gespielt und ihn dann gleich noch zweimal wiederholt.

Was mir so zugesetzt hatte, waren die Menschen, die Bewunderer meiner Mutter und die Tatsache, dass wir zwar einen Auftrag hatten, ich aber offiziell als Statistin hier war. Denn jeder, der meine Mutter gekannt hatte, wusste auch von meinem Versagen.

Zum Glück hatte der Regieassistent während der Probe den Überblick behalten – kaum war eine Person mit entgegengestreckter Hand auf mich zugesteuert, hatte er sie sofort zurückgepfiffen. So war ich die ganze Probe über nicht in die Verlegenheit gekommen, mir eine Erklärung einfallen lassen zu müssen, warum ich als Statistin hier war.

Doch die Aussicht, dass das nur das erste von drei Stücken war und dass ich wahrscheinlich noch mehr Leute treffen würde, die meine Mutter gekannt hatten, löste einen einzigen Wunsch aus:

Alkohol!

Ich brauchte Alkohol, und zwar eine Menge.

Ich sah aus dem Augenwinkel zu Konrad Fürst. Das verschwindende Sonnenlicht verlieh seinem Gesicht einen goldenen Schimmer, und der Ansatz einiger grauer Haare reflektierte aus dem Dickicht der schwarzen Locken hervor. Er färbte sich die Haare. Das überraschte mich, ich hätte ihn nie für den Typ Mann gehalten, der Wert darauf legt, nicht zu ergrauen.

Wenn er so eitel war, vielleicht war dann diese ganze ›Du-könntest-meine-Tochter-sein‹-Sache nur eine Masche, um sich interessant zu machen? Vielleicht war es aber auch nur eine gelungene Ausrede, um mir freundlich zu verstehen zu geben, dass ich ihm nicht gefiel? Was es auch war, ich würde es herausfinden.

»Was ist, kommst du mit? Ich kenne nicht weit von hier eine nette Bar, und ich brauche jetzt was zu trinken.«

Er sah mich skeptisch an, und ich streckte demonstrativ die Hände von meinem Körper weg: »Keine Angst, ich habe keine Absichten. Nur einen kleinen Wodka.«

Er schüttelte den Kopf. »Ich bin seit sieben Jahren trocken.«

»Meine Güte, keine jüngeren Frauen und kein Alkohol. Du bist wirklich ein Heiliger. Okay, dann komm halt mit auf ein Mineralwasser.«

Er überlegte einen Moment, da fing sein Handy an zu klingeln. Während er es aus seiner Brusttasche fischte, nickte er mir zu, und ich schlug den Weg Richtung Bar ein.

»Fürst«, sagte Konrad, als er abhob. Dann hörte er nur zu. Ich dachte schon, es wäre ein Privatgespräch, bis er sagte: »Fischer, es war die erste Probe. ... Ich weiß auch, dass die Zeit drängt ... Nein, es gibt noch nichts ... Ja, ich melde mich, wenn ich Neuigkeiten habe.«

Ich fragte nicht nach, nachdem er aufgelegt hatte, und wir legten den Rest des Wegs schweigend zurück.

Das schummrige rote Licht, das uns im Inneren der modernen »Hongkongbar« empfing, gab mir ein Gefühl von nach Hause kommen.

»Du bist öfter hier«, stellte Konrad Fürst fest, nachdem wir uns an der Theke etwas zu trinken geholt hatten – er wirklich nur ein Mineralwasser und ich einen doppelten Wodka auf Eis. Ich führte ihn an einen Tisch in der dunkelsten Ecke des großen Lokals.

»Was für ein guter Ermittler du doch bist«, machte ich mich lustig und setzte mich in einen der zwei dunkelroten mit Samt überzogenen Sessel. Ich nippte an meinem Drink und genoss die wachsweiche Schwere, die augenblicklich in meine Arme und Beine floss.

Der nächste Schluck löste nicht nur die Anspannung in meinen Gliedern, sondern auch meine Zunge: »Oh Gott, wie ich das hasse. Ich hasse es wirklich.«

»Was?«, fragte Konrad und goss sich Mineralwasser ins Glas.

»Die Proben, die Oper, die Leute, das ganze Getue ... verdammte Scheiße, wenn es nicht wegen dem Geld wäre ...«

»Ach so?«

»Sag bloß, du machst die ganze Sache aus einem anderen Grund?« Mit einem Zug leerte ich das Glas.

»Wofür brauchst du es denn? Das Geld, meine ich.«

»Um mir noch einen Drink zu holen«, sagte ich und stand auf.

Als ich zurückkam, kritzelte Konrad gerade etwas in ein kleines, in dunkelbraunes Leder gebundenes Notizbuch.

»Was schreibst du da?«

»Ich mache mir Notizen über die Sängerinnen und Sänger, die bei der Probe waren.«

»Die kannst du vergessen! Ich wette mit dir um mein Honorar, dass es keiner von denen ist.«

»Wieso bist du so sicher?«

»Weil ich es eben bin«, sagte ich. Meine Zunge fühlte sich an wie eine schlecht aufgeblasene Luftmatratze, die nutzlos in meinem Mund lag. »Weil ich diese Typen kenne, ich bin mit ihnen aufgewachsen. Meine Mutter war so …«

Er klappte sein Notizbuch zu und lehnte sich zurück. »Wie sind sie denn?«

»Eitel. Selbstbezogen. Und vom Ehrgeiz zerfressen. Die würden doch ihre Karriere nicht riskieren …«

»Und du warst nicht so?«

Ich lachte auf. »Vielleicht, ich weiß es nicht. Aber selbst wenn, bei mir hätte es sowieso nichts gebracht. Denn im Gegensatz zu allen, die du heute gesehen hast, habe ich etwas, das die anderen nicht haben.«

»Und zwar?«

»Ich habe kein Talent!«

Ein Schatten huschte über sein Gesicht, doch er war sofort wieder verschwunden. War das Mitgefühl? Wenn ja, dann war ich auf der richtigen Fährte. Vielleicht musste ich heute Nacht doch nicht alleine schlafen.

»Ich habe kein Talent, keine abgeschlossene Ausbildung, und ich habe kein Geld«, sagte ich. Das Gewicht der Worte traf mich in einem Teil meiner betrunkenen Seele, wo ich es sicher nicht haben wollte, und ich schob rasch hinterher: »Deshalb muss ich diese Scheiße über mich ergehen lassen.«

»Was ist mit dem Erbe deiner Mutter? Sie war doch sicher sehr reich.«

»Haha, welches Erbe?« Ich lehnte mich vor und eröffnete Konrad das Geheimnis meines Bankrotts: »Das Einzige, das ich geerbt habe, ist eine 300-m²-Maisonette-Wohnung, direkt hinter der Karlskirche. Und in der wohne ich, weil im Testament festgelegt wurde, dass ich sie weder verkaufen noch vermieten darf. Ich weiß nicht, wieso sie das getan hat, wahrscheinlich war sie sentimental, weil sie dort aufgewachsen ist. Diese Wohnung hat mein Großvater gekauft, als die Familie vor was-weiß-ich-wie-viel Jahren aus Sizilien nach Wien gekommen ist.«

»Aber schon alleine die CD-Verkäufe deiner Mutter, die müssen doch ...«

»Geht alles in Stiftungen«, unterbrach ich ihn und setzte mein Glas an. »Das hat sie noch zu einer Zeit veranlasst, als sie dachte, ich würde in ihre Fußstapfen treten. Und sie hat es nicht rückgängig gemacht, als ich die Richtung geändert habe. Ich glaube, sie dachte, ich würde es mir noch mal überlegen. Aber ich weiß es nicht, wir hatten keinen Kontakt mehr.«

»Woran ist sie gestorben?«

»Krebs. Es ging sehr schnell – hat man mir gesagt.« Man hatte es mir gesagt. Denn ich war nicht da gewesen. Ich hatte es nicht gewusst. Keine Nachricht. Sie hätte mir nie deutlicher zu verstehen geben können, was für eine Enttäuschung ich für sie war. Was das betraf, so standen wir uns in nichts nach. »Auf dein Wohl!« Ich prostete Konrad mit meinem Glas zu und leerte es in einem Zug.

Er verschränkte seine Finger ineinander und sah mich nachdenklich an. »Wieso wolltest du eigentlich auf die Polizeischule? Wie kommt man von der Oper zur Polizei?«

»Oje, jetzt wird es peinlich«, kicherte ich betrunken. »Ich habe mich damals gefragt, welchen Job könnte ich machen, der für meine Mutter am schlimmsten wäre? Na, und die Antwort war klar, etwas bei der Polizei.«

»Warum?«

»Weil ihre ständige Angst um mich dann wenigstens mal berechtigt gewesen wäre. Sie hat sich ununterbrochen Sorgen gemacht.«

»Das tun Eltern.« Der plötzliche Glanz in seinen Augen irritierte mich. Was war das für ein Geheimnis, das Konrad Fürst mit sich herumschleppte? Denn dass er eines hatte, stand außer Frage. Wir Geheimnisträger erkennen einander.

»Ja, ich weiß, aber bei ihr war es anders. Sie wollte alles kontrollieren, immer schon. Jeden Schritt, jeden Termin, sie musste immer über alles Bescheid wissen und wurde richtig hysterisch, wenn ich was nicht erzählen wollte. Als Kind hatte ich sogar manchmal das Gefühl, dass mich wer beobachtet ... aber das war wahrscheinlich nur Unsinn. Obwohl, ich hätte es ihr zugetraut.«

Konrad Fürst lehnte sich zurück, ich war mir nicht sicher, ob er mir glaubte. Die Wahrheit war: Ich war mir da selbst nicht mehr so sicher. Der Tod ist eine hinterhältige Angelegenheit, er bringt einen manchmal dazu, Dinge in einem anderen Licht zu betrachten.

»Und was war damals auf der Polizeischule?«, fragte er weiter. »Fischer hat mir gesagt, es war Krump, der dich rausgeworfen hat?«

»Moment mal, du fragst mich aus, aber ich darf nicht wissen, wieso du den Dienst quittiert hast und Clown geworden bist?«

Er senkte den Blick, antwortete aber nicht.

»Okay, dann genug mit der Fragestunde«, sagte ich, stand leicht schwankend auf und ging an die Bar, um mir meinen dritten Wodka zu holen.

Als ich zurückkam, war Konrad Fürsts Platz leer. Trotzig ließ ich meinen Blick durch das Lokal schweifen, das sich schon ein wenig gefüllt hatte.

An einem Tisch nicht weit entfernt wurde ich fündig. Er war vielleicht Anfang dreißig und lockerte sich gerade den Krawattenknoten. Außerdem war er alleine und hatte ein Glas Whiskey vor sich stehen. Ob er auch mein letztes und wichtigstes Kriterium erfüllte und somit infrage kam, konnte ich auf die Entfernung nicht erkennen.

»Ist hier noch frei?«, fragte ich mit tiefer Stimme und lehnte mich dabei so weit nach vorne, dass er freie Sicht auf meine um zwei Knöpfe zu weit geöffnete Bluse hatte. Er fing meinen Blick auf, es dauerte nur einen Augenblick, dann tauchte: ›27 Jahre, Zitronengelb und Käsekrainer mit Brot‹ wie ein Werbeslogan in meinem Kopf auf. Aus der Nähe betrachtet, war er deutlich weniger attraktiv, er hatte ein Babygesicht, und auch im Alter hatte ich mich verschätzt.

Seine Augen wanderten blitzschnell abwärts, mit Genugtuung sah ich, wie seine Wangen sich rosa färbten, als er zu meinem Busen sagte: »Was? Äh, ja. Ja, klar.«

Da er weder einen Ehering trug noch einen verräterischen Abdruck am Ringfinger hatte und dadurch mein letztes und wichtigstes Kriterium erfüllte, setzte ich mich zu ihm. Bereits nach drei Minuten wusste ich, dass er Sven Munz hieß, seit kurzem aus beruflichen Gründen von Frankfurt nach Wien übersiedelt war, und hatte ihn außerdem so weit, dass er mit mir das Lokal verlassen wollte. Er langweilte mich jetzt schon, aber eine bessere Alternative war nicht in Sicht. Trotzdem war ich noch nicht bereit, den Barbesuch ausklingen zu lassen, mein Alkoholspiegel war bei weitem nicht hoch genug, um mit Babygesicht ins Bett zu gehen. Ich schickte ihn noch zweimal zur Bar, und nach zwei Whiskeys für ihn und doppelten Wodkas meinerseits rutschte ich mit meinem Sessel zu ihm. Wir fingen an zu knutschen, und ich verlor mich in seiner Erregung.

»Lass uns zu dir gehen«, flüsterte ich und stand auf. Der Boden unter meinen Füßen fing an zu schwanken wie ein Surfboard, als wir zum Ausgang gingen.

Die Hinteransicht eines mir bekannten schwarzen Lockenkopfs ließ mich innehalten.

Konrad Fürst drehte sich auf dem Barhocker an der Theke zu mir um und sah mich an. In meinem vernebelten Hirn wurde eine unbekannte Sehnsucht geweckt. Ich wollte nicht weg. Vielleicht war es der Alkohol, aber in diesem Moment war es mir egal, dass Konrad kein sexuelles Interesse an mir hatte. Während ich ihn ansah, spürte ich diese unbestimmte Sehnsucht, einfach in seiner Nähe zu bleiben.

»Lotta, kommst du?«, rief Sven, der bereits bei der Tür wartete. Erst jetzt bemerkte Konrad ihn und widmete sich sofort wieder dem Mineralwasser, das vor ihm stand.

»Noch nicht, aber hoffentlich gleich und mehrmals«, sagte ich laut in Konrads Richtung.

Ein paar der Gäste kicherten, und ich drehte mich um und folgte Sven aus dem Lokal.

Das Mädchen 14. Juli

Am nächsten Tag wurde das Au-pair-Mädchen mit seinem Koffer vor die Tür gesetzt.

Wer hätte aber auch ahnen können, was es für Ereignisse nach sich ziehen würde, dass die Zwanzigjährige sich am Vorabend aus der Wohnung geschlichen hatte? Nur zwei Stunden sollte das heimliche Treffen mit dem jungen Austauschstudenten aus Paris dauern, den sie vor drei Tagen im Supermarkt kennengelernt hatte. Sie wollte wieder zurück sein, wenn die Mutter von der Party nach Hause kam. Doch sie hatte nicht damit gerechnet, dass dieses kleine Mädchen schon in der nächsten Stunde wie am Spieß schreien und nicht aufhören würde. Die Nachbarn klopften, aber als niemand öffnete, riefen sie die Polizei. War es Glück oder Eingebung, dass die Mutter früher als geplant genau in dem Moment von der Party zurück nach Hause kam, als die zwei Beamten die Wohnungstür aufbrechen wollten?

Ein paar verlegene Erklärungsversuche der Mutter, bittende Blicke und Beteuerungen, dass »so etwas nie wieder passieren würde«, später, hatten die zwei Polizisten die Wohnung mit mitfühlendem synchronem Kopfnicken verlassen.

Der Traum blieb, und obwohl sie erst sechs Jahre alt war, wusste sie, dass sie alles darin aushalten musste. Sie musste lernen, sich in ihrem Traum zu kontrollieren.

Keine Angst und kein Gekreische mehr, wenn die Hände der fremden

Frau im Traum so fest nach ihr griffen, dass sie sich nicht mehr wehren konnte. Der Preis dafür war zu hoch.

Vorstellung:

ROSALIA

»Die Pause endet in fünf Minuten. Zu Beginn des zweiten Aktes, das Orchester bitte Platz nehmen. Maria, Consuela, Rosalia, Teresita und Francisca auf die Bühne, bitte.«

Sie winkte der Inspizientin zu, die gerade ihren Rollennamen eingerufen hatte: »Ich bin schon hier.«

Die Inspizientin lächelte. »Ja, aber ich muss trotzdem immer alle einrufen, könnte ja sein, dass ich mich verschaut habe, und dann ist es meine Schuld, wenn jemand fehlt.« Sie lachten, dann fragte die Inspizientin flüsternd: »Haben sie dich auch schon verhört, oder hast du das noch vor dir?«

»Sogar schon zwei Mal, dabei hab ich die beiden gar nicht gekannt. Aber wenigstens fühlt man sich dadurch sicher. Ist viel Polizei im Haus?«

»Auf jeden Fall mehr als bisher, und welche in Zivil sollen auch da sein.«

Sie nickten einander zu, dann wandte sich die Inspizientin wieder dem Technikpult vor sich zu und flüsterte in das Mikrofon: »Vorhang bitte bereit machen für den Beginn des zweiten Aktes.«

Langsam ging sie zu ihrem Platz auf der Bühne. Ihr Magen fühlte sich an, als würde er einmal herumgedreht werden. Das hatte aber nichts mit den »Vorfällen«, wie die Morde intern genannt wurden, in der Wiener Oper zu tun. Nein, die Ursache ihrer Nervosität war eine sehr viel persönlichere. Sie hatte schon oft

West Side Story gespielt, und die Rolle war ja bei Gott nicht groß – trotzdem war es in dieser Saison anders. Noch nie zuvor hatte sie gewagt, ihren Köper zu zeigen, wie er war – ohne die vielen tomatenroten Flecken auf Armen und Beinen zu überdecken.

Dass sie jetzt so hier saß, in ihrem ärmellosen, knielangen weißen Kleid mit den grünen Kleeblättern darauf, war nur Dr. Rössler zu verdanken. Sie kam sich vor wie aus einem Jane-Austen-Roman, wenn sie an ihn dachte. Als würde jeden Moment der Wind durch ihr Haar wehen und ein weißes Pferd um die Ecke biegen. Natürlich war es klassisch, dass sie sich in ihren Psychiater verliebt hatte. Sie hatte darüber gelesen, es hieß Übertragung. Aber wenn Übertragung bedeutete, dass sie jetzt das erste Mal in ihrem Leben ohne Camouflage auftrat und die Haut ihres Körpers so akzeptieren konnte, wie sie war, dann sollte es ihr recht sein.

Ihre Kolleginnen tröpfelten der Reihe nach herein. Barbara, die die Maria spielte, setzte sich auf ihren Platz, den Blick stur gesenkt, um sich nur ja nicht aus der Konzentration bringen zu lassen. Ihre Lippen bewegten sich unentwegt, warum, das wusste niemand. Vielleicht ging sie den Text durch, vielleicht betete sie auch, dass sie die hohen Töne erwischte oder dass sie nicht das nächste Opfer des Wiener-Opern-Mörders wäre.

Ramona, die die Consuela spielte, wackelte mit übertriebenem Hüftschwung zu ihrem Platz und warf ihr eine Kusshand zu. Der Geruch, der sich ausbreitete, ließ keinen Zweifel zu, dass sie die Pause in der Kantine verbracht hatte.

»Na, Mädels, pack ma's«, rief eines der anderen beiden Mädchen und klatschte in die Hände. Sie konnte sich einfach die Namen der beiden Neuen nicht merken, auch nicht, welche von ihnen jetzt Teresita und welche Francisca war.

Auf der Seitenbühne wurde es leiser, das sichere Zeichen, dass alle vom Orchester ihre Plätze eingenommen hatten und der Vorhang gleich hochgehen würde. Die Inspizientin gab das letzte Zeichen, und bis auf Maria begannen alle Darstellerinnen das Stoffstück, das unter ihren altmodischen mechanischen Nähmaschinen lag, zu bearbeiten. Hoffentlich klemmte diese blöde Nadel nicht wie beim letzten Mal. Sie hatte ihren Arm um die Maschine legen müssen, damit niemand mitbekam, dass sie überhaupt nicht nähte. Das hatte sie so irritiert, dass sie fast ihren Einsatz überhört hatte.

Ihr Herz klopfte bis zum Hals, als sie das heiße Licht des Scheinwerfers spürte. Der Vorhang war hochgezogen und die knisternde Energie des Publikums strömte zu ihnen auf die Bühne.

Vielleicht saß Dr. Rössler im Publikum? Vielleicht war es ja doch mehr als Übertragung, was sie da spürte, und es ging ihm genauso? Der Gedanke beflügelte sie, sie streckte den Oberkörper durch, selbstbewusst, ja, so wollte sie wirken.

Der Dialog der fünf Frauen begann, ein Glück, die Nadel funktionierte. In das Nähen vertieft, wartete sie auf ihr Stichwort. Erst dann sah sie hoch und sagte ihre beiden Sätze: »Oh, vielleicht tut sie das nur für uns? Vielen Dank, Maria.«

Es war der Blick des Mädchens, das Francisca oder Teresita spielte, der sie wissen ließ, dass etwas nicht stimmte. Die junge Kollegin war noch nicht so routiniert wie die anderen, wenn es darum ging, etwas so zu überspielen, dass es das Publikum nicht merkte. Mit panischem Gesichtsausdruck sah das Mädchen auf die leere Stelle im Regal neben sich, wo die kleine Coca-Cola-Flasche stehen sollte, die mit süßem schwarzen Tee gefüllt war. Eigentlich war es die Aufgabe der jungen Kollegin, jetzt einen Schluck aus der Flasche zu nehmen und sie dann Rosalia zu reichen.

Die kleine Flasche würde die Runde machen, bis sie schließlich leer wäre. Ihre ganze Choreographie hing an dieser Cola. Die vom Regisseur ironisch gemeinte Idee war, dass die ganze Szene wie eine Werbung aus den 50er Jahren wirken sollte. Er hatte den Text von »I feel pretty« so interpretiert, dass es nicht die Verliebtheit wäre, die Maria sich hübsch fühlen ließ, sondern die Cola. Sie hatte die Idee witzig gefunden, die Kritiker hingegen vermuteten dahinter eher eine gewaltige Sponsorenspritze des Getränkekonzerns.

Sie blickte sich rasch um, ob vielleicht irgendein anderer Gegenstand auf der Bühne war, den sie statt der Flasche verwenden konnten. Es musste etwas sein, das sich gut werfen ließ. Im Regal entdeckte sie ein Buch. Für den Teil der Choreographie, in dem sie die Flasche drehten, würden sie sich etwas einfallen lassen müssen, aber zur Not sollte alles andere auch mit dem Buch funktionieren. Sie zwinkerte der noch immer panisch dreinschauenden Kollegin vergnügt zu und hüpfte zum Regal. Inzwischen hatten auch schon Rosalia und Maria bemerkt, dass die Flasche fehlte. Die Inspizientin war aus der Gasse zu hören, wie sie etwas zu laut »Das darf nicht wahr sein ... ihr Trottel, wer von euch hat die Flasche nicht eingerichtet?« zischte.

Sie griff nach dem Buch und wollte es herausziehen – doch es ließ sich nicht bewegen. Sie probierte es noch einmal. Es bewegte sich keinen Millimeter. Dieses Buch war gar kein Buch. Es war eine Attrappe, festgeklebt zwischen den Regalbrettern.

Sie drehte sich um und deutete ein leichtes Kopfschütteln an, während sie so verkrampft lächelte, dass es wehtat. Für ein paar Sekunden, die ihnen allen wie Stunden vorkamen, herrschte panisches Schweigen auf der Bühne. Es war die Stimme des Souffleurs, die alles auflöste: »Jössas, jetzt geht's die depperte Flasche doch holen!«

Barbara, die die Maria spielte, griff sich daraufhin an die Stirn und fing an zu improvisieren: »Chicas, wo hab ich nur meinen Kopf? Ich habe euch doch etwas mitgebracht! Wartet einen Moment ...«

Während sie Richtung Seitenbühne tänzelte, fing sie zur Überbrückung an, die Melodie von »I feel pretty« zu summen. Das zweite der neuen Mädchen dachte in seiner Überforderung, es wäre der Beginn des Liedes und stimmte sofort in Marias Gesumme ein: »I feel pretty, oh so pretty ...«

Aus dem Souffleurkasten war ein so lautes »Pschschscht!« zu hören, dass einige Leute im Publikum lachten. Die Neue lief knallrot an, zuckte zusammen und verstummte sofort.

Von der Seitenbühne war wieder die Stimme der Inspizientin zu hören: »Wo ist diese g'schissene Flasche? Das darf doch nicht wahr sein!«

Sie musste irgendwas tun, damit diese Sache nicht noch peinlicher wurde, aber in ihrem Kopf herrschte nur ein einziger Gedanke, der alles in Beschlag nahm: »Bitte, lieber Gott, mach, dass Dr. Rössler nicht im Publikum sitzt!«

Es war die andere Neue, die so verschreckt reagiert hatte, als die Cola-Flasche nicht an ihrem Platz war, die die Szene zu retten versuchte. Anscheinend hatte sie Mut aus dem Fehler ihrer Kollegin gezogen, denn plötzlich platzte sie heraus: »Also wirklich, diese Maria! Soll ich euch ein Geheimnis verraten? Ich glaube, sie ist verrückt geworden! Ja, wirklich, ich habe sie gestern gesehen, als ich mit Jimmy in Ramons Restaurant essen war. Ramon hat da doch diese neuen Burritos …«

Wahrscheinlich hatte sie einen Improvisationskurs belegt, denn sie hörte gar nicht mehr auf, erfand Geschichten und ließ sich von einem Geschehen ins nächste treiben. Sogar als Maria wieder auf der Bühne war und der Souffleur schon mit halbem Oberkörper aus seinem Kasten auf die Bühne geklettert war, redete sie weiter.

»Meine liebe Teresita«, unterbrach sie Maria, während sie die volle Cola-Flasche vor sich hin und her schwang, als wäre es eine neue Handtasche, »jetzt ist es aber genug, du plapperst schon wieder.«

»Ich bin Francisca«, fauchte das Mädchen leise, worauf Maria sie mit einem messerscharfen Blick ansah und zurückfauchte: »Trink!«

Das Orchester setzte ein, sie konnten mit der Nummer beginnen. Als die Flasche endlich bei ihr ankam, war sie nur mehr halb voll. Sie nahm einen großen Schluck, sang zwei Sätze im Refrain mit und trank dann noch einmal.

Irgendwie schmeckte der Tee heute anders. So bitter.

6.

DISSONANZ

Als ich am nächsten Morgen aufwachte, war mein Hals so rau, als hätte ich einen Kaktus verschluckt. Ich drehte mich zur Seite und griff nach dem Plastikkrug mit Wasser, den ich für solche Fälle immer auf meinem Nachttisch stehen hatte. Dabei warf ich einen Blick auf den Radiowecker, die roten Leuchtziffern zeigten mir die Uhrzeit: 08:49.

Noch eine halbe Stunde, bevor ich wegmusste. Das Wasser schmeckte alt und abgestanden. Ich konnte mich nicht mehr erinnern, wann ich das letzte Mal frisches eingefüllt hatte. Aber es erfüllte seinen Zweck, die Sandschicht in meinem Mund wurde weggeschwemmt. Erschöpft drehte ich mich auf den Rücken und stellte den Krug auf meinem Bauch ab.

Wann war ich nach Hause gekommen?

Nach dem unaufregenden Sex mit Sven – was mich aber dank meines Alkoholpegels nur am Rande interessiert hatte – war ich neben ihm eingeschlafen.

Irgendwann in der Nacht hatte mich sein Schnarchen geweckt. Ich hatte meine Sachen zusammengesucht und mir ein Taxi gerufen. Vielleicht war es sein Anblick – Babygesicht schlief zusammengerollt in der Embryohaltung –, gemischt mit Restalkohol, der mich dazu veranlasste, ihm einen Zettel zu hinterlassen: *Sven, wollte dich nicht wecken, muss nach Hause, bevor mein Mann aufwacht. L.*

Die Nachricht war als Trost gedacht, aber im Taxi kamen mir erste Bedenken, was ich da Bescheuertes geschrieben hatte.

Das Glockenspiel meines Handys riss mich aus der Erinnerung. Ich befreite es aus dem Kleiderberg vor meinem Bett. Die Nummer kam mir nicht bekannt vor, aber ich hatte nur noch kurz Zeit, bevor der Anruf auf die Mobilbox umspringen würde. Zu kurz, um zu überlegen, ob ich abheben wollte oder nicht – also tat ich es und brummte: »Hm?«

Einen Augenblick war nichts zu hören, dann sagte eine männliche Stimme: »Ich stehe vor deinem Haus.«

»Clown Foxi!« Plötzlich war ich hellwach. »Komm rauf.«

War Konrad etwa wegen unserer Episode gestern in der Bar hier? Ich legte das Handy weg, dumpf klang daraus noch seine Stimme, doch ich lief schon einen Stock tiefer, um die Wohnungstür zu öffnen.

Dann lief ich wieder hinauf ins Schlafzimmer, schnappte mir Unterwäsche, eine Jeans, ein weißes T-Shirt mit tiefem Ausschnitt und einen schwarzen Blazer.

»Ich bin gleich da, mach dir schon mal einen Kaffee«, rief ich, als ich das Schließen der Eingangstür hörte.

Ich ging durch die Tür, die vom Schlafzimmer direkt ins Badezimmer führte, und stellte mich unter die heiße Dusche. Mit dem Wasser wurden auch die Erinnerungen, die ich an die Nacht mit Sven hatte, in den Abfluss gespült.

Im Spiegel schimmerten mir graublaue Augenringe entgegen, die ich mit reichlich Concealer abdeckte. Dazu verwischte ich Rouge auf meinen Wangen und tuschte mir die Wimpern. Nachdem ich mich angezogen hatte, versprühte ich Unmengen Parfüm in die Luft und ging ein paarmal im Duftnebel hin und her.

Feierlich schritt ich die massive dunkle Holztreppe entlang in den unteren Teil der Wohnung, eine Hand am Geländer, die andere an der Hüfte abgestützt. Doch schon nach ein paar Schritten blieb ich auf einer der Stufen stehen. Es war mehr eine Ahnung als ein wirkliches Gefühl, dass etwas nicht stimmte.

»Foxi?«, rief ich, aber keine Antwort kam.

Ich versuchte es mit »Konrad«, aber auch da keine Reaktion. Ich ging noch zwei Stufen Richtung unteres Stockwerk. »Konrad, bist du da?«

In der Wohnung blieb es still. »Jetzt lass den Scheiß, Konrad«, rief ich, doch es kam weder eine Antwort, noch war sonst etwas zu hören.

Vielleicht war er wieder gegangen, als er gehört hatte, dass ich unter der Dusche war? Ich nahm die nächsten drei Stufen und beugte mich um die Biegung, die die Treppe machte. Vor mir lagen das Vorzimmer, die offene Küchentür und der Gang, der ins Wohnzimmer führte.

Irgendetwas war anders, aber ich kam nicht darauf, was es war. Etwas störte ganz eindeutig mein Blickfeld, wie ein Möbelstück am falschen Platz. Doch es war weder der übervolle Kleiderständer, noch der Schaukelstuhl, der behängt war mit unzähligen Taschen, noch meine Schuhe, die sich häufchenweise am Teppich zusammenrotteten.

Gerade als ich meine Reaktion als hysterische Ängstlichkeit wegen zu viel Alkohol und zu wenig Schlaf abtun wollte, sah ich sie: Auf dem kleinen Sekretär neben der Tür zur Küche lag sie. Wunderschön und üppig, mit dichten, gekräuselten Blättern.

Eine weiße Rose.

Sie gehörte zu derselben Sorte von englischen Winchester-Rosen, die meiner Mutter bei ihrer Beerdigung ins Grab nachgeworfen worden waren.

Die Bedeutung dieser Blume sickerte so langsam in mein Gehirn wie durch ein verstopftes Sieb.

Anscheinend war der Mörder aus der Wiener Oper gerade in meiner Wohnung gewesen. Vielleicht war er sogar immer noch hier. Ich wollte reflexartig um Hilfe rufen, doch im letzten

Moment stoppte ich. Mein Herz hämmerte so wild, dass es mir schwerfiel, leise zu atmen.

Ein Geräusch, so unauffällig wie ein Blatt Papier, das ein kurzes Stück über eine Tischplatte geschoben wird, ließ mich erstarren. Es war aus der Küche gekommen.

Ohne mich umzudrehen, stieg ich die Treppe rückwärts wieder nach oben. Ich versuchte, so leise wie möglich zu sein, was fast unmöglich war, da die alten Holzstufen unter dem dunkelgrünen Samtüberzug bei jedem Schritt knarrten. Ich muss nur zu meinem Handy kommen, dann ist alles in Ordnung, beruhigte ich mich.

Doch das leise Ächzen unter meinen Füßen machte mein ›Mir-selber-gut-Zureden‹ wirkungslos.

Endlich, im oberen Teil der Wohnung angekommen, schlich ich auf Zehenspitzen ins Schlafzimmer. Hier irgendwo musste mein Handy sein, ich hatte es gerade eben, nach dem Telefonat mit Konrad, liegen lassen.

Konrad! Was war mit Konrad? War er immer noch vor meinem Haus? Er hatte doch noch irgendetwas gesagt, wieso hatte ich das Handy bloß weggelegt und ihm nicht zugehört?

Ich sah mich um, während ich mit ganzer Konzentration lauschte.

Mir stiegen Tränen in die Augen, als ich das Handy weder auf meinem Nachttisch noch bei meiner Kleidung entdeckte. Ich tastete die Bettdecke ab. Es war nicht da. So leise wie möglich kniete ich mich hin und lugte unter das Bett. Nur Staub und einzelne Socken. Keine Rettung!

Die Angst packte mich noch fester, und das Blut rauschte durch meine Adern wie ein Wasserfall.

Und dann plötzlich läutete es. Das Glockenspiel, das ich als Klingelton eingestellt hatte, klang gedämpft. Ich richtete mich auf. Es kam nicht aus diesem Zimmer – es kam auch nicht aus diesem Stockwerk. Es hallte von unten herauf.

Hatte ich es vorhin bei mir gehabt, als ich wem-auch-immer die

Tür geöffnet hatte? Nein, hatte ich nicht, ich war nackt gewesen. Die Person musste in meinem Schlafzimmer gewesen sein und es geholt haben, als ich unter der Dusche stand.

Das Klingeln bedeutete, dass ich keine andere Wahl hatte, als wieder hinunterzugehen. Der einzige Weg aus der Wohnung war durch die Eingangstür im Vorzimmer. Ich verfluchte den Tag, an dem ich alle Festnetzanschlüsse gekündigt hatte. Mein Handy klingelte weiter und hörte nicht auf. Es hätte schon längst auf die Mobilbox umspringen müssen, aber das tat es nicht.

Sollte ich ein Fenster öffnen und um Hilfe rufen? Und was würde dann passieren? Wenn ich Glück hatte, dann würde mich jemand hören, die Polizei verständigen, es gäbe einen großen Wirbel, vielleicht wäre es sogar einen Bericht in Zeitung und Fernsehen wert.

Und ein weiterer Gedanke wurde aus meiner Beklemmung geboren: Was, wenn das hier nicht nur eine Falle, sondern auch eine Möglichkeit war, um Publikum zu bekommen?

Publikum für einen Mord.

Ich brauchte eine Waffe. Etwas, um mich zu verteidigen. Der Wasserkrug am Nachttisch war zu leicht, das Plastik viel zu dünn. Die lange Nagelfeile daneben war das Einzige, was infrage kam. Ich schob die Befürchtung beiseite, ob ihr Metall im Falle des Falles wirklich dick genug wäre, und griff danach.

Als ich die Treppe in das untere Stockwerk hinunterging, bemühte ich mich nicht mehr, leise zu sein. Das ununterbrochene Läuten meines Handys begleitete meine Schritte. Die weiße Rose lag noch immer auf dem Sekretär, ich umklammerte die Nagelfeile so fest, dass mir der Plastikgriff ins Fleisch schnitt. Mit schnellen Schritten durchquerte ich das Vorzimmer.

Mir war klar, dass niemand in meiner Küche warten würde, darum war ich auch nicht überrascht, sie leer vorzufinden. Wäre ich der Angreifer, würde ich warten, bis mein Opfer bei seinem Handy wäre, und dann von hinten angreifen.

Das Telefon lag auf dem Küchentisch, ich griff danach, meine ganze Aufmerksamkeit auf die Küchentür gerichtet. Aus dem Augenwinkel erkannte ich am Display den Grund, warum es nicht aufgehört hatte zu läuten – es war kein Anruf, es war der Wecker und er war auf die Funktion »Wiederholen« eingestellt worden. Irgendetwas lag unter dem Handy, ein Stück Plastik, vielleicht ein CD-Cover, aber ich wagte nicht, genauer hinzusehen.

Mein ganzer Körper spannte sich an, bereit, mit der Nagelfeile zuzustechen. Mit der anderen Hand, in der ich bereits das Handy hielt, öffnete ich die Besteckschublade und nahm ein Fleischmesser heraus. Blitzschnell tauschte ich Nagelfeile gegen Messer, drückte dann mit zitternden Fingern am Handy auf den Menüpunkt »Angenommene Anrufe« und auf die erste Nummer, die in der Liste erschien.

Kaum hörte ich am anderen Ende Konrad Fürsts Stimme, brüllte ich: »Hilfe, ich werde überfallen!« Im selben Moment öffnete jemand die Eingangstür meiner Wohnung. Ich sprintete aus der Küche, das Handy am Ohr, hinterher ins Stiegenhaus.

»Wo bist du?«, schrie ich ins Telefon. Ich hörte noch, wie Konrad zurückschrie: »Ich komme.«

Dann spürte ich zwei Hände, die mich von hinten an den Schulterblättern mit solcher Wucht anstießen, dass es mir die Luft aus der Lunge presste und ich der Länge nach hinfiel.

Der kalte Steinboden fing unsanft meinen Sturz auf, das Messer glitt mir aus der Hand und rutschte ein paar Meter von mir fort. Ich robbte keuchend hinterher, während mein Angreifer bereits die Treppen hinunterjagte. Als ich das Messer wiederhatte, stürmte ich zum Geländer, doch ich sah nur noch den Schatten, der um die Ecke im Erdgeschoss verschwand. Ich stolperte die Stufen hinterher, rannte durch den Gang und riss die Haustür auf.

Konrad Fürst stand vor mir, er war genauso außer Atem wie ich.

»Hast du ihn gesehen?«, schrie ich. Er schüttelte den Kopf, drehte sich um und suchte hektisch mit seinen Blicken die Straße ab. Nirgends war eine flüchtende Person zu entdecken.

»Wo warst du?«, keuchte ich und lehnte mich an die kalte Gangmauer.

»Es tut mir … leid … ich … habe dir doch gesagt … ich warte im Café … ums Eck«, sagte er und hielt sich schmerzverzerrt die Leiste.

»Scheiße, so eine Scheiße.«

»Was ist passiert?«

Als ich ihm schilderte, was ich gerade erlebt hatte, fiel mir wieder die Plastikhülle auf meinem Küchentisch ein.

»Er hat etwas dagelassen«, rief ich und rannte zu den Treppen. Konrad folgte mir.

Als wir schon bei der Tür meiner Wohnung angekommen waren, hörten wir die laufenden Schritte vom Innenhof durch das Erdgeschoss, gefolgt vom Quietschen der Scharniere der Haustür.

Unsere vorwurfsvollen Blicke trafen sich für den Bruchteil einer Sekunde, bevor wir das Treppenhaus wieder hinunterstürmten.

7.

TIMBRE

»Wie, Sie können das nicht, Fischer? Vor zehn Minuten haben Sie mir noch etwas anderes gesagt!« Konrad saß mir gegenüber am Küchentisch und schimpfte schon seit fünf Minuten in das Telefon. Eine schmale Ader trat unter einer schwarzen Locke auf der Mitte seiner Stirn hervor, wie ein Fluss, der sich durch eine Landschaft schlängelt. Ich hatte mich auf meine Hände gesetzt, um zu verbergen, wie sehr sie zitterten.

Er hörte zu, dann sagte er etwas weniger aufgebracht: »Was macht Sie so sicher, dass ich das kann?«

Als wir zum zweiten Mal auf die Straße hinausgerannt waren, war, wie beim ersten Mal, weit und breit nichts von dem Eindringling zu sehen. Doch dieses Mal war es anders, denn wir wussten beide, dass wir einen Riesenfehler gemacht hatten.

Wieder in meiner Wohnung, ging ich zielstrebig in die Küche und sah mir an, was mir am Küchentisch hinterlassen worden war.

Es war eine CD, vom Cover sah mir meine Mutter mit ihrem berühmten tragischen Blick entgegen. Der schwarze Samtmantel hüllte sie ein wie eine Adelige in Sibirien, und ihr dunkler Pagenkopf war zu einem in den 80er Jahren modernen Helm frisiert.

Auf der CD war eine Originalaufnahme von Puccinis *La Bohème* aus Covent Garden in London. Meine Erinnerung an diesen Abend vor über vierundzwanzig Jahren war so deutlich, ich konnte noch den staubigen Geruch des Vorhangs riechen, neben dem ich gestanden hatte. Ich war damals vier Jahre alt und hatte an der Hand von Agathe, der persönlichen Visagistin meiner Mutter, von der Seitenbühne aus zugesehen. Meine Finger hatten sich in Agathes weiche Hand gekrallt, und ich hatte den Atem angehalten. Zu überwältigt war ich von der Person, die ich da auf der Bühne sah. Meine Mutter sang oft zu Hause, wenn sie übte oder Lieder einstudierte. Aber es war das erste Mal, dass ich sie bei einem Auftritt vor so unglaublich vielen Menschen sah. Sie lachte, weinte, flirtete, küsste, und ihre Stimme war so gewaltig, dass der Boden unter meinen Füßen vibrierte.

»Das interessiert mich nicht«, schimpfte Konrad in das Handy und schlug mit der flachen Hand auf den Tisch. Ich zuckte zusammen und er hob entschuldigend die Schultern, dann verstummte er und hörte Hannes am anderen Ende nur noch zu. Ich stand auf und schaltete die Espressomaschine ein. Wir würden zu spät zur Probe kommen. Als ich die Dampfdüse aufdrehte, um Milch zu schäumen, verließ Konrad die Küche. Nach ein paar Minuten stand er wieder da, die Stirn in Falten gelegt und sein Handy ärgerlich von sich gestreckt.

»Er will mit dir sprechen.«

»Hannes?«

Konrad nickte, und ich nahm ihm das Handy ab.

»Lotta! Geht's dir gut?«, fragte Hannes, seine Stimme klang so besorgt, dass es mich überraschte.

»Frag mich morgen wieder.«

»Es tut mir leid, aber wenn ich jetzt, nach dem, was gestern passiert ist, die Polizei zu dir schicke, dann … Was ist los?« Im Hintergrund war Stimmengewirr, doch es klang gedämpft, als hätte Hannes die Hand über das Mikrofon gelegt, und ich verstand kein Wort. Dann war wieder Hannes' Stimme zu hören, er flüsterte: »Bist du noch dran?«

»Ja, bin ich. Was ist mit der Spurensicherung?«

Er atmete hörbar aus. »Das geht nicht ...«

»Aber ...«

»Natürlich ist es Wahnsinn«, unterbrach er mich hektisch, »aber es würde alles auffliegen. Glaub mir, würde ich auch nur die geringste Chance sehen, dass er in deiner Wohnung Spuren hinterlassen hat, würde ich dir ein ganzes Kommando schicken. Aber das war noch nie der Fall, bei keinem der drei Morde wurde irgendwas entdeckt. Fürst passt auf dich auf, er hat es mir versprochen. Ich kann nicht ...« Wieder war Stimmengewirr zu hören, dann wurde aufgelegt.

»Wieso drei Morde, was ist gestern passiert?«, fragte ich Konrad und reichte ihm sein Handy.

»Du hast keine Nachrichten gesehen?«

Ich schüttelte den Kopf.

»Gestern Abend bei der Vorstellung von *West Side Story*. Eine junge Sängerin. Sie passt in das Muster der anderen beiden Opfer. Tja, deshalb bin ich gekommen, um dich abzuholen.«

»Wie ist es passiert?«, war alles, was ich herausbrachte.

»Wie es aussieht, war es Aspirin. Die Ergebnisse liegen noch nicht vor, aber ein Mann, der in der Vorstellung war, hat sich bei Fischer gemeldet. Er war der Psychiater des Opfers.«

»Vergiftetes Aspirin?«

»Nein, das war nicht notwendig. Laut Psychiater hatte sie eine Krankheit, Thrombo... irgendwas. Es bedeutet, dass die Blutgerinnung nicht funktioniert. Es sind zurzeit noch alles Vermutungen, es gab ein Getränk auf der Bühne ...«

»Und?«

»Fünf Frauen haben daraus getrunken, eine ist daran gestorben. Sie stehen unter Schock, nur eine von ihnen konnte bereits aussagen. Zuerst war das Getränk nicht auf der Bühne, und dann war es so bitter, dass es schwierig war weiterzusingen.«

»Und wieso will Hannes dann nicht mal, dass wenigstens das CD-Cover auf Abdrücke untersucht wird?«

»Weil er sich absolut sicher ist, dass, wenn es überhaupt der Mörder war, er keine Spuren darauf hinterlassen hat.«

»Und was macht ihn so absolut sicher?«

»Dass du noch lebst. Läuse und Flöhe.«

»Was?«

»Es bedeutet, dass es sich um zwei unterschiedliche Vorgänge handelt. Die Morde sind Läuse, dein Besuch heute Flöhe. Wenn es der Mörder war, dann wollte er dir eine Botschaft übermitteln. Wir müssen sie nur noch verstehen.«

»Wunderbar, was will ich mehr? Das ist ja total beruhigend«, sagte ich, während mir schwindlig wurde und kleine silberne Kreise überall um mich herum auftauchten.

»Ist alles okay mit dir?« Konrad setzte sich an den Tisch, ohne mich aus den Augen zu lassen.

»Natürlich«, log ich und legte bemüht lässig meine Beine auf der Tischplatte ab, damit Konrad nicht erkennen würde, dass ich es nur tat, um nicht ohnmächtig zu werden. Ich wünschte mir nur noch, dass er gehen würde und ich etwas von dem Wodka in meinem Kühlschrank trinken konnte.

»Und, wird die Oper jetzt gesperrt?«

»Fischer wusste es nicht, aber heute Nachmittag gibt es auf jeden Fall wieder eine Pressekonferenz deswegen. *La Bohème*«, sagte er und deutete auf die CD. »Sagt dir die Aufnahme irgendwas?«

»Es war die erste Oper, in der ich meine Mutter auf der Bühne gesehen habe.«

»Kannst du dich an jemanden erinnern, der dabei war?«

»Agathe war da, die Visagistin meiner Mutter.«

»Können wir mit ihr Kontakt aufnehmen?«

»Sie ist bei einem Autounfall gestorben, noch bevor ich in die Schule gekommen bin.«

»Mist«, gab er zur Antwort. »Wir sollten jetzt zur Probe gehen.«

Ich nickte halbherzig, griff nach meiner Tasse und fing an, an dem Kaffee zu nippen, als wäre er noch immer heiß. »Gibt es sonst Neuigkeiten von Hannes?«

Konrad atmete tief ein, dann stützte er sich mit den Handflächen auf den Tisch und fixierte mich, als könnte er mir direkt in die Seele schauen. »Du musst nicht so tun, als würde dich das, was da eben passiert ist, nicht erschrecken.«

Um seinem Blick zu entkommen, stürzte ich den Rest des Kaffees so schwungvoll hinunter, dass er mir übers Kinn lief. »Also, hat Hannes was …?«, begann ich und wischte mir die Tropfen ab.

»Die Kartenverkäufe«, antwortete er sanft, und ich begriff, dass er sich nicht von mir hatte täuschen lassen.

»Was ist damit?«

»Sie sind in die Höhe geschnellt, seitdem bekannt wurde, dass es sich in der Wiener Oper nicht um Unfälle, sondern um Mordfälle handelt. Die Vorstellungen für diesen und nächsten Monat waren innerhalb von drei Tagen ausverkauft. Vorher war die Auslastung fünfzig bis sechzig Prozent, bei manchen Stücken mehr, bei anderen weniger. Sehr viel weniger. Laut Fischer hatte die Wiener Oper in den letzten beiden Jahren große finanzielle Schwierigkeiten, die staatliche Unterstützung hat nicht gereicht, und sie musste immer wieder gesponsert werden.«

»Von wem?«

»Es gibt einen Verein, Freunde der Wiener Oper, der sich darum kümmert. Mehr wusste Fischer noch nicht. Auf jeden Fall scheint es, dass diese Mordfälle die beste Werbung sind.«

»Sie sind ein Glücksfall für die Oper«, murmelte ich.

»Ja, ein Glücksfall«, wiederholte Konrad leise und hob die Augenbrauen.

Eine halbe Stunde später – eine Stunde zu spät – kamen wir bei der Probebühne an. Neben dem Eingang hing der Probenplan für diesen Tag.

»Du stehst da gar nicht drauf«, sagte ich, als ich zwischen vier weiteren nur meinen Namen unter dem Vermerk »eingeteilte Statisterie« gefunden hatte.

»Steht ein Erwin Moser drauf?«

Ich sah auf den Plan, dieser Name stand direkt unter meinem.

»Ja.«

»Dann stehe ich auf der Liste, das ist der Name, unter dem ich hier bin. Eine Vorsichtsmaßnahme wegen ...«, sagte Konrad mit gedämpfter Stimme.

»Moment mal, Scheiße, du bekommst einen anderen Namen und ich ...«, unterbrach ich ihn.

»Den brauche ich ja bald nicht mehr, wenn du so schreist. Und meinst du nicht, dass es merkwürdig wäre, wenn du einen anderen Namen hast, wo dich hier sowieso fast alle kennen.«

»Oh Gott, ich will was zu trinken«, sagte ich und schlug mir die Hände vors Gesicht.

»Wohin?«, fragte Konrad und ging zwei Schritte voraus in Richtung der Probenräume. Als ich nicht antwortete, drehte er sich um. »Wohin? Wie gestern?«

»Nein. Probebühne eins. Es ist eine andere Operette, *Die Csárdásfürstin*.« Ein neues Stück, das bedeutete wieder neue »alte« Bekannte. Ich brauchte Alkohol, und zwar sofort. Konrad wollte bereits losgehen, doch dann stoppte er und drehte sich wieder zu mir: »Wieso proben wir drei verschiedene Stücke? Bringen sie wegen der Morde etwa lauter neue Opern raus?«

»Nein«, brummte ich, »gestern war für eine Wiederaufnahme. Das jetzt ist eine Premiere.«

»Was heißt das?«

»Das heißt, dass ich im Arsch bin«, sagte ich, drückte mich an ihm vorbei und ging auf die große weiße Tür mit der schwarzen Nummer 1 darauf zu.

Als ich sie geöffnet hatte, sagte Konrad hinter mir noch etwas, aber ich verstand ihn nicht mehr. Seine Worte gingen im hysterischen Schrei einer weiblichen Kinderstimme unter.

8.

PRIMADONNA

Das Gekreische war beängstigend. Im ersten Augenblick wollte ich hineinstürmen, aber Konrads Hand hielt mich an der Schulter zurück. Wir konnten nicht in das Innere des Raums sehen, eine weiße Pressspanplatte, die als Gang um die Ecke führte, versperrte uns den Blick. Ich sah Konrad wütend an, doch er ließ meine Schulter nicht los. Stimmen redeten hektisch durcheinander. Kein einziges Wort war in diesem Wirrwarr zu verstehen. Das Kindergekreische wurde höher, bis es schließlich in einem gebrüllten Satz mündete: »DAS IST MIR SO WAS VON SUPER-MEGA-SCHEISSEGAL!«

Dann verstummten alle Geräusche, als wären sie verschluckt worden.

Mein Ärger, weil Konrad mich aufgehalten hatte, verebbte schlagartig. Erst jetzt glitt seine Hand langsam von meiner Schulter, er ging los und ich folgte ihm. Der Gang machte einen Rechtsknick und gab schließlich den Blick frei auf das Innere der Probebühne eins.

Es war ein riesiges Loft, sicher dreimal so groß wie der Raum, in dem wir gestern geprobt hatten. Auf der uns gegenüberliegenden Seite saßen auf Holzstühlen ungefähr zwanzig Leute, die alle zu den zwei Personen auf der extra in den Proberaum hinein gebauten Bühne starrten. Ein kleines Mädchen, das von der Kulisse neben sich verdeckt wurde, stand vor einer jungen Frau, deren weißblond gefärbter Pferdeschwanz wie ein Pfeil Richtung Zimmerdecke ragte. Sie hielt ein Klemmbrett in der Hand, es sah ein bisschen nach Ärztin und Patientin aus, wie sie beruhigend auf die Kleine einredete.

Konrad bedeutete mir mit einem Kopfnicken, ihm zu folgen, er hatte im Eck auf unserer Seite die Statisten entdeckt. Sie standen zusammengerottet in einer Gruppe und verfolgten ebenfalls wie gebannt die Szene.

Da uns niemand beachtete, schlichen wir mit gesenkten Köpfen unauffällig die Mauer entlang. Erst jetzt hatte ich freie Sicht auf das Mädchen, das eben geschrien hatte. Sie war vielleicht zehn oder elf Jahre alt, und als gutes Aussehen im Himmel verteilt worden war, hatte sie anscheinend gefehlt. Bei ihrem Gesicht musste ich an einen Ameisenbären denken: große Nase, fliehendes Kinn und Mausaugen. Sie hatte sich breitbeinig vor der jungen Frau aufgebaut. Ihre Hände waren in die Hüften gestützt, und sie hatte die Stirn nach vorne gestreckt, wie ein Jungstier vor dem Angriff. Sie war schon im Kostüm, und ich fragte mich, wer sie auch noch in so hässliche Sachen hatte stecken können: schwarz glänzende Leggings, ein dunkelgrauer löchriger Pullover, der ihr bis zu den Knien reichte, und mit schwarzem Filzstift bekritzelte weiße Turnschuhe. Ihre honigblonden Locken baumelten rechts und links, mit schwarzen Gummibändern zu Zöpfen gebunden.

Gerade als ich noch überlegte, ob die ganze Szene vielleicht doch inszeniert wäre, fauchte die Kleine: »Und es ist mir auch scheißegal, wenn ihr mich feuert, dann mach ich diesen Dreck eben nicht.«

Jemand räusperte sich geräuschvoll, es kam von dem Mann, der wie ein Regent in der Mitte der Holzstuhlsitzer saß. Er wirkte alt, aber genau konnte ich es nicht sagen, denn fast sein ganzes Gesicht wurde von der Krempe seines hellgrauen Huts überdeckt. Bis auf den Hut war er ganz in Schwarz gekleidet, und seine linke Hand ruhte auf einem Gehstock mit silbernem Knauf.

Die junge Frau mit Klemmbrett versuchte jetzt dem Räusperer zuzulächeln, aber es gelang ihr nicht. Ihr Gesicht blieb wie eine Grimasse stecken. Sie ging in die Hocke, so dass sie auf Augenhöhe mit dem kleinen Mädchen war, und fing nun an, hektisch auf sie einzuflüstern.

Ich sah wieder zu den Leuten auf den Holzstühlen auf der gegenüberliegenden Seite hinüber.

Neben dem alten Mann mit Hut saß eine sehr blasse dunkelhaarige Frau, die ich sofort erkannte, obwohl ich ihr noch nie begegnet war. Sie sah verlegen zu Boden, als wäre da etwas sehr Wichtiges zu sehen, das sie unbedingt erforschen musste. Ihre Hände ruhten in ihrem Schoß – dankbar stellte ich fest, dass sie den goldenen Ring mit eingefasstem Rubin nicht trug.

Sie hieß Katharina Seliger und musste jetzt ungefähr fünfzig Jahre alt sein. Sie war Sopranistin und die erste Sängerin, die den Maria-Fiore-Ring erhalten hatte. Eine Auszeichnung, die nach dem Tod meiner Mutter eingeführt wurde, als Ehrung für herausragende Opernsängerinnen.

Sie hob den Kopf, so schnell, dass ich nicht mehr wegschauen konnte. Unsere Blicke begegneten sich und ich wusste: Bordeauxrot, nur Milchkaffee und 48.

Sie nickte kurz und freundlich, bevor sie ihren Blick gleich wieder senkte. Neben ihr saß eine um zehn Jahre jüngere Frau mit streng zurückgebundenen Haaren, die so dünn war, dass an ihrer Magersucht kein Zweifel bestand. Sie hatte eine Partitur vor sich liegen, auf deren Seiten unzählige bunte Post-its herausragten. Ich nahm an, dass sie die Souffleuse sein musste. Auf ihrem Gesicht zeigte sich sehr deutlich die Verachtung, die sie über die Szene des kleines Mädchens empfand – ihre Zähne waren so fest aufeinandergepresst, dass die Kieferknochen in ihrem schmalen Gesicht wie Schienen herausragten. Ihr Brustkorb hob und senkte sich schnell, und sie hielt einen Bleistift umklammert, der jeden Moment zerbrechen musste. Je länger die Frau auf der Bühne auf das

Mädchen einredete, desto schwerer schien es der Souffleuse zu fallen, ihre Gefühle im Zaum zu halten.

Ich schaute kurz zu Konrad, ihm war es ebenfalls aufgefallen. Als ich wieder zu der Holzstuhlreihe sah, hatte Katharina Seliger ihre Hand auf den Unterarm der Souffleuse gelegt und flüsterte genauso beschwichtigend auf sie ein, wie die junge Frau auf der Bühne auf das kleine Mädchen.

»Wir machen fünfzehn Minuten Pause«, verkündete der alte Mann mit Hut plötzlich und stand auf. Ich brauchte nicht mehr sein Gesicht zu sehen, um zu wissen, wer er war. Als ich seine Stimme hörte, die so brüchig klang, als hätte er in der letzten halben Stunde ein ganzes Päckchen Zigaretten geraucht, hatte ich ihn sofort erkannt: Heinz Zehberg, der berühmte Regisseur. Seine Operninszenierungen waren legendär, doch ich hatte nicht gewusst, dass er noch arbeitete.

In einem Anflug von Panik schnappte ich nach Luft. Wenn Heinz Zehberg da war, dann musste auch *er* hier sein. Und er war der absolut Letzte oder wenigstens der Vorletzte, dem ich als Statistin begegnen wollte. Hektisch suchte ich die Menschen ab, die sich eben langsam von ihren Holzstühlen erhoben.

»Was ist los?«, fragte Konrad leise, aber ich sagte nur: »Jetzt nicht!«

Er war nicht da. Meine Erleichterung, dass ich ihn nicht entdeckt hatte, ließ zu, dass ich mich für einen kurzen Moment euphorisch fühlte. Vielleicht hatte Heinz Zehberg sein Team gewechselt, schließlich hatte ich auch seine persönliche Assistentin nicht gesehen.

»Falscher Alarm«, sagte ich zu Konrad, der noch immer neben mir stand und mich ansah.

Gerade als ich beschlossen hatte, die Pause zu nutzen, um herauszufinden, wer bei dieser Oper das Bühnenbild machte, hauchte von hinten eine nasale männliche Stimme in mein Ohr: »Na, was hab ich dir bei unserer letzten Begegnung gesagt, Carlotta? Kannst du dich erinnern?«

Ich war so überrumpelt, dass mir keine Antwort einfiel. Er nahm es als Aufforderung weiterzusprechen: »Es war ›Man trifft sich im Leben immer zweimal‹, nicht wahr?«

Ich drehte mich um und sah in das Gesicht von Clemens Lenauer, dem Kostümbildner von Heinz Zehberg. Und hatte nur noch einen Wunsch: mit meiner Faust hineinzuschlagen.

Er lächelte mich an, das gleiche selbstgefällige Lächeln wie vor sechs Jahren. »Wie ich sehe, hast du zu den Statisten gewechselt? Es scheint, dass mein Rat an Bernhard genau richtig war. Hast du ihn schon getroffen? Er muss gleich kommen, er singt doch die Partie des …«

»Fick dich, Arschloch«, zischte ich ihn an, drehte mich um und lief aus der Probebühne, durch den großen Vorraum und hinaus auf die Straße. Ich wollte weg, nichts wie weg und meine Wut mit dem nächsten Drink betäuben.

»Lotta, warte«, hörte ich Konrad hinter mir. Ich ignorierte sein Rufen, doch entweder war er erstaunlich schnell oder ich erstaunlich unfit, denn im nächsten Moment hatte er mich eingeholt.

Wir waren vielleicht zehn, zwölf Meter vom Eingang der Probebühne entfernt. »Können wir kurz stehen bleiben?«, fragte er keuchend. Ich nickte, er stützte sich mit den Händen auf seinen Knien ab und sah zu mir hoch. »Wer war das?«

Die Gedanken rasten durch meinen Kopf wie auf einer Achterbahn mit zwanzig Loopings. Sollte ich bleiben? Weglaufen?

»Lotta, was war da gerade los? Kennst du diesen Mann?«, fuhr Konrad fort, als ich nicht antwortete.

Es kam mir vor, als wäre es gestern gewesen, dass mir Clemens Lenauer die Tür zur Wohnung meiner Mutter geöffnet hatte. Dabei waren einige Jahre seit diesem Tag, der mein Leben mit einem Schlag verändert hatte, vergangen. »Ja, ich kenne ihn. Ich kenne ihn sogar sehr gut.« Wie dumm war ich gewesen, nicht daran zu denken, dass er hier sein könnte. Als meine Mutter vor zwei Jahren gestorben war, hatte ich verboten, dass er zum Begräbnis kommt. Ich hatte ihm ausrichten lassen, dass ich an die Öffentlichkeit gehen würde, sollte er meinen Wunsch missachten. Aber ich wusste doch, wie ungerecht das Leben war, wieso hatte ich keinen Gedanken daran verschwendet, dass ich ihn hier wiedertreffen könnte?

»Wer ist er?«, fragte Konrad und kam wieder hoch.

Ich schüttelte nur den Kopf. »Das war's, ich breche ab.« An Konrads Reaktion merkte ich, dass er etwas entgegnen wollte, doch dann schien er es sich anders zu überlegen. So standen wir schweigend, vielleicht eine Minute, ich mit dem Rücken zum Eingang der Probebühne, er mir zugewandt. Das Geräusch einer sich öffnenden Tür brach unsere Regungslosigkeit und Konrad sah an mir vorbei.

»Er ist da, oder?«, fragte ich.

»Ja, er ist gerade herausgekommen.«

»Was tut er?«

»Er raucht. Wer ist er, Lotta? Und wer ist Bernhard?«

»Niemand.« Meine Lippen bebten, mein ganzer Körper schrie nach Alkohol. »Sie sind beide niemand.«

»Wieso läufst du davon?«

»Das geht dich einen Scheißdreck an. Genauso wie mich dein Leben einen Scheißdreck angeht.«

»Lotta, ich wollte nicht …«

»Ja, du wolltest nicht! Wolltest mir nicht einmal erzählen, wieso du so ein blöder, beschissener Clown geworden bist! Nicht mal diese Kleinigkeit, aber von mir erwartest du, dass ich mein ganzes Leben vor dir ausbreite.« Natürlich war es nur ein Ventil, er war die falsche Anlaufstelle für meine Wut. Aber es war mir egal, ich starrte ihn an, allen Zorn in meinen Blick gepackt.

Konrad verschränkte die Arme vor seiner Brust. Er atmete hörbar ein, bevor er sagte: »Ich bin Clown geworden, weil meine Tochter entführt wurde und ich sie bei meinen Auftritten suche.«

Dann drehte er sich um und ging zurück zur Probebühne. Ich

wartete einen Moment, bevor ich ihm folgte. Der Weg führte mich an Clemens Lenauer vorbei. Und ich konnte das Grinsen des Kostümbildners noch spüren, als sich die Eingangstür schon hinter mir geschlossen hatte.

9.

LAMENTO

»Hallo, ich bin die Regieassistentin, mein Name ist Alex. Ich danke euch, dass ihr da seid, ich weiß, es ist alles zu verrückt im Moment ... aber es haben sich alle Beteiligten entschieden, dass die Probe stattfindet. Also, wir überspringen die nächste Szene und fangen mit der dritten an, das heißt, es wird noch ein bisschen dauern für euch«, verkündete uns die junge Frau mit den weißblonden Haaren, die vorhin auf das kleine Mädchen eingeredet hatte. Als sie mir ihre Hand entgegenstreckte, wusste ich, dass sie jünger aussah, als sie tatsächlich war: 33. Außerdem war ihre Lieblingsfarbe Lila und ihre letzte Mahlzeit eine Packung Erdbeer-Gummischnüre.

Außer uns gab es noch drei Statisten. Lilo war die älteste, wahrscheinlich um die sechzig.

Sie war aus reiner Liebe zur Oper hier, und ich glaubte ihr das. Ihr Strahlen war im Gegensatz zu den anderen nicht aufgesetzt. Sie lächelte mich an: Kirschrot, ein Croissant mit Schokoladenfüllung und 63. Ich war mir nicht sicher, ob ihr klar war, wer ich beziehungsweise meine Mutter war, aber wenn doch, dann ließ sie es sich nicht anmerken. Die anderen beiden Statisten waren ebenfalls neu, sie hießen Elisabeth und Paul. Beide waren Studenten, die es sattgehabt hatten, Leute auf der Straße um Geld für Hilfsorganisationen anzusprechen. Konrad, der jetzt für mich Erwin Moser hieß, gab mir ein Zeichen und ging mit den beiden Studenten hinaus. Immer wieder huschte mein Blick zur Tür. Wenn Clemens Lenauer die Wahrheit gesagt hatte, dann würde Bernhard jeden Moment hereinkommen. Das erste Mal seit sechs Jahren, dass wir uns beide zur gleichen Zeit in einem Raum befinden würden. Das alles war so bizarr wie ein perfektes Operettenszenario.

Wieso taten alle so, als wären die Morde entweder gar nicht passiert, nur ein dummer Zufall oder das Normalste der Welt? Als könnten nicht einmal drei tote (wohlgemerkt schlechte) Sänger die andauernde Operettenfröhlichkeit trüben.

»Was war eigentlich vorhin los? Hatte ihr Auftritt was mit den Morden zu tun?«, fragte ich Lilo, um meine Anspannung zu überspielen, und deutete auf das Ameisenbärmädchen, das noch immer im Kostüm trotzig im Schneidersitz in der zweiten Reihe saß.

»Nein, gar nicht, die Kleine ist die Zweitbesetzung, aber sie hat dem Regisseur so gut gefallen – er will, dass sie die Premiere spielt.«

»Seit wann gibt es in der *Csárdásfürstin* eine Kinderrolle?«, fragte ich verwundert.

»Der Zehberg hat es neu überarbeitet. Ich weiß das auch nur, weil ich mich ins Konzeptionsgespräch reingeschlichen hab. Die Hauptrolle, also die Sylva Varescu, die die Seliger singt, hat jetzt im Stück eine Tochter. Damit das Ganze moderner und brisanter wird. Und sie will nicht nach Amerika auf Tournee gehen, wie im Original, sondern sie will mit der Kleinen nach Amerika, damit das Kind nicht mit dem Makel der ledigen Mutter aufwachsen muss.« Sie verdreht die Augen.

»Haha, das Einzige, was daran modern ist, ist, dass die Katharina Seliger eine Mutter spielt, die erst mit fast 40 ein Kind gekriegt hat«, flüsterte ich.

»Na ja, der Zehberg ist wahrscheinlich 120 Jahre alt, für ihn ist das eine Revolution …« Wir lachten beide.

»Und wieso hat das Mädchen sich so aufgeregt? Will sie mehr Geld? Oder sollen sie die Erstbesetzung gleich rauswerfen?«

Lilo schüttelte den Kopf. »Ich bin bei Gott schon lange hier, aber das hab ich noch nie miterlebt. Die Fanny ist an dem Haus nämlich so was wie ein kleiner Star. Mit nicht mal fünf Jahren hat sie schon das erste Mal in einem Musical gesungen. Aber diese Premiere will sie nicht spielen.«

»Wieso?«

»Weil sie es unfair findet. Der anderen wurde die Rolle als Erstbesetzung versprochen.«

»Moment, dass ich das richtig verstehe: Sie verzichtet darauf, die Premiere zu spielen, weil es einer anderen bereits versprochen wurde?«

»Genau.«

»Okay, okay, wo ist der Haken? Hat die andere sie bestochen?«

»Ich hab keine Ahnung, aber das glaub ich nicht. Sie hat es ja gerade erst erfahren. Unter uns, ich kann den Zehberg verstehen, das andere Mädchen … na ja, sie kann nix dafür, aber sie ist die Tochter von der Schwester eines Sponsors. Oder so was in der Richtung. Und wäre sie das nicht, wäre sie auch nicht hier.« Sie warf mir einen vielsagenden Blick zu. »Du wirst sie später noch sehen, sie ist für den zweiten Durchlauf herbestellt.«

Ein zweiter Durchlauf, auch das noch! Mir entkam so ein lautes Seufzen, dass Lilo fragte: »Ist alles in Ordnung?«

»Ja, ja. Ich hab mich nur gefragt, wieso sie als Einzige im Kostüm ist?«, versuchte ich abzulenken.

»Wer ist im Kostüm?«

»Die kleine Primadonna.«

Lilo lachte so laut auf, dass ein paar der Holzstuhlsitzer sich zu uns umdrehten. Noch bevor sie erklären konnte, was daran lustig war, sagte Heinz Zehberg laut: »Wieso fangen wir nicht an?«

Er klang wie eine ratternde Eisenbahn, die Mühe hat, einen Berg hochzukommen. »Der Edwin ist noch nicht da«, entschuldigte sich die Regieassistentin. »Er war doch erst später herbestellt, wegen der …«

»Ich bin hier«, sagte eine vertraute Stimme, und Bernhard Riedler, der Mann, den ich vor sechs Jahren fast geheiratet hätte, trat aus dem weißen Gang.

Ich hatte gehofft, dass ihm alle Haare ausgefallen wären, er fünfzig Kilo zugenommen hätte und unzählige Warzen sein Gesicht entstellt hätten. Was ich sah, war ein durchtrainierter Mann, dessen Bizeps die Bündchen seines türkisen Poloshirts spannte. Seine Haare waren vollzählig vorhanden, und in seinem Gesicht war nicht ein einziger Pickel.

Er ging zu Katharina Seliger und gab ihr ein Küsschen auf die Wange: »Frau Seliger.« Dann beugte er sich zur Souffleuse, gab ihr ebenfalls ein Küsschen und sagte: »Frau Friedmann.« Anschließend reichte er Heinz Zehberg die Hand, machte einen übertriebenen Diener, und der Regisseur lüpfte grinsend den Hut.

Anscheinend hatte ich ihn angestarrt, denn Katharina Seliger sah mich überrascht an. Und das merkte Bernhard, als er sich ihr wieder zugewandt hatte.

»Lotta«, rief er. Er war nicht überrascht, mich zu sehen, also nahm ich an, er wusste bereits, dass ich hier war. Wahrscheinlich hat es Lenauer ihm gesagt, dachte ich, während Bernhard zu mir herüberkam, mit diesem gütigen Gesichtsausdruck, mit dem er immer sehr lästige Fans begrüßt hatte. Wir hatten uns damals darüber lustig gemacht, hatten sie die »Weichspüler-Stalker« genannt, weil sie sich damit begnügt hatten, ihn anzuschmachten. Noch bevor mich seine ausgebreiteten Arme berührten, hielt ich ihm meine ausgestreckte Hand entgegen.

»Hallo, Bernhard«, sagte ich freundlich lächelnd, während ich mir wünschte, ihm mein Knie in die Eier zu rammen.

Ich hatte mir diesen Moment oft vorgestellt. Die Variationen der ersten Begegnung nach diesen Jahren waren in meiner Phantasie immer spektakulär gewesen. Angefangen von seinem Ausbruch, bei dem er heulend vor mir auf die Knie fallen und schluchzen würde: »Lotta, ich war so dumm, kannst du mir jemals verzeihen?«, bis zu seinem hysterischen Ausruf: »Mein Gott, warst du damals schon so schön?« Das ist es, was ich manchmal an der Wirklichkeit nicht leiden kann: dass sie nicht einmal zu einem Nanopartikel an die Vorstellung heranreicht.

Bernhard nahm meine Hand und schüttelte sie höflich, als wären wir flüchtige Bekannte gewesen, die sich nun zufällig wieder über den Weg liefen. »Schön, dich zu sehen«, sagte er, dann drehte er sich um und ging zurück zu seiner Seite des Raums. Ich versuchte, unbeteiligt zu wirken, während ich das Gefühl hatte, innerlich zu zerbrechen.

»Also, wir fangen mit dem Duett an, Sylva und Edwin bitte«, sagte die Regieassistentin, worauf sich Katharina Seliger und Bernhard auf ihre Positionen begaben.

Bernhard war schon immer ein guter Sänger gewesen, viel besser, als ich jemals hätte werden können. Trotzdem war ich erschlagen, als ich ihn jetzt hörte. Katharina Seliger markierte nur, weswegen seine Stimme noch mehr wirkte. Gerade als ich mich fragte, wie tief ich an diesem Tag noch fallen konnte, flüsterte mir der Kostümbildner Clemens Lenauer ins Ohr: »Was für eine Stimme! Als hätte ihm der liebe Gott in die Kehle geschissen.«

Ich hatte weder ihn bemerkt noch Konrad und die beiden Studenten, die wieder hereingekommen waren. Kaum war das Duett zu Ende, klatschte Lilo begeistert, und der Rest der Anwesenden, inklusive Katharina Seliger, fiel in den Applaus mit ein. Ich patschte meine Hände so lasch zusammen, dass es kein Geräusch machte. Bernhard lächelte und winkte ab. Und ich wollte am liebsten schreien.

Doch ein erlösendes Poltern schnitt plötzlich in das leiser werdende Geklatsche.

Es war Heinz Zehberg. Er war vom Stuhl gefallen und griff sich röchelnd an die Brust.

Das Mädchen   19. Juli, im nächsten Jahr

Es war nicht leicht, aber sie hatte es geschafft.

Man durfte den Erwachsenen einfach nicht zeigen, was passiert war oder wie man sich fühlte – man musste ihnen zeigen, was sie sehen wollten.

»Hast du heute Nacht schlecht geträumt?«, *fragte ihre Mutter sie eines Morgens wieder einmal.*

Sie hatte ein Lächeln aufgesetzt, als wollte sie den Preis der Kinderschönheitskönigin gewinnen, und ihre Mutter angestrahlt, während sie log: »Nein, hab ich nicht.«

»Wirklich?«

»Ja, äh, ich, ich ...«

Der skeptische Blick ihrer Mutter bohrte sich in ihr Hirn.

»Was?«

»Ich ... ich habe von diesem braunen Pony mit den gelben Sternen geträumt.« *Zum Glück war es ihr eingefallen. Das Au-pair-Mädchen war mit ihr letzte Woche in das größte Spielwarengeschäft der Stadt gegangen. Gleich beim Eingang wurde dieses Plüschtier beworben, es gab dazu einen Film oder ein Buch, sie wusste es nicht mehr. Trotzdem steigerte sie sich jetzt hinein, als würde ihr ganzes Glück davon abhängen.* »Bitte, bitte, Mama, darf ich das Pony haben? Biiiittteee!« *Was war sie doch für eine perfekte kleine Schauspielerin.*

»Du hast wirklich gut geschlafen? Die bösen Träume sind nicht zurückgekommen?«

»Ja, habe ich doch gesagt. Bitte, darf ich das Pony haben? Ich weiß sogar schon, wie es heißt!«

Der unwillige Ausdruck um die Augen ihrer Mutter verschwand, und ein erleichtertes Lächeln glättete die müden Falten um den Mund. »Ach Schatz, du weißt gar nicht, wie glücklich du mich machst. Ich hatte solche Angst, es würde jetzt wieder alles von vorne beginnen.«

»Pony, Pony, Pony«, fing sie an zu glucksen, wie eine ganz normale Sechsjährige, die sich etwas in den Kopf gesetzt hatte.

Noch am selben Nachmittag befand sich ein dunkelbraunes Stoffpferd, halb so groß wie sie selbst, in ihrem Kinderzimmer. Materielle Wünsche wurden ihr immer zu gerne erfüllt. Sie hasste es vom ersten Moment an. Ein kitschiges Symbol ihrer verlorenen Kinderseele.

»Danke, Mama«, hatte sie gejubelt, es in die Arme geschlossen und die gelben Sterne, die in seine Plüschhaut eingenäht waren, geküsst.

»Wie soll es denn heißen?«, hatte ihre Mutter gefragt.

»Na, Star natürlich!«

Seit einem Jahr stand Star, das Pony, neben ihrem Bett. Jetzt starrte sie in seine Glotzaugen, bis sie es nicht mehr schaffte, wach zu bleiben.

Der Traum begann erneut. Es war kalt. So kalt, dass der Atem in winzigen weißen Wölkchen aus ihrem Mund entwich. Hätte sie sich nicht so gefürchtet, hätte es ihr gefallen. Sie hätte in die Luft gepustet und versucht, die Wölkchen einzufangen. Doch so setzte sich die Kälte in ihre Knochen, breitete sich auf ihrer Haut aus und fraß sich in ihre Finger und Zehen. Sie saß auf dem schwarzen Bett in dem Zimmer ohne Fenster und wagte nicht, sich zu bewegen. Denn sie war nicht alleine. Mit dem Rücken ihr zugewandt stand das dicke Mädchen in der Ecke.

Das dicke Mädchen ohne Gesicht.

10.

MEZZA VOCE

Heinz Zehberg wehrte sich dagegen, aber er wurde überstimmt. Obwohl es ihm nach ein paar Minuten und einer Herztablette, die ihm eine seiner Assistentinnen unter die Zunge geschoben hatte, wieder besser ging, bestanden die Regieassistentin, Katharina Seliger und noch ein paar Darsteller darauf, einen Krankenwagen zu rufen. Wenigstens konnte der Regisseur den Notarzt überzeugen, dass er selber zum Auto gehen konnte und nicht auf der Trage hinausbefördert werden musste.

»Wenn Sie schon Herzprobleme haben, dann sollten Sie nicht auch noch rauchen«, sagte der Notarzt, als er Heinz Zehbergs Stimme gehört hatte.

Der alte Mann packte den Arzt an der Schulter: »Ich habe noch nie in meinem Leben eine Zigarette geraucht.«

»Verzeihung ... Pardon ... das ist sonst nicht meine Art ... ich dachte ...«, stammelte der Arzt verlegen.

»Oh Gott! Ich hoffe, Sie sind ein besserer Arzt als Menschenkenner«, erwiderte Heinz Zehberg heiser und fischte eine Zigarette aus seiner Sakkotasche.

Nachdem die Probe abgebrochen worden war, verließen alle in Windeseile die Probebühne. Konrad sagte etwas, aber ich war in Gedanken noch bei Bernhards Auftritt, so dass ich nicht zuhörte.

»Lotta, wo ist diese Kantine?«, fragte er lauter. Ich sah ihn verständnislos an und er erkannte: »Du hast nicht zugehört, oder?« Ich schüttelte den Kopf.

»Ich habe eine Nachricht von Fischer bekommen, wir sollen zwischen den Proben in die Kantine der Oper gehen. Aber ich weiß nicht, wo sie ist.«

»Ist der verrückt?«, platzte ich hervor. »Der Mörder war vielleicht schon in meiner Wohnung! Soll ich mich gleich auf ein Silbertablett legen mit Petersilie im Mund?«

»Hast du eine bessere Idee?«, fragte er. Den Gedanken »Ja, die Hongkongbar« sprach ich nicht laut aus.

Wir setzten uns schweigend Richtung Opernhaus in Bewegung, das zwei Querstraßen entfernt lag. Ich wusste es zu schätzen, dass er nicht mehr über Bernhard nachfragte, also sagte ich auch nichts über seine Tochter. Doch dann kam dieser grauenhafte Moment, in dem man sich der peinlichen Stille bewusst wird. Ich musste irgendetwas sagen, also erzählte ich ihm, was ich über den Wutausbruch des Mädchens erfahren hatte.

»Kennst du den Regisseur?«, fragte er, als wir um die Ecke gebogen waren und das gigantische Opernhaus mit den kleinen karmesinroten Erkertürmchen vor uns auftauchte.

»Ich kenne den Zehberg nicht persönlich. Meine Mutter war mit seinem Kostümbildner befreundet und hat dann auch einmal in seiner Inszenierung gesungen, aber das war zu einer Zeit, als wir nicht viel Kontakt hatten. Wieso?«

»Passiert es öfter, dass er einfach so vom Stuhl fällt? Ist er vielleicht krank?«

»Keine Ahnung. Glaubst du, er ist der Mörder und das eben war eine Show, um von sich abzulenken?«

Konrad schmunzelte, dabei hatte ich es ernst gemeint. »Ich traue dem alles zu, selbst wenn er geschätzte hundert Jahre alt ist und am Stock geht.«

Wir waren bei der Oper angekommen und ich führte uns zum Bühneneingang auf der rückwärtigen Seite. Das letzte Mal war ich vor sechs Jahren hier gewesen, um meine Mutter nach einer Vorstellung abzuholen.

Ich hatte erwartet, dem Portier erklären zu müssen, wer wir waren, doch kaum hatte ich mich vor seine Portiersloge gestellt, sprang er auf und gab mir die Hand.

»Grüß Gott, Frau Fiore.«

Um meine Überraschung zu überspielen, deutete ich auf Konrad und sagte: »Hallo, das ist mein Kollege Herr ...« In der Eile konnte ich mich nicht an seinen Decknamen erinnern, doch Konrad sprang ein und stellte sich als Erwin Moser vor.

»Wir würden gerne in die Kantine«, sagte ich, und sofort ertönte das Brummen des Türöffners, den der Portier betätigt hatte.

Konrad folgte mir den langen Gang entlang und die kurze Treppe hoch in die Kantine. Es war noch nicht Mittagszeit, darum war nicht viel los. Ein paar Bühnenarbeiter saßen an einem Tisch, nicht weit entfernt von einer Gruppe rauchender Balletttänzerinnen, die die Männer keines Blickes würdigten.

Ich bestellte mir ein Glas Weißwein, doch als ich Konrads Blick sah, korrigierte ich: »Ach Gott, doch lieber eine Melange, bitte.«

»Geht auf mich, setz dich schon hin«, sagte er und bestellte noch zwei Stück Apfelkuchen dazu.

Ich wählte einen Ecktisch im Nichtraucherbereich, über dessen Sitzbank ein durchgehender Spiegel angebracht war. So konnten wir die gesamte Kantine überblicken, ohne dass es auffiel.

Das Geschirrgeklapper, die paar murmelnden Stimmen und der schwere Geruch nach Fett und Gebackenem machte mich müde, während ich auf Konrad wartete. Es fiel mir schwer, die Augen offen zu halten, als würde mir die ganze Aufregung, die ich in diesen paar Stunden erlebt hatte, nun die Rechnung präsentieren. Ich kämpfte dagegen an, aber die Erschöpfung kroch mir unter die Haut. Kaum hatte ich meinen Kopf an die Spiegelwand gelehnt, fielen mir die Augen zu. Tausende Bilder zogen in der Dunkelheit an mir vorbei wie Hologramme. Die Nacht mit Sven, der

Morgen in meiner Wohnung. Clemens Lenauer, den ich damals als Schuldigen für das, was mit Bernhard, meiner Mutter und mir passiert war, auserkoren hatte.

Und schließlich sah ich Bernhard vor mir. Die Erinnerung an unseren letzten gemeinsamen Urlaub tauchte aus verborgenen Ecken meines Unterbewusstseins auf. Wir waren in Paris gewesen. Es war ein kühler Nachmittag, draußen nieselte es, und wir saßen in einem kleinen Bistro in einer Seitengasse der Champs-Élysées, mit kanariengelben Spitzenvorhängen und durchgesessenen grauen Polstersesseln. Er ging vor mir auf die Knie und hielt mir einen billigen rosa Plastikring mit einem Herz darauf entgegen. Er hatte ihn an diesem Nachmittag aus einem Kaugummiautomaten gezogen. »Lotta«, sagte er, und seine Augen begannen zu glänzen. Er schluckte, als müsste er sich bemühen, nicht zu weinen. Ich fing an zu lachen, denn ich dachte, er spielte mir etwas vor, machte einen Scherz. Doch er blieb ernst und mein Lachen verebbte.

»In diesem Automaten gab es außer Kaugummis gerade mal fünf Spielzeuge.« Seine Stimme kiekste leicht, wie sie es noch nie getan hatte. Er nahm meine Hand und streifte mir den Ring über meinen Ringfinger. Er hatte eine Öffnung, so dass er mühelos über jeden Finger passen würde. Und das tat er auch bei meinem. Ich konnte es nicht glauben, was da geschah. Ich konnte nicht glauben, dass der Mann, den ich über alles liebte, gerade dabei war, das zu tun, was ich mir in meinen sehnlichsten Träumen nicht einmal vorzustellen gewagt hatte.

»In diesem Automaten gab es einen einzigen Ring. Einen einzigen! Und ich weiß, es ist ein Zeichen, dass gerade ich diesen Ring herausbekommen habe. Lotta, meine wundervolle Lotta, ich liebe dich so. Willst du mich heiraten?«

»Hallo«, durchbrach eine Mädchenstimme meine Erinnerung. »Was ist, schläfst du?« Jemand zog an meinem Ärmel und ich öffnete blinzelnd die Augen. Es war das Ameisenbärmädchen, das vorhin auf der Probe so eine Szene gemacht hatte. Und sie hatte noch immer ihr hässliches schwarzes Kostüm an.

»Was?«, fragte ich und merkte, dass mir Spucke aus dem Mundwinkel gelaufen war.

»Das Stück wird verschoben. Aber es ist noch ein Geheimnis, sie wollen es erst morgen bei der Probe sagen«, sagte sie und stellte ihren Rucksack auf der Sitzbank ab. Ich schaute mich um, Konrad stand noch immer an der Theke und unterhielt sich mit der Bedienung.

»Wieso bist du noch im Kostüm?«, fragte ich, und die Kleine setzte sich mir gegenüber.

»Das ist kein Kostüm.« Sie öffnete ihren Rucksack und packte ein paar Schulbücher und Hefte auf den Tisch.

Dann stützte sie sich auf ihren Ellbogen ab und sah mich an. Ich wusste: Elfenbeinweiß, eine trockene Semmel und elf. Peinlich berührt, wandte ich meinen Blick ab. Ich kann nicht mit Kindern umgehen. Das konnte ich noch nie, selbst als ich noch eines war.

Sie legte ihren Kopf schief. »Kennst du Cher?«

»Wen?«

»Na Cher, die Sängerin.«

»Nein, und ich will sie auch nicht kennenlernen«, entgegnete ich und hoffte, sie würde schnell wieder gehen.

»Ich meine doch nicht, ob du sie persönlich kennst! Du bist Carlotta Fiore, stimmt's?«

»Lotta.«

»Gefällt dir Carlotta nicht?«

»Nein.«

»Ich finde es schön.«

»Ich aber nicht.«

»Also, weißt du, wer Cher ist?«

»Kannst du jetzt damit aufhören?«

»Willst du wissen, warum ich dich das frage?«

»Nein.«

»Ich sag es dir trotzdem. Sie hat die Hauptrolle in einem meiner Lieblingsfilme, *Mondsüchtig*.«

»In was?« Sie grinste mich an, und ich dachte, was sie doch für ein merkwürdiges Kind war.

»*Mondsüchtig*, der Film. Cher hat dafür einen Oscar bekommen. Nicolas Cage war damals noch ein guter Schauspieler. Na? Den musst du doch kennen, du bist doch schon alt.«

»Und du bist gleich …«, begann ich, aber sie lachte nur laut auf, öffnete eines der Hefte vor sich, kramte einen Bleistift aus der Tasche und fing an, daran herumzukauen.

»Wer bist du?«, fragte ich.

»Fanny. Es stört dich doch nicht, wenn ich hier meine Aufgaben mache? Es ist gleich Mittagspause, und dann ist es hier rappelvoll.«

»Doch, es stört mich«, antwortete ich und hoffte, dass Konrad bald herüberkommen würde.

»Du bist echt lustig«, sagte sie, als hätte ich einen Witz gemacht.

Mit Zeitverzögerung kam jetzt an, was sie vorhin gesagt hatte. »*Die Csárdásfürstin* wird verschoben? Wird die Oper gesperrt?«

Sie schaute von ihrem Heft hoch. »Davon weiß ich nichts. Ich hab nur gerade gehört, wie oben in der Regiekanzlei jemand gesagt hat, dass der Zehberg einen Herzinfarkt verschwiegen hat, den er vor einer Woche hatte oder so. Aber vor morgen ist es nicht offiziell, also hast du es nicht von mir, okay?«

»Das wäre ja endlich mal eine gute Nachricht.«

Sie sah mich verwundert an, dann flüsterte sie: »Ich kann den Alten auch nicht leiden, aber einen Herzinfarkt wünsch ich ihm trotzdem nicht.«

»Nein, so hab ich das nicht gemeint, ich hab von den Proben gesprochen.«

»Hallo«, sagte Konrad zu Fanny, als er endlich an den Tisch gekommen war. Er stellte das Tablett mit den mittlerweile kalten Kaffees und den zwei Apfelkuchen ab. Weder mir noch Konrad entging Fannys sehnsüchtiger Blick auf den Kuchen. Er rückte einen der Teller vor sie, sie strahlte ihn an und bedankte sich, dann stopfte sie den Kuchen in sich rein, als hätte sie zwei Tage nichts mehr gegessen.

Konrad ging noch einmal zur Theke und kam mit einem Tablett mit belegten Brötchen und zwei weiteren Stück Kuchen zurück. Mit vollem Mund berichtete Fanny ihm, was sie mir gerade erzählt hatte. Im Gegensatz zu mir freute er sich nicht darüber.

»Für einen so kleinen Menschen bist du ganz schön verfressen«, sagte ich, als sie sich zurücklehnte und ihre Hände über dem vollen Bauch verschränkte. Sie zuckte mit den Achseln: »Ich wachse.«

»Wieso bist du eigentlich hier? Nach allem, was passiert ist! Hast du keine Angst?«

Sie schüttelte den Kopf, dass die Zöpfe hin und her flogen.

»Und was sagen deine Eltern dazu?«, bohrte ich weiter, in der Hoffnung, die Kleine würde endlich verschwinden.

»Meine Mutter sagt gar nichts, und mein Vater glaubt alles, was ich ihm sage«, sagte sie nüchtern und viel zu erwachsen für ein Kind. »Susu!«, rief sie plötzlich aus und winkte. Konrad und ich drehten uns synchron zum Eingang, durch den gerade eine Frau in schwarzen Highheels hereingekommen war. Ihre rötlichen Haare schimmerten in der Neonbeleuchtung wie Feuer. Sie war groß, schlank, und ihr Erscheinen hatte etwas so Unpassendes wie ein Diamant in einem Misthaufen. Die Frau winkte zurück, ihr bemühtes Lächeln erreichte ihre Augen nicht. Nervös sah sie sich in der Kantine um, als würde sie jemanden suchen.

»Wer ist das?«, flüsterte ich Fanny zu, als die Frau sich einen kleinen Espresso an der Theke bestellt hatte.

»Susu«, sagte sie selbstverständlich, als wäre damit alles klar.

»Und wer ist Susu?«

Sie sah mich überrascht an. »Susanne Supritsch, sie ist die Direktorin hier.«

11.

TOCCATA

Moosgrün, ein Müsliriegel und 52. Die Direktorin war zu uns an den Tisch gekommen, und als sie mir die Hand schüttelte und ich meinen Namen sagte, erhellte sich ihr Gesicht. Die Anspannung, mit der sie sich eben noch umgesehen hatte wie ein ängstliches Tier, war so plötzlich und vollkommen verschwunden, als wäre ein Schalter umgelegt worden.

»Guten Tag, das freut mich aber«, sagte sie lächelnd. »Fanny, sei doch bitte so lieb und rück ein Stück.«

Sie glitt elegant auf den Platz neben Fanny. Die beiden sahen aus wie aus einem Märchen, die schöne Königin und das verwunschene Ameisenbärmädchen.

»Es tut mir sehr leid, dass wir uns gerade jetzt kennenlernen, in dieser schwierigen Zeit. Aber lassen Sie uns lieber von etwas anderem sprechen. Schmeckt Ihnen der Kaffee?«, fragte sie, und als wir verwirrt über diese Gesprächswendung nickten, folgten ein paar Minuten Smalltalk, nicht über die Oper, sondern über Kaffee im Allgemeinen und den in der Kantine im Speziellen. Sie ließen ihn extra aus Triest anliefern, ein wahrer Genuss, man gönnt sich ja sonst nichts, hahaha. Ich hatte den Eindruck, sie führte diese Unterhaltung nicht zum ersten Mal. Dann legte sie einen Arm um Fanny und drückte sie an sich: »Na, du gehörst noch nicht zu uns Koffeinabhängigen. Was probst du denn gerade?«

»*Die Csárdásfürstin*«, sagte Fanny wehleidig, schob die Unterlippe vor und lehnte den Kopf an die Schulter der Direktorin.

»Oje, du Arme, so was Blödes. Der Zehberg, ich könnte ihn echt auf den Mond schießen! Hat einen Herzinfarkt gehabt und sagt kein Wort. Und das gerade jetzt ...«

»Wird die Oper geschlossen?«, stieß ich etwas zu hoffnungsvoll hervor.

»Es tut mir leid, ich darf nicht darüber sprechen, nicht vor der Pressekonferenz heute Nachmittag.«

Sie warf ihre langen Beine übereinander, ihr Rock rutschte dabei hoch, und sie zog ihn verlegen zurück übers Knie. Als sie meinen Blick bemerkte, machte sie sofort eine entschuldigende Geste, als würde sie sagen: He, ich muss mich so benehmen – dabei bin ich doch auch nur eine von euch, und es ist reiner Zufall, dass ich Direktorin bin.

Die Kantine begann sich langsam zu füllen, der Geruch von gebratenem Fleisch und Suppenwürfeln hing in der Luft. Die Direktorin wurde begrüßt, und man winkte ihr zu, trotzdem ließ sie sich nie länger als zwei Sekunden von uns ablenken.

»Gibt es denn was Neues über den Mörder?«, fragte Fanny plötzlich laut und unvermittelt. Vielleicht war es Einbildung, aber es kam mir vor, als würde das Geplapper um uns leiser werden.

»Ach, Fanny«, beruhigte Susu Supritsch das Mädchen, »du brauchst wirklich keine Angst zu haben, im ganzen Haus befindet sich Security, und die Polizei ist mit ihren Ermittlungen auch schon sehr weit.« Dann tätschelte sie voller Mitgefühl das Gesicht des Mädchens, als wären wir in einem Verköstigungslager in Somalia und sie die Beauftragte einer Hilfsorganisation. Fehlte nur noch, dass ein Regisseur »Danke, die Szene ist im Kasten« rief.

»Es war schön, Sie kennenzulernen, aber die Pflicht ruft«, sagte sie zu Konrad und mir, dann trank sie den letzten Schluck ihres Espressos. Wir verabschiedeten uns mit Handschlag, sie nahm ihre Tasse und brachte sie zu dem Rollwagen für schmutziges Geschirr. Doch statt aus der Kantine zu gehen, kam sie noch einmal zurück an unseren Tisch.

»Carlotta, haben Sie Lust, sich heute Abend die Oper anzusehen?«, fragte sie mich, und ich fuhr gleich dazwischen mit: »Ich heiße Lotta.«

»Ah, hübsch, also Lotta, wollen Sie? Meine Loge ist frei, ich muss vor der Vorstellung eine Ansprache halten, und ich überlasse sie Ihnen gerne. Ich wollte zwar danach selber zusehen, aber ein Termin ist dazwischengekommen. Es gibt die *Zauberflöte*.«

Keine Ahnung, ob es ihr passierte (obwohl ich stark bezweifelte, dass dieser Frau irgendwas einfach so passierte) oder ob es Absicht war, jedenfalls wusste ich jetzt, dass die Oper nicht geschlossen wurde.

»Echt, die *Zauberflöte*? Obwohl dabei der Monostatos umgebracht wurde?«, platzte Fanny heraus.

Sie warf Fanny einen strengen Blick zu, den sie aber sofort selber mit einem liebevollen Augenzwinkern kommentierte und leise sagte: »Es wird nichts passieren. Außerdem ist heute die Zweitbesetzung dran.«

Ich wollte schon ablehnen, aber Konrad kam mir dazwischen: »Oh ja, vielen Dank, Frau Fiore und ich kommen sehr gerne.«

»Das ist wunderbar«, sagte sie und verabschiedete sich mit einem gütigen Lächeln.

»Scheiße, ich will da sicher nicht hingehen«, fluchte ich, als sie die Kantine verlassen hatte. »Nicht nach dem, was heute Morgen passiert ist!«

»Was ist denn passiert?«, fragte Fanny.

Ich ignorierte ihre Frage und flehte: »Bitte, Konrad, in der Loge bin ich doch Freiwild.«

»Wieso *Konrad*? Du hast doch zur Susu gesagt, du heißt Erwin.«

»Er hat einen Doppelnamen«, fauchte ich sie an. Konrad gab mir mit einem leichten Kopfschütteln zu verstehen, dass wir diese Unterhaltung hier nicht fortsetzen sollten.

»Das ist wunderbar«, äffte ich Susu Supritsch nach und verschränkte beleidigt die Arme.

»Also, die Susu zieht ihre Show besser ab als du«, sagte Fanny zu mir, während sie ihre Schulsachen in den Rucksack packte.

»Wie meinst du das?«, fragte Konrad, doch das Mädchen verdrehte nur die Augen und zog, genauso wie Konrad es immer machte, einen Mundwinkel in die Höhe.

»Wo gehst du hin?«, fragte er, als sie aufstand.

»In den Ballettsaal im fünften Stock, der ist immer offen und jetzt ist er auch leer.« Dann hievte sie sich den schweren Rucksack über die Schulter und ließ uns alleine.

»Heute ist außerdem die Zweitbesetzung dran? Wie hat sie das gemeint?«, fragte Konrad.

»Keine Ahnung, es ist mir auch wurscht, ich will jetzt hier weg.«

»Wir können gleich gehen, nur eine Sache noch. Hast du die CD von heute Morgen bei dir?«

Ich wollte danach greifen, sie war in meiner Handtasche, doch er hielt mich ab. »Warte noch kurz, ich möchte mich vorher umsehen.« Er rutschte in das Eck der Sitzbank, streckte sich gähnend und lehnte sich dann an. »Kennst du hier irgendwen?«

Jetzt begriff ich, er hatte seinen Platz gewechselt, um einen besseren Überblick zu bekommen und mir die Gelegenheit zu geben, unauffällig in den Spiegel hinter ihm zu sehen.

Ich sah mich um, mein Blick blieb an einem Mann hängen, der mich ansah. Himmelblau, Eiernockerl mit grünem Salat, die er gerade vor sich stehen hatte, und 32. Er nickte mir zu, als würde er mich kennen. Ich nickte zurück, obwohl ich keine Ahnung hatte, wer er war. Dann wandte er sich wieder dem halb vollen Teller vor sich zu.

»Und?«, fragte Konrad.

»Nicht wirklich, ein paar kommen mir bekannt vor, und einer scheint mich zu kennen.«

»Wer?«

»Ein, zwei … fünf Tische weiter, der mit den dunkelbraunen Haaren.«

»Der neben der blonden Frau?«

»Nein, der alleine sitzt.«

»Okay, ich sehe ihn. Jetzt hol die CD raus.«

Ich tat, was er gesagt hatte, ohne Konrad aus den Augen zu lassen. Er war so diskret, dass nicht einmal ich mir sicher war, ob er die Leute in der Kantine beobachtete. Nach ein paar Augenblicken sagte er leise: »Halt sie ein bisschen höher und tu so, als würdest du dir das Cover ansehen.«

Ich fing an, die Titel zu lesen, dann öffnete ich die Hülle, zog das Deckblatt heraus und klappte es auf.

»Ach du Scheiße«, fluchte ich und sah hoch.

»Was ist?«, fragte Konrad. Ich hielt ihm das Deckblatt entgegen, meinen Zeigefinger unter dem Namen, den ich gerade entdeckt hatte. Er tastete die Taschen seines Sakkos ab.

»Ich hab meine Lesebrille vergessen, welcher Name steht da?«

Meine Stimme fing an zu zittern, als ich sagte: »Clemens Lenauer.«

»Wer ist das noch mal?«

»Das Arschloch von Kostümbildner, mit dem ich heute Morgen gestritten habe.«

Vorstellung:

ZAUBERFLÖTE

Die Panikattacken waren schlimmer geworden. Die Morde waren der letzte Tropfen, der das Fass mit ihrer Angst darin zum Überlaufen gebracht hatte. Schon die letzten beiden Nächte hatte sie kaum geschlafen, weil sie an nichts anderes hatte denken können als an diese Vorstellung heute Abend. Die zweite Aufführung der *Zauberflöte*. Bis zuletzt hatte sie so gehofft, dass sie abgesagt und die Oper geschlossen werden würde. Das hatten sie alle gedacht. Doch die Pressekonferenz am Nachmittag hatte alle ihre Hoffnungen zunichtegemacht.

»Die Morde sind nicht nur ein Anschlag auf die Kunst, es handelt sich dabei um einen terroristischen Akt. Unser tiefstes Mitgefühl gilt den Familien und Angehörigen«, hatte Kulturminister Schöndorfer in das Mikrofon vor sich gesagt. Wie im Akkord hatten die Direktorin Susu Supritsch und der kleine verkniffene Polizeichef, der ein bisschen einem Bullterrier ähnelte, neben ihm genickt. Die Pressekonferenz fand auf der Bühne der Wiener Oper statt, in allen Reihen tummelten sich Reporter mit Fotoapparaten und Fernsehkameras. Sie selbst hatte sich auf einen Stehplatz in der letzten Reihe gestellt, um möglichst nah beim Ausgang zu sein. Natürlich dachte sie nicht, dass der Mörder gerade jetzt zuschlagen würde, aber ihr war schon allein wegen der Menschenmenge der kürzeste Fluchtweg ein Bedürfnis.

»Die Direktorin Susanne Supritsch wird gleich zu Ihnen sprechen, lassen Sie mich zuvor aber bitte noch ein paar Worte zur Situation der Wiener Oper sagen«, leitete der Kulturminister seine Rede ein. Das konnte jetzt ewig dauern, er war ein Mann, der für die Verliebtheit in seine eigene Stimme bekannt war. »Die Ausübung der Kunst ist ein Grundrecht des Menschen ...«, begann er, und sie stellte ihre Ohren die nächsten fünfzehn Minuten, die mit Plattitüden und Zitaten gespickt waren, auf Durchzug. Erst als ein junger und besonders ehrgeiziger Reporter den Kulturminister fünfmal mit der Frage »Was heißt das konkret?« unterbrochen hatte, wurde es wieder interessant.

»Ich will Ihnen gerne mitteilen, was das konkret heißt: Wir haben lange überlegt und uns diese Entscheidung nicht leichtgemacht. Aber wir sind zu dem einstimmigen Beschluss gekommen, dass wir uns von diesem Mörder nicht bestimmen oder vorschreiben lassen, was wir zu tun haben! Ich selbst habe mit den Familien der Opfer ein sehr berührendes Gespräch geführt, und sie haben mir versichert, dass es im Sinn ihrer verlorenen Lieben ist, dass es weitergeht. Sie haben für die Musik, die Kunst und die Oper gelebt, und wir sind es ihnen schuldig, dass wir gerade jetzt standhaft an unseren Prinzipien festhalten und nicht vor dem Mörder in die Knie gehen. Die Polizei hat die Sicherheitsmaßnahmen auf ein Höchstmaß verstärkt, so dass die Sicherheit aller Personen in der Wiener Oper garantiert ist. Die Kunst weicht nicht der Gewalt, sie überlebt. Schon Ghandi hat gesagt: Stärke wächst nicht aus körperlicher Kraft, sondern aus unbeugsamem Willen. Und wir haben diesen Willen. The show must go on. Das war noch nie so wahr wie in diesem Fall. Und nun darf ich das Wort an die geschätzte Direktorin der Wiener Oper, Susanne Supritsch, geben.«

»Danke, Herr Minister, für Ihre ergreifende Rede. Ich kann mich Ihnen nur anschließen. Gleich nach dem ersten Mord wollte ich die Oper sperren lassen. Dass ich es nicht in die Wege geleitet habe, liegt nicht nur an mir, sondern am Team, ohne das es keine

Wiener Oper geben würde. Vom Techniker über den Bühnenarbeiter, Kostümabteilung, Maske, Betriebsräte, Orchester, Ballett und nicht zuletzt die Solisten, die am meisten bedroht sind, sie alle haben mich angefleht, dass wir nicht klein beigeben dürfen. Darum wird die Wiener Oper an ihrem Spielplan festhalten, und auch ein Benefizkonzert zugunsten der Familien der Opfer ist in Vorbereitung«, hatte Susu Supritsch der Presse mitgeteilt und dann das Wort an den Polizeichef weitergegeben.

»Die Oper bleibt offen und die Vorstellungen finden statt«, war alles, was der Polizeichef dem Redeschwall beisteuerte.

Noch während sie sich fragte, wer denn diese Personen sein sollten, die Susu angeblich angefleht hatten, die Oper nicht zu schließen, begann der Frageorkan der Reporter. Die Stimmen überschlugen sich, es erinnerte mehr an einen Zoo als an eine Pressekonferenz, und sie lief sofort panisch aus dem Zuschauerraum. Nur zu gerne hätte sie nach dieser Eröffnung eine der Beruhigungstabletten genommen, die der Arzt ihr vor einem Jahr verschrieben hatte.

»Ich habe Flugangst«, hatte sie damals gesagt, was stimmte, schließlich war sie aus diesem Grund seit zehn Jahren in kein Flugzeug mehr gestiegen. Und das hatte sie auch nicht vor. Aber sie hatte ihm irgendeine Erklärung für ihren Wunsch geben müssen, und es war unmöglich, ihm die Wahrheit zu sagen: eine Souffleuse mit Klaustrophobie! Es war einfach zu lächerlich.

»Aber bitte nicht zu starke, ich muss während des Flugs arbeiten«, war ihr noch rasch eingefallen.

»Gut, ich schreibe Ihnen etwas Leichtes auf, nehmen Sie am besten eine halbe, wenn Sie in das Flugzeug steigen. Und bitte, suchen Sie sich Hilfe und nehmen Sie zu!«

Immer dachten alle von ihr, sie hätte Magersucht. Dabei war Essen für sie einfach so unwichtig, dass sie es oft vergaß.

Es war ein Glück, dass sie die Wirkung des Medikaments vorher zu Hause ausprobiert hatte. Sie hatte sich extra eine Portion

Lasagne vom Italiener geholt, damit sie eine gute Unterlage hatte. Dann hatte sie einen Horrorfilm in den DVD-Player eingelegt. Dem Mann im Geschäft hatte sie gesagt: »Ich will den schlimmsten Film, den Sie dahaben.« Die Hülle war vielversprechend, mit dem »Ab 18 Jahre«-Hinweis und dem blutverschmierten Gesicht einer schreienden Frau.

Katharina Seliger, ihre beste Freundin, hatte angeboten, ihr Gesellschaft zu leisten, aber das hatte sie abgelehnt. Sie wollte wissen, ob diese Tabletten auch wirklich wirkten.

Noch so eine Vorstellung, bei der sie in ihrem Souffleurkasten saß und vor Panik fast ohnmächtig wurde, wollte sie kein zweites Mal erleben.

Außerdem, wäre Katharina da gewesen, hätten sie vielleicht gemeinsam über den Horrorfilm gelacht. Ihre beste Freundin hatte ihr schon immer sogar ihre größte Angst nehmen können.

Es hatte sogar eine viertel Tablette ausgereicht. Sie hatte vierzehn Stunden durchgeschlafen und war auch dann nur aufgewacht, weil ein Nachbar die Polizei geholt hatte. Der Horrorfilm war die ganze Nacht durchgelaufen. Da der DVD-Player nicht ausgestellt worden war, hatte er den Film immer und immer wieder abgespielt.

Sie war wieder beim Arzt gewesen, aber er hatte gemeint, weil sie so dünn wäre, würde jedes Medikament dieser Art eine ähnliche Wirkung auf sie haben.

Also hatte sie mit Meditation angefangen, Hypnose und so einer Sache, bei der man auf bestimmte Punkte seines Körpers klopft, um die Angst zu vertreiben. Es war besser geworden, aber weggegangen war es nie.

Bei der Premiere der *Zauberflöte* hatte sie in ihrem Souffleurkasten auf der Stirnseite der Bühne gesessen. Sie hatte ihn sterben sehen. Ein Bild, das jeden Moment auftauchte, kaum war sie alleine. Alles und jeder regte sie seither auf, sie war wie eine Sprengkapsel, immer bereit zu explodieren. Es hatte heute ihre ganze Selbstbeherrschung gebraucht, dass sie Fanny bei der Probe am Vormittag nicht angebrüllt hatte. Dabei mochten sie und Katharina das Mädchen doch so gerne.

»Noch fünf Minuten bis zum Beginn der Vorstellung«, hörte sie aus dem Lautsprecher. »Ich bitte alle Beteiligten, ihre Plätze einzunehmen.« Ihr Herz fing an, außer dem Takt zu klopfen, als wäre es eine Trommel, auf der ein Kleinkind herumschlägt. Sie griff in das Fach, in dem ihre Mappe mit der Aufschrift *Zauberflöte* lag, dann verließ sie den Aufenthaltsraum.

Die Luft im Souffleurkasten unter der Bühne erschien ihr dick wie Watte. Sie schloss die Tür hinter sich und fing sofort an, sich mit den Fingern auf die Thymusdrüse zu klopfen. Eins, zwei, drei, eins, zwei, drei – als würden ihre Finger in der kleinen Bucht unter dem Schlüsselbein Walzer tanzen.

Das Publikum applaudierte dem Dirigenten, sie konnte es nicht sehen, aber der Applaus hallte zu ihr hinunter, wie er es nur bei einer gut besuchten Vorstellung tat. Dann hörte sie klackernde Schritte und schließlich ertönte eine vertraute Stimme über ihr. »Liebes Publikum! Mein Name ist Susanne Supritsch, ich bin die Direktorin der Wiener Oper. Bevor die Vorstellung beginnt, möchte ich Ihnen allen von ganzem Herzen danken, dass Sie uns in dieser schweren Zeit mit Ihrem Besuch nicht nur unterstützen, sondern auch ein Zeichen setzen. Es ist ein Zeichen gegen …«

Sie wollte nicht mehr zuhören, also schlug sie nervös ihr Souffleurbuch auf und legte es vor sich auf das Pult unter das Guckloch zur Bühne. Ein süßlicher Geruch, wie Amaretto, stieg ihr in die Nase. Irritiert sah sie hoch zur Bühne. Anscheinend war es das neue und sehr penetrante Parfüm einer der Damen, die sich eben auf ihre Position nicht weit von ihrem Souffleurkasten begeben hatten. Lauter Applaus war zu hören, dann begann die Ouvertüre der *Zauberflöte*. Sieben endlose Minuten, in denen sie versuchte, ihre immer wiederkehrende Panik mit Atemübungen und erneutem Klopfen auf die Thymusdrüse zu bekämpfen. Tränen stiegen ihr in die Augen, begleitet vom Wunsch, die Tür zu öffnen und quer durch das spielende Orchester in die Freiheit zu laufen. Doch sie tat es nicht. Der neuerliche Applaus holte sie endlich aus ihrer Angst, gefolgt vom Schleifen des schweren Vorhangs, als er sich öffnete.

»Zu Hilfe, zu Hilfe, sonst bin ich verloren!«, sang der Tenor, der heute den Tamino gab.

Er zitterte so sehr, dass seine Hosenbeine schlackerten. Außerdem war er nicht nur zu früh auf die Bühne gelaufen, er hatte auch um einen Takt zu früh eingesetzt. Er stoppte und fing noch einmal von vorne an, hatte aber nicht bedacht, dass das Orchester weiterspielen würde. Jetzt war er mit seinem neuen Einsatz zu spät dran. Die Musik jagte davon, und er glotzte wie ein Kaninchen im Scheinwerferlicht zwischen ihrem Souffleurkasten und dem Dirigenten hin und her. Sein nächster Satz wäre: »Der listigen Schlange zum Opfer erkoren«, doch er verpasste auch diesen Einsatz und vollendete die Zeile mit: »... eeee ... oooo ... eeee.«

Sie war also nicht die Einzige, die unter den Nachwehen des Mordes bei der Premiere litt. Wenigstens lähmte ihre Angst nicht ihren Verstand. Tamino hatte anscheinend auch vergessen, dass er von einer mechanischen Schlange verfolgt wurde. Als sie ihn am Unterschenkel berührte, schrie er auf wie ein kleines Mädchen. Eine der drei Damen fing an zu lachen und musste sich umdrehen. Seine Hilflosigkeit gab ihr Kraft, sie durfte ihn nicht im Stich lassen. »Ach rettet mich, ach rettet, rettet«, zischte sie dem Tenor zu.

»A ... ettet, ettet ... ettet«, sang er gequält, Tränen stiegen ihm in die Augen. Eigentlich sollte er sich jetzt vor den drei Damen auf den Boden kauern, doch kaum hatten die drei Sängerinnen ihren Einsatz, stürmte er von der Bühne. Sie konnte sein Schluchzen von der Seitenbühne hören. Sie leckte sich über die Fingerkuppen und blätterte vor. Er musste schleunigst wieder zurück, sein nächster Einsatz war schon auf der nächsten Seite. Die drei Damen auf der Bühne besangen gerade eine leere Stelle in ihrer Mitte. Hier sollte jetzt eigentlich der ohnmächtige Tamino liegen. Sie streckte ihren Kopf ein bisschen aus dem Guckloch hervor – auf der Seitenbühne wurde dem Tenor gerade vom Abendspielleiter eine Schnapsflasche an die Lippen gesetzt.

Sie leckte wieder über die Fingerkuppen und blätterte weiter. Wann kam die erste Stelle in der Aufführung, wo er ein bisschen Pause hatte?

Das Lied der drei Damen war zu Ende, und sie blätterte rasch wieder zurück. Kaum war Tamino auf die Bühne getreten, sagte sie ihm jeden Satz vor. Er wiederholte es zwar hölzern, aber immerhin – der Schnaps schien zu wirken.

Es war erst bei der fünften Szene im ersten Akt, als sie eine leichte Atemnot spürte. Tamino, der sich wieder im Griff hatte, wurde gerade von den drei Knaben zu den drei Tempeln von Sarastro geführt. Sofort klopfte sie mit den Fingern der linken Hand auf das Schlüsselbein, das sich merkwürdig dumpf anfühlte. »Bitte nicht jetzt«, dachte sie. »Keine Panikattacke! Ich muss nur noch kurz durchhalten, dann ist Pause!« Sie versuchte sich zu konzentrieren, leckte die Fingerkuppe ihres Zeigefingers ab, blätterte vor, es waren ein paar Seiten bis zur Pause, leckte wieder und blätterte zurück. »Nicht jetzt!«, befahl sie sich, als die Panik so groß war, dass sie die Kontrolle zu verlieren schien. Das Rauschen in den Ohren wurde immer lauter, und schwarze Flecken tauchten zwischen den Zeilen des Textbuches auf. Sie zwang sich zu ein paar tiefen Atemzügen, während sie unentwegt »Alles ist gut, mir geht es gut« wimmerte.

Und dann, nach ein paar Sekunden, als würde ihr Körper diese Beschwörung annehmen, ging es ihr langsam besser. Die Angst verließ sie in kleinen Schüben. Als sie schließlich ganz fort war, konnte sie sich gar nicht mehr daran erinnern, wie es war, Angst gehabt zu haben. Mit der Wärme, die ihre Adern entlangkroch, kam auch dieses Gefühl, als würde sie schweben. Sie wurde so leicht wie ein Luftballon und rechnete damit, jeden Moment aus dem Souffleurkasten hinauszufliegen. Die Luft wurde immer dicker, als würde sie durch Schaumgummi atmen. Aber viel interessanter war dieses glitzernde Licht, das von der Bühne zu ihr herunterschwirrte.

Wieso saß sie überhaupt hier unten? Sie sollte nicht hier sitzen, sie sollte hinauf, zu den anderen.

Mit einer Hand hielt sie sich am Rahmen des Souffleurkastens fest, während sie auf den Stuhl stieg. Natürlich, deshalb war sie so dünn. Das war der Grund, warum sie nie Appetit hatte. Wegen diesem Moment! Das war ihre Vorhersehung! Ihre Bestimmung! So war es für sie ein Leichtes, durch die Öffnung auf die Bühne zu kriechen.

Mit einem Ruck war sie oben. Sie sah sich um. Hier war es schön, viel schöner als in dem dunklen Kasten! Hier bekam man keine Halsstarre, wenn man den Sängerinnen und Sängern ins Gesicht sehen wollte. Und endlich, endlich konnte das Publikum sie auch sehen. Sie drehte sich im Kreis wie eine Tänzerin und freute sich über das glitzernde Licht, das sie immer mehr einhüllte.

12.

MOLL

»Oh mein Gott«, kam es kaum hörbar über Konrads Lippen. Die Zuschauer waren von ihren Sitzen aufgesprungen, kaum war diese dünne kleine Frau aus dem Souffleurkasten gekrochen. Es dauerte nicht lange. Vielleicht zehn Sekunden. Dann brach sie zusammen. Nach den ersten erschrockenen Ausrufen breitete sich eine merkwürdige Stille aus, als wäre das Publikum über die Wahl des Mörders enttäuscht.

Der Vorhang wurde heruntergelassen, Konrad packte mich am Arm und sagte: »Wir müssen sofort weg. Wenn Krump mich sieht, bin ich erledigt.«

Er lief aus der Loge. Ich rannte ihm hinterher, die Treppe hinunter zur Eingangshalle. Männer in schwarzen Anzügen standen vor den Ausgängen, Konrad wollte an ihnen vorbei, doch durch die Fensterscheiben blinkte bereits das Blaulicht ankommender Polizeiwägen.

»Komm, ich kenne einen anderen Ausgang«, sagte ich, packte seine Hand und zog ihn hinter mir her in die entgegengesetzte Richtung. Wir schälten uns durch die hinausströmende Menschenmasse im Erdgeschoss.

Der unauffällige Eingang neben den Toiletten führte zur Hinterbühne, ich drückte dagegen, aber die Tür war verschlossen. Natürlich, ich hatte vergessen, dass man sie nur von der anderen Seite öffnen konnte. Man kam durch sie hinaus in den Zuschauerraum, aber vom Zuschauerraum nicht mehr hinein auf die Hinterbühne.

»Verdammt«, sagte ich und wollte gerade dagegenschlagen. Doch meine Hand fasste ins Leere, da sie in genau diesem Moment geöffnet wurde. Einer der diensthabenden Feuerwehrleute lief hinaus.

»Niemand verlässt das Gebäude«, schrie er und rannte an uns vorbei. Ich streckte den Fuß vor, damit sie nicht zuschlagen konnte. Den Schmerz, als das Metall auf meine Zehen schlug, ignorierte ich. Wir schlüpften durch. Dank des Durcheinanders, das hier herrschte, bemerkte uns niemand, als wir uns Richtung Bühneneingang bewegten.

»Krump«, zischte plötzlich Konrad hinter mir, als wir es schon fast geschafft hatten.

Ich hatte ihn nicht bemerkt, er stand beim Portier und gab Anweisungen, worauf der Portier aufsprang und sofort die drei Glastüren zusperrte, die hier der einzige Ausgang waren.

Einen Moment blieben wir erstarrt stehen, wie zwei Diebe, auf frischer Tat ertappt. Der Chef der Mordkommission kam in unsere Richtung. Ein Kollege neben ihm redete auf ihn ein, deshalb war er abgelenkt, aber es konnte sich nur noch um Augenblicke handeln, bis er uns entdeckte.

»Ballett«, rief ich Konrad zu, und er verstand sofort.

Der Ballettsaal im fünften Stück, von dem Fanny gesagt hatte, er wäre immer offen. Der Aufzug wurde bereits bewacht, und der Treppenaufgang in die oberen Stockwerke lag neben der Portiersloge. Der einzige Weg führte an Krump vorbei. Ich drehte mich um, ob es irgendeine andere Fluchtmöglichkeit gäbe, aber hinter uns hatten bereits schwarz gekleidete Securitymänner den Weg zurück in den Zuschauerraum und zur Bühne abgeriegelt.

Krump kam immer näher, er war vielleicht noch vier Meter von uns entfernt. Es war ein Wunder, dass er uns noch nicht entdeckt hatte. Konrad drehte sich um und lief zu einem der Securitymänner hinter uns. Ich hörte nicht, was er zu ihm sagte, aber im nächsten Moment stürmte der Securitymann auf Krump zu und bellte: »Sie! Ausweis! Sofort!«

Der Leiter der Mordkommission war so überrumpelt, dass es einen Moment dauerte, bis sein Kopf knallrot anlief und er losbrüllte: »WAS IST DAS HIER FÜR EIN IDIOT?«

Sofort schossen einige Beamte in Zivil zu den beiden, schoben den Securitymann weg und redeten beruhigend auf Krump ein.

»Aber der Mann hat gesagt ...«, versuchte der Securitymann sich zu verteidigen, doch da hatten wir den Tumult schon passiert und liefen die Treppe hinauf.

Der Ballettsaal im fünften Stock war stockdunkel. Ich tastete mich an der Wand entlang, an der die Haltestangen für die Balletttänzerinnen und -tänzer angebracht waren. Konrad blieb beim Eingang stehen. Ich hörte ihn kramen, dann erleuchtete das schwache Licht seines Handydisplays den fensterlosen Raum. Ich zog ebenfalls mein Handy aus der Tasche. Wie zwei elektronische Glühwürmchen leuchteten unsere Handys in den bis auf ein Klavier leeren Raum und tauchten ihn in ein gespenstisches Licht. Die bis zur Decke verspiegelten Wände reflektierten unsere Umrisse.

»Was machen wir jetzt? Die durchsuchen doch sicher das ganze Haus?«, fragte ich.

»Wir müssen Fischer anrufen. Ich seh hier nichts ohne meine Brille, kannst du das machen? Aber warte, hier, nimm mein Handy.«

»Glaubst du, er hebt nicht ab, wenn ich anrufe?«, fragte ich, bekam aber keine Antwort. Konrad kam zu mir herüber, und ich wählte aus seinen Kontakten Hannes' Nummer.

Es läutete ein paarmal, dann hob Hannes mit den Worten ab: »Onkel Erwin, das ist gerade sehr ungünstig. Kann ich dich zurückrufen?« Hinter ihm war hektisches Stimmengewirr zu hören und eine Frau, die heulte: »Wieso lassen Sie uns nicht gehen? Ich werde nie wieder einen Fuß in die Oper setzen.«

»Du musst nicht zurückrufen, du kannst zu Onkel Erwin und mir raufkommen.«

»Sag nicht, ihr seid noch im Haus«, fauchte Hannes und schob ein butterweiches »Onkel Erwin« hinterher.

»Fünfter Stock, Ballettsaal.«

»Ich komme zu euch, sobald ich kann, Onkel Erwin. Dann werden wir einen schönen Spaziergang machen, aber bis dahin rührt ihr euch nicht von der Stelle. Ich muss jetzt hier weitermachen.« Und dann legte er auf.

»Wir müssen auf ihn warten«, ließ ich Konrad wissen, rutschte den Spiegel entlang und setzte mich auf den Boden.

»Na großartig. Hoffentlich kommt er, bevor der Suchtrupp uns findet.«

Hier oben war es vollkommen still, als hätten wir nichts mit dem wilden Treiben da unten zu tun. Meine Aufregung legte sich, wie ein schwächer werdender Sturm, aber nur für eine Minute, um neuen Anlauf zu nehmen. Ich versuchte, ruhig zu atmen, aber es gelang mir nicht. Konrad ging ein paarmal hin und her, dann setzte er sich neben mich. Ich spürte seine Körperwärme an meiner linken Seite, und obwohl es absurd war, fühlte ich mich ab diesem Moment nicht mehr am Rande des Durchdrehens.

»Sie hat nicht ausgesehen, als hätte sie Schmerzen«, begann ich leise. Meine Stimme klang in dieser Stille fremd.

»Die Souffleuse?«

»Ja, als sie gestorben ist.«

»Ich hoffe, du hast recht.« Er seufzte tief. »Das hoffe ich wirklich.«

»Krump – wieso hast du gesagt, du bist erledigt, wenn er dich hier sieht?«

»Das ist eine lange Geschichte.«

»Ich fürchte, wir haben genug Zeit.«

Er räusperte sich, sagte aber nichts.

»Deine Geheimnistuerei nervt«, kommentierte ich sein Schweigen.

»Kennst du diese Geschichten, von denen man gar nicht abwarten kann, sie zu hören, und sich, wenn man sie dann kennt, wünscht, man hätte nie davon erfahren?«

Natürlich kannte ich das. Ich hatte selber so eine. Doch ich gab ihm keine Antwort, und gerade, als ich dachte, er würde es nicht erzählen, begann er:

»Als meine Tochter verschwunden ist, war ich bei der Mordkommission. Und da gab es diesen einen Fall kurz nach ihrer Entführung. Ein siebenjähriger Junge war nach der Schule nicht nach Hause gekommen. Natürlich war es Irrsinn, dass ich mich darum kümmern sollte, aber ich habe darauf bestanden. Bei der Befragung des Hauptverdächtigen bin ich ausgerastet. Ich hab ihn so verprügelt, dass er genäht werden musste. Nachher hat sich herausgestellt, dass der Mann unschuldig war, der Junge war einfach ein Ausreißer, der nach ein paar Tagen wiederaufgetaucht ist. Heinz war damals gerade zum Leiter der Mordkommission befördert worden.«

»Wer ist Heinz?«

»Heinz Krump. Wir waren befreundet. Er hat gesagt, es tue ihm leid, aber er müsse mich suspendieren. Und das gerade zu dieser Zeit, wo die Ermittlungen nach meiner Tochter auf Hochtouren liefen. Es war eine Katastrophe für mich.«

»Und was ist dann passiert?«

»Nach drei Monaten bin ich wieder zurück, es gab neue Beweise und ... sie haben die Ermittlungen eingestellt. Ich habe nicht verstanden, wieso sie das getan haben. Es gab nie eine Leiche, es machte einfach keinen Sinn, jetzt die Suche abzubrechen. Heinz war da anderer Ansicht. Doch bei diesem Konflikt war ich einfach der Schwächere und ...« Er seufzte tief, bevor er fortfuhr: »Irgendwann wurde ich dann gekündigt. Es war nicht leicht, alleine zu ermitteln, also habe ich vorgegeben, noch immer bei der Mordkommission zu arbeiten, meine Papiere selber gefälscht. Das ging eine Zeitlang gut – und dann bin ich aufgeflogen. Dank meines Anwalts und meiner ›speziellen Situation‹ bin ich gerade noch so davongekommen. Aber der Deal war, falls ich je wieder bei der Ausübung einer ermittelnden Tätigkeit entdeckt werde, muss ich ins Gefängnis.«

»Wer will dir hier was beweisen? Selbst wenn es herauskommt, dass du in der Wiener Oper bist, dann arbeitest du eben als Statist.«

»Heinz würde Himmel und Hölle in Bewegung setzen, um mir was nachzuweisen.« Er lachte heiser auf.

»Nur wegen dieser Sache mit dem Ausweis?«

»Nein, nicht nur. Als ich nach der Suspendierung wieder zurück zur Mordkommission bin, habe ich mit Eva geschlafen. Offiziell war sie nur Krumps Assistentin, aber ich war einer der wenigen, der wusste, dass sie seine Freundin war. Ich würde gerne sagen, dass es einfach so passiert ist und keine Absicht war, aber das stimmt nicht.«

»Du hast es mit Absicht gemacht? Aber warum?«

»Weil ich angefangen habe, ihn zu hassen. Wir waren Freunde, und er hat nichts getan, als die Entscheidung gefallen ist, dass nicht mehr nach meiner Tochter gefahndet wird. Meine Frau hatte mich kurz vorher verlassen, die Entführung, das war alles zu viel für uns – wir haben es nicht mehr geschafft. Ich war einfach nicht mehr ich selbst, und Eva, sie war da, sie hat mich verstanden. Da ist es passiert. Was sowieso ein Wunder war, denn ich war ja ständig betrunken. Jemand aus der Abteilung hat uns gesehen und ist damit zu Krump. Bei unserem letzten Treffen haben wir uns fast geprügelt, er hat mir gedroht, wenn einmal der Tag kommt, an dem er mich drankriegt, dann wird er alles ihm zur Verfügung Stehende tun, um es mir heimzuzahlen.«

»Wieso tust du das hier dann alles? Ich meine, wenn er dahinterkommt ...«

»Weil ich weiß, wie es dich zerstört, wenn etwas passiert, das du dir nicht einmal in deinen schlimmsten Alpträumen vorstellen konntest.«

»Wie wurde deine Tochter entführt?«

Die Lichter unserer Handys waren ausgegangen, aber keiner von uns schaltete es wieder ein.

»Wir waren auf einem Fest im Stadtpark«, begann Konrad, »da ist sie ... verschwunden.«

»Wie?«

»Sie war damals vier Jahre alt. Sie heißt Julia. Julia. Ich kann mich nicht erinnern, wann ich ihren Namen das letzte Mal laut ausgesprochen habe. Julia wollte unbedingt ein Eis, es war Mai und noch nicht einmal richtig warm. Weil ich ihr keines gekauft hab, hat sie protestiert, sie konnte wirklich stur sein. Das hat sie von mir.« Er lachte auf. Es war ein so wehmütiges Lachen, und ich war froh, dass ich im Dunkeln sein Gesicht nicht sehen konnte.

»Irgendwann hatte sie mich dann doch so weit, und wir haben uns auf einen kleinen Becher mit einer Kugel Vanilleeis geeinigt, die wir uns teilen wollten. Bei dem Parkfest gab es viele verschiedene Bühnen mit Künstlern, und auf einer lief gerade die Zaubershow eines Clowns, zu der wir hinwollten. Deshalb waren wir überhaupt dort, Julia war ganz verrückt nach Clowns. Mir waren sie immer ein bisschen unheimlich, aber Julia hat sie geliebt. Clowns waren für sie das Größte. Ich habe ihr nur für einen Moment den Rücken zugedreht, um das Eis zu kaufen. Als ich es ihr geben wollte, war sie fort. Zuerst dachte ich, sie ist schon vor zu dieser Bühne mit dem Clown, da die nur ums Eck war.

Julia war kein Kind, das einfach so mit einem Fremden mitgegangen wäre. Sie war klug, wirklich richtig klug. Und als Kind eines Polizisten hatte ich ihr von Anfang an eingetrichtert, nicht mit Fremden zu sprechen. Meine Frau und ich hatten schon darüber gelacht, wie misstrauisch sie Leuten gegenüber war, die sie nicht kannte.

Bei der Bühne mit dem Clown war sie nicht. Ich bin zurück zu dem Eisverkäufer, habe ihren Namen gerufen, gefragt, ob sie jemand gesehen hat. Die ganze Zeit habe ich nicht daran gedacht, dass etwas passiert sein könnte. Es waren nicht einmal zehn Sekunden, die ich sie aus den Augen gelassen habe! Vielleicht war sie zu einem Hund gelaufen, der gerade in der Gegend war. Oder sie war von der Menge einfach ein Stück weitergeschoben worden und hatte dann die Orientierung verloren. Nach einer halben Stunde hatte ich sie noch immer nicht gefunden. Aber sogar da war ich noch überzeugt, dass sie sich sicher nur verlaufen hatte. Julia konnte schon wegen weniger wie am Spieß schreien. Es waren so viele Menschen dort, es wäre doch aufgefallen, wenn jemand sie mitgenommen hätte. Die Polizei ließ Julia über die Lautsprecher ausrufen. Einsatzfahrzeuge wurden angefordert, um auch im Umkreis nach ihr zu suchen. Und ich habe wirklich damit gerechnet, dass sie jeden Moment auftaucht. Aber das ist sie nicht. Niemand hat was von ihr gesehen. Niemand hat sie gehört. Meine Tochter war weg. Verschwunden. Nach einer Stunde kam jemand vom Kriseninterventionsteam zu mir. Ich kann mich noch an seine Worte erinnern: ›Herr Fürst, wir müssen von einem Verbrechen ausgehen.‹ Und ich dachte nur, es ist zu spät. Zu spät. Kennst du dieses Gefühl, wenn man glaubt, das Herz hört auf zu schlagen?«

Ich nickte, doch er konnte es in der Dunkelheit nicht sehen. Seine Stimme brach weg, wie ein sich langsam lösender Eisbrocken.

»Es war meine Schuld. Hätte ich sofort reagiert, als sie nicht mehr da war ...«

Konrad hatte recht. Das war eindeutig eine dieser Geschichten, von der man sich wünschte, man hätte sie nicht erfahren.

»Du bist wegen deiner Tochter Clown geworden?«

»Ja, aber es war Zufall, dass es dazu gekommen ist. Als meine Frau mich verlassen hat, gab es für mich nur noch zwei Sachen:

die Suche nach Julia und Alkohol. Mein einziger Anhaltspunkt war dieses Parkfest und dieser Clown, zu dem wir wollten. Wer auch immer Julia mitgenommen hatte, er würde vielleicht wiederkommen. Und dann gab es wieder ein großes Parkfest – einer dieser seltenen Anlässe, für den ich nüchtern geblieben war. Aber es war so viel los, ich hatte einfach keinen Überblick über die Menschenmassen. Als der Clown, zu dem wir damals wollten, auf der Bühne einen Freiwilligen gesucht hat, bin ich einfach zu ihm hinaufgestiegen. Es war nicht nur, dass ich von dort oben plötzlich alles sehen konnte, es war noch etwas anderes. Ich habe mich ihr dort oben nahe gefühlt. Als wäre sie unter diesen vielen Kindern und würde mir zusehen. Und dann habe ich angefangen, bei der Show mitzuspielen. Für Julia. Als der Clown mir nachher gesagt hat, dass er noch nie jemanden hatte, der die Sache so perfekt durchgezogen hat wie ich, da bin ich auf die Idee gekommen, selber als Clown aufzutreten. Natürlich war es verrückt, aber es war doch der einzige Anhaltspunkt, den ich hatte. Vielleicht würde sie bei irgendeiner Show zusehen und mich dann erkennen. Aber ich habe schnell begriffen, dass es nicht ausreicht, einfach zu sagen, ich bin Clown, engagiert mich. Also habe ich bei anderen Clowns Stunden genommen, für leichte Zaubertricks bezahlt. Ich war sogar in einer Clownschule in Berlin. Und dann habe ich meine Show angeboten. Ich wollte umsonst auftreten, aber das hat die Veranstalter stutzig gemacht und ich wurde kaum gebucht. Als ich dann angefangen habe, Geld zu verlangen, kamen immer mehr Aufträge. Der Name Foxi war klar. Statt Bilderbüchern wollte Julia nur meine alten Fix-und-Foxi-Comic-Hefte ansehen, die meine Mutter auf dem Dachboden aufbewahrt ... sag, hörst du das?«

»Was?«

»Dieses Geräusch?«

Ich lauschte so angestrengt, dass ich nicht zu atmen wagte. Gerade als ich Konrad sagen wollte, dass da nichts war, hörte ich es plötzlich auch: ein leichtes Quietschen. Als hätte jemand versucht, geräuschlos eine Tür zu schließen, aber die Scharniere hatten ihn verraten. Wir standen im selben Moment auf, unsere Knie knackten im Duett. Etwas Hartes berührte mich am Ellbogen, ich tastete danach. Konrad hielt mir sein Handy hin. »Fischer«, sagte er kaum hörbar, ich scrollte die letzte Nummer und drückte auf die grüne Taste.

Am anderen Ende war das Freizeichen zu hören, aber vom Gang her klang kein Handyklingeln. Nach dem siebten Läuten sprang die Mobilbox an. »Hannes Fischer, bitte hinterlassen Sie ...« Ich drückte auf Rot und versuchte es noch einmal, aber der Anruf sprang wieder auf die Mobilbox um.

»Wer kann das sein?«, wisperte ich so leise wie möglich.

»Psst«, machte Konrad noch, als jemand langsam die Tür zum Ballettsaal öffnete.

13.

LIETO FINE

»Himmel, man sieht ja die Hand vor Augen nicht! Seid ihr hier?«, flüsterte Hannes in der geöffneten Tür.

»Verdammt, Fischer, wieso schleichen Sie da draußen herum wie ein Gespenst?«, sagte Konrad.

»Ich schleiche nicht, woher soll ich wissen, welcher der Ballettsaal ist? Das ist schon der vierte Raum, in dem ich nachsehe.« Ich hörte ein Tapsen an der Wand. Als Hannes das Licht aufdrehte, wurde es so hell, dass ich die Augen zusammenkneifen musste. Jetzt konnten wir auch sehen, warum es hier so still war und wir kaum etwas von Hannes' Suche gehört hatten: Die Spiegel waren nicht direkt an der Wand, sondern auf einem dicken schaumstoffartigen Belag angebracht, der die Wand verkleidete. Schallisolierung.

»Wieso bist du nicht an dein Handy gegangen?«, fragte ich vorwurfsvoll.

Hannes sah mich nicht an, er hatte uns bereits den Rücken zugedreht und schaute abwechselnd rechts und links in den Gang, während er hektisch flüsterte: »Ich habe es unten liegen gelassen, damit mich niemand erreichen kann, wenn ich euch hole. Beeilt euch, sie sind gleich hier. Das ganze Haus wird durchsucht. Los, wir nehmen den Lift in den Keller.« Er bedeutete uns mit einer Handbewegung, ihm schnell zu folgen.

»Krump kann jeden Moment wieder im Haus sein, er ist nur

kurz weg, zu Katharina Seliger. Beeilt euch doch, schnell, wir haben nicht viel Zeit.«

Ich folgte ihm sofort aus dem Ballettsaal, doch Konrad blieb in der Tür stehen. Auf den Treppen war bereits das näher kommende Trampeln schwerer Stiefel zu hören.

»Scheiße, los, Fürst«, fluchte Hannes, doch Konrad reagierte nicht.

Ich lief voraus zum Lift, der direkt neben der Treppe lag. Die silbernen Schiebetüren versuchten vergeblich, sich zu schließen – ein eingeklemmter schwarzer Herrenschuh verhinderte das. Das Trampeln war jetzt schon so nah, dass ich jeden Moment mit einem Beamten rechnete. Endlich kam Konrad, hinter ihm Hannes, der seinen Schuh zwischen den Schiebetüren herausriss und uns in den Lift schob. Das Trampeln stoppte und eine männliche Stimme schrie: »He, was …« Hannes hatte seine Hand, die noch immer den Schuh hielt, zwischen die Tür geklemmt.

»Ich bin's, Fischer«, schrie er zurück, »ich musste hier was überprüfen.« Dann schlüpfte er zu uns in den Lift, die Türen schlossen sich endlich, und die Kabine setzte sich in Bewegung.

Die Schweißperlen glänzten auf Hannes' Gesicht wie kleine Kristalle. »Mann, Fürst, wieso haben Sie sich so lange Zeit gelassen?«, fauchte er und schlüpfte in seinen Schuh.

»Nur weil Krump nicht da ist, heißt das nicht, dass wir nicht überprüft werden, wenn wir das Haus verlassen«, fauchte Konrad zurück.

»Ich weiß das, ich bin kein Idiot.« Hannes griff hinter uns, am Boden stand ein Plastiksack, den wir in der Aufregung nicht bemerkt hatten.

»Hier, zieht das über die Kleidung.« Er reichte uns zwei weiße Ganzkörperanzüge mit Kapuze, wie sie die Leute von der Spurensicherung trugen. Während wir hineinschlüpften, erzählte ich ihm vom Namen des Kostümbildners in dem CD-Booklet, das der Mörder heute Morgen in meiner Wohnung hinterlassen hatte.

»Wir werden ihn erneut befragen. Was meinen Sie?«, fragte er Konrad und gab jedem von uns noch eine weiße Atemschutzmaske.

»Dass jemand die Spur auf ihn lenken will«, sagte Konrad und setzte die Maske auf Nase und Mund. Nur noch seine schwarzen Augen sahen zwischen dem weißen Stoff hervor.

»Kannst du dir vorstellen, warum?«, fragte mich Hannes.

»Ja, weil Clemens Lenauer ein Arschloch ist«, gab ich als Antwort.

»Geht es etwas konkreter?«

»Nein, geht es nicht.«

Hannes verdrehte die Augen und wandte sich an Konrad: »Was gibt es sonst für Neuigkeiten? Ist Ihnen etwas bei der Vorstellung aufgefallen?«

»Nichts, was Sie nicht auch von den anderen Besuchern gehört haben. Aber wir hatten heute das erste Mal Kontakt mit der Direktorin, Susu Supritsch. Und im Moment kann ich nicht sagen, dass ich sie aus dem Kreis der Verdächtigen streichen würde.«

Überrascht fragte ich: »Glaubst du, sie wollte deshalb, dass ich heute ihre Karten nehme? Und die CD in meiner Wohn...?«

»Wir sind gleich da«, unterbrach mich Hannes, und ich schaute auf die leuchtende Ziffernanzeige über der Aufzugstür.

»Wieso fahren wir in den Keller?«, fragte ich, schob mir die Maske über Mund und Nase, zog die Kapuze hoch und stopfte meine langen Haare hinein.

»Weil ihr dort nicht auffallen werdet.«

»Aber der Eingang zum Souffleurkasten befindet sich im Keller«, sagte Konrad.

Hannes nickte. »Eben darum. Es ist da unten so viel los, glauben Sie mir, niemand wird auf Sie achten.«

Der Lift hielt, Hannes stieg als Erster aus. Unzählige Beamte in unterschiedlichsten Uniformen und in Zivil schoben sich geschäftig durch die Gänge, darunter auch einige, die die gleichen Anzüge wie wir trugen. Hannes hatte recht, wir fielen in unserer Verkleidung hier wirklich nicht auf.

Wir folgten ihm die Treppe hinauf ins Erdgeschoss, er brachte uns zum Bühneneingang, wo er einem Feuerwehrmann ein Zeichen gab, für uns die Tür zu öffnen. Der Bereich vor der Oper war abgesperrt, Hannes führte uns an zwei Polizisten vorbei, die auf die Kühlerhaube ihres Dienstfahrzeugs gelehnt plauderten. Mit den Worten »Ich brauche Ergebnisse! Und zwar schnell! Rufen Sie mich sofort an, wenn Sie Neuigkeiten haben!« winkte Hannes uns durch die Absperrung.

Wir bogen um die erste Ecke, und in der nächsten Hauseinfahrt stiegen wir aus den weißen Anzügen. Konrad überprüfte die Straße, er gab mir ein Zeichen, und dann traten wir wieder auf den erleuchteten Gehweg.

Die frische Nachtluft pfiff mir um die Ohren, ich verschränkte bibbernd die Arme. Konrad zog sein Jackett aus und legte es mir auf die Schultern. Ohne ihn zu fragen, steuerte ich zielstrebig Richtung Hongkongbar, ich brauchte jetzt dringender einen Drink als irgendetwas sonst.

»Der Mord«, begann er, »irgendetwas lässt mir keine Ruhe, aber ich weiß nicht, was es ist. Nichts Konkretes, mehr ...«

»Was? Intuition?«

Konrad atmete hörbar ein und hob leicht die Schultern. »Ich weiß es nicht. Zuerst die CD in deiner Wohnung, dann Supritsch in der Kantine, die dir ihre Karten anbietet und sagt, dass heute die Zweitbesetzung dran ist, und schließlich der Mord. Ich versuche, ein Muster in alldem zu erkennen, aber ... wohin gehen wir eigentlich?«, fragte er und blieb abrupt stehen. Das rote Schild der Hongkongbar leuchtete uns aus zehn Metern Entfernung entgegen.

»Dein Sakko und ich gehen jetzt in die Bar. Kommst du mit?«

»Aha, so viel zu meiner Intuition.«

Er sah mich mit seinen dunklen Augen an, und obwohl kein

Vorwurf in seinem Blick war, fühlte ich mich doch unwohl und wandte mein Gesicht ab.

»Lotta, willst du wirklich ...«, begann er, doch ich nahm schon sein Sakko von den Schultern, reichte es ihm und sagte: »Verstehe, dein Sakko will lieber nach Hause.«

Er zog es wieder an.«Kommst du klar?«

»Ja, ich bin ein großes Mädchen, danke.«

»Gut. Dann bis morgen.«

Er ging in die Richtung zurück, aus der wir gekommen waren, und ich stieß die Tür zur Bar auf.

»Konrad«, rief ich ihm hinterher.

»Ja?« Er drehte sich um, und erst jetzt fiel mir auf, wie blass er war.

»Danke.«

»Wofür?«

»Dass du mir doch von deiner Tochter erzählt hast«, antwortete ich und verschwand im Inneren der Bar.

Der Geräuschpegel aus lauter R-&-B-Musik und ausgelassenem Stimmengewirr hüllte mich in einen vertrauten Dämmerzustand – als wären Teile meines Gehirns automatisch draußen vor der Bar geblieben. Ich kam mir vor wie in einer Plastikblase, als ich mich durch die alkoholfröhlichen Menschen schob.

»Gin Tonic mit viel Gin und wenig Tonic«, rief ich über den Tresen und hievte mich auf einen der dunkelroten Hocker. Rechts neben mir stand ein älteres Paar, das sich angeregt über den Vorteil von Bausparverträgen unterhielt, links von mir hing eine hübsche Blonde schon ziemlich betrunken über einem rosafarbenen Getränk, während sie ein Mann mit Glatze und Ehering dazu zu überreden versuchte, mit ihm in ein Hotel zu gehen. Ich nahm meinen Drink in Empfang und leerte ihn auf einen Zug. Da meine einzige Nahrung heute aus einem Lachsbrötchen und dem Stück Apfelkuchen in der Kantine bestanden hatte, überschwemmte der Alkohol mein Blut so schnell, dass die Welt um mich herum zu einem Karussell wurde.

Ich bestellte einen zweiten Gin Tonic, schnappte mir die volle Schale Erdnüsse, die vor der Blonden stand, und futterte sie leer. Die Blonde nickte mir zu, als ich ihr die Schale wieder hinstellte, dann verzog ich mich in den hinteren Teil der Bar.

Als ich Sven sah, alleine an einem Tisch, die Krawatte gelockert und die weißen Hemdsärmel bis zum Ellbogen hochgekrempelt, hätte ich losheulen können. Hier saß meine Erlösung. Ich musste heute Nacht nicht alleine sein. Ich musste nicht einmal in meine Wohnung. Es war erst vierundzwanzig Stunden her, seit ich mit ihm geschlafen hatte, aber es kam mir vor wie eine Ewigkeit. Wieso ist das so? Wieso vergehen manche Tage so schnell, als wären zwischen Aufstehen und Schlafengehen nur zwei Stunden, und andere Tage fühlen sich an wie eine ganze Woche? Vielleicht wüsste Sven die Antwort?

»Sveeeen«, rief ich und merkte, wie betrunken ich war. Ich musste mich am Tisch abstützen, um ihn anzusehen. Er hob leicht den Kopf, aber statt des erwarteten Lächelns verzog er angewidert das Gesicht, als würde ich stinken.

»Na, so was, ich dachte nicht, dass wir uns noch einmal sehen«, sagte er gehässig und schob leise etwas hinterher, das entweder wie ›Schlampe‹ oder ›Lampe‹ klang. In Anbetracht der Tatsache, dass der Alkohol mich immer mehr in Beschlag nahm, Riesenbaby Sven so armselig aussah wie die wütende Bulldogge aus Tom und Jerry und ich heute Nacht nicht alleine sein wollte, entschied ich mich für ›Lampe‹.

»Haddu ... einenschlechten ... Taggehabt?«, fragte ich und setzte mich ihm gegenüber.

Er schob wütend seinen Unterkiefer vor, es sah so aus, als würde er jeden Moment anfangen zu bellen, und ich täuschte einen Hustenanfall vor, um nicht lachen zu müssen.

»He, wiesobisdusoangefressen?«, fragte ich, nachdem ich mich wieder beruhigt hatte.

»Ich bin was?«, murrte er.

»Fürunseredeutschenfreunde: wiesobisdusoangepisst?«
»Wieso hast du mir nicht gesagt, dass du verheiratet bist?«, zischte er.

Im ersten Moment wusste ich nicht, was er meinte, aber dann fiel mir die Nachricht wieder ein, die ich ihm in der Nacht hinterlassen hatte: *Sven, wollte dich nicht wecken, muss nach Hause, bevor mein Mann aufwacht. L.*

Ich griff nach seiner Hand, die am Tisch lag, doch kaum hatte ich sie berührt, zog er sie weg.

»Hättedaswasgeändert?« Ich lehnte mich zurück und leerte den zweiten Gin Tonic. Der Barkeeper hatte es gut mit mir gemeint, ich schmeckte das Tonic bei keinem Schluck heraus.

»Nein, natürlich nicht«, keifte er, »aber ich wäre mir dann nicht wie ein Idiot vorgekommen, als ich heute Morgen deine Nachricht gelesen habe. Ich werde nicht gerne von Weibern verarscht.«

»Heeee, washeißtweibeeern?«, platzte ich heraus. Der Alkohol machte aus dem einen Sven zwei, die immer wieder ineinander verschwammen. Ich kniff die Augen zusammen, um besser sehen zu können, doch da beide Svens nicht antworteten, sondern mich nur weiter wütend anstarrten, sagte ich »Ichholmirnocheinn« und stand auf. Vielleicht würde sich doch noch jemand anderer in der Bar finden, bei dem ich übernachten könnte. Der Boden fühlte sich an, als wäre er mit lauter Murmeln ausgelegt, auf denen ich balancieren musste.

Nach einigen Zwischenstopps und einer erfolglosen Suche stand ich endlich am Tresen. Das ältere Ehepaar war fort, und der Mann mit Glatze und Ehering redete noch immer auf die Blonde ein.

Ich griff nach dem Schälchen, das in der Zwischenzeit wieder mit Erdnüssen befüllt worden war, hörte dem Glatzkopf zu, während ich mir eine Erdnuss nach der anderen in den Mund schob.

»… ich glaube, ich habe mich wirklich in dich verliebt … noch nie in so schöne Augen gesehen wie deine … Hotelzimmer …«, schnappte ich auf, während ich überlegte, was ich jetzt tun sollte. Ich könnte meine Suche in einer anderen Bar fortsetzen. Oder mir mit einem weiteren Gin Tonic den letzten Rest Gehirn raussaufen und zu Sven zurückgehen. Da mir beide Varianten nicht verlockend erschienen, blieb ich erst einmal sitzen und leerte das Erdnussschälchen. Die fetten Nüsse saugten den Alkohol in meinem Körper auf wie Löschpapier frische Tinte.

Jemand berührte mich von hinten am Arm, und ich drehte mich um: Es war Sven. Er sah zerknirscht aus, fast schon beschämt.

»He, es tut mir echt leid wegen eben. Ich bin ein Idiot. Können wir kurz draußen reden?«, fragte er und machte dabei große Augen.

»Kein Problem.« Bevor ich aufstand, klopfte ich dem Glatzkopf, der die Blonde immer energischer zum Sex zu überreden versuchte, auf die Schulter: »Viele Grüße von Ihrer Frau – die hat bis eben dort hinten gesessen und Sie beobachtet.« Sofort sprang er auf und rannte aus dem Lokal.

Sven und ich gingen draußen ein paar Schritte, die Luft machte meinen Kopf ein wenig klarer. Er griff nach meiner Hand, es fühlte sich fremd an, als würde meine Hand gar nicht mehr zu mir gehören. »Scheiße, ist es kalt …«, sagte ich noch, da blieb er stehen und zog mich sanft in den nächsten Hauseingang. Eine der Straßenlaternen war ausgefallen, es war dunkel bis auf den schwachen roten Lichtschein aus der Entfernung vom Leuchtschild der Hongkongbar.

Ich fing an zu lachen. »Na, so was, Sven will doch mehr mit mir als reden …«

Er presste sich an mich, sein schwerer Atem verströmte Whiskeygeruch. Seine Hände glitten zu meinen Oberarmen. Und plötzlich drückte er so fest zu, dass es schmerzte.

»Nicht, das tut weh«, sagte ich und versuchte, ihn wegzuschieben. Seine Antwort brauchte eine Weile, bis sie in meinem Hirn ankam: »Gut. Ich will dir wehtun.«

»Was?«, lachte ich noch, aber da hielt er mir schon mit einer Hand den Mund zu, während er mich mit der anderen Hand packte, ruckartig umdrehte und in die Hausecke presste. Ich war eingeklemmt zwischen zwei Steinmauern zu beiden Seiten und Sven hinter mir.

»So, du verdammte Schlampe, glaubst du wirklich, ich lasse mir das gefallen? Glaubst du, ich lasse mich von dir verarschen? Was hast du dir dabei gedacht?«

»Sven ...«, versuchte ich zu sagen, doch er drückte seine Hand stärker auf meinen Mund.

»Halt's Maul. Halt bloß dein blödes Maul. Weißt du, was ich jetzt machen werde? Ich werde dich ficken. Ich werde dich schön hart in den Arsch ficken. Und ich werde nicht aufhören, bis du blutest!«

Er presste sich gegen meinen Rücken, und ich spürte seine Erektion durch meine Jeans. Sofort fing ich an, durch seine Finger zu schreien, aber er packte mein Gesicht so fest, dass mein Kiefer knackte, und ruckte meinen Kopf nach hinten. »Und wenn du nicht ruhig bist, breche ich dir das Genick, das schwöre ich.«

Mit der anderen Hand öffnete er die Knöpfe meiner Jeans und schob sie so brutal herunter, dass seine Nägel mir die Haut zerkratzten. Ich versuchte, nach hinten zu treten, aber kaum bewegte ich mich, zog er seinen Griff so fest um Nase und Mund, dass ich gar keine Luft mehr bekam. Je heftiger ich mich wehrte und wimmerte, desto erregter keuchte er mir ins Ohr. Er wollte mir wirklich wehtun. Ich sollte leiden. Und ich hatte keine Chance gegen diesen Koloss.

Die einzige Möglichkeit, die mir einfiel, war, ihm die Genugtuung zu nehmen. Vielleicht würde er dann aufhören. Oder er wäre wenigstens so irritiert, dass ich eine Möglichkeit hätte, mich zu befreien.

Ich fing an zu stöhnen. »Oh ja, Sven, oh ja, mach's mir, steck mir deinen harten Schwanz rein«, keuchte ich zwischen seinen Fingern, es war unverständlich, aber ich merkte, wie seine Atmung langsamer wurde. Ich rieb, so gut es in dieser Umklammerung ging, meinen nackten Hintern an ihm. Mein Körper wehrte sich dagegen und fing an, unkontrolliert zu zittern. Jetzt lockerte er seinen Griff um meinen Mund und wich mit seinem Unterkörper ein kleines Stück zurück. Mit »Ahhh, jaaa, das ist gut, fick mich«, seufzte ich gegen den Ekel an und presste meinen Hintern wieder an ihn. Sein Schwanz wurde schlaffer, je mehr ich ihm vorspielte, dass es mir gefiel. Gerade als ich dachte, dass mein Plan funktionierte, rutschte seine Hand auf meinen Hals und er drückte zu.

»Du Scheißnutte, glaubst du, ich bin so blöd und weiß nicht, was du da tust? Das nützt dir gar nichts!«

Er griff mir zwischen die Beine, packte zu, und mir wurde vor Schmerz schwarz vor Augen. Sein Schnaufen wurde lauter. Sein Schwanz wurde wieder hart. Ein letztes Mal versuchte ich, mich zu wehren, und stemmte mich gegen ihn. Ich hatte keine Chance.

Und dann gab ich auf.

## Das Mädchen	22. Juli

Sie war so müde und erschöpft, die erste Schulstunde war an ihr vorübergezogen wie ein Traum. »Was hast du denn? Willst du nicht zu den anderen Kindern in den Hof gehen?« *Sie schaute hoch und sah in die freundlichen Augen ihrer Lehrerin.* »Geht es dir nicht gut?«

Die junge Frau zog einen der Stühle heran, die hinter den kleinen Pulten standen, setzte sich und griff nach ihrer Hand. Obwohl sie sich dagegen wehrte, fielen Tränen wie Regentropfen auf die hellbraune Tischplatte.

»Was ist los, hm? Du siehst so müde aus. Willst du darüber reden?«

Ja, das wollte sie. Mehr als alles andere. Aber sie konnte nicht. Und deshalb wandte sie den Blick ab und schüttelte den Kopf. Ihre Lehrerin streichelte ihr sanft über die Haare und flüsterte: »Ist es so schlimm?«

Ihr Kopfnicken war zögerlich, als würde sie schon alleine dadurch das Geheimnis verraten.

»Schau mich an. Ich bin zwar deine Lehrerin, aber ich bin auch deine Freundin. Was auch immer es ist, ich verspreche, dass ich versuchen werde, dir zu helfen.« *Ein Funken Hoffnung machte sich in ihr breit, und nach kurzem Zögern sagte sie:* »Sie dürfen es nicht meiner Mama sagen.«

»Warum soll ich es ihr nicht sagen?«

»Weil sie dann wieder böse auf mich ist.«

»War sie schon einmal böse auf dich?«

»Ja, sehr.«

»Du hast ihr den Grund erzählt, warum du so müde und so traurig bist?«

»Sie weiß doch ...« Sie stoppte, ohne es auszusprechen.

»Was ist passiert?«, fragte ihre Lehrerin freundlich, aber es war ein leichter Anflug von Panik in ihrer Stimme.

»Es darf niemand hören.«

»Dann flüstere es mir ins Ohr.«

Die Tränen flossen über ihre Nasenspitze auf das Ohrläppchen ihrer Lehrerin, als sie ihr von den Alpträumen erzählte. Obwohl sie auch von dem Mädchen ohne Gesicht erzählen wollte, konnte sie es nicht. Als würden ihr die Worte dafür fehlen.

»Seit wann hast du diese Träume?«, fragte die Lehrerin.

»Das weiß ich nicht. Ich glaube, ich hatte sie immer schon.«

»Du meinst, seit du dich erinnern kannst, träumst du so schlimme Sachen?«

Sie nickte und ihre Lehrerin schluckte schwer, bevor sie sagte: »Du bist sehr tapfer. Wirklich sehr, sehr tapfer. Ich möchte dich um einen Gefallen bitten. Kannst du mich heute Nachmittag zu einem Freund begleiten und ihm auch von diesen Träumen erzählen?«

»Warum?«, fragte sie und bereute es schon, dass sie so viel preisgegeben hatte. Wieso hatte sie das getan? Ihre Lehrerin war auch erwachsen, wieso war sie so dumm, ihr zu vertrauen?

»Du brauchst keine Angst zu haben, ich schwöre dir, ich werde nichts von dem verraten, was du mir erzählt hast. Aber mein Freund ist Arzt. Er ist ein spezieller Arzt, der auch Kinder behandelt. Wenn du nicht willst, müssen wir dort nicht hingehen. Aber ich glaube, er kann dir helfen.«

Das laute Schrillen der Glocke läutete die nächste Stunde ein.

»Okay«, antwortete sie kaum hörbar. Ihre Lehrerin drückte noch einmal ihre Hand und nickte ihr zu, dann kamen schon die ersten Kinder in das Klassenzimmer zurück.

14.

KADENZ

Ich machte mich bereit für den größten Schmerz. Mein ganzer Körper war ein einziger Krampf. Obwohl ich wusste, je mehr ich mich dagegen wehrte, desto schlimmer würde es werden, konnte ich nicht anders. Ich hatte keine Kontrolle mehr. Und dann ging alles so schnell, dass mein Verstand nicht mehr mitkam. Sven riss mich um, ich fiel nach hinten, halb auf ihn. Er hielt mich noch immer mit einem Arm umklammert und schrie wütend auf. Und plötzlich hielt er mich nicht mehr. Er rutschte unter mir weg. Ich robbte hoch. Die Jeans auf meinen Unterschenkeln war wie eine Fessel, ich fiel wieder hin und schrammte mit dem Rücken die Hausmauer entlang. Aus den Augenwinkeln sah ich, wie jemand sich auf Sven stürzte und ihm mit der Faust einen Kinnhaken verpasste. Sven war jetzt auf allen vieren und wimmerte: »Scheiße, du hast mir einen Zahn ausgeschlagen.«

»Ich schlag dir gleich den Schädel ein«, schrie ein Mann. Ich kannte diese Stimme. Es war Konrad.

Ich kauerte mich in das Eck, in das mich Sven bis vor ein paar Sekunden noch gequetscht hatte. Konrad rief: »Ruf die Polizei«, doch da war Sven schon auf den Beinen und rannte los. Er verschwand in die dunkle Straße, Konrad spurtete ihm hinterher. Ich zog mir den Slip hoch, für die Jeans hatte ich keine Kraft mehr. Die lauten Schritte verhallten, alles um mich herum drehte sich, ich versuchte zu atmen, aber der Sauerstoff weigerte sich, in meinen Körper zu fließen. Und dann waren plötzlich wieder Schritte zu hören. Kam Sven zurück? Mein Handy, wo war mein verdammtes Handy?

»Lotta, wo bist du?«, rief Konrad aus der Entfernung. Die Erleichterung darüber trieb mir Tränen in die Augen.

»Ich bin ... noch hier.«

»Ist dir was passiert? Soll ich ...?«, fragte Konrad und kniete sich vor mich.

»Ich muss ...«, war alles, was ich noch rausbrachte, dann schüttete mein Körper den Alkohol, die Erdnüsse und die festgehaltene Angst gleichzeitig aus, und ich fing an zu kotzen. Blitzschnell schob Konrad meinen Kopf zur Seite und hielt mir, so gut es ging, die Haare aus dem Gesicht.

»Kannst du aufstehen?«, fragte er, als mein Magen leer war. Ich nickte, und er griff mir unter die Achseln und zog mich hoch. »Soll ich die Rettung rufen?«

»Nein, es ist nicht viel passiert, er hat noch nicht ... du warst rechtzeitig da«, antwortete ich, während ich versuchte, meine Jeans zuzumachen. Doch meine Finger zitterten so sehr, dass ich es nicht schaffte, die Metallknöpfe in die Knopflöcher zu schieben.

»Soll ich?«, fragte Konrad. Ich konnte ihm nicht in die Augen schauen, als ich nickte. Er streichelte über meine Arme, bevor er sich den Knöpfen widmete. Es hatte etwas zugleich Merkwürdiges und Beruhigendes, wie er sich um mich kümmerte. Als wäre ich keine Frau, die gerade fast vergewaltigt worden war, sondern ein kleines Mädchen, das von seinem Vater für den Kindergarten angezogen wird. Als er fertig war, zog er sein Handy aus meiner Jackentasche. Ich hatte vergessen, es ihm zurückzugeben, als ich aus dem Ballettsaal Hannes angerufen hatte.

»Deshalb bist du zurückgekommen?«

»Kannst du die Taxinummer anrufen?«, fragte er, statt zu antworten.

Meine Finger zitterten noch immer so sehr, dass ich die richtigen Tasten nicht traf und zweimal von vorne anfangen musste. Als ich es endlich geschafft hatte, sagte ich der Taxifunkzentrale die Adresse gleich selber. Ich wollte Konrad das Handy zurückgeben, aber er sagte: »Wir sollten Fischer anrufen.«

»Nicht deswegen. Bitte.«

»Willst du dieses Arschloch ungeschoren davonkommen lassen?«

Ich schüttelte den Kopf, suchte den Namen Hannes Fischer und drückte auf den grünen Knopf. Dann gab ich Konrad das Handy. Er ging ein paar Schritte weg und sprach so leise, dass ich es nicht hören konnte. Als er zurückkam, bog gerade das Taxi um die Ecke. Wir stiegen ein, und Konrad sagte dem Fahrer eine Adresse im dritten Bezirk.

»Was hast du zu Hannes gesagt?«, fragte ich, als das Taxi losfuhr.

»Ich hab ihm noch nichts gesagt. Nur, dass er morgen früh zu mir in die Wohnung kommen soll.«

»Wieso zu dir?«

»Weil du heute Nacht bei mir bleibst.«

Der Taxifahrer sah uns im Rückspiegel an, und ein Grinsen breitete sich in seinem Gesicht aus. »Und Sie konzentrieren sich bitte auf die Straße, danke«, sagte Konrad und legte einen Arm um mich.

Das Taxi hielt vor einem schönen weißen Altbau mit geschwungenen Balkonen, direkt gegenüber einem Park. Konrad sperrte die Haustür auf, und wir stiegen schweigend das spiralförmige Treppenhaus in den zweiten Stock hinauf. Das silberne Schild an der Wohnungstür war an den Ecken angelaufen, es sah aus, als würde die Schwärze auf das eingravierte ›Familie Fürst‹ zufließen.

Der Geruch nach Herbstlaub, Zitrusfrüchten und dem Hauch Zimt strömte mir wie im Wohnwagen des Clowns Foxi entgegen. Schon dort war er mir so bekannt vorgekommen, aber ich wusste noch immer nicht, woher. Langsam fing ich wieder an, meinen

Körper zu fühlen, der Schmerz kroch an die Oberfläche und wollte gespürt werden. Konrad führte mich in das erste Zimmer, es war das Wohnzimmer. »Möchtest du was essen oder trinken?«, fragte er.

»Ich will nur schlafen.«

Er führte mich weiter, in ein anderes Zimmer. Es war kleiner als das vorige, alles war hier kleiner.

»Das Zimmer deiner Tochter?«, fragte ich.

»Ja, es sind noch alle Möbel da, nur das Bett habe ich ausgetauscht.« Dabei deutete er in die Ecke neben der Tür. Es war hellrosa lackiert mit einem Kopfteil voller Herzen. Ein Teenager-Mädchenbett, wie ich es auch einmal hatte. Das hier war aus einem Möbelhaus. Meines hatte ein Tischler aus Kirschholz angefertigt, und die Herzen in meinem geschnitzten Kopfteil waren mit fuchsiafarbenen Swarovski-Kristallen gefüllt.

»Ich komme gleich wieder«, sagte Konrad und verließ das Zimmer. Unter dem Fenster mit dem hellrosa Blümchenvorhang fiel mir sofort der kleine Glastisch auf, er musste sehr alt sein. Statt Tischbeinen lag ein großer schwarzer Porzellanbär in der Mitte und stützte mit seinen vier Pfoten die Glasplatte. So etwas hatte ich noch nie gesehen, als wäre es ein antikes Stück aus einem Museum.

Die restliche Einrichtung war ganz normal, eine hellblaue Kommode, ein mit Teddybärstickern beklebter Kleiderkasten, ein weißer Kinderhocker mit einem durchgesessenen Polster darauf. Es waren keine Spielsachen da, nur die Einrichtung war geblieben. Und trotzdem hatte dieses Zimmer etwas Lebendiges, als wäre es bis eben noch bewohnt gewesen.

Ein Foto stand auf der Kommode, aber ich hatte nicht mehr die Kraft, es mir anzusehen. Stattdessen zog ich mich aus und legte mich ins Bett. Meine Augenlider waren so schwer, als wären Metallgewichte an ihnen befestigt.

Ich hörte, wie Konrad in das Zimmer zurückkam, dann sank

das Bett an meiner rechten Seite ein wenig ein. Ich zwang mich, die Augen einen Spalt zu öffnen. Er hatte sich zu mir gesetzt.

»Ich hab dir einen Bademantel an die Tür gehängt.«

»Danke.« Ich zwang mich zu einem Lächeln, aber es gelang mir nicht.

»Wieso, Lotta?«, fragte Konrad leise. Es lag kein Vorwurf in dieser Frage, und trotzdem wusste ich, was er damit meinte.

»Weil es anders ist, als ich gedacht habe.«

»Was ist anders?«

»Das Leben.«

Er seufzte schwer, das Licht der Deckenlampe fiel auf seine schwarzen Locken. Er sah schön aus, als hätte er einen schwarzen Heiligenschein.

»Wieso färbst du dir eigentlich die Haare?«, fragte ich und gab endlich dem Drang nach, die Augen zu schließen.

Seine Antwort klang wie aus weiter Ferne. »Damit Julia mich erkennt, wenn sie wiederkommt.«

»Wann ist sie denn verschwunden?« Jedes Wort fühlte sich an, als würde ich einen schweren Stein hochheben.

»Vor vielen Jahren.«

»Darum das neue Bett?«

»Ja, in das kleine würde sie nicht mehr hineinpassen.«

Es lag so viel Schmerz in diesem Satz, dass ich nicht wusste, was ich sagen sollte. Mein Versuch, ihn anzusehen, scheiterte, ich tastete blind nach ihm, und er griff nach meiner Hand und hielt sie fest. Er saß noch einige Zeit so da, ich glaube, er nahm an, ich war schon eingeschlafen. Trotz der Müdigkeit konnte ich keine Ruhe finden. Es gab noch etwas, das ich ihm sagen musste. Er bemerkte nicht, dass ich ihn ansah. »Konrad?«

Sein Blick war verloren, als hätte ich ihn von weit her geholt. »Ja?«

»Es tut mir leid, dass …« Meine Stimme brach vor Erschöpfung weg.

»Was tut dir leid?«

»Dass deine Tochter dich als Vater versäumt hat.«

Als er anfing zu weinen, löste ich meine Hand aus seiner und streichelte über seine tränennasse Wange, so lange, bis die Müdigkeit mir die letzte Kraft raubte und ich einschlief.

15.

MADRIGAL

Der Geruch von frisch gekochtem Essen weckte mich. Obwohl ich manchmal beim Aufwachen nicht sicher bin, ob ich mich in meinem oder in einem fremden Bett befinde, wusste ich es hier sofort.

Konrads Wohnung, Julias Bett, das er erst lange nach ihrem Verschwinden gekauft und in dem sie nie geschlafen hatte.

Draußen war es noch dunkel, ich hatte keine Ahnung, wie spät es war. Ich versuchte den Geruch zu ignorieren und schloss die Augen, aber mein Magen ließ nicht zu, dass ich wieder einschlief. Er knurrte wie ein kleiner ungeduldiger Hund. Es dauerte eine Weile, bis die Erinnerungen an den letzten Abend mich einholten. Als ein wütender Sven in der Dunkelheit vor mir erschien, stand ich auf.

Ich konnte den Lichtschalter nicht finden, also tastete ich mich bis zur Tür. Dort nahm ich den Bademantel, den Konrad für mich aufgehängt hatte, und zog ihn über.

Jeder Schritt wurde von einem neuen Schmerz begleitet, der in der Nacht dazugekommen war.

»Wie spät ist es?«, fragte ich, als ich die Küche gefunden hatte. Konrad, in einem hellblauen Pyjama und einem dunkelblauen Schlafmantel, stand barfuß am Herd, in einer Hand hielt er ein aus einer Zeitschrift herausgerissenes Rezept, in der anderen Hand einen Kochlöffel, mit dem er in einem kleinen Topf rührte.

Er sah zur Seite und schob seine Brille über die Nase. »Vier Uhr vorbei.«

»Vier Uhr früh?«

Er lächelte und nickte, dann schob er die Brille wieder zurück und drehte sich seinen Töpfen am Herd zu.

»Du kochst um vier Uhr früh?«

»Hast du Hunger?«, fragte er, statt zu antworten. »Es ist gleich fertig.«

»Du kochst um vier Uhr früh?«, wiederholte ich.

Er drehte sich wieder zu mir und nahm seine Brille ab. Dann ging er zu einem großen weißen Kühlschrank, der in der Ecke stand, und öffnete die Tür. Feiner weißer Eisnebel strömte heraus. Das war kein Kühlschrank, es war ein Gefrierschrank, in dem sich wahrscheinlich Hunderte tiefgekühlte Plastikboxen und beschriftete Säckchen befanden.

»Ja, seit ich nicht mehr trinke, koche ich um vier Uhr früh, wenn ich nicht schlafen kann. Setz dich.« Er deutete zu dem hellen Holztisch, und ich setzte mich auf einen der Stühle davor. Ich zog ein Bein an und stützte mein Kinn auf dem Knie ab.

Es war schön, ihm zuzusehen, jeder Griff präzise und leicht zugleich. Mir fiel wieder ein, was ich am Abend zu ihm gesagt hatte, dass es mir leidtat, dass seine Tochter ihn als Vater versäumt hatte. Und ich musste an meinen Vater denken, der sich in die Summe der Enttäuschungen einreihte, wie eine Zutat in Konrads Rezept.

»Ich glaube, mein Vater konnte sich nicht einmal ein Butterbrot schmieren«, sagte ich nach einer Weile.

»Meiner auch nicht. Nein, stimmt nicht, für Butterbrot und Spiegeleier hat es bei ihm immer gereicht. Ist dein Vater auch Sänger?«

»Nein, er war, laut meiner Mutter, ein unglaublich hübscher Bühnenarbeiter, der leider ein schweres Drogenproblem hatte, in Covent Garden in London. Sie hatten eine kurze Affäre. Sehr kurz, um genau zu sein, 20 Minuten. Ich bin nämlich ein ›One-

Hit-Wonder‹. Ich habe ihn erst kennengelernt, als ich schon vier oder fünf war. Er war nicht sonderlich an mir interessiert.«

»Er war wo?« Konrad fuhr herum.

»In Covent Garden in London.« Ich stockte. Die Oper, von der die Aufnahme auf der CD stammte, die der Einbrecher in meiner Wohnung am Küchentisch hinterlassen hatte.

»Wo *La Bohème* aufgeführt wurde«, vollendete Konrad meinen Gedanken. »Hast du Kontakt zu deinem Vater?«

Ich schüttelte den Kopf. »Er wollte mich nicht mal treffen, als wir noch in London gelebt haben. Meine Mutter hat dann aber doch darauf bestanden. Wahrscheinlich hat er die ganze Zeit nur Angst gehabt, er muss dafür zahlen, dass er mich in die Welt gesetzt hat.«

Konrad fing an, das Essen auf einem Teller anzurichten.

»Wann hast du ihn das letzte Mal gesehen?«

»Warte, lass mich nachdenken. Als ich zehn war, kurz bevor wir nach Wien umgezogen sind.«

»Lebt er noch in London?«

»Nein, meine Mutter hat mir erzählt, er ist ausgewandert, nach Thailand oder Indonesien, sie wusste es selber nicht so genau. Sie hat gesagt, er wird mir schreiben. Hat er aber nie.«

»Wie lange wart ihr in London?«

»Bis ich sieben Jahre alt war immer wieder zwischendurch, wenn es eine Pause während der Tournee gab. Ein Jahr hatte ich einen Privatlehrer, der hat uns begleitet. Ich hab ihn nicht leiden können, er war immer hinter meiner Mutter her wie ein Dackel hinter seinem Herrchen. Sie hat mit ihm noch während der Tournee Schluss gemacht, es war schrecklich. Ich weiß noch, wie er plötzlich, während wir die Länder von Europa durchgingen, angefangen hat zu schluchzen. Und täglich hat er mich beauftragt, meiner Mutter seine Liebesbotschaften zu überbringen. Jedenfalls hat sie, als ich sieben Jahre alt war, entschieden, dass wir in London bleiben, damit ich doch zur Schule gehen kann.«

»Und wieso seid ihr zurück nach Wien gekommen?«

»Wegen mir. Meine Mutter wollte, dass ich die beste Gesangsausbildung bekomme, und die kriegt man nur in Wien, hat sie gesagt. Da war ich zehn Jahre alt.«

»Du hattest Gesangsunterricht, als du zehn warst?«

»Ich hatte Gesangs-, Ballett-, Schauspiel-, Sprech- und Klavierunterricht, als ich zehn war. Sie wollte auf Nummer sicher gehen. Hat aber auch nichts genutzt ...«

Konrad kam zum Tisch und stellte einen Teller vor mir ab. Darauf waren dicke champagnerfarbene Nudeln, kleine runde angebratene Fleischstücke und eine gelbe cremige Soße. Der Duft war atemberaubend, süß und würzig zugleich.

»Was ist das?«

»Schweinsmedaillons mit Tagliatelle in Safransoße.« Ich schob mir eine Gabel davon in den Mund. »Oh Gott, ist das gut! Was sind das für Nudeln?«

Er lächelte. »Ich habe auch ein wenig Safran in den Nudelteig gegeben.«

»Du hast die Nudeln selbst gemacht? Hast du auch das Schwein selbst geschlachtet?«

Er lachte auf. »Noch mal zu deinem Vater, hat er sich irgendwann gemeldet, vielleicht als deine Mutter gestorben ist?«

Ich schüttelte den Kopf.

»Glaubst du, er hat was mit der CD zu tun?«, fragte ich schmatzend. Jeder Bissen zerging auf der Zunge wie Butter.

Konrad zuckte mit den Achseln. »Vielleicht eine Botschaft, dass die Person, die da war, dich und deine Eltern kennt? Oder es geht doch um Lenauer?«

Er faltete die Hände in seinem Schoß und sah mich fragend an. Ich wusste, er erwartete, dass ich ihm jetzt erzählen würde, woher und seit wann ich den Kostümbildner Clemens Lenauer kannte und vor allem was der Grund war, warum ich ihn hasste. Stattdessen deutete ich auf den Teller. »Ich kann mich nicht erinnern, wann ich das letzte Mal so etwas Gutes gegessen habe.«

»Es ist okay, wenn du jetzt nicht mit mir darüber reden willst, Lotta. Solange du sicher bist, dass es nichts mit dem Fall zu tun hat.«

Ich überlegte kurz. Etwas in mir wollte es Konrad erzählen, gerade ihm. Aber die Angst, was er über mich denken könnte, wenn er die ganze Geschichte erfahren würde, schob ein unsichtbares Gitter in mir hoch.

»Ja, ich bin ganz sicher«, log ich, stand auf und ging zurück ins Bett.

»Lotta, wach auf.«

Konrads Stimme holte mich aus dem Schlaf, ich fuhr keuchend im Bett hoch, mein T-Shirt klebte an mir wie eine zweite Haut. Diesmal hatte Sven mit seinem Erscheinen nicht gewartet, bis ich aufgewacht war. Er hatte mich mit Clemens Lenauer und meiner Mutter im Traum besucht.

»Müssen wir schon los?«, fragte ich und wischte mir die schweißnassen Haare aus dem Gesicht. Konrad war bereits angezogen und hielt mir eine Tasse mit frischem Kaffee hin, die ich dankbar annahm.

»In einer halben Stunde. Ist alles in Ordnung?«

»Ja, natürlich, ich muss nur unter die Dusche.«

Konrad zeigte mir das Badezimmer und legte zwei weiße Handtücher auf den Rand der Badewanne. »Ich lege dir was Frisches zum Anziehen aufs Bett«, sagte er und zog die Tür von außen zu.

Dunkellila und grün gesprenkelte Ornamente zogen sich in unterschiedlicher Farbintensität über meine Oberarme, die Innenseiten meiner Oberschenkel und meinen Bauch. Mein nackter Körper sah aus wie ein abstraktes Gemälde. Ich drehte sofort das heiße Wasser auf, wartete, bis alle Spiegel beschlagen waren, und stieg unter die Dusche.

Mit Unmengen von Konrads blauem Duschgel schäumte ich

mich ein, dann griff ich nach dem Shampoo und gab mir ein wenig davon auf die Haare.

Und das war er. Dieser Geruch nach frischem Herbstlaub, Zitrusfrüchten und dem Hauch Zimt, der mir immer so bekannt vorgekommen war.

La feuille d'or stand in goldener Schrift auf dem Etikett der Flasche. Und jetzt wusste ich auch, woher ich diesen Duft kannte. Aus dem Paris-Urlaub von Bernhard und mir. So viel war in den Jahren, die dazwischenlagen, geschehen, dass es sich anfühlte, als wäre das in einem anderen Leben gewesen. Ich hatte mir diesen Duft damals selber ausgesucht. In dieser kleinen wunderschönen Apotheke, nicht weit entfernt vom Louvre. Bernhard, dem ich jetzt in der Wiener Oper zusehen musste wie ein Zaungast, hatte mir die Apotheke, die diese berühmten Produkte selber herstellte, gezeigt. Das war an dem Tag, als er mich in dem Café gefragt hatte, ob ich seine Frau werden wollte.

Schon beim ersten Schnuppern hatte ich mich in den Duft *La feuille d'or* verliebt und mir die Bodylotion dieser Serie gekauft. Doch verwendet hatte ich sie nie, denn ich hatte sie bei unserer Abreise am nächsten Tag in dem Hotelzimmer in Paris vergessen. In der Nacht nach dem Heiratsantrag hatten wir wieder und wieder miteinander geschlafen. Es war das Schönste, das ich bis dahin erlebt hatte. Ich hätte das nie für möglich gehalten, aber es fühlte sich in dieser Nacht an, als wären wir nicht mehr zwei Personen, sondern zwei Hälften eines Ganzen. Und wir konnten gar nicht genug voneinander bekommen. Irgendwann, ich glaube, es war etwa fünf Uhr früh, denn vor dem kleinen Fenster dämmerte es bereits, sind wir eingeschlafen, erschöpft und glücklich. Erst das Klingeln des Telefons weckte uns, es war der Portier, der anrief, weil das Taxi zum Flughafen bereits seit zehn Minuten vor dem Hotel auf uns wartete. In der Eile hatte ich die kleine weiße Papiertasche übersehen, vielleicht war sie auch unter das Bett gerutscht …

Bevor mich die Erinnerung in Beschlag nehmen konnte, leerte ich blaues Duschgel über meinen Kopf, wusch alles ab und stieg aus der Dusche. Während ich mir aus dem einen Handtuch einen Turban band und das andere um meinen Körper wickelte, hörte ich das Läuten an der Wohnungstür. Ich schnappte mir meine Unterwäsche, öffnete die Badezimmertür und kam gerade in dem Moment heraus, in dem Hannes die Wohnung betrat.

Als er mich sah, erstarrte er vor Konrads Hand, die er eben noch zur Begrüßung schütteln wollte. Wir verharrten alle drei in peinlicher Stille, und ich wollte schon sagen: »Es ist nicht das, wonach es aussieht.« Doch im nächsten Moment hatte Hannes sich gefangen, nickte mir nur zu und ging mit Konrad in die Küche.

Wie versprochen hatte Konrad mir frische Kleidung auf das Bett gelegt. Es war ein original verpacktes Unterwäscheset einer Drogeriekette, neue Socken, ein großes graues T-Shirt, auf dem in pinkfarbener Schrift »Welcome to Miami« stand, und eine schwarze dünne Strickweste aus Kaschmir. Ich zog alles an, schlüpfte in meine Jeans und ging zurück ins Badezimmer, um mir die Haare zu föhnen. Auf dem Regal über dem Waschbecken stand eine kleine Parfümflasche. Das Etikett war bereits abgegangen, also sprühte ich ein wenig in die Luft und wurde sofort vom Duft nach *La feuille d'or* eingehüllt. Einen Moment war ich versucht, den Inhalt in den Ausguss zu kippen, doch dann entschied ich mich anders und versteckte es hinter dem Abflussrohr der Toilette.

Das Mädchen   22. Juli

Ihre Lehrerin hatte bei ihrer Mutter angerufen. Sie hatte danebengestanden, und ihr kleines Herz hatte geklopft, als wollte es versuchen, aus ihrem Brustkorb zu hüpfen. Mit großen Augen hörte sie zu, wie die Lehrerin ins Telefon sagte, dass der Unterricht heute länger dauern würde.

»Ich werde dir keinen Vortrag halten, dass man nicht lügen soll«, sagte ihre Lehrerin nach dem Telefonat. »Ich habe deiner Mutter jetzt nicht die Wahrheit gesagt, weil du und deine Alpträume mir im Moment wichtiger sind. Okay?«

Das Mädchen nickte leicht: »Okay.« Sie senkte den Blick, als sie hinzufügte: »Ich muss oft lügen.«

Als sie die Schule verließen, kaufte ihre Lehrerin als Mittagessen zwei große weiche Brezeln, die mit Käse gefüllt waren, und dazu Orangensaft. Sie aßen im grasgrünen Auto der Lehrerin. In so einem Auto hatte sie noch nie gesessen, es roch nach Plastik und Vanille und sah mit seiner langen krummen Schnauze anders aus als alle anderen Autos. Die Fenster auf den Seiten konnte man nicht kurbeln, sondern nur hochklappen. Der Hebel unter dem Lenkrad schaute hervor und erinnerte sie an den Mixer, den sie zu Hause hatten. Unter dem Rückspiegel baumelten Plastikperlenketten in glänzendem Lila, Grün und Gold, die zu klimpern anfingen, als ihre Lehrerin losfuhr. Am besten gefielen ihr die Kurven. Es fühlte sich so an, als würde das Auto gleich zur Seite kippen, wenn sie um eine Ecke bogen.

»Was ist das für ein Auto?«, fragte sie ehrfürchtig nach einer beson-

ders engen Kurve, bei der sie auf der Rückbank von einer Seite zur anderen gerutscht war.

»*Das ist ein Citroën, aber alle nennen solche Autos Ente. Gefällt sie dir? Ihr Name ist Emma.*«

»*Wenn ich so lange lebe, dass ich den Führerschein machen kann, dann will ich auch so ein Auto haben*«, *rutschte es ihr heraus, aber sie bereute es sofort.*

Ihre Lehrerin war so fest auf die Bremse gestiegen, dass sie sich am Vordersitz abstützen musste, um nicht von der Sitzbank zu fallen.

»*Wie meinst du das?*«, *fragte die Lehrerin und hielt sich mit der rechten Hand am Beifahrersitz fest, um sich besser zu ihr umdrehen zu können.*

»*In meinen Träumen ... da glaube ich oft, dass ich sterben muss.*« *Endlich war es heraußen, die Last dieses Gedankens ausgesprochen, der sich in ihr festgesetzt hatte wie ein Geschwür. Der Sonnenstrahl, der auf die Perlen fiel, ließ die Autodecke über ihren Köpfen bunt glitzern.*

»*Alles wird gut. Mein Freund wird dir helfen*«, *sagte ihre Lehrerin und fuhr wieder los.*

Auf dem weißen Schild neben dem Eingang stand: Dr. Krishan Blanckel, Facharzt für Neurologie und Psychiatrie. Sie wusste nicht, was das bedeutete, und sie traute sich auch nicht, danach zu fragen. Ein großer Mann öffnete ihnen die Tür und gab ihrer Lehrerin zur Begrüßung einen Kuss auf den Mund. Es war ein kurzer Kuss, doch sie war alt genug, um zu wissen, dass dieser Mann nicht nur »ein Freund« der Lehrerin war. Er hatte hellbraune Haut wie Kakao mit viel Milch, und seine langen pechschwarzen Haare hatten einige Silberfäden und waren zu einem Zopf gebunden.

Er gab ihr die Hand, als wäre sie eine Erwachsene und nicht erst sieben Jahre alt, und bat sie in sein ›*Besprechungszimmer*‹.

»*Ich bleibe hier sitzen und warte auf dich*«, *sagte ihre Lehrerin.*

Die Sachen, die er mit ihr machte, waren nicht schwer. Sie musste auf einem Schild Kreise und Vierecke zueinander ordnen, während Drähte an ihrem Kopf befestigt waren. Dann bat er sie um ein paar lustige Übun-

gen, wie einem Strich am Boden zu folgen, mit geschlossenen Augen ihre Nase zu finden oder auf einem Bein zu stehen. Er legte sie auf eine Liege, machte mit ihrem Körper leichte Verrenkungen und gab ihr Anweisungen, mit den Augen seinem Finger zu folgen. Anschließend setzte er sie wieder auf und klopfte mit einem kleinen Hammer auf ihre Knie, worauf ihre Beine wie von selber in die Höhe schnellten. Nachdem sie fertig waren, zeigte er auf einen bequemen alten Ohrensessel aus Leder, der unter dem Fenster stand. »So, bitte nimm Platz. Wir haben jetzt den praktischen Teil erledigt. Danke für deine Zusammenarbeit.« Er verbeugte sich so tief, als wäre er auf einer Bühne und sie sein Publikum. Während sie lachte, kletterte sie auf den Sessel, der so groß war, dass es aussah, als würde sie darin versinken.

»Ich hole uns Tee, ich bin gleich wieder da«, sagte er und zwinkerte ihr noch zu, bevor er das Zimmer verließ.

Als er wieder zurückkam, balancierte er mit einer Hand ein kleines Tablett, auf dem zwei dampfende Tassen standen. Er reichte ihr eine davon und setzte sich ihr gegenüber in den schwarzen Sessel mit den kleinen silbernen Rollen statt Füßen. Der Tee schmeckte gut, ein bisschen wie der Lebkuchen, den sie letztes Weihnachten gegessen hatte.

Als er sagte: »Deine Lehrerin hat mir gesagt, du hast richtig böse Träume«, war es ihr unangenehm, als würde er sie bei einer schlimmen Tat ertappen, doch er verlor sein Lächeln keine Sekunde. Sie nickte zögerlich, bevor sie seinem Blick auswich und in die Teetasse schaute, als würde sie in der goldenen Flüssigkeit Antworten finden.

»Es ist sicher nicht leicht, darüber zu reden, das kann ich gut verstehen. Und du kennst mich nicht, das kommt noch dazu. Ich könnte der größte Idiot auf Erden sein, und ich an deiner Stelle würde sicher nicht dem größten Idioten auf Erden meine Geheimnisse verraten.«

Sie musste lachen. »Aber Sie sind doch ein Doktor, Sie können gar kein Idiot sein.«

»Vielen Dank, das ist sehr nett, dass du das sagst. Aber sicher können wir uns da nicht sein. Das macht die ganze Sache ja so kompliziert. Nur weil ich studiert habe und ein paar Diplome an meiner Wand hängen, *heißt das doch nicht, dass ich kein Volltrottel bin. Wir sollten uns etwas überlegen, das beweisen würde, dass ich kein Idiot bin. Fällt dir etwas ein?«*

Sie überlegte kurz. »Wir könnten meine Lehrerin fragen.«

»Das ist gut.« Er sprang auf und rief die Lehrerin zu ihnen in das Zimmer.

»Bin ich ein Vollidiot?«, fragte er, kaum, dass sie durch die Tür gekommen war. Ihre Lehrerin schaute überrascht, dann fing sie an zu lachen.

»Nein, es ist mein Ernst, also bitte, bin ich ein Dummkopf?«

Ihre Lehrerin strich über seine Haare und gab ihm einen Kuss auf die Wange, dann wandte sie sich zu ihr. »Nein, er ist kein Dummkopf. Er ist ein sehr lieber und kluger Mann.«

Als sie den Raum wieder verlassen hatte, beugte er sich zu ihr. »Gut, da wir das geklärt haben, würde es ich mich sehr freuen, wenn du mir erzählst, was dich so bedrückt.«

16.

DUETT

»… noch gestern Abend hat die Suche begonnen«, sagte Hannes gerade, als ich die Küche betrat. Ich erschrak, sprach er da von Sven? Hatte Konrad ihm gestern vielleicht doch schon von der versuchten Vergewaltigung erzählt?

»Was für eine Suche?«, fragte ich. Hannes sah mich mit versteinertem Gesichtsausdruck an. »Nach Katharina Seliger, sie war die engste Freundin der gestern Ermordeten. Sie ist eine Opernsängerin an der Wiener …«

»Ich weiß, wer sie ist. Was ist mit ihr?«

»Als ich euch gestern aus der Oper geschleust habe, ist Krump bei Seligers Wohnung gewesen. Er hat es sich nicht nehmen lassen, ihr selber die traurige Nachricht zu überbringen. Aber sie war nicht da und ist auch die ganze Nacht nicht heimgekommen. Ihr Handy ist ausgeschaltet, und auch sonst gibt es kein Zeichen von ihr.«

»Du meinst, der Mörder hat vielleicht auch sie …«

»Es gibt viele Möglichkeiten, aber ja, das ist eine davon. Allerdings gibt es weder Hinweise, noch wurde mit jemandem diesbezüglich Kontakt aufgenommen.«

»Wird die Oper jetzt endlich geschlossen?«, fragte Konrad.

Irgendetwas stimmte nicht, es war Hannes' Blick, mit dem er Konrad ansah, eine Mischung aus zurückgehaltener Wut und Panik. »Ich weiß es nicht. Aber wenn es so wäre, hätte man mich benachrichtigt.«

»Das ist doch Wahnsinn«, entgegnete Konrad, doch Hannes zuckte nur mit den Achseln.

»War Katharina Seliger gestern dabei, ich meine, hat sie den Mord an der Souffleuse gesehen?«, fragte Konrad.

»Keine Ahnung, aber was wir definitiv wissen, ist, dass die beiden sich sehr nahegestanden haben.«

Vor meinem inneren Auge schwamm eine ertrunkene Katharina Seliger in der kalten Donau vorbei, in die sie gesprungen war, nachdem sie vom Tod ihrer besten Freundin erfahren hatte.

»So, Fürst, ich habe nicht viel Zeit«, schnitt Hannes scharf in mein Kopfkino. »Also, was ist der Grund, warum Sie wollten, dass ich herkomme?«

»Lotta, ich dachte, du möchtest es selber ...«, sagte Konrad und sah mich an.

Aber ich dachte nicht mehr daran, etwas zu erzählen. Alles, was ich wollte, war, dass Hannes sich weiter auf die Suche nach Katharina Seliger machte, ich wollte nicht, dass ich ihm oder sonst jemandem etwas über Sven, die letzte Nacht und mein Leben erzählen musste. Aber da Konrad das sicher nicht zulassen würde, sagte ich zu Hannes: »Können wir draußen reden, unter vier Augen?«

Hannes stand sofort auf und verließ grußlos die Küche. Ich folgte ihm und zog die Wohnungstür hinter mir zu.

Kaum klickte das Schloss, fiel alles, was er bis jetzt noch mühsam zurückgehalten hatte, von seiner Fassade ab. Hannes sah mich an, so verletzt wie damals vor drei Jahren, kurz vor unserem letzten großen Streit. Dann stützte er sich mit den Händen an der Wand ab, sah zu Boden und schüttelte den Kopf.

»Hat er dir leidgetan?«, fragte er, und seine Stimme hallte durch den Gang. »Hat er dir die traurige, traurige Geschichte über seine Tochter erzählt, und deshalb hast du mit ihm ge... – die Nacht mit ihm verbracht?«

»Ich habe nicht ...«, fing ich an, doch Hannes fiel mir ins Wort:

»Bevor du dich da auf etwas einlässt, will ich dir was sagen, Lotta. Seine Tochter ist tot. Julia Fürst ist tot.«

»Was? Das glaube ich nicht ...«

»Hat er es dir nicht erzählt?« Er wartete meine Antwort nicht ab, sondern sprach weiter. »Seine Tochter ist wahrscheinlich gar nicht entführt worden. Sie ist ertrunken.«

»Was redest du da?«

»Sie ist im Stadtpark verschwunden, ganz in der Nähe vom Wienfluss. Im Zuge der Ermittlungen wurden damals der Wienfluss und auch der Donaukanal, in den er mündet, durchsucht. Taucher haben einen Kinderrucksack in dieser Abzweigung gefunden, er hatte sich in einem Netz verfangen. Es gab keinen Zweifel, dass es sich um den von Fürsts Tochter handelte.«

Es fühlte sich an, als würde alle Luft aus meinen Lungen gepresst werden. »Das kann nicht sein!«

»Doch, das ist die Wahrheit. Es gibt einige Treppen, die im Park direkt zum Wasser führen. Bis zu dem Vorfall gab es keine richtigen Absperrungen, nur Gitter, unter denen jedes Kind ohne Probleme durchkriechen konnte. Eigentlich ist es ungefährlich, aber es hatte damals die letzten beiden Tage geregnet. Die Strömung muss sie mitgerissen haben.«

»Das hätte doch jemand gesehen, es waren sicher viele Leute bei dem Parkfest?«

»Weißt du, wie schnell so etwas geht? Die Kleine konnte noch nicht schwimmen.«

»Wieso glaubt er dann, seine Tochter lebt noch?«

»Mein Gott, Lotta! Er glaubt es, weil er es glauben will!«

»Aber, aber ... ein Kinderrucksack«, fiel mir ein, »hätte doch auch zufällig ins Wasser gefallen sein können.«

»Der einzige Zufall war, dass er trotz der Strömung überhaupt gefunden wurde. Nach den Berechnungen der Experten war es so gut wie unmöglich, bei den Verhältnissen irgendwas von dem Kind zu finden.«

»War es wirklich ihr Rucksack?«

»Mein Gott, Lotta, was denn noch?«, fuhr er mich an. »Ja, es war ihrer. Ihr Teddybär, ihre Fix-und-Foxi-Comics, alles war drin!«

»Aber er ...«

»Nichts aber, Lotta. Fürst sucht einen Geist. Das war der Grund, warum er damals bei der Mordkommission aufhören musste. Scheiße, ich hätte es dir von Anfang an sagen müssen, aber ich dachte nicht ...«

»Was?«

»Ich dachte nicht ...« Er schnaufte so sehr, dass sein Brustkorb sich hob und senkte, als hätte er einen Blasebalg verschluckt. »Dass du und er ... er hat doch keine jüngeren Frauen. Nein, ich dachte wirklich nicht ... Gott, ich hätte es besser wissen müssen ...«

»Kannst du mir bitte erklären, was du da redest?«

»Wieso, Lotta? Sag mir, wieso?«

»Was wieso? Was willst du von mir hören?«

»Ist das nicht offensichtlich?«

»Nein, Hannes, es ist nichts offensichtlich. Bei dir ist nie etwas offensichtlich. Hör endlich auf mit dem Scheiß, ich kann deine Gedanken nicht lesen, also rede endlich mal, verdammt.«

Hannes sah mich überrascht an, dann lehnte er sich an die hellgelbe Wand und verschränkte die Arme vor seiner Brust. Er wandte den Blick ab, als würde er mit einer anderen Person sprechen. »Oh Gott, als wäre das alles nicht schon anstrengend und kompliziert genug.«

Mein erster Impuls war, ihn mit einem abfälligen Scherz zu kränken, doch ich tat es nicht. Stattdessen lehnte ich mich neben ihn und verschränkte ebenfalls die Arme. »Okay, dann lass es.«

»Ich will es aber nicht lassen. Und genau das ist mein Problem. Weißt du noch, was ich vor ein paar Tagen im Möbelhaus zu dir gesagt habe?« Seine Stimme hatte einen angestrengten Ton bekommen, als müsste er sich zum Reden zwingen.

»Du hast viel gesagt, ich habe keine Ahnung!«

»Ich habe dir gesagt, dass ich vor kurzem von einer Frau verlassen wurde, die ich sehr geliebt habe.«

»Ja, und? Soll ich dich jetzt trösten, oder was willst du von mir, Hannes?«

Er atmete hörbar ein. »Ich habe von dir gesprochen, Lotta.«

»Verarschst du mich?«

»Nein, ich verarsche dich nicht, Herrgott! Was meinst du, hätte ich sagen sollen, du hast mir das Herz gebrochen, und obwohl es schon drei Jahre her ist, komme ich noch immer nicht über dich hinweg?«

Seine Augen glühten vor Zorn, der Blasebalg in seiner Brust begann wieder zu arbeiten, als er sagte:

»Wieso bist du so? Wieso gibst du mir immer das Gefühl, ich wäre der größte Idiot? Sieh mich an und sag mir, dass sie dir nichts bedeutet hat, die Zeit, die wir zusammen waren. Sag mir, dass es dir egal war, dass ich mich in dir, in uns, wirklich geirrt habe, und ich werde gehen und dich so oft mit Fürst schlafen lassen, wie du willst!«

Die Worte hallten durch das Stiegenhaus, und ich musste mich zurückhalten, um nicht auf der Stelle fortzulaufen. Aber nicht, weil ich das, was er sagte, nicht hören wollte, sondern weil er recht hatte. Hannes hatte sich nicht geirrt, er war der erste Mann nach Bernhard, bei dem es mir schwergefallen war, meine unerschütterliche Fassade aufrechtzuerhalten. Doch nie im Leben hätte ich das zugegeben, weder vor ihm noch vor sonst wem. Jetzt wollte ich es ihm sagen, damit er wusste, dass er nicht falschgelegen hatte, aber dass ich schon vor langer Zeit mein Herz verschlossen hatte, weil ich mich schämte und feige und dumm war und es nur eine Frage der Zeit war, bis er es sehen und mich in den Abfall werfen würde. Aber stattdessen blaffte ich ihn an: »Ist das der Grund, warum du mir diesen Undercovereinsatz angeboten hast?«

Er schüttelte voller Verachtung den Kopf, und plötzlich, ohne dass ich darauf gefasst war, beugte er sich zu mir, nahm mein Gesicht in seine Hände und küsste mich. Es war ein kurzer, aber heftiger Kuss, wie ein nicht eingelöstes Versprechen. Sofort ließ er mein Gesicht wieder los und wandte sich ab. Und in diesem Moment fiel jeder vernünftige Gedanke, jede Masche, die ich mir aus Angst in den letzten Jahren zurechtgelegt hatte, von mir ab. »Es tut mir leid«, kam es wie von selber aus meinem Mund. »Es tut mir so leid.«

Er sah mich überrascht an, dann zog er mich an sich, mein Gesicht nur ein paar Zentimeter vor seinem. Ich spürte seinen warmen Atem und wartete, dass er mich wieder küssen würde, doch er tat es nicht. Er hielt mich einfach fest und sah mich an. Und da küsste ich ihn. Ich küsste und küsste und küsste ihn, vergrub meine Hände in seinen Haaren, atmete ihn ein und ließ zu, dass die Mauer in mir ein Stückchen aufbrach. Er streichelte mit den Händen über meine Wangen und flüsterte zwischen den Küssen immer wieder: »Du fehlst mir so, Lotta, du fehlst mir ...«

Ich glaube, das war der Augenblick, in dem ich diese Nähe nicht mehr aushielt. Ich musste sie durchbrechen, sofort. Es war schon viel zu weit gegangen. Also tat ich das, was ich in solchen Momenten immer tue: Ich griff ihm an den Schwanz, bereit, mit dem nächsten Handgriff seine Hose zu öffnen.

Hannes wich so schnell zur Seite, dass meine Lippen ins Leere trafen.

Noch bevor ich etwas sagen konnte, drehte er sich um und lief das Treppenhaus hinunter.

17.

VALSE TRISTE

»Das T-Shirt steht Ihnen gut«, sagte eine Frauenstimme, während Hannes' Schritte noch durch das Treppenhaus heraufhallten. »Besser als Konrad.« Ihr Akzent klang russisch oder polnisch, ich drehte mich um, und sie lugte mit dem Kopf aus der Biegung, die der hellgelbe Gang machte, hervor.

»Es tut mir leid, ich wollte nicht lauschen«, sagte sie, trat einen Schritt heraus und hielt einen Zigarettenstummel zwischen ihren rot lackierten Fingernägeln hoch. »Ich war nur eine rauchen, und dann war es schon zu spät, mich aus dem Staub zu machen. Da ist meine Wohnung.« Sie deutete hinter mich, zur Tür links von Konrads Wohnung. »Ich bin seine Nachbarin, Anna.«

Veilchenblau, Müsli und 51. Ihre Gesichtsfarbe war eher grau als blass, doch das pfirsichfarbene Rouge gab ihr eine zarte Frische. Obwohl tiefe Falten um ihre Augen eingraviert waren und der schwarze Hosenanzug über ihrem üppigen Busen, den Hüften und den Oberschenkeln spannte, als wäre er eine Nummer zu klein, bemerkte sogar ich in dem Moment, wie ungewöhnlich schön sie war.

»Eigentlich heiße ich Anuschka, aber ich ...«, sie zog die Schultern zurück, um sich größer zu machen, senkte ihre Stimme und sprach mit verstärktem Akzent, »kann diese Name nicht ausstehen.«

»Willkommen im Club«, murmelte ich und wollte wieder in Konrads Wohnung zurückgehen.

»Wie bitte?«

»Nichts.«

»Wollen Sie auch eine?«, fragte sie und hielt mir das Zigarettenpäckchen entgegen.

»Nein, danke, ich rauche nicht. Wenigstens das ist mir erspart geblieben.«

Sie lachte heiser auf: »Ich wünschte, ich könnte das auch von mir sagen.« Dabei zündete sie sich eine neue Zigarette an.

Die Tür von Konrads Wohnung wurde geöffnet, er sagte »Lotta, wir müssen geh...« und stoppte mitten im Satz, als er Anna sah.

»Oh, hallo, Anna.«

»Konrad, mein Lieber«, sagte sie, ging zu ihm hinüber und gab ihm rechts und links einen Kuss auf die Wangen.

»Du rauchst wieder?«, fragte er, als er die qualmende Zigarette in ihrer Hand bemerkte.

»Ich weiß, ich weiß ...«

»Weißt du, was sie beruflich macht?«, fragte Konrad in meine Richtung. »Sie ist Lungenfachärztin! Eine rauchende Lungenfachärztin!«

Ich nickte nur und ging zurück in seine Wohnung, mir war nicht nach Small Talk zumute. In der Küche standen ein voller Brotkorb, Butter und Marmelade am Tisch. Ich konnte mich nicht mehr erinnern, wann ich das letzte Mal wie ein ganz normaler Mensch an einem Frühstückstisch gesessen hatte, es musste Jahre her sein. Ich setzte mich an den Küchentisch und strich mir mit den Fingerspitzen über die Lippen, die Hannes gerade noch geküsst hatte. Seine Worte hallten in mir nach, aber ich verdrängte sofort dieses Gefühl, das gerade versuchte, sich einen Weg durch mein Seelenwirrwarr zu bahnen. Zum Glück kam Konrad auch schon zurück, seine Wangen waren so rot, als hätte er sie als Clown Foxi geschminkt.

Er setzte sich an den Tisch, sah mich über den vollen Brotkorb hinweg an, und mir fiel wieder ein, was Hannes eben über Julia erzählt hatte. Obwohl es keinen vernünftigen Grund dafür gab, war ich so wütend, dass ich am liebsten geschrien hätte.

»Hast du Fischer alles von gestern erzählt?«, fragte Konrad.

»Ja, natürlich«, log ich.

»Das ist gut, dann kann …«

»Habt ihr was miteinander, du und deine Nachbarin?«, lenkte ich ab, der Tonfall war gehässiger, als ich es wollte. Schnell nahm ich mir eine Semmel und schnitt sie so behutsam auf, als würde ich sie operieren, um ihn nicht weiter ansehen zu müssen.

»Nein. Sie ist, also, sie war bis vor einem halben Jahr noch verheiratet, und ich dachte nicht, dass sie mich …«

»Geh mit ihr aus«, sagte ich, die volle Konzentration jetzt darauf gerichtet, das weiche Innere der Semmel herauszuzupfen und zu einem festen Teigwürfel zu kneten.

Ich hörte, wie er aufstand, eine Tasse aus dem Regal nahm und sich Kaffee einschenkte. »Ich weiß nicht, sie und ihr Mann haben mich ein paarmal im Stiegenhaus aufgeweckt und in die Wohnung gebracht. Damals habe ich noch getrunken. Nein, ich glaube nicht, dass sie …«

»Geh mit ihr aus«, zischte ich wütend und zerdrückte den Teigwürfel mit Daumen und Zeigefinger. Meine Stimme war mir entglitten, ich hatte es heute schon zum zweiten Mal nicht geschafft, die Fassade aufrechtzuerhalten.

»Entschuldige, tut mir leid …«, lenkte ich ein, steckte mir die kleine Flade in den Mund und griff nach dem Messer, um die zwei Hälften mit Butter zu bestreichen. Konrad sah mir eine Weile zu. »Fischer hat dir von dem Rucksack erzählt.«

Wir schwiegen beide, ich ließ das Messer auf den Teller knallen, schob ihn von mir weg und vergrub das Gesicht in meinen Händen. Was war nur los mit mir? Es könnte mir doch völlig egal sein, welchem Schatten auch immer Konrad Fürst hinterherjagte.

»Hör zu, Lotta«, sagte er leise, »ich weiß, dass die Beweislage gegen mich steht und dass mich alle für verrückt halten. Aber ich werde die Suche nach Julia niemals aufgeben.«
»Warum?«, fragte ich laut und hob den Kopf.
»Weil ich fühle, dass sie noch lebt.«
»Wieso bist du dir da so sicher?«
»Weil ich noch am Leben bin.«

Schon beim Eingang zur Probebühne war die gedämpfte Stimmung so spürbar, als würde man durch einen unsichtbaren Schleier in ein anderes Universum treten. Ich schob mich durch die tuschelnde Menge, ohne meinen Blick zu heben, und suchte den Statisterie-Probenplan, der an der Pinnwand gleich neben dem Eingang hing. Aber da war nichts, unsere Namen standen dafür in einer langen Liste unter dem Eintrag:

»*WICHTIG! Verpflichtende Generalversammlung Probebühne 1*«

Nicht weit unter meinem las ich sowohl Bernhards als auch Lenauers Namen, und mir entfuhr ein zu lautes: »Scheiße!«

Konrad sah mich überrascht an, als hinter ihm ein lautes Kinderlachen gellte. Es war Fanny, sie streckte ihren Kopf neben ihm hervor und grinste mich an.

»Was machst du hier? Du solltest nicht hier sein«, sagte ich, es klang unfreundlicher, als es meine Absicht war. Ihre Frisur – sie hatte die Haare zu einem Knoten gebunden – lenkte die Aufmerksamkeit noch mehr auf ihre große Hakennase und das fliehende Kinn.

»Warum denn nicht?«, fragte sie und hüpfte hervor. Ihre Kleidung war lächerlich, sie trug ein rotes Samtkleid mit Trompetenärmeln, das wahrscheinlich aus den 70er Jahren stammte. Um nicht ständig darüber zu fallen, hatte sie es mit fünf verschiedenfarbigen Gürteln an ihrem mageren Körper festgezurrt.

Konrad flüsterte mir zu: »Weiß sie es überhaupt?«

Ich zuckte die Achseln und bedeutete Fanny, dass sie gehen

sollte. Aber entweder verstand sie es nicht, oder sie wollte es nicht verstehen, denn sie fasste meine Hand und zog mich hinter sich her zur Probebühne eins.

Ich sah Bernhard, kaum hatte Fanny die Tür geöffnet. Er stand an der Stirnseite des Saals und tätschelte die Schulter einer weinenden Frau. Ich konnte zwar nicht erkennen, wer es war, sie stand mit dem Rücken der Tür zugewandt und hatte ihren wie einen Pingpongball wippenden Kopf gesenkt, aber wegen dem engen Bleistiftrock, den schlanken langen Beinen und den High Heels tippte ich auf die Direktorin Susanne Supritsch.

Nicht weit von den beiden sah ich auch Clemens Lenauer, er bemerkte mich, und ich wandte sofort den Blick ab. Fanny zog mich in eine Ecke, bedeutete mir, auf einem der Stühle Platz zu nehmen, und setzte sich neben mich. Dann legte sie ihre Hand auf die Sitzfläche des leeren Stuhls neben sich und rief zu Konrad: »Erwin-Konrad, komm zu uns.«

Konrad stellte sich vor den Stuhl, langsam füllte sich der Saal mit Menschen, anscheinend waren alle im Haus Beschäftigten herbestellt worden, angefangen vom Chor über das Ballett bis zu den Bühnenarbeitern, Garderobiers, Maskenbildnern und den Technikern. Ich war dankbar dafür, denn sie verstellten mir den Blick auf Bernhard und Clemens Lenauer.

»Was ist denn los, wieso sind alle so komisch?«, fragte Fanny plötzlich und stieg auf den Stuhl. Ich warf Konrad einen erschrockenen Blick zu, aber er war so damit beschäftigt, sich umzusehen, dass er Fanny anscheinend nicht gehört hatte. Sie setzte sich wieder neben mich und sagte besorgt: »Ich glaube, Susu weint. Was ist denn los?«

»Fanny, es ist gestern wieder etwas Schlimmes passiert, bei der Vorstellung der *Zauberflöte*.«

»Wer?«, fragte sie nur.

»Die Souffleuse, Beate Friedmann.«

Sie zog die Luft ein und presste hervor: »Oh nein, die war doch die beste Freundin von der Katharina Seliger! Die beiden waren immer zusammen ...«

Alex, die Regieassistentin mit den weißblonden Haaren, klatschte in die Hände und rief: »Ruhe, ich bitte um Ruhe!«

Das Gemurmel verebbte, und Fanny stieg sofort wieder auf den Stuhl, um besser sehen zu können. Ich blieb sitzen und rutschte noch ein wenig tiefer.

»Susu, darf ich dich bitten«, hörte ich Alex.

Dann herrschte Stille, Konrad gab mir mit einer leichten Kopfbewegung zu verstehen, dass ich aufstehen sollte, um zu sehen, was sich vorne abspielte.

Zwischen den Köpfen hindurch sah ich Susu Supritsch jetzt auch von vorne. Sie hatte sehr wenig mit der Frau gemeinsam, der wir in der Kantine begegnet waren. Ihre Haltung war eingefallen, sie hatte Augenringe, die geschwollen unter ihren Augen lagerten wie kleine Rettungsboote, und ihre Nase war so rot, als wäre die Haut auf den Nasenflügeln nicht mehr vorhanden. Es zog sich eine Ewigkeit, bis die Direktorin endlich in der Lage war zu sprechen.

»Gerade in Zeiten wie diesen«, begann sie mit einer Stimme, die klang, als würde jemand mit einem Nagel über eine Schultafel fahren, »ist es wichtiger als sonst, dass wir alle gemeinsam an einem Strang ziehen. Die Plagen, die gerade über uns herziehen, sind schrecklich, grausam und unmenschlich. Und trotzdem möchte ich euch bitten, nicht aufzugeben. Viele werden jetzt erwarten, dass die Wiener Oper geschlossen wird, aber der Kulturminister und ich haben beschlossen, das nicht zu tun.«

Aufgeregtes Gemurmel breitete sich aus, doch Susu Supritsch winkte ab. »Bitte, hört mir zu. Wenn wir uns jetzt zurückziehen, dann geben wir dieser Bestie genau das, was sie will: nämlich, dass wir aufgeben. Denn keinen anderen Grund kann es für diese feigen und heimtückischen Morde geben. Ich weiß, dass euch diese Entscheidung überrascht, aber ich weiß auch, dass wir es nur gemeinsam schaffen können. Und das, da sind sich der Kulturminister und ich einig, sind wir der Kunst, dem Publikum und vor allem den Opfern schuldig.«

»Und wir sind es den Eintrittsgeldern und der Publicity schuldig«, hörte ich eine leise Frauenstimme nicht weit von mir, aber ich konnte nicht sehen, wer das gesagt hatte.

»Die *Csárdásfürstin* wird bis auf weiteres verschoben, und der einzige, ich wiederhole, der einzige Grund ist, dass der Regisseur Heinz Zehberg eine Herzerkrankung verschwiegen hat, die behandelt werden muss.«

»Glück im Unglück«, sagte ein dicker Mann mit Glatze neben mir, einige um ihn herum lachten nervös.

»Es gibt leider noch einen weiteren Grund, weswegen ich euch alle hergebeten habe. Die furchtbare Tragödie, die sich gestern bei der Vorstellung ereignet hat …« Sie stockte und ihr schlanker Körper erschauerte. »Leider muss ich euch mitteilen, dass Katharina Seliger seit gestern Abend verschwunden ist. Hatte irgendjemand Kontakt mit ihr, oder …«

»Aber ich bin doch hier!«, rief eine Frauenstimme, die ich sofort erkannte. Die jeder sofort erkannte. Die Menge stob auseinander, als hätte jemand einen Silvesterkracher in die Mitte geworfen, und gab den Blick auf Katharina Seliger frei. Sie stand in der offenen Eingangstür zur Probebühne eins, die erschrockenen Beobachter schienen sie aber nicht zu irritieren, denn sie lachte, als sie fragte: »Was habt's ihr denn alle? Was ist denn los?«

Köpfe wurden gesenkt, Seufzen und leises Wispern brandete auf, doch niemand antwortete der Sängerin.

»Was ist los?«, fragte sie erneut und ging nach vorne, zur Stirnseite des Saals. Wie ein Reißverschluss aus Menschen schloss sich hinter ihr die freie Fläche, durch die sie eben gegangen war. »Es tut mir leid, ich weiß, ich bin zu spät, aber kann mir mal wer sagen, was das ganze Drama hier soll?«

Bei Susu Supritsch angekommen, die sie so voller Verzweiflung und Angst ansah, schlug sie sich plötzlich eine Hand vor den Mund: »Oh Gott, nein! Ist der Zehberg etwa ...?«

Die Direktorin schüttelte den Kopf. »Nein, ist er nicht. Wo warst du die ganze Zeit? Wir haben versucht, dich zu erreichen und ...«

»Ich habe bei meiner Mutter übernachtet, es ging ihr nicht gut, und dann war auch noch mein Handyakku leer. Aber wieso ist das ein Problem, hätte ich einspringen sollen?«

Anscheinend ahnte sie wirklich nichts, denn sie lächelte immer noch. »Wieso habt ihr nicht einfach Beate gefragt, sie hat doch gewusst, wo ich bin.«

Die Stille, die auf diese Aussage folgte, fühlte sich an, als würde die Zeit gefrieren. Niemand sagte ein Wort. Man konnte Katharina Seliger zusehen, wie sie langsam zu ahnen begann, dass diese Stimmung etwas mit ihr zu tun haben musste. »Es ist doch nichts mit Beate? Es geht ihr doch gut?«

Susu Supritschs Gesichtszüge entglitten ihr mit einem lauten Schluchzen.

»Aber, wie kann das sein ... das kann nicht sein«, stammelte Katharina Seliger mit einem leichten Lächeln, noch immer nicht bereit zu glauben, was sich vor ihr immer mehr entfaltete. »Wo ist Beate? Wo ... wo ist sie?«

Statt einer Antwort bekam sie nur ein Schluchzen zu hören. Die Farbe wich ihr aus dem Gesicht, sie sah sich panisch um. »Beate? Beate, bist du da?«

»Beate ist ...«, begann Susu Supritsch, doch sie schaffte es nicht, den Satz zu beenden.

»Es waren doch nur Sänger ... nur Sänger wurden ... nur Sänger ... sie war doch nicht in Gefahr ...«, sagte Katharina Seliger, so eindringlich, als hätten ihre Worte die Macht, das Geschehene umzukehren.

»Es tut mir leid«, quetschte Susu Supritsch hervor, »es tut mir so leid. Beate ist ...« Ihre Stimme brach ab.

Der immer schneller werdende Atem von Katharina Seliger hallte durch die Probebühne eins, und als die Gewissheit sie traf, sank sie auf die Knie und schrie so laut »Neeeeeeein«, dass das Glas in den Fensterscheiben klirrte.

18.

CABALETTA

Katharina Seligers Schrei ging in ein herzzerreißendes Schluchzen über. Es war Alex, die die Spannung auflöste, indem sie sagte: »Bitte, es ist besser, wenn jetzt alle gehen. BITTE.«

Zu meiner Verwunderung leerte sich die Probebühne eins innerhalb weniger Augenblicke, alle strömten hinaus wie Ameisen. Nur eine kleine Gruppe blieb bei Katharina Seliger, darunter die Direktorin, die Regieassistentin und ein paar weitere Solisten.

Bernhard und Clemens Lenauer hatten mit den anderen den Saal verlassen.

Ich war überrascht, als ich Fannys Körper an meiner rechten Seite spürte, sie hielt mich umklammert und drückte ihr Gesicht in meinen Bauch. Konrad nickte mir zu, ich hob Fanny hoch, ging ihm nach, hinaus auf die Straße und ließ sie erst ein paar Meter vom Eingangstor zu den Probebühnen entfernt wieder herunter.

Konrad strich dem Mädchen über den Kopf. »Soll ich dich nach Hause bringen? Oder deine Eltern anrufen?« Doch sie schüttelte den Kopf.

Einige Momente standen wir drei so da, unfähig, etwas zu sagen, als wären uns die Worte ausgegangen. Eine bleierne Erschöpfung kroch mir in die Gelenke, als hätte ich an einem Marathon teilgenommen. Hinter Konrad hörte ich das Öffnen der Tür und einige Schritte, aber ich sah absichtlich nicht hin. Die Wahrheit war, ich hatte mich in der Probebühne so zusammengerissen, aber jetzt hatte ich nicht mehr die Kraft, Katharina Seliger noch einmal zu sehen, ohne loszuheulen.

»Lotta«, sagte Konrad schließlich, als die Schritte verstummt waren, »ich werde jetzt unseren gemeinsamen Freund anrufen und ihm alles erzählen, wir beide treffen uns dann in der Kantine.«

»In Ordnung.«

»Wo hab ich nur schon wieder …«, murmelte er und tastete die Taschen seines Sakkos ab.

Ich griff in meine Handtasche und zog seine Brille heraus. »Hier, du hast sie heute Morgen am Küchentisch liegen lassen.«

Konrad sah mich mit einer Mischung aus Verblüffung und Wehmut an, und dann umarmte er mich plötzlich. Es war hölzern und unbeholfen, und ich erwiderte die Umarmung genauso hölzern und unbeholfen, wie zwei Teenager, die sich nicht an den Körper des anderen wagen.

Als er mir die Brille abnahm, murmelte er »Danke« und ging rasch davon. Ich glaube, er war genauso überrascht von seiner Geste wie ich.

»Du, Lotta …« Fanny zog an meiner Hand, doch sie wurde unterbrochen, durch jemanden hinter mir, dessen nasale Art zu sprechen mich sofort herumfahren ließ.

»Naaaa«, sagte der Kostümbildner Clemens Lenauer, »hat unsere Carlotta die Altersklasse gewechselt? Ich hoffe, er ist nur aus Leidenschaft Statist, sonst wird dir dein Sugardaddy nicht viel bieten können.«

Er lehnte sich an die Hausmauer, zog eine Zigarette aus dem Päckchen in seiner Hemdtasche, grinste mich zufrieden an und hielt sie sich mit seinen manikürten Fingern vor den Mund.

»Ihr seid ein hübsches Paar. Er ist vielleicht ein bisschen alt, anscheinend hast du dir neuerdings einen Vaterkomplex zugelegt?« Er lachte boshaft auf, dann steckte er die Zigarette zwischen die Lippen und zündete sie sich mit einem kleinen goldenen Feuerzeug an. »Na ja, verständlich, wo dein eigener Vater dich doch nicht wollte.«

Mit den Worten »Fanny, wir treffen uns beim Bühneneingang, warte beim Portier auf mich, ich komme gleich« schickte ich das Mädchen fort.

»Was bist du für ein beschissenes Arschloch«, schrie ich, als sie um die Ecke verschwunden war. Ich wollte ihr nach, aber ich konnte nicht, als wären meine Füße auf der Straße festgenagelt.

»Meine Güte, du bist so armselig, Carlotta. Deine arme Mutter ... die Tochter einer der größten Sängerinnen ist Statistin in der Wiener Oper ... und gerade zu dem Zeitpunkt, als ein wahnsinniger Mörder hier sein Unwesen treibt. Was für ein merkwürdiger Zufall. Wer könnte so viel Hass in sich tragen, dass er so etwas tut? Doch nur jemand, der in seinem eigenen Leben so grenzenlos versagt hat!«

Er grinste, und ich musste daran denken, wie er damals hinter meiner Mutter gegrinst hatte, während sie mir die »Neuigkeiten« mitgeteilt hatte.

Die ganze Wut und der ganze Hass, die sich in den Jahren in mir aufgetürmt hatten, bahnten sich ihren Weg an die Oberfläche, und ich fing an zu zittern. Die Worte kamen wie von selber, ich hatte keinen Einfluss mehr darauf.

»Ich hoffe«, schrie ich ihn an, »dass du der Nächste bist!« Jetzt kamen mir wirklich die Tränen, aber diesmal war ihre Ursache reine Wut.

Er riss Augen und Mund auf, sein Gesichtsausdruck irritierte mich, diese plötzliche gespielte Betroffenheit. Er wirkte auf einmal wie ein kleines Kind, dem man gesagt hatte, es dürfe nicht in den Zoo.

»Hau ab! Für immer! Lass mich in Ruhe«, krähte ich. Und erst da bemerkte ich, dass Clemens Lenauer nicht mehr mich an-, sondern an mir vorbeisah. Blitzschnell drehte ich mich um. Das war also der Grund für seinen plötzlichen Stimmungswechsel von boshaft zu beleidigt. Hinter mir hatte sich eine kleine Gruppe zusammengefunden, darunter Bernhard, die Direktorin Susu Supritsch, Katharina Seliger, die so schwach war, dass sie von zwei Bühnenarbeitern gestützt wurde, und Alex, die Regieassistentin. Eine weitere Person stand abseits, aber ich konnte sie durch meinen Tränenschleier nicht mehr erkennen. Ohne ein weiteres Wort wandte ich mich ab und rannte davon.

Ich brauchte zwei große Runden um die Wiener Oper und zwei doppelte Cognacs in einem kleinen Café am Weg, bis ich mich in der Lage fühlte, die Oper zu betreten. Fanny hatte nicht beim Portier auf mich gewartet, sie saß in der Kantine neben Konrad am Ecktisch vor den Spiegeln und unterhielt sich mit ihm. Ich kaufte mir eine Cola und einen Apfel aus der Obstschale, um meine Alkoholfahne damit zu überdecken, und setzte mich zu ihnen.

»Ist alles in Ordnung? Du hast lange gebraucht …«, sagte Konrad.

»Ich hatte noch etwas zu tun«, log ich und biss von dem Apfel ab.

»Wieso bist du so böse auf den Lenauer?«, fragte Fanny.

Ich schüttelte wieder den Kopf, der Alkohol wollte mir erneut Tränen in die Augen spülen, aber ich drückte sie zurück.

Konrad sprang ein und fragte Fanny: »Du kennst den Kostümbildner auch?«

»Er hat in drei Stücken die Ausstattung gemacht, in denen ich gespielt hab. Aber meistens gefallen mir seine Sachen nicht. So was mach ich im Werkunterricht, und ich bin elf.« Fanny reckte plötzlich den Kopf. »Oh, da ist Susu.«

Die Direktorin hatte die Kantine betreten, oder besser, sie hatte ihren Auftritt in der Kantine. Der Schmerz und Kummer von vorhin war mit einer frischen Schicht Make-up und Rouge überdeckt, nur die roten Augen verrieten den Riss in ihrer Fassade. Als sie uns sah, legte sie sich eine Hand aufs Dekolleté, schlug die Augen nieder und nickte traurig.

»Susu, komm zu uns«, rief eine junge blonde Frau, die mit ihren Kolleginnen vom Ballett am Tisch saß. Die Tänzerinnen fielen wie sterbende Schwäne mit Umarmungen über die Direktorin her, kaum hatte sie bei ihnen Platz genommen.

»Fanny, was hast du damit gemeint, als du zu mir gesagt hast, Susu zieht ihre Show besser ab als ich?«, fragte ich leise.

»Was?«, fragte sie und nippte an ihrem Kakao.

»Gestern, als wir hier waren. Das hast du zu mir gesagt, erinnerst du dich?«

Fanny schob ihren Kakao von sich weg und sah mich nachdenklich an. Dabei blies sie Luft in ihre Wangen, stieß sie schließlich ruckartig aus und sagte: »Ich hol mir mal eine Suppe.«

Sie stand auf, ging ein paar Schritte, kam jedoch gleich wieder zurück zum Tisch, als hätte sie was vergessen. Sie kramte in ihrem Rucksack, zog neben ihrer Geldbörse einen Zettel und Stift heraus und schrieb etwas darauf. Dann faltete sie ihn zusammen und schob ihn zu mir mit den Worten: »Lies ihn draußen, nicht hier.«

Ich steckte den Zettel sofort in die Hosentasche und sagte noch »Okay«, aber Fanny war schon wieder unterwegs zur Theke. Die Wehklagen vom Tisch der Balletttänzerinnen klangen zu uns herüber. »Du arme Susu!« – »Wie schrecklich für dich!« – »Ich wünschte, ich könnte dir helfen.« Ihre Hand, ihr Kopf und ihre Schultern wurden getätschelt und gehalten, als gäbe es einen Preis für diejenige Balletttänzerin, die sie am öftesten berührte. Die Direktorin seufzte ein paarmal und schluchzte immer wieder leise vor sich hin.

»Was denkst du?«, fragte Konrad.

Ich seufzte schwer. »Keine Ahnung. Meinst du wegen ihr?« Mit einem Kopfnicken deutete ich in Susu Supritschs Richtung. Er nickte und kratzte sich am Kinn. Eine Frage ließ mich bei ihrem Anblick einfach nicht los: Wenn sie wirklich so litt, wieso tat sie dann nicht das einzig Richtige und stellte den Opernbetrieb ein? Oder hatte die Politik ihre Finger im Spiel? Vielleicht durfte sie nicht zusperren? War es dem Kulturminister zuzutrauen, dass er lieber einen weiteren Tod als eine zugegebene Niederlage in Kauf nahm? Wie würde die Polizei dastehen, wenn man vor dem Mörder kapitulierte?

»Carlotta!«, dröhnte ein tiefer Bass, und ich fuhr hoch. Ich war so in den Anblick der Direktorin vertieft gewesen, dass ich den Mann, der an unseren Tisch gekommen war, gar nicht bemerkt hatte. Vor mir stand der Hutwerfer vom Begräbnis meiner Mutter, den ich bei der Probe für *Carmen* wiedergetroffen hatte. Und ich hatte schon wieder seinen Namen vergessen!

»Hä?«, fragte ich. Als wäre es eine Einladung gewesen, nahm er einen Stuhl vom Nebentisch und setzte sich vor mich. Konrad würdigte er keines Blickes. Die nächsten zehn Minuten redete er auf mich ein, aber schon nach den ersten paar Sätzen hörte ich ihm nicht mehr zu, sondern beobachtete weiter Susu Supritsch dabei, wie sie sich trösten ließ. Fanny kam zurück, unterbrach den Sänger, indem sie mir einen Löffel Suppe mit den Worten »Die Backerbsen sind al dente« anbot, doch alles zog an mir vorbei wie in einem Film.

Irgendetwas lag bei der Direktorin in der Luft, aber ich konnte es einfach nicht erfassen. Als wäre diese Szene bei ihr am Tisch ein Bild hinter einem Vorhang, der immer nur so kurz zur Seite geweht wurde, dass man es nie ganz erkennen konnte.

Die Balletttänzerinnen, alle hübsch, grazil und jede ihrer Bewegungen und Gesten mit der Gewissheit ausgeführt, dass sie es hier mit ihrer Direktorin zu tun hatten. Und in der Mitte Susanne Supritsch, schön, unnahbar, die Hauptperson. Aber da war noch etwas anderes.

»... sag mal, Carlotta, hörst du mir überhaupt zu?«, fragte der Hutwerfer mit lauter Stimme.

»Natürlich«, log ich automatisch und nickte.

»Also, wirst du es tun? Er ist doch so streng, also wenn du es nicht willst ...«

Ich stockte kurz und versuchte, mich an irgendetwas zu erinnern, was er gesagt hatte.

»Natürlich, kein Problem«, antwortete ich, obwohl ich keine Ahnung hatte.

Fanny verschluckte sich an einer Backerbse, und Konrad sah mich verwundert an.

»Mein Gott, das ist so schön, Carlotta, wenn deine Mutter das noch erleben würde ... da bewahrheitet es sich wieder, dass in jedem Schlechten auch die Chance auf etwas Gutes liegt.« Der Hutwerfer stand auf, hauchte ein Luftküsschen auf meine linke Wange und war auch schon auf und davon.

»Du hast keine Ahnung, was er dir eben gesagt hat, oder?«, fragte Konrad und verschränkte die Arme.

Ich zuckte desinteressiert die Schultern. »Was hat er denn gesagt?«

»Dass du bei der *Carmen*-Probe heute Nachmittag für eine Sängerin einspringen sollst, weil sie einen Nervenzusammenbruch hatte.«

»Was?« Ich dachte, er machte einen Scherz, doch als weder er noch Fanny die Szene auflösten, als ich sie panisch anstarrte, wusste ich, dass er recht hatte.

»Pass bloß auf«, sagte Fanny.

»Das können die sich abschminken, das mache ich sicher nicht.«

»Das sag mal Susu«, wisperte Fanny und deutete zum Tisch der Direktorin. Der Hutwerfer stand neben ihr, sie faltete die Hände wie zum Gebet und formte stimmlos ihre Lippen in meine Richtung: »Danke, danke, danke!«

19.

CHROMATIK

»Bitte nicht«, flehte ich Konrad an, als wir am Nachmittag vor dem Eingang zur Probebühne standen.

Er hatte mich in den letzten zwei Stunden nicht aus den Augen gelassen, und es war mir nicht mehr möglich gewesen, mich mit einem oder zwei weiteren Cognacs zu betäuben. Wir hatten immer wieder die Vorgänge der letzten beiden Tage besprochen, versucht herauszufinden, ob wir vielleicht etwas übersehen hatten. Konrad hatte noch zweimal mit Hannes telefoniert, es gab weitere Verhöre, die aber alle keine Neuigkeiten brachten. Jede Spur verlief im Nichts, und das einzige Ergebnis, das Konrads und meine Überlegungen brachte, war, dass der kleinste gemeinsame Nenner der Morde die in die Höhe geschnellten Kartenverkäufe waren.

Und jetzt stand ich hier, und die Angst holte mich ein, wie sie es das letzte Mal vor vier Jahren getan hatte. Wie sie es vorher immer getan hatte.

Was machte ich überhaupt hier? Wieso war ich nicht zu der Direktorin gegangen, um das Missverständnis aufzuklären, oder hatte mich ebenfalls krankgemeldet?

Was wollte ich mir noch beweisen, ich war schon vor langer Zeit gescheitert, und daran hatte auch der Tod meiner überlebensgroßen Mutter nichts geändert.

Egal, was der Grund war, es gab eine Frage, die mich im Moment noch mehr beschäftigte: Wo bekam ich vor der Probe noch etwas Alkoholisches her?

Konrad lehnte sich an die Mauer, er sah mich an, und ein Ausdruck huschte über sein Gesicht, den ich nicht deuten konnte.

»Wenn du die ganze Zeit darüber nachdenkst, wo du deinen nächsten Drink herbekommst, dann solltest du aufhören zu trinken«, sagte er schließlich.

Ich versuchte zu überspielen, dass ich mich ertappt fühlte, und lachte etwas zu laut auf: »So schlimm ist es nicht ...«

»Lotta, glaub mir, ein Apfel reicht nicht aus, um eine Fahne zu überdecken.«

Ich wollte etwas erwidern, aber weil mir nichts einfiel, sagte ich nur »Ach, lass mich doch in Ruhe« und öffnete die Tür zur Probebühne.

»Carlotta«, empfing mich der Hutwerfer mit seiner donnernden Stimme. Mir war in der Zwischenzeit auch wieder sein Name eingefallen, Erich Freiwerf.

Er schwang seine Arme in die Höhe, kam auf mich zugelaufen, und noch während er mir zwei feuchte Küsse gab, dröhnte er: »Rudi, komm her! Das ist sie! Unsere Retterin.«

Der junge, energische Regieassistent, den ich bei der ersten *Carmen*-Probe bereits kennengelernt hatte, kam zu uns herüber und gab mir die Hand. Tannengrün, Käsespätzle und 28.

»Danke, das ist wirklich nett von Ihnen, Frau Fiore. Es läuft hier gerade alles aus dem Ruder, in zwei Tagen ist die erste Vorstellung, und die Zweitbesetzung kommt erst heute Nacht mit dem Flugzeug aus Köln. Wenn sie überhaupt kommt! Ich könnte es ihr wirklich nicht verdenken, wenn sie ...«

Ich wollte etwas erwidern, aber da hatte er sich auch schon umgedreht und brüllte den Dirigenten an, weil der sich auf seinen Platz gesetzt hatte. Als hätte Erich Freiwerf meine Fluchtüberlegungen gespürt, packte er mich am Arm und zog mich zu der aufgebauten Szene, die aus vier länglichen Tischen und einem Bett bestand.

»Wer weiß, Carlotta, vielleicht ist die ganze Misere dein Glück! Du hast doch keine Angst, oder? Ich bin mir ja mittlerweile sicher, dass der Mörder Opernliebhaber ist. Und schon allein wegen deiner Mutter bist du da sicher außer Gefahr.«

»Wieso denkst du das?«

»Na hör mal, das liegt doch auf der Hand! Alle Opfer waren mittelmäßig, und Beate, Gott hab sie selig, war zwar Katharina Seligers beste Freundin, aber nicht mal Sängerin. Da hätte er sich sonst doch die Seliger selber geschnappt. Ja, glaubst du denn, ich wäre hier, wenn ich wirklich in Gefahr wäre? Bitte, ich bin doch nicht lebensmüde! Also, pass auf, der Rudi, unser Regieassistent, er ist vielleicht ein bisschen streng, aber er gehört zu den Besten, die es an diesem Haus gibt. Und wer weiß, unter diesen besonderen Umständen, die jetzt herrschen. Wenn du an ihrer Stelle singst, dann müssen sie der Zweitbesetzung keine Unsummen zahlen. Kannst du dir das vorstellen, ich hab erfahren, dass sie für diesen einen Abend 6000 Euro bekommt! Das ist Susu natürlich überhaupt nicht recht, jetzt, wo wenigstens mal Geld ins Haus kommt. Tja, wenn du gut bist, kann sein, dass sie dann die Zweitbesetzung in Köln lässt und du singst die Vorstellung.«

»Ja, und vielleicht bricht auch heute Nacht noch der Weltfrieden aus, der Mörder stellt sich selber und für Krebs wird ein Heilmittel gefunden«, erwiderte ich, worauf Freiwerf seinen Kopf in den Nacken warf und ein gekünsteltes »Ha-ha-ha!« ausstieß.

»Köstlich! Derselbe Humor wie deine Mutter!«

Dann drückte er mich in einen der Stühle am Tisch und fing an, mir zu erklären, was ich zu tun hatte.

Ich fühlte mich mit einem Schlag um Jahre zurückversetzt, als ich noch täglich Gesangsunterricht genommen hatte und von einem Vorsingen zum nächsten gepilgert war, der Name »Fiore« Türöffner und Fußfessel zugleich.

»Die sind für Sie«, sagte der Regieassistent und drückte mir ein paar Notenblätter in die Hand. Die Zeilen verschwammen vor meinen Augen zu schwarzen Zeichen, Punkten und Balken. Ich schnappte nach Luft und sah mich um, Konrad stand hinten in der Ecke mit zwei anderen Statisten. Unsere Blicke trafen sich, und ich fuhr mir mit dem Daumennagel über die Kehle, als würde ich sie mir aufschlitzen.

»So, alle auf ihre Plätze, wir fangen mit der Szene nach dem Umbau zur Spelunke an«, rief der Regieassistent. »Und wo ist schon wieder die Timiani?«

Im selben Moment ging die Tür auf, und die zweite Sängerin kam herein, es war die Blonde mit dem üppigen Vorbau, die mich bei der Begrüßung gestern fast erdrückt hatte.

»Entschuldigung«, jodelte sie und brach in Tränen aus. Der Regieassistent lief zu ihr und redete beruhigend auf sie ein. Was er sagte, konnte ich nicht verstehen, doch dann fiel mein Name. Sie stieß einen spitzen Schrei aus, als sie in meine Richtung sah, und ich brachte mich hinter dem Notenblatt in Sicherheit.

Sie wischte sich die Tränen von den Wangen und richtete sich ihren Busen. »Okay, es geht schon, ich schaffe das.«

»Wir fangen an, und bitte«, befahl der Regieassistent.

Erich Freiwerf klemmte die Daumen in seinen Händen ein und sagte mit einem strahlenden Lächeln: »Toi, toi, toi, Carlotta.«

Der Korrepetitor, ein großer Mann, der aussah, als würde er immer lächeln, gab mit einem Kopfnicken den Einsatz für das Lied und begann am Klavier die Melodie zu spielen.

Es war ein Wunder, dass ich meinen Einsatz erkannte.

Es war auch ein Wunder, dass ich vom Blatt singen konnte.

Doch was meinen Gesang betraf, da blieb das Wunder leider aus.

»Danke, dass Sie eingesprungen sind«, sagte der Regieassistent und fuhr sich erschöpft durch die Haare, die er sich einige Male bei der Probe gerauft hatte. Wir waren alleine, meine Kollegen hatten die Probebühne verlassen, kaum hatte der Korrepetitor die letzte Note am Klavier gespielt, und auch Konrad war nicht mehr da.

»Tut mir leid, mehr war nicht drin. Dieser Tag heute hat eindeutig einen Ehrenplatz in der Galerie der beschissensten Tage meines Lebens«, sagte ich und nickte ihm zu.

»Ja, unter diesen Umständen kann ich Ihnen das nicht verdenken.«

»Es sind nicht die Umstände«, gab ich trocken zurück. »Es war nie anders.«

Er sah mich nachdenklich an. »Sie sind nicht schlecht, Sie sind auch nicht wirklich gut, aber das sind andere auch nicht. Wollen Sie wissen, was Ihr Problem beim Singen ist? Ich meine, außer, dass Sie ständig mit Ihrer berühmten Mutter verglichen werden.«

»Okay, ja, warum nicht.« Ich lehnte mich an die Tischplatte seines Regiepults.

»Während ich Ihnen zugesehen habe, habe ich mich gefragt, was Ihnen das Singen bedeutet? Bei vielen Sängern, unabhängig von ihrer Qualität, weiß ich es nach den ersten paar Sekunden. Die einen wollen reich und berühmt werden, andere singen, weil sie es lieben. Dann gibt es die Selbstdarsteller und ganz selten solche, die singen, weil sie es einfach müssen, als wäre es ihre einzige Lebensaufgabe. Natürlich glaubt das jeder Sänger von sich, aber die wenigsten fallen in diese Kategorie. Doch alle haben etwas gemeinsam: Sie wollen gehört werden. Ich glaube, Sie sind die erste Sängerin, von der ich das nicht sagen kann.«

Er sah mich an, als würde er auf eine Antwort warten, die nicht kam. Dann packte er sein Regiebuch in die alte lederne Aktentasche, nickte mir noch einmal zu, sagte »Passen Sie auf sich auf!« und verließ die Probebühne.

Seine Kritik tat weh, auch wenn es nicht seine Absicht gewesen war. Ich hatte diese Worte schon oft gehört, nur war es schon viele

Jahre her. Meine Gesangslehrerin hatte mir das schon gesagt, als ich achtzehn Jahre alt war: »Carlotta, du musst gehört werden wollen! Das ist es, was einen Sänger aus der Masse herausstechen lässt, ungeachtet seiner Stimme, der Phrasierung oder der Atemtechnik, die er benutzt! Der Wille und der Mut, sich zu zeigen. Deine Stimme ist viel besser, als du denkst, aber du wirst nie dorthin kommen, wo du sein könntest, wenn du nicht gehört werden willst!«

Ich setzte mich auf die Tischplatte und ließ die Beine baumeln, vor mir die leere Bühne, die im kalten Schein des Neonlichts lag, als wäre sie im Inneren eines Aquariums.

Etwas Spitzes drückte sich in meinen rechten Oberschenkel, ich griff in die Hosentasche und zog den Zettel heraus, den Fanny mir in der Kantine gegeben hatte. Durch mein Lampenfieber vor der Probe hatte ich ihn völlig vergessen.

Sie hatte eine hübsche Schrift, schmal und geschwungen und ungewöhnlich für eine Elfjährige.

Kommt nach der Probe zu mir nach Hause. Darunter stand eine Adresse im 18. Bezirk, vielleicht zehn Minuten mit der Straßenbahn entfernt.

Ich würde Konrad anrufen, hoffentlich war er noch nicht zu weit entfernt. Doch einen Moment schloss ich noch die Augen und atmete den Geruch der Holzkonstruktion, aus dem die Bühne bestand, ein. Die Aussage des Regieassistenten geisterte in meinem Kopf herum. Hatte er recht? War es jemals anders gewesen? Dutzende Auftritte hatte ich als Opernsängerin, wahrscheinlich allein wegen meiner berühmten Mutter, gehabt, aber war auch nur einer darunter gewesen, bei dem ich wirklich gehört werden wollte?

Die Tür zur Probebühne wurde geöffnet und holte mich aus meiner Erinnerung. Ich hielt die Augen geschlossen, ich musste nicht hinsehen, um zu wissen, dass es Konrad war.

Die Schritte kamen näher und blieben vor mir stehen.

»Du hast es gut gemacht«, sagte er und strich mir über die Wange. Meine Anspannung ließ los, und ich kippte langsam nach vorne, bis mein Gesicht auf seiner Schulter landete. Ich atmete durch den Stoff seines Sakkos den Duft nach Zitrusfrüchten, Herbstlaub und dem Hauch Zimt ein. Es war gut, dass ich ihn in Paris vergessen hatte.

Wir verharrten in dieser Stellung, so lange, bis ein Bühnenarbeiter die Tür aufriss und brüllte: »In zwei Minuten wird zugesperrt.«

Vorstellung:

FLEDERMAUS

»Deine Maße sind überhaupt nicht mehr richtig! Meine Güte, seit wann bist du so fett geworden?«

Laut Kostümplan sollte sie Größe 38 haben, aber vor ihm stand eindeutig eine Größe 42.

Er sah, dass die junge Sopranistin versuchte, die Tränen, die ihr in die Augen stiegen, wegzublinzeln, während er sich hier krampfhaft abmühte, sie in die weiße Perlenkorsage zu quetschen.

Die Haken auf der einen und die Ösen auf der anderen Seite lagen noch gute fünf Zentimeter voneinander entfernt. Er zog so fest an beiden Seiten, dass ihr Kreuz krachte. Endlich hatte er es geschafft, wenigstens einen Haken in die Öse zu hängen. Jetzt fehlten nur noch zwölf weitere, und ihr Fleisch schwappte an dieser einen Stelle schon über und unter dem Verschluss hervor wie ein zerteilter Vanillepudding.

»Aber Herr Lenauer, so kann ich doch nicht singen«, jammerte sie mit erstickter Stimme.

»Zum Ändern ist keine Zeit mehr«, sagte er, obwohl er wusste, dass es nicht stimmte. »Und wehe, du fängst jetzt an zu heulen! Sei lieber froh, dass du diese Chance kriegst. Vom Chor kommen und für eine Hauptrolle einspringen! Mein Gott, was hast du bloß gefressen«, zischte er atemlos vor Anstrengung bei Öse Nummer zwei. Ein leises Schluchzen entfuhr ihr, als sie sagte: »Es will doch sonst keine machen.«

Ja, da hatte sie wahrscheinlich recht. Das war auch der Grund, warum er hier stand, der Kostümbildner, der das Kleid entworfen hatte, statt eine der Schneiderinnen. Nach dem Tod der Souffleuse war endgültig die allgemeine Hysterie unter den Angestellten ausgebrochen, ein Krankenstand nach dem anderen war gemeldet worden. Wo sich vorher alle hinter der Bühne wenigstens halbwegs in Sicherheit fühlen konnten, da die Opfer bis dahin nur Darsteller gewesen waren, war nun jeder in Gefahr. Und vor allem war nicht jeder bereit, sich dieser Gefahr auszusetzen.

Es war aber auch zu blöd, dass er nach seiner insgesamt vierten Befragung durch die Polizei noch einmal in die Kantine geschaut hatte, er könnte sich selber dafür ohrfeigen. Wenigstens hatte er bei der Gelegenheit den Beamten gleich wissen lassen, was Carlotta Fiore heute zu ihm gesagt hatte.

Das würde sicher ein Nachspiel haben. Ihm war klar, dass sie nicht die Mörderin sein konnte, dafür war sie viel zu chaotisch und unkontrolliert. Aber das sollte die Polizei schön selber herausfinden. Er brauchte jetzt erst einmal einen Schnaps.

Susu war gerade dabei gewesen, die Kantine zu verlassen, und war direkt in ihn hineingelaufen. Was hätte er denn sagen sollen, als sie ihn anflehte: »Bitte, Clemens, ich weiß, es ist mehr als unter deiner Würde, aber ich brauche jetzt wirklich deine Hilfe! Die Vorstellung muss stattfinden, sie ist ausverkauft! Außerdem, wenn ich die *Fledermaus* heute absage, kann ich das mit den nächsten Vorstellungen auch gleich tun. Und so schlimm das alles schon jetzt ist, aber wo führt das dann jemals hin?«

Er hatte seine eigene Idee, wieso sie auf den Vorstellungen und der Weiterführung des Opernbetriebs beharrte. Wahrscheinlich war es nicht einmal der Druck des Kulturministers oder die Einnahmen – es war ihre Angst, die Macht zu verlieren! Denn man musste doch davon ausgehen, wenn der Mörder jetzt schon nicht gefunden wurde, wie sollte man ihm dann beikommen, wenn das Opernhaus geschlossen war? Und wie könnte Susu Supritsch weiterhin ihre Position behaupten. Wer würde schon der Direktorin, unter deren Leitung ein Serienmörder gewütet hatte, wieder die Verantwortung für ein Opernhaus geben?

»Natürlich, Susu, mein Schatz«, hatte er gesäuselt und sie an sich gedrückt. »Du kannst dich auf mich verlassen, ich mache das, mach dir keine Sorgen.« Am liebsten hätte er sich in den Hintern gebissen, aber das beruhigende Lächeln auf seinem Gesicht verriet nichts davon.

Es war nicht, dass er Angst hatte, nein, er war sich sicher, der Mörder würde ihm nichts anhaben. Schließlich waren alle Opfer erfolglos gewesen. Und man konnte ihm viel vorwerfen, aber Erfolglosigkeit war sicher nicht darunter.

Auch wenn der Erfolg mehr mit seinen Kontakten zu den richtigen Leuten zu tun hatte als mit seinem Können – aber das würde er nie zugeben. Außerdem war das schließlich egal, er arbeitete durchgehend und ausschließlich an den größten Theatern und Opernhäusern in Wien, was für einen freischaffenden Kostümbildner keine Selbstverständlichkeit war. Nach oben buckeln, nach unten treten, sein Motto war alt, aber gut und hatte immer hervorragend funktioniert.

Öse Nummer drei war geschafft. Das Vanillepuddingfleisch der Sopranistin hatte sich mittlerweile dunkelrot verfärbt, aber das war egal. Er musste sie nur in dieses verdammte Kleid hineinbekommen, dann würde er warten, bis die Vorstellung begann, und sich anschließend irgendwo ein großes Bier genehmigen.

Es dauerte eine halbe Stunde, bis sie endlich vollständig angezogen war. Manchmal hatte es den Anschein gehabt, als würde sie gleich ohnmächtig werden, aber er hatte ihr sein Knie in den Hintern gerammt und sie dadurch gestützt.

»Na bitte, sieht doch gut aus«, sagte er und trat einen Schritt zurück. Die Fleischwülste, die über den Verschlüssen herausdrängten, hatte er unter einem großen weißen Organzaschal versteckt, und der Rock war jetzt kürzer, er hatte ihn hochgesteckt, um die Aufmerksamkeit auf ihre Beine zu lenken, die wenigstens ganz hübsch waren.

Er konnte sich das Lachen nicht verkneifen, als sie die Garderobe verließ. Sie stakste, als wäre sie aufgeblasen, schwankte von einer Seite zur anderen, die Arme von sich gestreckt, um Luft zu bekommen. Zum Glück musste sie nicht mehr in die Maske. Da es heute keinen Maskenbildner gab, hatte sie vorher ihr Make-up selber aufgetragen.

»Herr im Himmel«, sagte Clemens Lenauer und ließ sich auf den Sessel in der Garderobe fallen. Der blaue Spannteppichboden vor ihm war übersät mit kleinen champagnerfarbenen Perlen, die bei diesem Gewaltakt von der Korsage abgegangen waren. Er machte keine Anstalten, sie aufzuheben, sollten sich doch andere darum kümmern.

»Herr Lenauer«, hörte er aus dem Gang jemanden seinen Namen rufen.

»Ich bin hier«, rief er zurück und ging schnell auf die Knie, um so zu tun, als würde er die Perlen aufsammeln.

»Sie sollen bitte hinunter zur Bühne kommen«, sagte der junge Mann, den er schon ein paarmal hier gesehen hatte. Wahrscheinlich ein Bühnenarbeiter. Er war süß, mit einem glitzernden Steinchen im Ohr. Genau das Richtige nach einem langen Tag. Vielleicht würde er ihn ja auf das Bier begleiten? Er stand auf, stemmte die Hände in die Hüften und neigte den Kopf ein wenig zur Seite.

»Und wer verlangt nach mir?«, raunte er.

»Die Direktorin, Frau Supritsch.«

»Na, dann gehen wir doch zu ihr. Bitte, nach Ihnen, junger Mann.«

Der Bühnenarbeiter war nicht nur von vorne süß, bemerkte er, als er hinter ihm die Treppe zur Bühne hinunterging. Unter der hellen Jeans zeichnete sich ein echter Knackarsch ab.

»Susu, du hast nach mir schicken lassen«, sagte Clemens Lenauer, als sie hinter der Bühne angekommen waren, und warf dem Bühnenarbeiter einen letzten Blick nach.

Erst jetzt bemerkte er, dass hinter Susu die junge Sopranistin stand, das Make-up verlaufen von den Tränenspuren.

»Clemens, so kann sie nicht singen. Sie kriegt keine Luft, hör dir doch ihre Stimme an.«

Die Sopranistin fing an zu quieken, es klang jämmerlich.

»Es ist nicht meine Schuld, wenn sie so zugenommen hat. Sie sollte eine 38 sein!«

»Clemens, wir müssen was tun, so kann sie nicht auftreten. Da machen wir uns doch lächerlich! Kannst du nicht etwas ändern?«

»Ja, gut, aber ich tue das nur für dich, Susu.« Mit dem Zeigefinger deutete er drohend zu der jungen Sängerin. »Und Sie gehen morgen sofort in die Schneiderei und lassen neu Maß nehmen. Hätten Sie das gemacht, dann gäbe es jetzt nicht so ein Schlamassel.«

Er wollte sie gerade zum Treppenhaus schieben, als plötzlich das Publikum hinter dem Vorhang zu klatschen anfing. Wie war das möglich, die Inspizientin hatte doch noch niemanden eingerufen? Der leere Platz beim Technikpult zeigte, warum: Sie war nicht zur Arbeit erschienen.

»Oh nein«, heulten die Sopranistin und Susu Supritsch synchron, als das Orchester mit der Ouvertüre anfing. Die Direktorin sprintete zum Technikerpult, drückte auf den Schalter neben dem Mikro und brüllte: »Alle sofort auf die Bühne, die Vorstellung hat bereits angefangen. Die Inspizientin ist heute nicht da. Alle sofort zu Stückbeginn.«

Jetzt musste er sich etwas einfallen lassen. Für ein anderes Kostüm war keine Zeit mehr, er zog die Sopranistin auf die Bühne und drückte sie in das rosa Biedermeiersofa in der Mitte.

»Du stehst nicht auf, die ganze Zeit nicht. Du wirst hier sitzen bleiben und singen, ich öffne dir jetzt die Korsage.«

»Aber ...«, begann sie, doch sein wütender Blick ließ sie verstummen.

Wenn es schon schwer gewesen war, sie in dieses Ding zu bekommen, dann glich es einer Meisterleistung, sie wieder daraus zu befreien. Noch dazu in der kurzen Zeit.

Er kniete sich auf die Couch hinter sie, er drückte und schob das Fleisch, irgendetwas berührte ihn am Hals, aber er konnte sich jetzt nicht darum kümmern.

Die anderen Sänger hatten sich schon eingefunden, es war nicht mehr viel Zeit.

»Clemens«, rief Susu Supritsch von der Seitenbühne, »der Vorhang geht gleich hoch.«

»Nur noch eine Minu…« Seine Stimme zitterte so sehr wie seine Hände.

Die Ouvertüre war zu Ende, das Publikum gab höflichen Beifall, und er sah aus dem Augenwinkel, wie unter dem roten Vorhang ein Lichtstrahl hereinschien.

»Clemens«, rief die Direktorin erneut. Es war geschafft, gerade hatte er die letzte Öse geöffnet. Er sprang hoch und wollte von der Bühne laufen, aber irgendetwas hielt ihn zurück. Im ersten Moment begriff er nicht, was es war. Da war etwas um seinen Hals. Der Vorhang hob sich ein weiteres Stück, und im selben Moment spürte er, wie es um seinen Kehlkopf enger wurde.

Panisch streckte er eine Hand nach der jungen Sopranistin aus, die ihn mit aufgerissenen Augen anstarrte. Mit der anderen Hand fasste er um seinen Hals. Da war eine Schlinge! Und sie zog sich zu! Wie war das möglich, wo kam sie her?

Die Sängerin wich vor ihm zurück, er bekam nur ihren weißen Organzaschal zu fassen. Mit der anderen Hand versuchte er unterdessen, seine Fingerspitzen unter das metallene Seil zu schieben, aber sie wurden davon nur eingeklemmt. Je höher sich der Vorhang hob, desto enger wurde die Schlinge und zog ihn hoch.

Als das Publikum freie Sicht auf ihn hatte, schwebten seine Füße bereits in der Luft. Als wäre es ein Zaubertrick, staunten die Menschen über diesen Mann, der vor ihren Augen erhängt wurde.

Der weiße Organzaschal tanzte in seiner zuckenden Hand, bis er ihn schließlich nicht mehr festhielt und der weiße Stoff friedlich und sanft zu Boden schwebte.

20.

FORTEFORTISSIMO

»Welches ist es?«, fragte Konrad und zeigte die Straße entlang. Ich kontrollierte die Nummer auf dem Zettel, den Fanny mir gegeben hatte, dann zeigte ich auf den grauen Wohnklotz aus den 60er Jahren, der inmitten von edlen Villen, die in ihrer Größe und Bauart konkurrierten, stand. Üppige Vorgärten, in denen der Frühsommer bereits mit duftenden Fliederbüschen Einzug gehalten hatte, ließen den Betonklumpen mit den hellgrauen Fensterläden, die wahrscheinlich einmal weiß gewesen waren, noch armseliger und baufälliger wirken.

Ich läutete bei dem Klingelschild ›Wagener‹. Fannys Stimme klang aus der Gegensprechanlage: »Ihr seid spät! Vierter Stock, der Lift ist kaputt!« Im nächsten Moment surrte der Türöffner.

Sie kam uns die Treppe in einem neongrünen Jogginganzug mit neonrosa Sternen darauf entgegengelaufen, und ich fragte mich, ob sie überhaupt ein Kleidungsstück besaß, das nicht wie ein Theaterkostüm aussah.

»Bitte schnell, mein Vater kommt bald nach Hause«, sagte sie und verschwand hinter einer weißen Eingangstür, die nicht dicker war als eine Pressspanplatte.

Die Wohnung war klein und lieblos eingerichtet, als wäre man mitten in einem dieser Möbelhäuser, die mit ihren supergünstigen Preisen werben. An den Wänden des Vorzimmers hingen inmitten der orangebraunen Raufasertapete, die wahrscheinlich seit 1970 nicht mehr hergestellt wird, zwei dieser riesigen Palmenposter, wie sie in den frühen 80er Jahren modern gewesen waren.

Fanny packte unsere Hände und zog uns hinter sich her zu einer Tür am Ende des Flurs. Sie war mit schwarzen Buchstaben beklebt: *Fannys Magic Kingdom*.

Das ›Kingdom‹ ging größenmäßig höchstens als Besenkammer eines Königreichs durch. Ein kleiner Holzschreibtisch mit Computer, ein Bett und ein Kleiderkasten nahmen den ganzen Raum in Beschlag. Da jeder Zentimeter dieses Zimmers vollgeklebt war mit Postern und Fotos, wirkte es noch kleiner.

Konrad blieb stehen, er trat von einem Bein aufs andere, und ich fragte mich, was ihn so unruhig machte. Ich setzte mich auf das Bett, Fanny lief hinaus und kam blitzschnell mit einer vorbereiteten Glaskanne mit Früchtetee und drei Tassen auf einem Tablett zurück. Wie eine perfekte kleine Gastgeberin reichte sie uns die vollen Tassen, drückte uns noch je einen mit weißer Milchcreme gefüllten Keks in die Hand und setzte sich dann an ihren Schreibtisch.

»Also?«, begann sie und schlug die Beine übereinander, als wäre das jetzt ein Interview und sie die Journalistin. Sie sah uns erwartungsvoll an, doch als keiner von uns etwas sagte, fragte sie: »Wie gefällt euch mein Zimmer?«

Ich verschluckte mich an dem Keks und spülte ihn mit dem überzuckerten Tee hinunter. »Das ist eine ungewöhnliche Dekoration«, bemerkte Konrad.

»Ja, es kommen auch nicht viele Leute hier herein. Ich meine, ich lasse das nicht viele sehen.«

Ich folgte ihrem Blick. Es waren Hunderte Fotos und Zeitungsartikel, ausgeschnitten oder aus dem Internet ausgedruckt. Und alle hatten eine Sache gemeinsam: Barbra Streisand.

Da war Barbra Streisand mit hochgesteckten Haaren und in einem schwarzen Kleid beim Singen, Barbra Streisand in den Armen eines langhaarigen Schauspielers, den ich zwar kannte, aber dessen Namen ich nicht mehr wusste, Barbra Streisand auf einem Schiff, Barbra Streisand als Yentl mit schwarzer Kappe und goldener Brille, Barbra Streisand in Shorts mit Boxhandschuhen, Barbra Streisand neben Robert Redford und noch weitere unzählige Fotos, auf denen sie lächelte, sang oder eine Rolle spielte.

»Keine Poster von Justin Bieber?«, fragte ich, und Fanny sah mich an, als hätte ich eine schlimme Beleidigung ausgesprochen.

»Hast du die alle gesehen, ihre Filme, meine ich?«, fragte Konrad, während er die Wanddekoration studierte. Das Mädchen rollte auf seinem Stuhl zu dem Kleiderkasten neben dem Bett und öffnete ihn. Darin befand sich keine Kleidung, er war voll mit Hunderten DVDs, wahrscheinlich alle selbst gebrannt, denn auf jeder Hülle fehlte das Cover.

»Ich sammle Filme. Ah, Moment, schau mal, ich hab was für dich«, sagte sie zu mir, und ihr Kopf verschwand hinter der Schranktür. Sie zog eine durchsichtige Hülle mit einer Disc darin heraus und reichte sie mir. *Mondsüchtig* stand mit schwarzem Filzstift darauf.

»Der Film, von dem ich dir erzählt habe. Cher spielt die Hauptrolle.« Ich hatte keine Ahnung mehr, was sie meinte, doch um das Gespräch abzukürzen, nahm ich die DVD, sagte »Danke« und ließ sie in meiner Tasche verschwinden.

»So, was weißt du über Susu?«, fragte ich.

»Moment«, sagte sie, wieder ganz das energische Kind, »ich schlage euch ein Geschäft vor: Ihr verratet mir, wer ihr wirklich seid, und ich erzähle euch alles, was ich über Susu weiß.«

Ich warf Konrad aus dem Augenwinkel einen Blick zu, als er fragte: »Was meinst du?«

Sie lachte auf: »Ich bin zwar erst elf, aber ich bin nicht blöd. Erwin-Konrad, ein Doppelname! Ihr seid sicher keine Statisten!«

»Was sollen wir denn sonst sein?«, fragte ich.

»Was weiß ich, ihr seid vielleicht von der Polizei? Oder Detektive oder so was?«

»Wie kommst du darauf?«

Sie zuckte mit den Schultern und schob die Unterlippe nach vorne. »Keine Ahnung, ihr seid einfach so ... anders.«

»Meine Mutter war eine berühmte Opernsängerin, eine sehr berühmte«, sagte ich und hoffte, das Thema wäre damit erledigt. Doch Fanny ließ nicht locker. »Ich habe Erkundigungen über euch ...«

»Du hast was?«, fuhr ich sie an.

»Na ja, es ist doch merkwürdig, da gab es die Morde, und plötzlich kommen zwei neue Statisten, eine davon war sogar mal Sängerin!«

»Sind deine Eltern Geheimagenten, oder was soll das?«

»Mein Mutter ist gar nichts außer tot, und mein Vater ist bei der Bahn. Und du brauchst gar nicht so erschrocken zu schauen, es ist kein Problem, ich kann mich nicht an meine Mutter erinnern, sie ist gestorben, als ich noch sehr klein war.«

»Wie alt warst du denn?«, fragte Konrad.

»Papa sagt, ich war vier.«

»Oh«, sagte Konrad, riss die Augen auf und wandte dann nervös den Blick ab.

So hatte ich ihn noch nie erlebt. Er räusperte sich geräuschvoll, seine Stirn glänzte vor Schweiß. Immer wieder wanderte sein Blick zwischen Tür, Fenster und Fanny hin und her. Seine Tochter war mit vier Jahren entführt worden. Fannys Mutter war gestorben, als Fanny vier Jahre alt war. Hatte Konrad etwa den Verdacht, Fanny könnte seine verschwundene Tochter sein? Bei diesem Gedanken fiel es mir wie Schuppen von den Augen: Natürlich, er war es gewesen, der bei der ersten Begegnung Fanny in der Kantine zum Bleiben aufgefordert hatte! Und er suchte auch immer wieder ihre Nähe! In dem ganzen Trubel war es mir nie aufgefallen, aber wenn ich jetzt daran dachte, erschien es mir völlig klar! Vielleicht hatte er sogar schon Nachforschungen angestellt und mir nichts davon erzählt?

Ich sah von Fanny zu Konrad, zu Fanny und wieder zu Konrad. Es gab keine Ähnlichkeit zwischen den beiden, aber das war kein Beweis, denn die gab es zwischen mir und meinem Vater schließlich auch nicht.

War es möglich, dass das Schicksal – oder was auch immer – uns hierher geführt hatte? Natürlich war es völlig verrückt, so etwas zu denken, aber kam es nicht ab und zu vor, dass so verrückte Dinge passierten?

Ich musste an ein Experiment denken, über das ich vor ein paar Jahren in der Zeitung gelesen hatte. Darin hatten Wissenschaftler das Sperma von Männern untersucht. War der Erzeuger des Spermas aufgeregt, nervös oder aggressiv, reagierten die Spermazellen dementsprechend.

Das Besondere an diesem Experiment war nicht nur, dass sich das Sperma in einem Reagenzglas unter einem Mikroskop befand – das wirklich Erstaunliche war, dass die Spender sich kilometerweit entfernt von ihrem Ejakulat befanden. So, als gäbe es eine unsichtbare Verbindung, die sich auch die Wissenschaftler nicht erklären konnten.

Also, wenn schon Sperma so reagierte, wie war es dann erst mit einem daraus entstandenen Kind?

Aus rein wissenschaftlicher Perspektive, ohne den ganzen sentimentalen Hokuspokus, war diese Idee, dass hier Vater und Tochter zusammengefunden hatten, vielleicht gar nicht so absurd?

»Hast du sonst Verwandte, Fanny? Tante, Onkel, Cousine, irgendwen?«, fragte ich und ignorierte Konrads erstaunten Blick.

»Nein, es gibt nur meinen Papa und mich.«

»Woran ist deine Mutter gestorben?«

»Papa sagt, es war Krebs.«

»Darf ich mal ein Foto von ihr sehen?«

»Ich hab keines, er hat alle weggeworfen.«

»Warum?«

»Er will keines, es tut ihm zu weh, weil es ihn immer daran

erinnert, was er verloren hat. Außerdem trägt er sie immer in seinem Herzen bei sich. Und einmal hat er gesagt, er braucht ja nur mich anzusehen, dann weiß er, wie sie ausgesehen hat.«

»Das heißt, du hast noch nie ein Foto von deiner Mutter gesehen?«, bohrte ich weiter.

»Doch, eines habe ich zufällig mal gefunden, da haben wir Verstecken gespielt und ich bin unter …«

»Und, wie hat sie ausgesehen?«, unterbrach ich sie.

»Ich hab sie nicht wirklich darauf sehen können, es war ein Foto von einer Party und sie war verkleidet. Aber wie ich es meinem Papa gezeigt hab, hat er gesagt, ja, das ist sie.«

»Es gibt also nur dich und deinen Papa. Und sonst, hat dein Papa Freunde?«

Sie legte den Kopf schief. »Ihr seid jetzt aber nicht wegen mir oder meinem Papa hier«, sagte sie und verschränkte die Arme. »Also, bevor ich euch was über Susu sage, will ich wissen, wer ihr wirklich seid.«

»Statisten«, antwortete Konrad blitzschnell.

»Ach, wirklich?«, fragte sie.

»Ja, wir wurden angefragt, da nicht mehr viele Leute bei dieser Bezahlung in der Wiener Oper arbeiten wollen, ich meine, seit den Morden«, antwortete Konrad.

»Genau«, bestätigte ich, »aber noch mal zu deinem Papa, wie ist …«

Konrad warf mir einen wütenden Blick zu, doch in diesem Moment wurde die Wohnungstür aufgesperrt, und sowohl Fanny als auch Konrad zuckten erschrocken zusammen.

»Wo ist mein Fannygirl?«, rief eine männliche Stimme. »Papa ist wieder da. Und ich hab uns einen neuen Film …«

»Papa, ich hab Besuch«, rief Fanny Richtung Vorraum und flüsterte: »Ihr müsst sofort gehen. Bitte! Ich darf keinen Besuch haben.«

»Aber was ist mit Susu?«, flüsterte ich zurück.

»Ihr habt mir nicht die Wahrheit gesagt, also sag ich sie auch nicht.«

»Aber Fanny ...«, begann ich, doch sie legte den Zeigefinger auf ihre Lippen. Dann öffnete sie wieder die Tür ihres Schranks, suchte kurz und zog eine weitere DVD heraus. »Hier, es ist ein Hinweis. Wenn ihr den versteht, versteht ihr Susu.«

Fannys Vater stand bereits in der Tür zu ihrem Zimmer. Ich sah ihm in die Augen und wusste: Blitzblau, eine Salamisemmel und 38.

»Guten Tag«, sagte er und sah uns skeptisch an, sein Blick war fast schon verärgert. Er war nicht besonders groß, untersetzt, hatte eine Glatze und eine runde Brille mit Goldrand. Dass er so gar nicht zu seiner aufgeweckten Tochter passte, bestätigte meine Theorie.

»Papa, das sind Erwin und Lotta, ich hab sie was fragen müssen«, sagte Fanny mit fester Stimme, als wäre er das Kind und sie die Erwachsene. »Für ein Projekt in der Schule. Sie müssen jetzt wieder gehen. Also vielen Dank, dass ihr mitgemacht habt.«

Fanny begleitete Konrad und mich zum Eingang, ihr Vater ließ uns nicht aus den Augen. Kaum hatte sie die Tür hinter sich geschlossen, hörten wir seine Stimme: »Franziska, du weißt sehr genau, dass ich nicht will, dass du irgendwelche Leute in unsere Wohnung holst.«

Ich drückte auf das Ganglicht, zog Konrad weg, mein Herz raste. »Konrad«, sagte ich leise, als wir einen Stock tiefer waren, »du denkst, dass Fanny ...«

Ich ließ die Worte in der Luft hängen, aber er sah mich verständnislos an. Nach ein paar Sekunden fuhr ich fort: »Hast du die Reaktion ihres Vaters gesehen, als er dich angeschaut hat? Er ist kreidebleich geworden! Du denkst, dass sie es sein könnte, oder? Fanny! Hast du schon Nachforschungen angestellt?«

Er runzelte die Stirn: »Was ist mit Fanny, ich verstehe nicht ...«

»Dass sie Julia ist!«

»Du glaubst, Fanny ist meine Tochter?«

»Das denkst du doch auch, oder? Ich meine, darum warst du so nervös, vorhin.«

»Ich war nervös, dass ich auffliege, weil ihr Vater die Polizei ruft, wenn zwei völlig Fremde bei seiner kleinen Tochter …«

»Aber es wäre doch trotzdem möglich, dass sie …«

»Nein, ist es nicht«, sagte er und ging die Treppe voran hinunter.

»Aber es kann doch sein …«

»Nein, kann es nicht.«

Das Ganglicht ging aus, unsere Fingerspitzen trafen sich bei dem roten runden Knopf an der Stiegenmauer.

»Warum nicht?«

Das Licht ging an, und seine Stimme klang stumpf, als er sagte: »Weil meine Tochter vor dreiundzwanzig Jahren verschwunden ist.«

Ich starrte ihn fassungslos an. »Was?«

Sein Blick ließ mich verstummen. Dann drehte er sich um und ging ohne ein weiteres Wort aus dem Haus.

Ich folgte ihm langsam und sah zu, wie seine Umrisse in der Dämmerung zwischen den hübschen Vorgärten mit den blühenden Fliederbüschen immer kleiner wurden.

Das Mädchen   August, September

Ihre Lehrerin hatte sie nach dem ersten Besuch bei Dr. Krishan Blanckel nach Hause gebracht. »Sollen wir deiner Mutter etwas sagen?«, fragte sie, nachdem sie den Motor abgestellt hatte und dieses Auto, die Ente, mit einem Schnaufen zum Schweigen kam.

»Bitte nicht«, flüsterte sie und ihre Stimme zitterte. »Sie dürfen es ihr nicht sagen.«

»Gut, dann werden wir das nicht tun.« Ihre Lehrerin lächelte sie an. »Ich sag dir, was wir tun werden. Ich rufe deine Mutter heute Abend an und werde ihr sagen, dass ich dir ein bisschen Extra-Unterricht geben will. Und zwar jeden Mittwoch. Fahrt ihr in den Ferien auf Urlaub?«

»Nein, wir bleiben hier. Meine Mama muss arbeiten.«

»Gut. Dann werde ich dich abholen, und wir fahren gemeinsam zu Krishan. Dort werde ich auf dich warten und dich danach nach Hause bringen. Das machen wir so lange, bis du oder Krishan etwas anderes möchtet. Ist das in Ordnung?«

Sie schaute auf ihre abgekauten Fingernägel, die sich zerfranst auf ihren Fingerkuppen wölbten. »Wieso sind Sie so nett zu mir?«

Ihre Lehrerin lachte wehmütig auf: »Weil es einmal eine Zeit gab, da hätte ich auch jemanden gebraucht, der nett zu mir gewesen wäre.«

Es war leichter, seit sie jede Woche zu Dr. Krishan Blanckel ging.

Als würde der Psychiater ihr ein Netz aufspannen, in das sie jedes Mal fiel, wenn sie aus den Alpträumen erwachte.

»In deinem Traum, gibt es da nur dieses Zimmer oder noch einen anderen Raum?«, fragte der Arzt bei ihrem vierten Treffen.

Sie lehnte sich in dem großen Ledersessel zurück, schloss die Augen und fing an, ganz tief zu atmen, so, wie er es ihr beigebracht hatte, wenn sie sich entspannen sollte.

Es dauerte nicht lange, und die Bilder tauchten vor ihrem inneren Auge auf.

»Es ist ein großes Zimmer«, sagte sie, »die Wände sind schwarz und sie glänzen. Und es riecht komisch. Wie Kleber.«

»Du meinst, es ist ein künstlicher Geruch?«

»Ich weiß nicht ...«

»Gibt es außer dem Bett, auf dem du liegst, noch Möbel?«

Sie presste die Augenlider so fest sie konnte zusammen. Es fiel ihr nicht leicht, sich zu konzentrieren, wenn sie an das Zimmer dachte. Als würde sie alles durch eine viel zu starke Brille betrachten. Die Konturen wurden ein wenig klarer, sie streckte ihren Kopf vor und rief plötzlich:

»Da ist sie!«

»Erkennst du irgendjemanden, den du vielleicht schon einmal wo gesehen hast?«

»Nein, da ist eine Tür.«

»Eine Tür, die in ein anderes Zimmer führt?«

»Ja, genau.«

»Siehst du, was sich in diesem Zimmer befindet?«

»Nein, die Tür ist zu. Keiner geht hinein oder hinaus. Auch das dicke Mädchen ohne Gesicht nicht.«

»Wo steht das Mädchen?«

»Auf der anderen Seite in der Ecke. Aber sie sieht mich nicht an, ich sehe zuerst nur ihren Rücken.«

»Wieso weißt du dann, dass sie kein Gesicht hat?«

»Weil ich gerufen habe, dass sie mir helfen soll.«

»Und hat sie es getan? Hat sie dir geholfen?«

»Nein, noch nie. Sie dreht sich nur um. Und da sehe ich, dass sie kein Gesicht hat.«

Seine weichen Finger streichelten sanft über ihre Hand. »In Ordnung, alles ist okay. Ich glaube, es ist genug für heute.«

Erst als sie die Augen öffnete, spürte sie, wie das Blut in ihren Wangen pochte.

»Wie geht es dir jetzt?«, *fragte er, und da war wieder dieses Lächeln, das sie sofort beruhigte.*

»Ich weiß nicht. Mir ist schlecht.«

Dr. Krishan Blanckel stand auf, ging zum Waschbecken in der Ecke des Zimmers und füllte einen der weißen Plastikbecher, die daneben aufgestapelt waren, mit Wasser. Er kam zurück, kniete sich neben sie und reichte ihr den Becher.

»Atme ein paarmal tief ein und aus. Ist es jetzt besser?«, *fragte er, als sie gierig das Wasser hinuntergestürzt hatte.*

»Ja, danke.«

Er richtete sich auf und setzte sich ihr wieder gegenüber. Seine langen dunklen Finger flochten sich ineinander, er überlegte, bevor er sagte: »Was hältst du davon, wenn du dir heute Abend beim Einschlafen fest vornimmst, diese Tür in deinem Traum zu öffnen?«

Sie schüttelte so energisch den Kopf, dass sich ihr ganzer Körper mit bewegte und sie ein Stück von dem Stuhl rutschte.

»Hast du Angst, was dahinter ist?«, *fragte der Arzt leise.*

»Ich habe dort vor allem Angst. Nein, das stimmt nicht, vor dem dicken Mädchen habe ich keine Angst.«

»Vielleicht könntest du dir beim Einschlafen vornehmen, das Mädchen zu bitten, dir die Tür zu öffnen? Es ist nur eine Vermutung, aber ich glaube, wenn du in das Zimmer hinter dieser Tür gesehen hast, dann werden wir ein bisschen mehr über deinen Traum wissen. Was meinst du, ist es einen Versuch wert?«

Sie legte den Kopf zur Seite und sah den Arzt lange an, bevor sie sagte: »Ich werde es machen. Ich werde beim Einschlafen daran denken.«

21.

ZWISCHENSPIEL

Die Neuigkeit, dass Konrad seine Tochter schon seit dreiundzwanzig Jahren suchte, ließ mich nicht los. Ich blieb an der Stelle stehen, vor Fannys Haus, der süße Fliederduft hüllte mich mit der einsetzenden Abendbrise ein. Ich fragte mich, wie er das durchhielt, noch immer daran zu glauben, dass sie lebte. Wahrscheinlich hatte Hannes recht, wahrscheinlich hatten sie alle recht, und Julia Fürst war bei dem Parkfest zum Wienfluss hinuntergeklettert und ertrunken.

Erst als der Wind stärker wurde und ich zu frösteln anfing, machte ich mich auf den Heimweg. Nach der Sache mit Sven war weder die Hongkong- noch sonst eine Bar eine verlockende Alternative. Ich hätte gerne Konrad angerufen und ihn gefragt, ob ich wieder bei ihm übernachten dürfe, aber nach der Sache eben kam es mir nicht richtig vor.

Auf dem Heimweg nahm ich mir von einem chinesischen Imbisslokal eine Portion gebratene Nudeln mit, die ich nicht einmal zur Hälfte aufaß. Stattdessen leerte ich die Flasche Wodka in meinem Kühlschrank, die nur noch zwei Fingerbreit voll war, und bedauerte, dass ich sonst keinen Alkohol im Haus hatte. Für meinen Geschmack noch viel zu nüchtern, baute ich mit meiner Schuhkommode, den zwei Kleiderständern und drei Stühlen eine Barrikade vor meiner Wohnungstür. Dann legte ich mich ins Bett und fiel in einen unruhigen Schlaf.

In meinem Traum läutete es wieder und wieder an der Tür. Mein Herz begann von den Zehenspitzen bis zur Schädeldecke wild zu klopfen. Und da wachte ich auf. Erst als es wieder an der Tür läutete, begriff ich, dass ich es nicht geträumt hatte. Ich drehte mich zur Seite und sah auf die roten Leuchtziffern meines Weckers: 03:52 Uhr. Ring-ring. Ring-ring. Das Tempo meines Herzschlags legte den nächsten Gang ein, und ich bereute, dass ich erstens alleine und zweitens in meine Wohnung gegangen war.

Riiiing. Der Klingler ließ den Knopf nun gar nicht mehr los. Vielleicht sollte ich gleich die Polizei rufen? Aber würden Sven oder der Mörder überhaupt anläuten?

Das Zimmer schien sich zu drehen, als ich meinen Bademantel vom Boden aufhob. Riiiiiiing. Ich schlüpfte hinein, griff nach meinem Handy und ging die Treppen hinunter zur Wohnungstür.

»Wer ist da?«, fragte ich, nachdem ich die Nummer des Polizeinotrufs eingetippt hatte und nur noch auf die grüne Taste würde drücken müssen.

»Polizei«, sagte eine sehr männliche Stimme jenseits der Tür.

»Was wollen Sie?«

»Frau Fiore?«

»Ja.«

»Chefinspektor Heinz Krump will Sie sprechen. Sie sollen uns aufs Revier begleiten.«

»Jetzt? Es ist mitten in der Nacht.«

»Ja, jetzt.«

»Warum?«

»Das wissen wir nicht.«

Ich schob die Schuhkommode, die Kleiderständer und Stühle weg und öffnete die Tür einen Spalt, ohne die Sicherheitskette zu lösen. Zwei Polizisten in Uniform begrüßten mich mit Kopfnicken.

»Kann ich Ihre Ausweise sehen?«

Sie zogen ihr eingeschweißtes Kärtchen aus der Brusttasche.

»Ich muss mir erst was anziehen«, sagte ich und schloss wieder die Tür. Auf dem Weg ins Schlafzimmer wählte ich Konrads Nummer. Es war besetzt, ich versuchte es noch einmal, aber er hatte weder das Anklopfsystem noch eine Rufumleitung auf die Mobilbox eingestellt.

Ich schickte eine SMS mit dem Text: *Muss zu Krump, was ist passiert?*

»Also, Frau Fiore, Sie wissen, warum ich Sie hergeholt habe?«, fragte Krump.

Es war das erste Mal seit über drei Jahren, dass wir uns gegenüberstanden. Nach unserer letzten Begegnung damals hatte ich mir geschworen, dass es wirklich unsere ›letzte‹ wäre. Ich musste an einen Spruch denken, den ich einmal in der öffentlichen Toilette am Karlsplatz gelesen hatte: Wenn du Gott zum Lachen bringen willst, erzähl ihm deine Pläne.

Krumps weißer Haaransatz hatte sich noch mehr zurückgezogen, sein Mund war zu dem typischen unehrlichen Grinsen verzogen, und wie immer musste ich an einen Kobold aus einem Märchen denken, wenn ich ihn sah.

Er stützte sich mit den Ellbogen auf der Tischplatte zwischen uns ab, fixierte mich und ich wusste: Anthrazitgrau, Risotto mit Fisch und 60.

»Es tut mir leid, ich habe keine Ahnung, was Sie meinen«, sagte ich und hob unschuldig die Schultern. Seine Augen verengten sich um ein paar Millimeter.

»Sie arbeiten derzeit als Statistin in der Wiener Oper, ist das richtig?«

»Ihnen entgeht aber auch nichts! Ja, die Liebe zur Oper hat mich dorthin zurückgeführt. Das ist meine Art, die Kunst in einer so schwierigen Zeit zu unterstützen.« Anscheinend glaubte er meine Lüge, denn er sagte nichts dazu, sondern nickte nur.

»Ach, Herr Krump, wären Sie so freundlich, mir einen Kaffee bringen zu lassen, das wäre ganz reizend von Ihnen«, säuselte ich.

Es war der Bruchteil einer Sekunde, in dem seine Augen nach links wanderten, aber der reichte auch schon, damit ich begriff: In dem Raum waren einige Kameras versteckt.

Ohne ein Wort stand er auf und verließ das Zimmer. Ich sah mich absichtlich nicht um, als er gegangen war, sondern starrte nur auf die verschlossene Tür.

War unsere Undercoveraktion aufgeflogen? Oder hatte Konrad etwas wegen der Sache mit Sven unternommen? Aber hätte er es mich dann nicht wissen lassen? Nein, wozu auch, er dachte ja, ich hätte Hannes davon erzählt!

In meinem Kopf fuhren gleich mehrere Achterbahnen, und es wurde schlimmer, je länger ich hier saß und wartete. Der Gedanke, den ich dann hatte, überlagerte alle meine bisherigen Überlegungen: War ich hier, weil Konrad etwas passiert war? Wo war er hingegangen, nachdem wir bei Fanny gewesen waren? Vielleicht war das der Grund, warum ich ihn nicht am Handy erreicht hatte? In dem Moment, in dem ich beschloss, aufzustehen und Krump nachzugehen, ging die Tür wieder auf. Es war Hannes. Er hielt eine Tasse Kaffee in der Hand. »Milch und Zucker sind schon drin«, sagte er und stellte sie vor mir ab.

»Was ist hier los, was ist pa...«, begann ich, doch er unterbrach mich sofort.

»Ich glaube, Sie haben das verloren«, sagte er, ging neben mir in die Knie und hob etwas vom Boden auf. Noch in der Hocke, drückte er es mir in die Hand. In seinen Augen lag ein leichtes Lächeln, er blinzelte, dann stand er wieder auf. Ich sah in meine Hand. Sie war leer. Er hatte nur eine Möglichkeit gesucht, um mich zu berühren. Ich tat so, als steckte ich das, was er mir gerade gegeben hatte, in meine Hosentasche, und kam gerade noch dazu, »Okay« zu sagen, als sich die Tür wieder öffnete und Krump hereinkam.

»Fischer, Sie können gleich hierbleiben«, sagte er zu Hannes und bedeutete ihm, in der Ecke hinter mir Platz zu nehmen, so, dass ich ihn nicht sehen konnte.

»Natürlich«, antwortete Hannes, und ich griff nach der Tasse und nahm einen Schluck Kaffee. Es war ein widerlicher Automatenkaffee, der schmeckte, als hätte die Putzfrau das Aufwischwasser von vorgestern in die Maschine geleert.

»Hm, köstlich«, prostete ich Krump zu.

»Also, Frau Fiore, ich werde Ihnen jetzt auf die Sprünge helfen. Sie hatten heute eine Auseinandersetzung mit Clemens Lenauer, dem Kostümbildner der Wiener Oper.«

»Wer sagt das, und wieso interessiert es Sie?«

»Lenauer selbst hat es einem Beamten berichtet, und es interessiert mich, weil …« Er sah mich an, als würde er die Antwort von mir erwarten.

»Weil was?«, fragte ich.

»Das würde ich gerne von Ihnen hören.«

»Und ich würde gerne von Ihnen am Arsch geleckt werden, Krump. Sieht aber so aus, als bekämen wir beide nicht, was wir wollen.«

Sein verkrampftes Lächeln erstarrte in der unteren Gesichtshälfte, doch er fasste sich sofort wieder.

»Weil Clemens Lenauer tot ist.«

Ich weiß nicht, warum mich diese Nachricht so in Panik versetzte, wie sie es tat. Vielleicht weil mir bewusst wurde, dass mein Streit mit Clemens Lenauer das Bindeglied zwischen mir und dem Mörder war. War er in der Nähe gewesen? Hatte er uns gehört? Da hatte jemand gestanden, auf der anderen Straßenseite, er hatte uns zugesehen, aber als ich ihn bemerkte, hatte mir der Tränenschleier bereits die Sicht genommen. Doch ich hätte mir eher die Zunge abgebissen, als Krump auch nur ein Wort davon zu erzählen, also sagte ich nur: »Aha.«

»Es scheint Sie nicht zu überraschen, Frau Fiore.«

»Doch, das tut es«, antwortete ich und nahm einen weiteren Schluck Kaffee.

»Also, worum ging es bei Ihrem Streit?«

»Um nichts, das Sie angeht.«

»Ach so? So, wie es mich laut Ihrer Aussage auch damals nichts anging, als Sie bei dem Aufnahmetest für die Polizeischule nicht die Wahrheit gesagt haben?«

Meine Rückenmuskeln spannten sich an, denn ich hatte Hannes damals angelogen, was den wahren Grund betraf, warum ich aus der Polizeischule rausgeworfen worden war. Ich hatte ihm gesagt, Krump hätte zwanzig Joints in meinem Spind entdeckt, und Hannes hatte sich mit der Erklärung zufriedengegeben.

Jetzt beugte sich Krump zur Seite und sagte zu Hannes: »Sie müssen wissen, Fischer, Frau Fiore hat bei der Aufnahmeprüfung nicht die Wahrheit gesagt. Erinnern Sie sich noch daran, Frau Fiore?«

Ich wollte ihm nicht die Genugtuung geben, mich leiden zu sehen, also versuchte ich ihn anzugrinsen, doch meine Mundwinkel zitterten zu sehr.

»Was war es doch gleich«, aalte sich Krump, »ja, richtig, es war bei der Frage im Eignungstest, ob der Anwärter schon einmal versucht hat, gewaltsam ein Leben zu beenden – und sei es sein eigenes. Ja, Fischer, stellen Sie sich vor, sie hätte den Test bestanden, aber als ich herausgefunden habe, dass sie wegen eines gescheiterten Selbstmordversuchs auf der Baumgartner Höhe war, musste ich sie leider gehen lassen.« Dann wandte er sich wieder zu mir. »Also, was war der Grund für Ihren Streit mit Clemens Lenauer? Wir haben Zeit, Frau Fiore, wir können Sie hier lange sitzen lassen. Sehr lange.«

Ich presste die Lippen zusammen, weil sie so sehr zu zittern anfingen, dass es mir schwerfiel, normal zu atmen. In dem Raum war nichts zu hören, außer dem leisen Ticken der Wanduhr. Ich zählte, wie sich der Sekundenzeiger sechzigmal bewegte. »Ich habe mit Clemens Lenauer gestritten, weil er etwas damit zu tun hat, dass ich mich damals umbringen wollte.«

»Das ist ja interessant, da bekomme ich ja gleich zwei Fliegen mit einer Klappe. Also bitte, Frau Fiore, erzählen Sie …«

»Chefinspektor Krump, ist das wirklich notwend...«, begann Hannes hinter mir, doch Krump warf ihm einen strafenden Blick zu. »Fischer, Sie können es sich sicher nicht leisten, hier zu befehlen. Oder haben Sie irgendwelche Fortschritte bei den Ermittlungen gemacht, die mir noch nicht bekannt sind?«

»Nein, aber ich finde wirklich nicht, dass Frau Fiore ...«

»Deshalb bin ich hier der Chefinspektor und nicht Sie«, unterbrach er ihn. »Also, Frau Fiore, wenn ich bitten darf.«

»Natürlich, gerne, es ist mir ein Vergnügen, Chefinspektor.« Ich biss jedes einzelne Wort, als wäre es aus steinhartem Brot. »Ich wollte heiraten, und meine Mutter, die großartige, wunderbare Maria Fiore, wollte die Hochzeit verhindern. Sie hat ihren Vertrauten und Freund um Rat gefragt, und er kam auf die wunderbare Idee, meine Mutter möge sich an meinen Verlobten ranwerfen, um mir seine wahre Natur zu zeigen. Was sie dann auch getan hat. Und es hat funktioniert.«

»Und wer war dieser Vertraute?«

»Clemens Lenauer.«

»Wo waren Sie heute Abend um 19 Uhr?«, fragte Krump unbeeindruckt.

»Ich war zu Hause«, log ich.

»Kann das jemand bestätigen?«

»Nein, ich war alleine.«

Krump faltete die Hände über seinem Bauch und legte die Stirn in Falten, während er mich abschätzig beobachtete.

»Kann ich jetzt gehen?«, fragte ich.

Krump gab Hannes mit einem Kopfnicken ein Zeichen, der aufstand, an mir vorbeiging und mir die Tür öffnete.

»Ach ja, Fiore«, rief mir Krump hinterher, als ich das Zimmer schon verlassen hatte, »Sie wären sowieso nicht für den Polizeidienst geeignet gewesen.«

22.

MOLL

Ein kalter Wind peitschte mir ins Gesicht, als ich das Polizeigebäude verließ.

Die Morgendämmerung tauchte die grauen Häuserfassaden in helles Purpur, die Straße war menschenleer, und es herrschte diese merkwürdig verlorene Stimmung, die Städte zu dieser Tageszeit an sich haben. Ich stemmte mich gegen den Wind, ging, so schnell ich konnte, davon und ließ meinen wütenden Tränen freien Lauf.

»Lotta, warte«, hörte ich Hannes' gedämpfte Stimme hinter mir. Ich blieb stehen, ohne mich umzudrehen, und als ich ihn neben mir spürte, schrie ich über das Windgetöse: »Verfickte Scheiße, was sollte das?«

»Lotta, ich hatte keine Ahnung, dass er dich vorladen wollte – ich habe ja nicht einmal gewusst, dass er von dem Streit zwischen dir und Lenauer erfahren hat.«

Er griff nach meinem Arm, aber ich riss mich los und ging weiter. Hannes hielt mit mir Schritt. »Glaub mir, Lotta, wenn ich das alles gewusst hätte ... Krump hat es mir nicht gesagt, sonst hätte ich doch nie ...«

»Was? Was hättest du nie?«, brüllte ich und blieb stehen.

Er zögerte einen Moment zu lange, sein schuldbewusster Blick irritierte mich. Als würde er überlegen, was er mir sagen sollte, doch er schien sich anders zu entscheiden, denn er schüttelte nur den Kopf. »Es tut mir leid, Lotta, hiermit ist unsere Zusammenarbeit beendet. Du bekommst natürlich das Geld, aber ich kann dich nicht ...«

Ich lachte laut und hysterisch auf. »Du kannst mich nicht was?«

»Ich kann dich nicht bitten weiterzumachen. Deine Vergangenheit – ich habe nur an die Kontakte, die du hast, gedacht, und völlig unterschätzt, in welche Gefahr ich dich bringe ...«

»Ach, wie nett von dir, Hannes! Du bist ja so ein guter Mensch! Lenauer und ich – dieser Streit –, du hast ja keine Ahnung.« Der Wind wurde stärker, es war, als würde er meine Wut noch anfeuern. »Soll ich es dir erzählen?« Ohne seine Antwort abzuwarten, kamen die Worte aus mir herausgeschossen, als hätte ich ein Maschinengewehr verschluckt: »Drei Monate vor unserer Hochzeit ruft Bernhard, der Mann, den ich heiraten wollte, dem ich jetzt in der Wiener Oper zuhören muss, wie brillant er singt – er ruft mich an, total hysterisch, heult und sagt immer wieder, es tut ihm leid, so leid. Ich weiß nicht, was er meint, er sagt immer nur ›Deine Mutter, deine Mutter – es tut mir so leid‹. Dann legt er auf. Ich rufe sofort bei meiner Mutter an. Clemens Lenauer ist dran, er sagt, ich muss sofort kommen. Ich fahre in ihre Wohnung, heule am Weg hin, weil ich glaube, dass sie tot ist. Aber sie erwartet mich sehr lebendig. Sie sagt, sie wollte das nicht, hat nicht gewusst, was sie tun sollte, hatte doch keine andere Wahl. Bernhard würde mich nur als Sprungbrett für seine Karriere benutzen und meine behindern. Und deshalb hat sie es für mich getan. Für mich! Sie hat ihn zu sich gebeten, unter dem Vorwand, über die Hochzeit zu sprechen. Es war Lenauers Idee, dass sie ihn verführen sollte. Meine Mutter hat für mich mit dem Mann geschlafen, den ich heiraten wollte! Für mich! Sie bittet mich um mein Verständnis, sagt, sie musste zu diesem Mittel greifen, damit ich begreifen würde, dass sie recht hat. Doch ich sage nichts, gehe in das Badezimmer und stecke alle ihre Psycho-Medikamente ein, nehme mir ein Taxi nach Hause und schlucke sie. Ich weiß nicht, was dann passiert ist«, schrie ich weiter, meine Stimme klang merkwürdig brüchig, als wären meine Stimmbänder knapp am Vertrocknen. »Das Nächste, an das ich mich erinnern kann, ist der Geruch nach Desinfektionsmittel, die Infusion in meiner Armbeuge, das Quietschen von Schuhen auf dem Krankenhausboden. Und dann kommt dieser junge Arzt und fragt mich, wie es mir geht und ob ich gewusst habe, dass ich schwanger war? Ich sage, das ist eine Verwechslung, ich bin nicht schwanger. Und er antwortet: ›Das stimmt, Sie sind es jetzt nicht mehr. Aber Sie waren es, bevor Sie die Tabletten geschluckt haben.‹«

Ich starrte Hannes wütend an, als könnte er irgendetwas dafür, und wartete auf eine Reaktion, die nicht kam. Er sah mich weiter an, ruhig und ohne den emotionalen Ausbruch, den ich erwartet hatte. Die Sekunden zogen sich wie in Zeitlupe dahin, als hätte mein Geständnis die Zeit aufgehoben. Und plötzlich kroch ein Gefühl in mir hoch, das ich im ersten Moment gar nicht erkannte. Ich schämte mich. Ich schämte mich, dass ich so war, wie ich war. Die ganze Wut, die mich eben noch belagert hatte, war fort, und unter ihrem Deckmantel blieb nichts weiter zurück als Scham darüber, was für ein Freak ich war.

»Als meine Mutter mich besucht hat, hat sie gesagt, wenigstens können wir froh sein, dass die Schwangerschaft sich erledigt hat. Da bin ich ausgerastet und wollte eines der Fenster öffnen, was natürlich nicht funktioniert hat. Sie legen keine Selbstmörder in Zimmer, in denen man die Fenster öffnen kann. Dabei wollte ich gar nicht springen. Ich wollte sie aus dem Fenster werfen.«

Ich sah ihn wieder an und versuchte, ihm durch ein Grinsen zu verstehen zu geben, dass ich einen Scherz gemacht hatte. Aber er lächelte nicht. »Und dann?«

»Und dann wurde ich in das psychiatrische Krankenhaus auf der Baumgartner Höhe eingeliefert, weil die Gefahr zu groß war, dass ich noch mal versuche ...«

»Hast du ...?«

»Nein, ich habe mich für die langsame Variante entschieden. Wo ist die nächste Bar?«

»Hör auf damit, Lotta.«

»Ja, ja, hör auf mit dem Alkohol, Lotta, hör auf, so viel zu trinken, hör auf«, äffte ich ihn nach.

»Verdammt, hör auf, dich immer wieder zu verstecken. Du gehst einen Schritt auf mich zu, und dann rennst du wieder kilometerweit zurück. Es tut mir leid, was dir passiert ist, Lotta. Es tut mir wirklich leid.«

Sein trauriger Blick war mir unangenehm, mein Herzschlag pochte bis in die Fingerspitzen, und ich fing an zu zittern. Als ich es nicht mehr aushielt, legte ich meinen Kopf in den Nacken und sah hoch zum Himmel, wo zerrissene orangefarbene Wolken über die grauen Dächer der Häuser dahinzogen. Und dann, unerwartet und ohne Ankündigung, fasste Hannes nach meiner Hand und zog mich einfach an sich. Er wiegte mich wie ein kleines Kind und streichelte dabei über meinen Rücken.

Erst als ich den salzigen Geschmack auf meinen Lippen schmeckte, merkte ich, dass ich weinte.

»Nichts ist geblieben. Nichts. Mein Kind ist gestorben. Meine Mutter ist gestorben«, flüsterte ich, »und ich bin so wütend, ich bin wütend auf sie, weil sie das alles getan hat, und ich bin wütend auf mich, weil ich diese Tabletten geschluckt habe. Ich bin wütend, weil sie mir nichts von ihrer Krankheit gesagt hat und weil ich jetzt keine Chance mehr habe, mit ihr zu reden. Ich war nicht da, als der Krebs sie aufgefressen hat. Und ich weiß nicht, was ich machen soll, ich weiß es einfach nicht …«

»Es ist okay«, flüsterte Hannes mir ins Ohr, küsste es wieder und wieder, wiegte mich stärker und wiederholte: »Okay.«

Ich wusste nicht, wie lange wir so dagestanden hatten, bis Hannes »Ich liebe dich, Lotta« wisperte und mich im nächsten Moment so fest an sich drückte, dass er mich ein Stückchen hochhob.

Das letzte Mal, dass mir jemand diese drei Worte gesagt hatte, war Jahre her. Bernhard hatte es mir damals zugeflüstert, einen Tag, bevor er mit meiner Mutter ins Bett gegangen war.

Als ich wieder Boden unter den Füßen hatte, hob ich meinen Kopf und sah Hannes an.

»Wieso?«, fragte ich unter dem Tränenschleier hindurch.

Sein Lächeln floss in mein Herz wie heißes Wasser in Schnee. »Kannst du dich erinnern, als wir das erste Mal ausgegangen sind? Wir waren die ganze Nacht in dieser schäbigen Bar, weil sie das einzige Lokal war, das so lange geöffnet hatte. Weißt du noch?«

Ich nickte.

»Wir haben die ganze Nacht nur geredet, über das Leben, die Polizei, über die Oper und Gott und die Welt, und ich habe mir gedacht, ich habe noch nie so einen Menschen wie dich getroffen. Es gab zu der Zeit eine Ausstellung in der Albertine, und vielleicht ist es dumm, aber an diesem Abend hab ich mir gedacht, du bist genauso wie eines der Bilder von Monet, die dort waren. Weißt du, was ich meine?«

Ich schüttelte den Kopf.

»Wenn man nah davorsteht, sieht man nur bunte Punkte, aber wenn man einen Schritt zurückgeht, dann erkennt man, wie wunderbar es ist. Aber du gehst diesen Schritt nicht zurück, für dich gibt es nur die bunten Punkte, die überhaupt keinen Sinn ergeben. Du siehst nicht, was ich sehe. Na ja, und dann, als wir zu mir gegangen sind ... mein Gott, Lotta, in dieser Nacht mit dir zu schlafen, es war, als würde nichts auf der Welt mehr eine Rolle spielen, keine Polizei, kein Krump, einfach nichts ... Und am nächsten Morgen, als ich aufgewacht bin, da habe ich dich angesehen und wusste es.«

»Was?«

»Dass ich nicht wollte, dass du gehst. Ich wollte nie, dass du gehst.«

Hannes beugte sich zu mir und küsste meine Tränen von den Wangen. Seine Lippen waren warm und weich, und ich drehte meinen Kopf so, dass er bei der nächsten Berührung meinen Mund küssen würde.

Je länger wir uns küssten, umso mehr musste ich weinen – genau wie damals, als ich nach der ersten Nacht mit Hannes neben ihm aufgewacht war, sein warmer nackter Körper hinter meinem, wie zwei Löffel in der Besteckschublade. Ein kurzer kostbarer Moment, in dem ich seinen gleichmäßigen Atem auf meinem Schulterblatt und seine Hand auf meinem Bauch spürte. Als mein Kopfpolster nass geweint war, bin ich von ihm weggerutscht.

Aber jetzt wollte ich nicht mehr wegrutschen oder weglaufen. Hannes streichelte mir über die Haare, dann nahm er mein Kinn zwischen Zeigefinger und Daumen und sah mich an: »Lotta, es gibt da noch etwas, das ich dir sagen muss. Es geht um Krump und die …«

»Gleich«, unterbrach ich ihn und drückte mein Gesicht wieder an seine Brust. »Gib mir noch eine Minute.«

Und dann hörte ich die Schritte. Sie schnitten in die Stille, es war das Klappern von Absätzen auf Asphalt, das immer näher kam. Im ersten Moment dachte ich, es wäre eine Frau, aber das Geräusch war metallen und zu flächig für dünne Absätze. Ich wartete, dass die Schritte an uns vorbeigingen, aber das taten sie nicht. Sie stoppten hinter Hannes.

Danach ging alles sehr schnell.

Zuerst war es nur dieses Geräusch, als würde eine volle Milchpackung platzen. Hannes zuckte so heftig zusammen, als hätte er einen Stromschlag bekommen, und erschlaffte in meinen Armen. Wie eine Marionette mit durchtrennten Fäden sank er zu Boden. Sein erstickter Schrei wurde von einer Windböe verschluckt. Ich versuchte ihn festzuhalten, aber er glitt durch meine Hände und gab den Blick frei auf die Person, die hinter ihm stand.

»Oh Gott«, war alles, was ich denken konnte, als ich das blutverschmierte Messer in der Hand des Mannes sah, der vor zwei Tagen versucht hatte, mich zu vergewaltigen.

23.

PARLANDO

Es gibt Momente im Leben, die brennen sich ein, als wäre die Seele eine Ameise, über der das Sonnenlicht mit einer Lupe eingefangen wird.

Das Klappern von Svens Schritten, als er auf dem Absatz kehrtmachte und davonlief. Das Blut, das durch meine Finger strömte, als ich sie auf Hannes' Wunde drückte. Meine Schreie nach Hilfe, die eine gefühlte Ewigkeit nicht erhört wurden. Dann – endlich – das erlösende Heulen von Sirenen, der Arzt, der mich so grob zur Seite schob, dass ich hinfiel. Der junge Polizist, der mir unter die Arme griff und mich wieder hochhob. Und das Rückfenster des Krankenwagens, in dem sich mein Gesicht spiegelte, als ich versuchte, noch einen letzten Blick auf Hannes zu erhaschen.

Alles danach, die Befragungen und die Fahrt zu Svens Wohnung, an deren Adresse ich mich nicht mehr erinnern konnte, nur noch, in welcher Gegend sie sich befand und wie das Haus aussah, zogen wie in einem Traum an mir vorbei.

Einzig bei meinen unbeantworteten Fragen nach Hannes' Zustand schien ich wach zu sein. Doch keiner konnte oder wollte mir etwas sagen.

Als man mich gehen ließ, wusste ich nicht, was ich tun sollte. Es war erst acht Uhr in der Früh, drei Stunden waren vergangen, seit ich mit Hannes nicht weit von hier gestanden hatte. Bevor ich weiter darüber nachdenken konnte, griff ich nach meinem Handy und wählte automatisch Konrads Nummer. Am anderen Ende ertönte nur das Besetztzeichen. Nachdem ich wahrscheinlich zum zwanzigsten Mal die Rufwiederholung gedrückt hatte und noch immer kein Freizeichen zu hören war, rief ich bei der Taxifunkzentrale an.

Ein dunkelblaues Mercedes-Taxi hielt nach vier Minuten vor dem Polizeirevier. »Oh, Madame, ist alles in Ordnung, Madame? Soll ich Sie in ein Krankenhaus bringen?«, fragte der Schwarzafrikaner mit starkem Akzent, nachdem ich eingestiegen war und ihm Konrads Adresse genannt hatte. Ich schüttelte nur den Kopf, schloss die Augen und machte sie erst wieder auf, als er sagte: »Wir sind da, Madame.« Ich stieg aus und er fuhr weg. Erst als ich bereits an der Gegensprechanlage anläutete, bemerkte ich, dass er mich die Fahrt nicht hatte bezahlen lassen.

»Lotta.« Konrad fiel das Handy aus der Hand, als er mich sah, und es hopste ein paarmal über den dunkelrot gemusterten Perserteppich, als wäre es ein Häschen auf der Flucht. Ohne ein Wort zu sagen, ging ich an ihm vorbei in die Wohnung, hob sein Handy hoch, beendete sein Gespräch, indem ich auf die rote Taste drückte, und stellte anschließend die Anklopffunktion ein.

24 Anrufe in Abwesenheit stand auf dem Display.

»Es tut mir leid, hast du versucht, mich anzurufen? Ich ... ich, habe die ganze Nacht telefoniert ...«

Ich drückte ihm das Handy in die Hand. »Wenn du telefonierst und es klopft in der Leitung, dann bedeutet das, du bekommst ein weiteres Gespräch.« Meine Stimme zitterte so sehr, als würde ich stottern.

»Mein Gott, was ist passiert?«, fragte er, und alle Farbe wich aus seinem Gesicht. Ich folgte seinem Blick und sah jetzt erst, dass die rechte Seite meiner Jacke und des T-Shirts darunter von Hannes' Blut dunkelrot gemustert war.

»Was ist passiert?«, wiederholte er panisch und fasste mich an der Schulter.

»Hannes«, keuchte ich, dann wurde mir schwarz vor Augen, in meinen Ohren rauschte es, als würde ich neben einem Wasserfall stehen, und ich brach zusammen.

Ab und zu hörte ich durch das Rauschen Konrads Stimme, schnelle Schritte, das Öffnen und Schließen von Türen, eine sehr leise weibliche Stimme, doch alles wurde immer wieder unterbrochen durch die tiefe Schwärze, in die ich hineinfiel wie in ein Loch. Ein Stich in meiner Armbeuge weckte mich kurz, ich dachte, es war eine Biene, und wollte sie verscheuchen, aber ich konnte meinen Arm nicht heben. Verschwommen sah ich die Umrisse von Konrad und einer langhaarigen Frau, bevor ich in einen tiefen, traumlosen Schlaf fiel.

Als ich aufwachte, lag ich in Julias Bett, und etwas Kaltes, Nasses lag auf meiner Stirn. Ich keuchte, es fühlte sich an, als wäre mein Gehirn gefroren.

»Oh gut, Sie sind wach!«, sagte eine weibliche Stimme. Ich blinzelte und blinzelte und erkannte schließlich, dass es Konrads Nachbarin Anna war, die geschiedene, russische, rauchende Lungenfachärztin. »Sie müssen etwas essen, ich werde Ihnen was von Konrad auftauen, was wollen Sie? Fleisch, Fisch, Gemüse, Suppe?«

»Wodka«, sagte ich kraftlos und schloss wieder die Augen.

Sie lachte leise auf und sagte: »Heute gibt es keinen Alkohol mehr, ich habe Ihnen schon einen Cocktail gespritzt. Ihr Kreislauf war praktisch nicht mehr vorhanden. Kommen Sie in die Küche, wenn Sie so weit sind.«

»Ist Konrad da?«, fragte ich, aber sie war schon aus dem Zimmer gegangen.

Ich öffnete wieder die Augen und wischte mir den feuchten Waschlappen von der Stirn. Während ich an die Decke starrte, tauchte sehr langsam die Erinnerung an Hannes und Sven wieder auf und damit auch der Grund, warum ich mich so elend fühlte. Ich schlug die Decke zur Seite, stand, so rasch ich konnte, auf und wankte barfuß in die Küche.

»Wo ist Konrad?«, fragte ich das Hinterteil von Konrads Nachbarin, die gerade dabei zusah, wie sich ein weißer Plastikbehälter in der Mikrowelle drehte.

»Ich weiß es nicht genau«, sagte sie und richtete sich auf. »Er hat herumtelefoniert und erfahren, was passiert ist. Ich glaube, er wollte zuerst zur Polizei und dann in das Krankenhaus, zu Ihrem …« Das Klingeln der Mikrowelle unterbrach sie, sie öffnete ein paar Laden, nahm schließlich aus einer eine Gabel und stocherte in dem Plastikbehälter herum. »Braucht noch«, stellte sie fest und schob ihn zurück in die Mikrowelle. »Jedenfalls«, fuhr sie fort, als der Behälter wieder seine kreisrunde Fahrt aufgenommen hatte, »wollte er nicht, dass Sie alleine sind, wenn Sie aufwachen, und weil ich heute keinen Dienst habe, hat er mich gebeten.«

»Wann ist er weg? Wie lange habe ich geschlafen?«

»Hm, ich denke, beides so drei Stunden. Konrad hat gesagt, er ruft an, wenn er Neuigkeiten hat.«

»Wissen Sie, wo mein Handy ist?«

»Ja, ich habe es hier.« Sie griff hinter sich auf das Küchenregal und reichte es mir – ich hatte weder eine Nachricht noch einen Anruf in Abwesenheit.

»Tut mir übrigens leid wegen heute Nacht – ich meine, dass Sie Konrad nicht erreicht haben. Er hat mit mir telefoniert. Ich hatte Nachtdienst, und wir haben die halbe Nacht geredet … ich weiß von der Sache, an der Sie beide arbeiten.« Sie lächelte leicht, die Mikrowelle klingelte wieder, und nachdem sie erneut mit der Gabel im weißen Plastikbehälter herumgestochert hatte, nickte sie und leerte den Inhalt auf einen Teller. Zwei Knödel thronten in einem dunkelroten Fleischstückchen-See.

»Gulasch«, sagte sie und stellte den Teller und ein Glas Wasser auf den Tisch. »Ich dachte, Sie brauchen jetzt etwas Ordentliches.«

»Danke, aber ich habe keinen Hunger.« Stattdessen nahm ich ein paar Schlucke aus dem Wasserglas.

»Ich weiß, aber Sie müssen trotzdem etwas essen. Ich sage Ihnen das als Ärztin, nicht als Konrads Nachbarin. Wenigstens ein paar Bissen ...«

Ich nickte halbherzig, setzte mich an den Tisch und schob mir ein paar Bissen in den Mund.

»Soll ich etwas anderes auftauen?«, fragte sie, als ich den fast vollen Teller von mir wegschob.

»Nein danke.«

Eine peinliche Stille entstand zwischen uns, ich griff nach meinem Handy und hielt es in der Hand, als würde ich darauf warten, dass es jeden Moment läutete.

Was es aber nicht tat. Schließlich hielt ich es nicht mehr aus und wählte Konrads Nummer. Nach dem sechsten Klingeln sprang die Mobilbox an. »Konrad Fürst, hinterlassen Sie eine Nachricht nach dem ...« Dann folgte das »Piep«, und ich sagte: »Hier ist Lotta, bitte ruf mich an, wenn du das abhörst. Ich bin in deiner Wohnung mit ... deiner Nachbarin.«

Nachdem ich aufgelegt hatte, streckte mir seine Nachbarin die Hand über den Tisch entgegen. »Anna.«

»Lotta.« Wir schüttelten uns die Hände.

»Willst du auch einen Kaffee, Lotta?«, fragte Anna und stand auf.

»Ja, gerne, danke.« Ich bemühte mich um ein Lächeln, mit dem einzigen Erfolg, dass mir die Tränen in die Augen stiegen.

Sie wollte gerade etwas sagen, als das Handy in meiner Hand die ersten zwei Töne des Klingeltons zu spielen begann. Ich drückte sofort auf die grüne Taste, noch ehe ein Name oder eine Nummer auf dem Display erschienen war.

»Konrad?«, sagte ich ins Telefon.

Ein leises Knistern, dann eine fremde weibliche Stimme: »Spreche ich mit Carlotta Fiore?«

Mein Herz machte einen Satz, als wäre es eine Klippe heruntergestoßen worden.

»Ja.«

»Mein Name ist Helene Seitz, ich rufe im Auftrag von Chefinspektor Krump an, er möchte Sie gerne sprechen. Können Sie heute um 13 Uhr ins Kommissariat kommen?«

»Wieso will er mich sprechen?«

»Das hat er leider nicht gesagt.«

»Hat es was mit Hannes Fischer zu tun? Wissen Sie, wie es ihm geht?«

»Es tut mir leid, davon weiß ich nichts. Das Einzige, was mir gesagt wurde, ist, dass ich Sie und Konrad Fürst zu diesem Termin bitten soll.«

»Dann sagen Sie Krump, ich setze keinen Fuß in sein beschissenes Büro, wenn ich nicht sofort Bescheid bekomme, wie es Hannes Fischer geht.«

»Äh, äh, ja, äh ... einen Moment bitte, ich frage gleich nach.«

Es klickte in der Leitung, dann war es stumm am anderen Ende. Nach ein paar Sekunden klickte es wieder. »Frau Fiore?«, fragte dieselbe Frauenstimme.

»Ja.«

»Es tut mir leid, ich darf Ihnen leider keine Neuigkeiten über Hannes Fischers Gesundheitszust...«

Ich legte mitten im Satz auf und musste mich beherrschen, das Handy nicht fortzuschleudern.

»Weißt du, wo er liegt?«, fragte Anna und bedeutete mir, ihr das Handy zu reichen. Ich schüttelte den Kopf.

»Macht nichts, es geht auch so«, sagte sie. Nach acht Telefonaten hatte sie herausgefunden, in welches Krankenhaus Hannes eingeliefert worden war und dass er auf der Intensivstation lag. Sie ließ sich zuerst zu der Station verbinden und verlangte dann den diensthabenden Arzt. »Aha, aha«, sagte sie, als sie nach Hannes gefragt hatte. »Okay, ich verstehe, Herr Kollege. Darf ich Ihnen meine Nummer geben, damit Sie mich anrufen, wenn es irgendwelche Neuigkeiten gibt?« Sie sagte eine Telefonnummer durch, bedankte sich und legte auf.

»Sein Zustand ist zurzeit stabil, aber man muss noch abwarten«, ließ sie mich wissen.

»Wieso?«

»Er wurde drei Stunden lang operiert und hat viel Blut verloren. Es war keine einfache OP, der Messerstich ist sehr tief.«

»Kann ich zu ihm?«

»Noch nicht. Aber ich lasse dich sofort wissen, wenn ich etwas erfahre.«

»Ich muss doch irgendwas tun können.«

»Das kannst du. Bete für ihn«, sagte sie, ohne die Miene zu verziehen.

Ich verdrehte die Augen und ballte meine Hände zu Fäusten.

»Es ist mein Ernst«, sagte Anna ruhig, stand auf, räumte meinen Teller ab und stützte sich dann an der Rückseite des Küchenstuhls ab. »Ich arbeite jetzt seit mehr als zwanzig Jahren als Ärztin. Nenn es Schicksal, Gottes Wille oder was auch immer. Aber irgendwas ist da. Ich habe erlebt, wie todkranke Menschen wieder völlig gesund wurden, und eines kann ich dir sagen: Es liegt nicht mehr in den Händen der Ärzte.« Sie hob die Schultern und deutete mit dem Kopf Richtung Tür. »Ich komme gleich wieder, ich gehe nur in meine Wohnung und mache uns Kaffee. Mit Konrads Maschine kenne ich mich einfach nicht aus.«

»Anna«, rief ich ihr hinterher, »es tut mir leid, es ist nur … danke.«

Ich konnte mich nicht daran erinnern, wann ich das letzte Mal gebetet hatte. Wahrscheinlich war ich noch ein Kind, und ich kam mir lächerlich und albern vor, als ich jetzt die Hände faltete und die Augen schloss.

»Bitte mach Hannes gesund«, flüsterte ich, »bitte, bitte, mach ihn gesund.« Irgendwie hatte ich erwartet, es käme sofort ein

Anruf, dass Hannes plötzlich aufgewacht war und die Wunde sich – wie von selber – geschlossen hatte. Ich öffnete die Augen wieder und schaute zur Küchendecke, als hätte ich dadurch einen besseren Draht oder würde eher von Gott gehört werden. Aber nichts geschah, außer dass ich bemerkte, dass Konrads Küchendecke einen leichten Riss hatte, der sich von einer Zimmerseite zur anderen zog, wie ein Fluss auf einer Landkarte.

Es erinnerte mich an irgendwas, aber ich kam nicht darauf, an was. Ich öffnete meine Hände aus der Gebetshaltung und rutschte so tief in den Stuhl, dass ich meinen Kopf auf der Lehne ablegen und den Riss weiter betrachten konnte.

Die Bilder von letzter Nacht tauchten auf und legten sich über den Riss wie die dunklen Schemen eines Schattens.

»Es tut mir leid, Hannes«, flüsterte ich. »Es tut mir so leid. Bitte, bleib hier. Ich war so eine gottverdammte Idiotin! Du hast mich gefragt, ob ich mich an unsere erste Nacht erinnere, und ich hab so getan, als würde ich das nicht, aber das war gelogen. Die Wahrheit ist, dass ich mich sehr gut erinnern kann, an alles. Ich weiß noch, wie du am ersten Abend in dieser Bar meine Hand gehalten hast, und ich hab sie weggezogen, damit du nicht merkst, wie sie zittert. Als du dann aufs Klo gegangen bist, da wollte ich weglaufen, ich war schon vor dem Lokal, weil ich solche Angst bekommen habe. Doch ich bin geblieben, habe wieder am Platz gesessen, noch bevor du zurückgekommen bist. Ich habe keine Ahnung, warum, aber ich konnte einfach nicht gehen. Und am nächsten Morgen hast du mich gefragt, was willst du zum Frühstück, und ich wollte dir alles erzählen, von Bernhard, dass er mich mit meiner Mutter betrogen hat, meinem Selbstmordversuch und von der Schwangerschaft, die keine war, aber das hab ich nicht. Ich bin einfach gegangen, so wie ich jedes Mal gegangen bin, wenn du mir zu nahegekommen bist. Aber ich will nicht mehr gehen, Hannes, ich will bei dir bleiben. Bitte bleib bei mir, bleib ...«

Ein Knarren hinter mir ließ mich zusammenzucken, ich

rutschte hoch und drehte mich blitzschnell um. Konrad stand an den Türrahmen gelehnt, die Hände in den Hosentaschen der schwarzen Stoffhose. Seine schwarzen Bartstoppeln hoben die dunklen Augenringe und die blasse Gesichtsfarbe noch hervor.

»Wie lange stehst du schon da?«, fragte ich, und das Blut schoss mir ins Gesicht.

»Lange genug.« Er lächelte so wehmütig mit einem Mundwinkel, dass es mir einen Stich gab.

»Wo warst du? Warst du bei Hannes?«

»Nein, ich habe versucht, etwas über diesen Sven Munz herauszufinden.«

»Und, hast du?«

Er schüttelte den Kopf und zog die Stirn kraus. »Nichts, was die Polizei nicht schon weiß.«

»Konrad, ich muss dir was sagen ... die Sache mit Sven, vor der Bar ... ich habe Hannes nichts davon erzählt, als er da war.«

»Ja, ich weiß.«

»Aber ... woher?«

»Ich habe Fischer darauf angesprochen.«

»Hannes hat davon erfahren?«

Er nickte müde und fuhr sich durch seine wirren schwarzen Locken, die mit ein paar neuen Silberfäden durchzogen waren. »Ja, aber er wollte darauf warten, bis du so weit bist, es von selber zu erzählen.«

Ich schlug die Hände vor meinem Gesicht zusammen und murmelte immer wieder »Scheiße« und »Oh Gott«.

»Das hat niemand kommen sehen, Lotta.« Konrad betrat die Küche, nahm ein Glas aus einem der dunkelbraunen Hängeschränke und drehte den Wasserhahn über der Spüle auf. Er trank es in einem Zug leer und setzte sich mir gegenüber. »Krump will mich sehen«, sagte er und streifte seinen Mantel ab.

»Ja, ich weiß, mich auch. Ich war heute Nacht bei ihm. Lenauer, der Kostümbildner, ist tot.«

»Ich weiß.«

Im selben Moment wurde die Wohnungstür geöffnet, und lautes Geschirrgeklapper war zu hören. »Ist das Anna?«, fragte Konrad.

»Sie bringt Kaffee«, sagte ich und stand auf.

Ich goss mir etwas davon ein, dann ging ich ins Badezimmer, stellte mich unter die heiße Dusche und kam erst wieder heraus, als Konrad an die Tür klopfte und sagte: »Es ist Zeit, Lotta, wir müssen zu Krump.«

24.

IMPRESARIO

»Ich gehe in keinen Verhörraum. Entweder diese Besprechung findet in Krumps Büro statt oder gar nicht«, sagte Konrad zu dem jungen blonden Mann mit dem adretten Scheitel, der uns beim Eingang des Kommissariats erwartet und in den ersten Stock zu einem der Verhörzimmer gebracht hatte. Der Junge nickte gelangweilt, als hätte er mit so etwas schon gerechnet, und bat uns, kurz zu warten.

Ich setzte mich auf einen der unattraktiven orangefarbenen Plastikstühle, bei denen man, egal ob Sommer oder Winter, nach spätestens einer Minute einen durchgeschwitzten Hintern bekommt, und betrachtete Konrad. Er hatte sich rasiert und umgezogen, trug jetzt eine dunkelblaue Jeans, ein weißes, leicht zerknittertes Hemd mit hochgekrempelten Ärmeln und alte schwarze Schnürschuhe. Sein Anblick hatte etwas Beruhigendes, wie das Licht einer flackernden Kerze bei einem nächtlichen Stromausfall.

Als wir vor einer halben Stunde die Wohnung verlassen hatten, hatte ich noch einmal bei Anna geklingelt, nur um zu erfahren, dass es keine Neuigkeiten über Hannes' Zustand gab. Ich hatte ihren sehnsüchtigen Blick bemerkt, den sie Konrad zugeworfen hatte, der bereits bei der Treppe stand. Ich war mir nicht sicher, ob es ihm aufgefallen war, aber ich versuchte, ihr mit einem Lächeln zu bedeuten, dass ich verstand.

»Sie mag dich«, sagte ich jetzt, während wir warteten, und er drehte sich zu mir und fragte abwesend: »Was?«

»Anna, sie mag dich.«

Konrad nickte kurz, verzog den Mund und setzte sich auf den freien Stuhl neben mich. Eine Woge von dem Duft aus der kleinen Apotheke in Paris, nach Zitrusfrüchten und Herbstlaub, zog von ihm zu mir herüber. Anscheinend hatte ich die Flaschen in seinem Badezimmer nicht gut genug versteckt.

»Als wir gegangen sind –«, begann ich, doch er unterbrach mich.

»Ich möchte jetzt nicht über Anna sprechen.«

»Doch, du solltest gerade jetzt über Anna sprechen wollen. Vorhin, als Hannes …« Mir brach die Stimme, doch ich zwang mich weiterzusprechen. »Ich weiß nicht, wie viele Chancen wir im Leben bekommen, aber wenn du das Glück hast, eine zu erkennen, dann warte keine Sekunde.«

Konrad schob sich verlegen eine Locke aus der Stirn, die aber sofort wieder an ihren Platz zwischen seinen Augen zurückrutschte. Ohne darüber nachzudenken, was ich tat, fuhr ich ihm durch die Haare und drückte sie auf seinem Hinterkopf mit meiner flachen Hand dreimal fest.

Er zuckte zurück. »Wieso hast du das gemacht?«

»Deine Haare, sie fallen dir immer wieder ins Gesicht.«

Er öffnete den Mund, klappte ihn wieder zu, öffnete ihn wieder, dann schüttelte er den Kopf und sah auf die Uhr. »Holt der uns heute noch?«

Endlich sahen wir den jungen Blonden von vorhin um die Ecke biegen.

»Bitte folgen Sie mir in Hauptkommissar Krumps Büro«, sagte er, und Konrad konnte es sich nicht verkneifen, »Sehr gerne, nach Ihnen« zu antworten.

Wir gingen hinter ihm die Treppe hoch, doch als er an eine der weißen Türen im nächsten Stockwerk klopfen wollte, sagte Konrad »Einen Moment noch« zu ihm und zog mich zur Seite. Während er irgendetwas auf seinem Handy herumdrückte und es wieder in seine Brusttasche steckte, sagte er: »Lotta, ich wollte dir nur sagen, egal, was Krump jetzt sagt ... halte dich raus, okay?«

Noch bevor ich etwas antworten konnte, gab Konrad dem jungen Blonden durch ein Kopfnicken zu verstehen, dass er jetzt anklopfen konnte.

Krumps neues Büro war kleiner, als ich es erwartet hatte. Kaum kam man zur Tür herein, stieß man schon an die zwei Besucherstühle, die vor dem antiken weißen Schreibtisch mit geschwungenen Beinen standen. Er saß dahinter in dem hohen ledernen Bürostuhl, die Hände auf der Tischplatte ineinandergefaltet, als wäre er ein Schuldirektor und wir zwei unartige Schüler.

»Konrad, Fiore«, sagte er zur Begrüßung, und ich musste mich zurückhalten, um nicht »Krump« zu sagen. Konrad sagte nichts, sondern nickte nur.

»Bitte, setzt euch«, sagte Krump und zu dem jungen Blonden: »Ich will jetzt nicht gestört werden.«

Die Tür wurde hinter uns geschlossen, dann waren wir alleine. Krump und Konrad fixierten einander, als wäre ich nicht vorhanden. Es hätte mich nicht gewundert, wenn wie in einem Western gleich irgendwo ein Pferd gewiehert, es einen Steppenläufer vorbeigeweht und einer von beiden eine Waffe gezogen hätte.

»Wissen Sie, wie es Hannes geht?«, unterbrach ich die Spannung.

»Nein, es gibt keine Neuigkeiten«, sagte Krump und warf mir einen kurzen Blick zu. »Weder bei Fischers Zustand noch bei der Fahndung nach Sven Munz.« Mir war die herablassende Art nicht entgangen, mit der er das gesagt hatte, und ich versuchte gegen die Schuldgefühle anzukämpfen, die in diesem Moment in mir explodierten.

»Du hast uns sicher nicht deswegen hergebeten«, sagte Konrad nüchtern und setzte sich auf einen der Besucherstühle. Automatisch stand Krump auf, als wären die beiden Stühle eine Wippe, auf der nur einer sitzen konnte.

»Nein, in der Tat«, sagte Krump, plusterte seinen Brustkorb auf und streckte das Kinn hoch, was ihn aber auch nicht imposanter machte. »Es geht um euren Undercovereinsatz in der Wiener Oper.«

»Was ist damit?«, fragte Konrad. Ich starrte ihn erschrocken an, doch er schlug die Beine übereinander und verzog keine Miene.

»Was damit ist?«, johlte Krump. »Ist das alles, was du dazu zu sagen hast?«

»Ja, das ist alles.«

»Dir ist klar, dass ich dich sofort verhaften lassen kann?«

Ich konnte es nicht fassen, als ich Konrads breites Grinsen sah. »Ach, hör doch auf damit! Glaubst du, ich weiß nicht, dass du hinter der ganzen Aktion steckst? Fischer hätte uns nie diesen Undercoverauftrag erteilt, wenn er nicht von dir die Anweisung dafür bekommen hätte!«

Es war für einen Moment so, als wäre der Sauerstoff aus dem Zimmer gezogen worden.

»Was redest du da?«, brüllte Krump.

»Du hast Fischer geschickt, denn dir war klar, dass weder Lotta noch ich uns darauf einlassen würden, wenn wir gewusst hätten, dass er in deinem Auftrag handelt. Außerdem hast du viel zu viel Angst, dass ich nicht kooperieren und deinem Ruf schaden könnte, indem ich damit an die Öffentlichkeit gehe. Aber jetzt, wo Fischer nicht mehr zur Verfügung steht, hast du keine andere Wahl. Wahrscheinlich sitzt dir der ›Auftraggeber‹ im Nacken, und du weißt nicht, was du tun sollst. Du hast gedacht, wenn du es so aussehen lässt, als hättest du Fischers Pläne erst jetzt entdeckt, dann könntest du uns erpressen und wir hätten keine andere Möglichkeit, als weiterzumachen.«

»Leg dich nicht mit mir an«, fauchte Krump, doch seine aalglatte Maske fiel von ihm ab wie der Putz einer Hausmauer. »Du sitzt am kürzeren Ast! Wenn ich dich daran erinnern darf, deine Auflage hat keine Verjährung! Und wenn ich will, kann ich dafür sorgen, dass …«

»Dass was? Was könntest du tun, was du nicht schon getan hast?«, sagte Konrad so freundlich, als würde er über einen geplanten Sonntagsausflug in die Berge sprechen. »Du brauchst uns, nicht umgekehrt. Ich weiß von Fischer, dass ihr noch immer keine konkrete Spur in den Mordfällen in der Wiener Oper habt.«

Krump wollte widersprechen, doch Konrad unterbrach ihn sofort: »Die Ermittlungen im Privatleben der Opfer haben nichts gebracht, bis auf ihren Beruf gibt es nichts, das sie verbindet. Von Fischer weiß ich auch, dass sie vor der Wiener Oper keine Berührungspunkte hatten. Das bedeutet, dass die Ursache für die Morde nur in der Wiener Oper zu finden ist. Und Lotta und ich, wir sind so nah an der Sache dran, wie du nie kommen würdest.« Er hatte diese Lüge so überzeugend ausgesprochen, dass sogar ich bereit war, sie ihm zu glauben.

Krump nahm wieder auf seinem Chefsessel Platz. »Was habt ihr herausgefunden?« Er bemühte sich, es beiläufig klingen zu lassen, aber seine Halsmuskeln waren so angespannt, dass sie wie Stäbchen zwischen Kinn und Schlüsselbein herausstanden.

Konrad räusperte sich, bevor er antwortete: »Leider, Heinz, so wie die Dinge jetzt liegen, kann ich dir nur sagen, dass unsere Zusammenarbeit hiermit beendet ist.«

Krump faltete die Hände im Schoß, er versuchte sich in einem Lächeln, doch er hatte dabei die Zähne so fest zusammengebissen, dass man es knirschen hörte. »Was willst du, Konrad?«

»Zuallererst will ich wissen, wer der Auftraggeber für diesen Undercovereinsatz ist!«

Der Kampf in Krumps Gesicht wurde immer größer, man konnte ihm beim Abwägen und Taktieren der Situation zusehen. Dann plötzlich hob er beide Hände in die Höhe, als würde er sich ergeben, und wenn ich es nicht besser gewusst hätte, hätte ich denken können, er meinte es ernst.

»Gut, es stimmt, wir dachten, es ist die beste Lösung, wenn Fischer euch in dem Glauben lässt, ich wüsste nichts von dem Einsatz. Aber wer der Auftraggeber ist, unterliegt strengster Geheimhaltung. Außerdem hat das doch gar keine Relevanz ...«

»Einer der Hauptsponsoren der Wiener Oper«, unterbrach Konrad ihn, »war bis vor einem halben Jahr ein weltweit agierender Glücksspielkonzern. Du weißt doch, von welchem Konzern ich spreche? Ich meine den, der, um von seinen Geschäftspraktiken abzulenken, für seine großzügige Kulturförderung bekannt ist. Ich meine den, dessen Tochterfirmen die ›Freunde der Wiener Polizei‹ unterstützen.«

Krump versuchte mühsam, seine Freundlichkeit beizubehalten, und lenkte etwas zu energisch ein: »Es gibt viele Firmen, die das tun. Es werden unschuldige Menschen umgebracht, du willst doch genauso wenig wie ich, dass ...«

»Ich weiß noch nicht, wieso dieser Konzern so plötzlich aufgehört hat, die Wiener Oper mit zu finanzieren«, redete Konrad weiter, »aber das alles ist doch merkwürdig, oder? Die Gelder stoppen, die Oper macht mehr und mehr Verluste, und plötzlich geschehen Morde, und man hat nicht nur die volle Auslastung, die Oper bekommt auch noch eine Märtyrer-Publicity, weil für die Kunst der Betrieb aufrechterhalten wird, was in Zukunft sicher wieder hohe Summen von neuen Sponsoren bringt und ...«

»Das stimmt nicht«, unterbrach ihn Krump. »Wenn du dir die Unterlagen angesehen hättest, wüsstest du, dass die Auslastung der Oper in den vergangenen Monaten im Durchschnitt bei 80 Prozent lag.«

»Derjenige, der seine Arbeit nicht ordnungsgemäß erledigt hat, bist du, Heinz.«

Krump sog energisch die Luft ein, doch Konrad fuhr fort: »Der einzige Grund, warum die Auslastung offiziell 80 Prozent beträgt, ist, dass ein Drittel der Sitzplätze gar nicht in den Verkauf gekommen ist. Der gesamte zweite Rang wurde, außer für Premieren, gesperrt. Durch Aktionen, bei denen Karten verschenkt oder für die Hälfte ihres Werts verkauft wurden, hat man versucht, die Besucherzahlen zu erhöhen. Womit die tatsächliche Auslastung vor den Morden bei höchstens 50 Prozent gelegen hat. Die Wiener Oper hatte schwere finanzielle Probleme, die nie an die Öffentlichkeit gekommen sind. Und das werden sie auch nicht, denn die hat sie nun ja nicht mehr.«

Krump war überrascht, das konnte ich ihm ansehen, doch er fasste sich sofort wieder. »Dass der Glücksspielkonzern seine Unterstützung beendet hat, ist in diesem Fall nicht relevant. Wir suchen einen Serienmörder.«

»Alles ist relevant. Die Hintergründe sind mir zwar noch nicht klar, aber mir fällt beim besten Willen keine andere Organisation ein, die nicht schon genug schlechte Presse hat und die auch in der Lage ist, so erfolgreich Druck auf die Wiener Polizei auszuüben, dass du zu uns als Maßnahme greifst.« Konrad deutete auf uns beide. In meinem Kopf schwirrte es, ich hörte das alles zum ersten Mal und konnte ihm kaum folgen. Beim Versuch zu denken fühlte sich mein Hirn an wie eine alte Dampflokomotive, die sich abmüht, einen Berg hochzukommen.

Woher wusste Konrad das alles? Und warum hatte er mir nichts davon gesagt?

Krump fixierte Konrad, die Freundlichkeit aus seinem Gesicht verabschiedete sich wie ein fallender Vorhang. Dann öffnete er die erste Lade seines Schreibtischs, und ich dachte schon, er würde irgendwelche Unterlagen hervorholen, doch stattdessen schob er Konrad ein leeres Formular über den Tisch.

»Wie gesagt, du erfährst von mir nur, was für diesen Fall relevant ist. Und diese Information ist es nicht.«

»Wer sagt das?«

»Ich sage das. Deine Spekulationen in Ehren, aber damit, dass dieser Konzern hier seine Finger im Spiel hat, liegst du völlig falsch.«

»Willst du wissen, warum es mich nicht wundert, dass du das sagst, Heinz?«

»Konrad, es gibt etwas, das ich für dich tun kann«, überging Krump Konrads Frage. »Für den Fall, dass ihr die Undercovertätigkeit weiter fortführt. Wenn du das hier ausfüllst, werde ich persönlich veranlassen, dass die Ermittlungen über das Verschwinden deiner Tochter wieder aufgenommen werden. Es wurde vor einem halben Jahr eine neue Abteilung eingerichtet, die sich mit ungeklärten verjährten Fällen beschäftigt.«

Er deutete auf den Zettel, den er vor Konrad geschoben hatte.

»Laut Polizei ist der Fall nicht ungeklärt. In den Akten steht, dass die Leiche im Wasser abgetrieben und darum nie gefunden wurde«, erwiderte Konrad trocken, doch seine Stimme zitterte.

»Wenn du das hier ausfüllst, gibt es keine Leiche und das Verschwinden ist ungeklärt«, sagte Krump und setzte sich.

»Du hast mich damals im Stich gelassen, hast mir gesagt, ich soll Julias Tod akzeptieren. Und jetzt kommst du mit diesem Angebot, um Jahrzehnte zu spät, nur weil du es für deine Karriere brauchst. Was bist du für ein Arschloch.«

»Deine Sauferei hat dich damals deinen Job gekostet, nicht ich. Du warst untragbar für die ganze Abteilung«, fuhr Krump ihn an.

»Den Job habe ich damit nicht gemeint, wir waren Freunde, verdammt«, erwiderte Konrad.

»Ein Freund vögelt aber nicht die Partnerin seines Freundes«, murmelte Krump.

Es verging eine Minute, in der nichts geschah, außer dass Krump Konrad ansah und Konrad das leere Formular am Tisch anstarrte. Ohne erkennbaren Auslöser nahm Konrad den goldenen gravierten Kugelschreiber, der auf Krumps Tisch lag, und setzte seine Unterschrift auf die schwarze Linie am unteren Rand.

Mit den Worten »Ausfüllen kannst du es selber« schob er den Zettel wieder zurück. Sehr langsam hob Krump das Papier in die Höhe, er zögerte kurz, dann ließ er es in seinem Schreibtisch verschwinden.

»Okay, was hast du noch herausgefunden?«

»Moment, wir sind noch nicht fertig«, unterbrach Konrad ihn wieder. »Du hast mich, aber nicht meine Kollegin. Also, was bietest du Lotta an?«

Krump zog verblüfft die Stirn kraus. »Ich biete ihr an, dass wir sie – was den Tod von Clemens Lenauer betrifft – aus dem Kreis der Verdächtigen streichen.«

Konrad lachte auf. »Du kannst ja richtig witzig sein, Heinz. Aber erstens weißt du, dass mein Einsatz ohne ihre Kontakte nutzlos ist, und zweitens sollte es dir mehr wert sein, dass sie den Köder für dich abgibt.«

»Was?«

»Ich habe lange überlegt, warum keine Spurensicherung in Lottas Wohnung geschickt wurde, als ihr die CD und die Rose hinterlassen wurde. Du hast mit Lotta einen Köder ausgelegt und warst froh, dass er angebissen hat. Aber es war noch zu wenig, um wirklich einen Vorteil daraus ziehen zu können. Das ist doch so, nicht wahr?«

»Konrad, wie kannst du ...«, fuhr Krump dazwischen, doch er kam nicht weiter.

»Es ist das mindeste, dass du unsere Honorare angleichst. Statt der vereinbarten 10 000 Euro bekommt sie 20 000 Euro, so wie ich.«

Ohne auch nur einen Augenblick zu zögern, sagte Krump: »In Ordnung. Und jetzt sag mir, was du sonst noch herausgefunden hast. In zwei Stunden habe ich ein Meeting mit dem Kulturminister und der Supritsch und da muss ich ...«

»Wird die Oper jetzt endlich geschlossen?«, fragte ich.

»Hätte ich euch hier, wenn es so wäre?«, stellte Krump die Ge-

genfrage. »Es wird eine Änderung geben. Was das genau sein wird, erfahre ich bei dem Meeting. Also, Konrad, was ...«

Konrad wartete seine Frage nicht ab, sondern stand auf und gab mir mit einem Kopfnicken zu verstehen, dass wir nun gehen konnten.

»Du hörst heute Abend von mir. Ich werde dich ab jetzt täglich über den neuesten Stand der Ermittlungen informieren. Falls du nicht auf den Deal mit Lotta eingehst oder dich sonst nicht an dein Wort hältst, werde ich es sein, der eine Besprechung mit Kulturminister Schöndorfer hat. Oder nein, warte, besser wäre gleich eine Pressekonferenz!«

Konrad zog sein Handy aus seiner Brusttasche, hielt es sich ans Ohr und fragte: »Hast du alles? Okay, danke.« Dann drückte er auf eine Taste und schob es wieder zurück in die Tasche.

»Seit du mich nach Julias Verschwinden eiskalt meinem Schicksal überlassen hast, weiß ich, dass ich dir nicht trauen kann, Heinz. Deshalb wurde dieses Gespräch aufgezeichnet und wird in diesem Moment auf einen USB-Stick überspielt, der in einem Banksafe hinterlegt wird. Ich hoffe, du wirst mir keinen Grund geben, darauf zurückzugreifen.«

Konrad öffnete die Tür. Ich warf noch einen Blick auf den sehr blassen Chefinspektor, der verwirrt hinter seinem Schreibtisch saß, und verließ dann grußlos mit Konrad das Büro.

Das Mädchen   18. Oktober

Ihr Traum war voll von kleinen rosafarbenen, pastellgrünen, gelben und himmelblauen Söckchen, weißen Unterhemdchen, Pullovern mit eingestickten Teddybären, Sommerkleidchen mit feinen Rüschen und Spitzen und Jeans mit durchwetzten Knien. Dieser Raum auf der anderen Seite des schwarzen Zimmers musste einem kleinen Mädchen gehören.

Und dann sah sie das Gesicht des kleinen Mädchens.

Es war, als würde sie sich im Spiegel eines Spiegelkabinetts sehen. Sie hatte das einmal gemacht und darüber gelacht, wie diese Spiegel sie dünner, dicker, mit riesiger Stirn oder kurzen Stummelbeinen gezeigt hatten. Aber kein Spiegel war damals darunter gewesen, in dem sie wie jetzt gerade in ihr drei oder vier Jahre jüngeres Spiegelbild gesehen hatte.

24.

FALSETT

»Scheiße. Scheiße. Scheiße. Scheiße. ...«

Das war das Einzige, was ich herausbrachte, seit wir Krumps Büro verlassen hatten. Pro zwei Stufen, die wir im Gebäude der Polizeidirektion hinuntergegangen waren, einmal »Scheiße«. Machte bei 68 Stufen 34-mal »Scheiße«. Nachdem wir die Sicherheitsabsperrung und das Haupttor passiert hatten, sagte ich das, was ich schon in Krumps Büro hatte sagen wollen: »Wieso hast du mir das nicht früher gesagt?«

»Nicht hier.« Konrad warf mir einen Blick zu, der mich zum Schweigen aufforderte. Was mich natürlich nicht weiter interessierte.

»Doch hier. Jetzt. Gleich. Ich bin ein Köder?« Ich musste mich beherrschen, um nicht mit dem Fuß aufzustampfen.

Er blieb stehen, sah mich an und sagte nur: »Vertrau mir, Lotta. Später.«

Ich zögerte einen Moment zu lange mit meiner Erwiderung, da war Konrad schon weitergegangen. Erst als er sich umsah, wo ich blieb, ging ich ihm nach. Wir stiegen in sein Auto, und er fuhr los, noch immer, ohne etwas zu sagen.

»Können wir jetzt darüber reden?«

Er schüttelte nur den Kopf und starrte auf die Straße. Ich sah ihm an, wie gestresst er war. Was sollte das? Was verheimlichte Konrad noch alles vor mir? Dieser Gedanke beschäftigte mich so sehr, dass ich gar nicht darauf achtete, wohin er fuhr, und überrascht war, als er vor meinem Wohnhaus anhielt.

Er legte den Arm auf meine Sitzlehne und beugte sich zu mir. »Sie verfolgen uns«, sagte er, seine Lippen bewegten sich kaum.

»Wer? Wo?«

»Die zwei Männer in dem blauen VW, schon seit wir von Heinz weg sind.«

Ich blickte in den Rückspiegel, ungefähr zehn Meter hinter uns sah ich das Auto und die Konturen von zwei Köpfen.

»Bist du sicher, dass sie von Krump sind?«

»Die beiden haben nach uns das Gebäude verlassen, dann plötzlich tauchen sie hinter uns auf und haben auch noch den gleichen Weg?«

»Wie unauffällig.«

»Ich bleibe hier und warte auf dich«, sagte Konrad. »Geh rauf in deine Wohnung und hol dir, was du brauchst.« Er zog sein Handy aus der Brusttasche und drückte darauf herum. Keine Sekunde später begann es in meiner Hosentasche zu läuten.

»Wieso rufst du mich an?«

»Damit wir verbunden sind, wenn du oben bist. Beeil dich. Und sprich die ganze Zeit mit mir.«

»Wieso? Glaubst du, dass Krump mich umbringen lassen will?«

»Krump nicht.«

Als ich ausstieg, sah ich zu den zwei Männern im blauen VW, winkte und zeigte ihnen meinen hochgestreckten Daumen.

Kaum war ich hinter der schweren Eingangstür verschwunden, hörte ich Konrads blecherne Stimme im Handy. »Lotta, sprich mit mir.«

»Ich gehe den Gang entlang, hier ist niemand. Wenn du glaubst, dass er da ist, wieso kommst du dann nicht mit?«

»Weil ich lieber den Hauseingang und die Gegend beobachte. Ich schätze Munz nicht so ein, dass er vor deiner Wohnung auf dich wartet. Wenn er hier ist, wird er sich draußen irgendwo auf die Lauer gelegt haben, und ich vertraue Krumps Leuten nicht, dass sie reagieren würden, wenn ...« Der unausgesprochene Satz hing in der Luft. »Wo bist du jetzt?«

»Ich sperre gerade die Tür auf. Was soll ich eigentlich holen?«

»Alles, was du brauchst. Du ziehst für die nächsten Tage zu mir.«

Ich blieb in der geöffneten Tür stehen, seine Worte erreichten mich nicht mehr. Meine ganze Konzentration war von dem Anblick vor mir gefesselt.

»Lotta?«, fragte Konrad, aber ich konnte nicht antworten.

»Lotta, alles in Ordnung?«

Es sah aus, als hätte ein Hurrikan in meinem Vorzimmer gewütet.

»Lotta, SPRICH MIT MIR!«

Jeder Schrank und jede Schublade im Vorzimmer waren geöffnet und der Inhalt auf den Boden geleert worden.

»Jemand war hier«, flüsterte ich ins Handy und ging einen Schritt hinein.

»WAS?«

»Alles ist kaputt ...«, stammelte ich noch, dann erstarrten die Worte in meinem Mund.

»Lotta ...«, hörte ich wie aus weiter Ferne Konrads Stimme, aber ich reagierte nicht mehr darauf, ließ das Telefon sinken und steckte es automatisch wieder in die Hosentasche.

Vor mir lag das Schlachtfeld meiner Habseligkeiten. Alles war voller zerrissener Ketten, zertrampelter Ohrringe, Mäntel und Jacken mit amputierten Ärmeln und herausgerissenem Innenfutter, flacher Schuhe ohne Sohlen, Pumps mit abgenickten Absätzen, Fetzen, die einmal Schals und Tücher gewesen waren, und umgestülpte Handtaschen ohne Henkel. Dazwischen blitzten zerknüllte Rechnungen, zerfetzte Zeitungen und Zeitschriften, Gehaltszettel, von denen nur der obere Teil mit meinem Namen, meiner Adresse und meiner Sozialversicherungsnummer abgerissen war, und Fotoschnipsel hervor.

Erst Konrads »Verdammt« hinter mir weckte mich aus der Starre. Er war heraufgekommen, stand in der Wohnungstür und wählte gerade eine Nummer. Dann sagte er in sein Handy: »Heinz, sag den zwei Kasperln, die uns folgen, in Frau Fiores Wohnung ist eingebrochen worden. Und schick diesmal gefälligst die Spurensicherung!«

Nachdem er aufgelegt hatte, bahnte er sich einen Weg durch den ganzen Müll zu mir. Es war mir gar nicht aufgefallen, dass ich so weit in das Zimmer gegangen war.

Ich drehte mich zu ihm, aber Konrad sah nicht mich an, er schaute zur Wand neben der Küchentür. Mit grellrotem Lippenstift waren die Worte ›DU HAST KEINEN MANN MEHR – SCHLAMPE‹ in riesigen Buchstaben auf die weiße Mauer geschrieben worden.

»Was bedeutet das?«, fragte er.

Doch ich konnte nicht antworten. Der Zettel, den ich nach dem One-Night-Stand bei ihm hinterlassen hatte: *Sven, wollte dich nicht wecken, muss nach Hause, bevor mein Mann aufwacht.*

Er hatte mich wahrscheinlich beobachtet und so herausgefunden, dass es ›meinen Mann‹ nicht gab. Aber es gab Hannes. Eine Welle aus Schuldgefühlen und Ohnmacht begrub mich unter sich, ich stieß Konrad zur Seite und lief aus meiner Wohnung. Seine Rufe nach mir hallten wie ein Echo durch den Gang.

Ich lief, so schnell ich konnte, ich musste so weit weg wie möglich. Der harte Asphalt unter meinen flachen Schuhsohlen schmerzte bald wie tausend Nadelstiche, und als das Ziehen in meiner Lunge so heftig wurde, dass ich nicht mehr atmen konnte, blieb ich stehen. Die Angst ließ an jeder Straßenecke Sven Munz vor mir auftauchen. Ich wartete, bis ich wieder sprechen konnte, dann nahm ich mein Handy aus der Hosentasche. Konrads Name stand noch immer auf dem Display, ich hatte vorhin nicht aufgelegt. »Konrad?«

»Lotta, Gott sei Dank! Ist alles okay?«

»Nein. Wo bist du?«

»Ich sitze im Auto, nicht weit von deiner Wohnung.«

»Ich komme zu dir.«

Es herrschte kurz Stille, dann sagte Konrad: »Du solltest nicht herkommen.«

»Warum?«

»Weil die Spurensicherung bereits da ist und ... es ist nicht mehr viel von deinen Sachen übrig. Lotta, in jedem Zimmer sieht es genauso aus wie beim Eingang. Ich hole dich ab. Wo bist du?«

Auf der anderen Straßenseite war ein Straßenschild, ich sagte Konrad die Adresse. »So weit bist du gelaufen? Okay, ich bin in ein paar Minuten da. Kannst du irgendwo warten?«

Ich sah mich um, da war ein Supermarkt und ein Stück weiter die Straße hinauf war das Leuchtschild einer Billig-Modekette zu sehen.

»Geh dort hinein und bleib da, bis ich dich anrufe«, sagte er und legte auf.

Ohne nachzudenken, ging ich zuerst in den Supermarkt, gleich bis vor zu den Kassen und leerte das Regal über dem Förderband, in dem die kleinen Wodkaflaschen standen. Ich kippte noch vor dem Bezahlen zwei der Fläschchen hinunter und ignorierte den strengen Blick des alten Mannes, der hinter mir an der Kassa stand.

Als ich das Modegeschäft betrat, hatte ich bereits die nächste Flasche ausgetrunken.

Die Wirkung des Alkohols, die völlig identische Einrichtung zu anderen Filialen der Modekette und die vielen Mädchen im Teenageralter mit ihren Zahnspangen, auf denen Lippenstift klebte, und ihrem nervenden Gekicher, das jede ihrer Bewegungen untermalte, hatten etwas so Vertrautes. Als wäre mein Leben, das sich sonst schon anfühlte wie die Fahrt auf einer Achterbahn, nicht völlig aus den Fugen geraten. Aber das Gefühl hielt nur kurz – meine Gondel, die schon oft genug geschlingert hatte, war aus der Bahn gesprungen. Ich griff in meine Handtasche und holte eines der Fläschchen, die ich in Taschentücher gewickelt hatte, damit man das aneinanderschlagende Glas nicht hören konnte, heraus. Der Bass aus den Lautsprechern wummerte in meinen Ohren wie Bombeneinschläge, und die Menschen verschwammen zu einem bunten Brei. Das Handy in meiner Hand vibrierte, die Musik hier war so laut, dass ich den Klingelton nicht hören konnte.

Ohne abzuheben, stürmte ich aus dem Geschäft, und mein Herzschlag normalisierte sich erst wieder, als ich in Konrads Auto saß und die Verriegelung heruntergedrückt hatte.

Konrad fuhr los, keiner von uns sagte ein Wort. Dann läutete sein Handy und er hob ab.

»Gibt es keinen Zweifel?«, fragte er. »In Ordnung. Ja, sie ist bei mir, ich sage es ihr. Du hörst morgen von mir, Heinz.«

»Sie haben die Fingerabdrücke mit denen auf dem Messer, das beim Mordversuch an Hannes Fischer fallen gelassen wurde, verglichen. Das in deiner Wohnung war ebenfalls Munz«, sagte er, nachdem er aufgelegt hatte.

»Ich weiß.«

Wir fuhren bereits in Konrads Straße, als mein Handy klingelte. Die Nummer kam mir nicht bekannt vor. »Hallo?«

»Lotta?«, fragte eine weibliche Stimme mit stark rollendem r.

»Anna! Was ist mit Hannes?«

»Der Arzt, der deinen Freund behandelt, hat mich eben angerufen. Es sieht gut aus, er spricht auf die Behandlung und die Medikamente an. Wahrscheinlich kannst du morgen zu ihm.«

Ich wollte mich noch bei ihr bedanken, aber meine Worte gingen in meinem Schluchzen unter.

26.

HOSENROLLE

Ich saß auf der Couch und balancierte auf meinen angezogenen Knien einen Teller mit Lasagne. Bei jedem Bissen, den ich mir auf die Gabel lud, musste ich aufpassen, nichts auf die weiße Wolldecke, in die ich mich gewickelt hatte, zu patzen.

Konrad hatte mir im Auto das Handy abgenommen und selber mit Anna gesprochen, da ich ihm vor lauter Heulen nicht auf die Frage »Was hat sie gesagt?« antworten konnte.

Am Weg in seine Wohnung hatte er mich wie ein kleines Kind an der Hand genommen, in sein Wohnzimmer geführt, hingesetzt und mir die Decke um die Schultern gelegt. Er war hinausgegangen und nach fünfzehn Minuten mit einem Tablett mit zwei Tellern, einer Flasche Wasser und zwei Gläsern wieder zurückgekommen.

»Heinz hat mir eine SMS geschickt, wir sollen um 17 Uhr in der Oper sein, aber wenn du nicht willst – ich kann heute auch alleine hin«, sagte er kauend.

Auf dem altmodischen Röhrenbildschirm war das Standbild des Films *Tootsie* zu sehen, den Fanny uns mitgegeben hatte.

»He, du hast 20 000 Euro für mich rausgeholt, da muss ich doch mitkommen.«

Mein bemühter Versuch, Lockerheit vorzuspielen, scheiterte kläglich. Nicht einmal ich glaubte mir meine flapsige Bemerkung.

»Woher hast du gewusst, dass Krump dahintersteckt?«, fragte

ich mit vollem Mund und schaufelte schon das nächste Stück Lasagne hinterher. Ich hatte gar nicht gemerkt, wie hungrig ich war.

Konrad stellte seinen Teller ab, lehnte sich zurück und kratzte sich an der Wange. »Die Wahrheit ist, ich wusste es nicht.«

»Was?«

Er senkte seine Stimme, es klang schuldbewusst, als er sagte: »Es war ein Bluff.«

Im ersten Moment dachte ich, es war ein Scherz, aber als er den Kopf schüttelte, rief ich: »Das glaube ich nicht! Wie? Ich meine, woher hast du …«

Er verschränkte seine Hände hinter dem Kopf. »Zum ersten Mal hatte ich den Gedanken, als die CD deiner Mutter in der Küche von wem auch immer hinterlegt wurde. Ich habe Fischer angerufen, und er wollte sofort ein ganzes Einsatzkommando losschicken.«

»Hat er aber nicht.«

»Eben. Sein zweiter Anruf kam ja ein paar Minuten danach. Und plötzlich war alles anders, keine Polizei, keine Spurensicherung. Ich habe mich gefragt, wer für diesen plötzlichen Sinneswandel verantwortlich sein kann. Dass Heinz derjenige sein könnte, war reine Spekulation.«

»Du hast das alles zu ihm gesagt, ohne dir sicher zu sein?«

»Was heißt sicher, ich hatte die Hosen gestrichen voll!«

»Und woher hast du diese ganze Geschichte mit dem Glücksspielkonzern?«

»Anna hat das für mich in Erfahrung gebracht. Du glaubst gar nicht, wie schnell man an Informationen kommt, wenn man sich als reiche russische Witwe ausgibt, die Interesse daran zeigt, in dieser schwierigen Zeit die Wiener Oper zu unterstützen. Sie haben es ihr nicht nur gesagt, sondern auch ausgiebig darüber gejammert, dass der Glücksspielkonzern sein Sponsoring eingestellt hat. Ich habe dann versucht herauszufinden, welchen Organisationen eben dieser Konzern sonst noch Geld gibt. Es hat mich eine

Nacht vor dem Computer gekostet, bis ich durch das Dickicht der Firmenverzweigungen zur Wiener Polizei gekommen bin.«

»Und was machen wir jetzt?« Ich kratzte die letzten Reste Soße von meinem Teller.

»Wir machen weiter wie bisher.« Er stand auf, nahm mir den Teller aus der Hand und sagte im Hinausgehen: »Außerdem habe ich Zweifel bekommen, dass der Glücksspielkonzern unser Auftraggeber ist.«

»Wieso denn das?«, fragte ich verwirrt.

Konrad blieb stehen und drehte sich noch einmal um. »Wegen dem Angebot, dass Krump Julias Fall wieder aufnehmen lässt. Da muss noch irgendwas anderes dahinterstecken.« Er hob die Augenbrauen und verließ das Zimmer.

»Auf jeden Fall hat es Krump Angst gemacht, als du das von dem Konzern gesagt hast«, rief ich ihm hinterher.

»Ich weiß«, rief er zurück.

Dann war es still. Wer konnte dahinterstecken, dass Krump ausgerechnet uns so dringend brauchte?

Ich wartete, dass Konrad zurückkam, aber nichts rührte sich. Gerade als ich aufstehen und zu ihm gehen wollte, tauchte er im Türrahmen auf. Er setzte sich, seine lächelnden Kohleaugen musterten mich, und der graue Haaransatz schimmerte unter dem Licht der Deckenlampe aus dem Gewirr seiner Locken hervor wie ein Teppich aus Silberfäden. Ein Gefühl, das ich nicht benennen konnte, machte sich in mir breit. Fühlte sich so Sicherheit in unsicherer Zeit an? Er musste es auch bemerkt haben, denn er wandte seinen Blick ab. »Lotta, es gibt da noch eine Sache …«

Seine Stimme hatte plötzlich einen gezwungenen Unterton, als müsste er eine schlechte Nachricht überbringen.

»Es geht um etwas, das du heute getan hast. Es ist wahrscheinlich Unsinn, aber es geht mir einfach nicht aus dem Kopf. Als wir darauf gewartet haben, dass wir zu Krump gebracht werden, da hast du mir durch die Haare gestrichen, erinnerst du dich?«

Ich wusste, was er meinte, weil mich seine Reaktion irritiert hatte. »Ja, schon möglich.«

»Du hast sie nach hinten gestrichen und dreimal an meinem Kopf festgedrückt. Wieso hast du das getan?«

»Wieso? Na, weil sie dir ins Gesicht gehangen sind. Deine Locken hängen dir ständig ins Gesicht.«

»Nein, das meine ich nicht. Wieso dreimal?«

»Ich versteh nicht, was meinst du?«

Er räusperte sich und sagte etwas verlegen: »Julia hat das immer gemacht. Sie ist mir durch die Haare gefahren und hat sie dreimal an meinem Kopf festgedrückt.« Er lächelte. »Sie war dann immer enttäuscht, weil sie nicht gehalten haben.«

Wie eine heiße Nadel bohrte sich sein hoffnungsvoller Blick in mein Herz.

»Ja, und?« War das Eifersucht, was ich da fühlte? Eifersucht auf seine geliebte Tochter, nach der er immer noch suchte, obwohl jede Vernunft dagegen sprach? Oder war es Einsamkeit, weil es mir vor Augen führte, dass mein Vater nicht diese Art von Vater war. Mein Vater suchte nicht nach mir, er war vor mir geflohen, schon mein ganzes Leben lang. Ich wusste nicht einmal, ob er noch lebte.

»Ich weiß, es ist verrückt, aber ...«, drückte er herum und spielte mit dem leeren Glas vor sich, »kann es sein, dass du Julia gekannt hast? Vielleicht wart ihr befreundet, vielleicht hast du mich einmal gesehen, als ich sie vom Kindergarten abgeholt habe, vielleicht hast du sie mal ... ich meine ja nur, weil ihr, wie viel, ein, zwei Jahre auseinander seid, und es hätte doch ...«

»Nein, es hätte nicht!« Meine Stimme war lauter, als ich es beabsichtigt hatte. »Ich war in keinem Kindergarten! Ich hätte in gar keinen Kindergarten gehen können, weil meine Mutter mich, bis ich sieben Jahre alt war, auf ihre Tournee durch die größten Opernhäuser der Welt mitgeschleppt hat. Und ich kann dir mit absoluter Sicherheit sagen, dass ich deine Tochter nicht gekannt habe, ich habe nämlich gar keine anderen Kinder gekannt, bis ich in die Schule gekommen bin! Und das war in London. Ich war zehn Jahre alt, als wir nach Wien übersiedelt sind. Und auch dann hatte ich keine Freundin, der ich zusehen hätte können, wie ihr Vater sie abholt.«

»Okay, das war dumm von mir. Lass uns diesen Film sehen, den Fanny uns mitgegeben hat«, sagte er und winkte ab.

Ich schämte mich für meine Eifersucht und für die Enttäuschung in seiner Stimme. »Ja, lass uns den Film sehen.«

Konrad nahm eine der beiden Fernbedienungen vom Couchtisch, und im nächsten Moment fing Dustin Hoffman an, einer Gruppe von jungen Leuten Schauspielunterricht zu geben. Method Acting. Ich kannte jede einzelne Übung, die er machte, und dabei zuzusehen kam mir vor wie eine Szene aus meinem früheren Leben.

Dustin Hoffman spielte die Rolle eines erfolglosen Schauspielers, er scheiterte unentwegt – und auch diese Szenen kamen mir vertraut vor. Aber sonst konnte ich bis jetzt noch keinen Hinweis auf Susu Supritsch entdecken.

Dann verkleidete sich Dustin Hoffman für ein Fernsehcasting als Frau. Mit roter Perücke und einer Brille, die an eine Eule erinnerte, meisterte er das Vorsprechen und bekam eine große Rolle in einer Krankenhausserie.

»Fanny hat doch gesagt, wir sollen uns den Film ansehen, damit wir wissen, was mit Susu los ist, oder?«, fragte Konrad, während der als Frau verkleidete Dustin Hoffman gerade von einem Mann geküsst wurde.

»Ja, das hat sie gesagt.«

»Was bedeutet das? Dass Susu ein Mann ist?«

Ich lachte laut auf. Die schöne Susu Supritsch mit ihrer langen roten Mähne, den schlanken Beinen und dem perfekten Augenaufschlag, die Frau, die eine Mischung aus Löwin und Lamm war, sollte ein Mann sein?

»Wenn Susu ein Mann ist, dann bin ich eine Operndiva.«

Es war ein guter Film, er gefiel mir, auch wenn ich die ganze Zeit nach der versteckten Botschaft suchte, ohne sie zu finden.

»Verstehst du das?«, fragte ich, als der Abspann lief und ein Mann mit sanfter Stimme dazu ein hübsches Liebeslied sang.

Konrad schüttelte den Kopf. Wir schauten ratlos auf die vorbeiziehenden Namen, dann wurden die Töne leiser, der Mann sang noch ein paarmal »Maybe it's you, I've been waiting for, all of my life«, schließlich wurde der Bildschirm schwarz.

»Was hat Susu Supritsch eigentlich vorher gemacht, ich meine, bevor sie Direktorin an der Wiener Oper wurde?«, fragte ich.

Konrad stand auf, ging in sein Schlafzimmer und kam mit ein paar ausgedruckten Zetteln wieder zurück. »Hier, ihr Lebenslauf.«

»Woher hast du den?«

»Aus dem Internet.«

Ich überflog die Zeilen, ich war nicht überrascht über ihr abgeschlossenes Wirtschaftsstudium, dafür umso mehr über die abgebrochene Schauspielschule.

Danach hatte sie diverse Jobs im Theater, die weit unter ihren Fähigkeiten und dem Universitätsabschluss lagen, bis sie in der Presseabteilung eines österreichischen Provinztheaters anfing. Anscheinend hatte sie ihre Arbeit dort gut gemacht, denn gleich danach wechselte sie nach Deutschland an ein großes Opernhaus. Ich kannte es sogar, meine Mutter hatte dort gesungen, lange bevor Susu Supritsch da gearbeitet hatte. Supritsch blieb viele Jahre an dem Haus, sogar bei wechselnden Direktionen, zuerst in der Presseabteilung, dann als Besetzungschefin. Und schließlich kam sie zurück nach Wien, wo sie auch heiratete.

»Wer ist ihr Mann?«, fragte ich.

»Ich glaube, er ist Anwalt oder Steuerberater, irgendetwas in der Richtung. Er ist zwanzig Jahre älter als sie, beide haben keine Kinder in die Ehe gebracht.«

»Das klingt alles nicht ungewöhnlich.« Ich gab Konrad Susu

Supritschs Lebenslauf zurück. »Was glaubst du, hat Krump eigentlich damit gemeint, es wird eine Änderung in der Oper geben?«

»Die Oper«, rief Konrad und schlug sich auf die Stirn. »Wir müssen sofort los!«

»Schau mal, Lotta, das ist neu«, sagte Konrad, als wir bei der Probebühne angekommen waren und er einen Blick auf den Probenzettel neben dem Eingang geworfen hatte. Obwohl wir zu spät waren, waren wir doch zu früh: Die neu angesetzte Probe war um eine Stunde nach hinten verschoben worden.

Noch ohne den Rest gelesen zu haben, sagte ich »Ich bin gleich wieder da« und verschwand hinter der zwei Meter entfernten Tür mit der kleinen silberfarbenen Frau darauf. In der Toilettenkabine griff ich in meine Handtasche und holte eines der Wodkafläschchen heraus. Sechs Stück hatte ich noch, also musste ich sie mir einteilen, um die ganze Probe über etwas davon zu haben. Ich leerte die Flasche, drückte überflüssigerweise den Spülknopf der Toilette, ging wieder hinaus und las erst jetzt den Aushang, auf dem in fett gedruckten Buchstaben stand:

> **Die heutige Vorstellung der *Fledermaus* fällt aus.**
> **Aus aktuellem Anlass finden heute Abend und morgen Vormittag Proben für *Land des Lächelns* statt.**
> **Die Vorstellung *Land des Lächelns* findet ab morgen bis auf Widerruf täglich um 19 Uhr statt.**
> **Alle anderen Proben und Stücke werden ebenfalls bis auf Widerruf ab sofort abgesetzt.**
> **Zur Umbesetzungsprobe bittet die Direktion folgende Mitwirkende …**

Darunter folgte eine Liste mit Namen. Die Einzigen, die ich kannte, waren Bernhard und Erich Freiwerf, der ehemalige Kollege meiner Mutter.

Diese Operette stand auf dem aktuellen Spielplan, das bedeutete, dass sie in diesem Monat schon ein paarmal gespielt worden war. Anscheinend hatte sich Susu Supritsch dafür entschieden, sie ab jetzt täglich aufführen zu lassen, aber warum sollte sie geprobt werden? War ihr die geplante Besetzung abgesprungen?

»Was heißt das für uns? Ist es damit vorbei?«, fragte ich.

»Nein, im Gegenteil. Wir haben ab morgen Abend Vorstellung. Und keine Proben mehr«, sagte Konrad und zeigte mit seinem Finger auf einen anderen Zettel, auf dem nur unsere beiden Namen unter der Überschrift »Komparserieplan für *Land des Lächelns*« standen.

»Ach du Scheiße«, entfuhr es mir. »Das kann doch nicht wahr sein! Nein, die sind total verrückt, wir sind in jeder Vorstellung drin. In jeder verdammten Vorstellung! Weil wir nämlich die einzigen Statisten sind!«

»Das ist doch gut«, sagte Konrad ruhig und ging voraus zur Probebühne eins.

»Gut?«, quengelte ich ihm hinterher. »Das findest du gut? Willst du wissen, wie ich das finde? S-C-H-E-I-S-S-E! Aber bitte, was soll's, jetzt hab ich wenigstens die Wahl, wer mich zuerst umbringt: Sven oder der Opernmörder!«

»Wer ist Sven?«, fragte eine Kinderstimme hinter mir, und Konrad und ich wirbelten gleichzeitig herum. Es war Fanny, sie trug ein groteskes Kleid, das aussah wie das Kostüm einer Hexe aus einem Märchen. Ihr kleines weißes Gesicht thronte über dem hohen schwarzen geknöpften Kragen und ließ ihre Hakennase noch größer und ihr Fliehkinn noch kleiner erscheinen.

»Was machst du hier? Du solltest auf keinen Fall hier sein!«, sagte ich grußlos.

»Das hat Susu auch gesagt«, lachte sie.

»Ja und? Wieso bist du dann hier?«

»Weil ich sie davon überzeugt habe, dass es nicht ihre, sondern die Entscheidung meines Vaters ist. Ich habe bis jetzt immer alle *Land des Lächelns*-Vorstellungen gespielt.«

»Dein Vater lässt nach allem, was passiert ist, zu, dass du da bist?«, fragte Konrad.

»Tja, was soll man machen?«, entgegnete sie, verzog den Mund und hob die Schultern.

Obwohl ich meine Zweifel hatte, ging ich nicht mehr darauf ein, sondern fragte: »Okay, na gut, und was sollte das mit dem Film?«

»*Mondsüchtig*, hast du ihn gesehen? Und?« Ich hatte völlig vergessen, dass sie uns zwei DVDs mitgegeben hatte.

»Das ist vielleicht nicht der richtige Ort, um das zu besprechen«, fuhr Konrad dazwischen. »Gibt es ein Zimmer, wo wir ungestört reden können?«

Fanny nickte und führte uns den Gang entlang, zuerst links um die Ecke, dann rechts, dann wieder links. Sie hielt vor einer weißen Tür, an der das Schild »Archiv« angebracht war. Ich drückte die Türschnalle hinunter, aber sie war verschlossen. Bevor ich etwas sagen konnte, bedeutete Fanny mit dem Finger über ihren Lippen, leise zu sein, dann ging sie in die Knie und tastete an der Wand entlang. Da war etwas in der weißen Mauer, sie zog daran und stand wieder auf.

Ein kleiner Stutzen, mit dem bloßen Auge kaum zu finden, an dessen anderem Ende mit Spagatschnur ein Schlüssel gebunden war.

Sie sah noch einmal nach rechts und links, dann steckte sie den Schlüssel ins Schloss und sperrte auf. Der staubige Geruch nach altem Papier strömte uns entgegen. Wir gingen rasch in das Zimmer, erst als die Tür wieder geschlossen war, knipste Fanny eine der Schreibtischlampen an.

Dieses Zimmer war auf den ersten Blick winzig. In einem kleinen Vorraum standen zwei Schreibtische, doch dahinter erstreckten sich lange fensterlose Gänge mit Abzweigungen, deren

Metallregale bis oben hin mit Partituren und Textbüchern gefüllt waren.

»Kommt mit nach hinten«, flüsterte Fanny und verschwand zwischen den Regalen. Wir folgten ihr, das Licht der Schreibtischlampe reichte nur, um den vorderen Teil zu beleuchten, mit jedem Schritt wurde es immer dunkler, als wäre hier herinnen die Dämmerung ausgebrochen.

»Ich bin hier«, flüsterte sie und klopfte auf Metall. Sie kauerte wie ein Schatten in einer Ecke, nur ihre Umrisse waren zu sehen.

»Du kennst dich hier wirklich aus«, sagte Konrad, als wir vor ihr standen.

»Wie man es nimmt ... ich habe den Schlüssel da versteckt.«

Ich ging in die Knie, ich konnte ihr Gesicht mehr spüren als sehen. »Wirklich? Warum?«

Eine Pause entstand, als sie nicht antwortete, dann sagte sie: »Okay, was wollt ihr wissen?«

»Wir haben uns *Tootsie* angesehen«, sagte Konrad sofort. »Du hast gesagt, dann werden wir Susu Supritsch verstehen, aber das tun wir nicht. Was hast du damit gemeint?«

»Wer seid ihr wirklich?«, fragte sie leise und drängend.

Konrad atmete hörbar aus. »Wenn ich dir das sage, Fanny, dann musst du mir schwören, dass du es keinem Menschen erzählst, bis der Mörder gefunden wurde. Schaffst du das?«

»Du würdest dich wundern, was ich alles schaffe«, entgegnete sie.

»Okay, also, wir sind von der Polizei. Aber von einer so geheimen Abteilung, dass nicht einmal die Polizisten wissen, wer wir sind. Verstchst du?«

»Ihr seid verdeckte Ermittler! Cool!«

»Also, was ist mit Susu Supritsch?«, fragte ich. »Ist sie ein Mann, oder was?«

Fanny gluckste auf vor Lachen. »Nein, sie ist natürlich kein Mann, aber das ist wirklich lustig.«

»Aber der Film ...«, verteidigte ich mich.

»Der Film ist eine Metapher!«

»Woher weißt du, was eine Metapher ist?«, fragte ich.

»Es gibt da so ein Gebäude, in das ich seit ein paar Jahren fünfmal die Woche gehe. Am Eingang ist ein Schild, auf dem steht das Wort ›Schule‹. Also, in dem Film, da geht es um jemanden, der Erfolg hat, weil er so tut, als wäre er wer, der er nicht ist, versteht ihr? Und so ist Susu auch.«

»Hast du das gemeint, als du gesagt hast, Susu zieht ihre Show besser ab als ich?« Ich konnte sehen, wie Fannys schemenhafter Kopf nickte.

»Die Susu Supritsch, die ihr seht, ist nicht die echte. Es ist alles nur Show.«

»Kannst du dich bitte ein wenig genauer ausdrücken«, sagte ich ungeduldig.

»Okay, aber ihr dürft nie sagen, dass ihr das von mir habt.«

»Werden wir nicht«, sagten Konrad und ich gleichzeitig wie aus einem Mund.

»Susu mag Frauen lieber als Männer.«

»Was heißt das jetzt?«, stöhnte ich.

»Meinst du, sie ist homosexuell?«, fragte Konrad.

»Ja, genau. Susu ist lesbisch.«

»Aber sie ist verheiratet«, sagte er.

»Das ist nicht echt. Sie hat nur geheiratet, damit sie Direktorin an der Wiener Oper werden kann. Aber es gibt noch mehr.«

Ich war nicht nur überrascht, ich war auch hin und her gerissen, ob ich Fanny glauben sollte.

Anscheinend war Konrad nicht so skeptisch: »Was denn? Hat sie eine Freundin?«

»Nicht eine, sie hat unzählig viele.« Ihre Stimme überschlug sich vor Eifer, dass sie kiekste. »Es gibt kaum eine hübsche Frau in der Wiener Oper, mit der die Susu noch keinen Sex gehabt hat. Besonders gerne mag sie die Tänzerinnen vom Ballett. Und wenn sie mit einer öfter Sex hat, dann bekommt die eine größere Rolle.«

»Woher weißt du das alles?«, fragte Konrad.

»Ich bin doch manchmal im Ballettsaal im fünften Stock, nach den Proben, um Hausaufgaben zu machen. Und einmal war ich dort, da ist wer reingekommen. Ich hab mich gleich versteckt, dort, wo die Tür in die Spiegel übergeht. Da hab ich das alles gehört.«

»Ach, Fanny«, sagte ich, jetzt kapierte ich alles. »Da hat einfach jemand schlecht über Susu geredet, um ihren Ruf zu schädigen. So was passiert ständig im Theater, aber das heißt doch nicht, dass es stimmt.«

»Doch, heißt es schon«, verteidigte sie sich. Ihre Stimme klang genervt.

»Und wieso glaubst du das?«

»Weil Susu es selber war, die das alles gesagt hat.«

27.

DEIN IST MEIN GANZES HERZ

Es waren bereits ein paar Leute da, als wir die Probebühne betraten. Noch ehe hinter uns die Tür ins Schloss gefallen war, sah ich Bernhard. Er saß auf einem Stuhl in der Ecke und hob den Kopf. Unsere Blicke trafen sich, er wirkte nervös. Er nickte kurz und wandte sich wieder seinem Notenblatt zu – zumindest gab er das vor.

Alex, die Regieassistentin, die schon bei der Probe der *Csárdásfürstin* dabei gewesen war, kam mit Klemmbrett in der einen und Textbuch in der anderen Hand auf uns zu. Sie hatte ihre weißblonden Haare wieder zu einem hohen Pferdeschwanz gebunden und trug zu einer knöchellangen lilafarbenen Jeans schwarze glitzernde Converse-Sportschuhe. »Hallo, Erwin und Carlotta, so sieht man sich wieder.«

»Sie heißt nicht Carlotta, sondern Lotta«, antwortete Fanny.

»He, was machst du denn hier?«, fragte Alex das Mädchen.

»Was habt's ihr bloß alle? Seid's doch froh, dass ich da bin. Wenn das stimmt, was ich am Besetzungsplan gesehen hab, bin ich die Einzige, die in dieser Saison schon mal *Land des Röchelns* gespielt hat«, grinste Fanny. »Außerdem hab ich das Okay von Susu, kannst sie anrufen, wenn du mir nicht glaubst.«

»Na gut, jetzt bleib mal hier, aber das letzte Wort ist noch nicht gesprochen. Lotta und Erwin, ich sage euch jetzt, was ihr zu tun habt: Ihr werdet den Chor ersetzen. Keine Angst, ihr müsst nicht singen, es gibt nur Szenen, in denen der Chor auftritt, und da wir im Moment keinen Chor haben ...«

»Warum nicht?«, unterbrach Fanny.

»Weil im Chor die Scheißerei ausgebrochen ist«, sagte Alex. »Das ist zumindest die offizielle Version. Die Wahrheit können wir uns alle denken. Also, Lotta, Erwin, im ersten Akt seid ihr dran, wenn Lisa ›Gern, gern wär ich verliebt‹, singt. Die Nummer kommt während des Festes, das für sie gegeben wird, und ihr seid die Gäste dort. Dann habt ihr so in etwa 40 bis 45 Minuten Pause, weiter geht es beim Empfang von Lisa in China, da seid ihr das Empfangskomitee. Es werden ein paar Tänzerinnen um euch herumtanzen, von denen sind zum Glück noch welche im Einsatz.«

Fanny warf mir einen ›Und wir wissen auch warum‹-Blick zu, den ich ignorierte.

»Dann ist für euch wieder Pause, so circa für eineinhalb Stunden, denn euer dritter und letzter Auftritt ist erst kurz vor Ende, wenn der Prinz Lisa wieder freigibt. Da müsst ihr Walzer tanzen, fragt mich nicht warum, es ist ein Regieeinfall, ihr tanzt, der Prinz heult und singt ›Dein war mein ganzes Herz‹, und Lisa rennt davon. Alles so weit klar?«

»Wir sollen zu ›Dein ist mein ganzes Herz‹ Walzer tanzen?«, fragte ich nach.

Sie hob die Hände, als würde sie sich ergeben. »Ja, ich weiß.«

»Aber wieso machen das nicht die Tänzer?«

»Weil das der Regie zu professionell war.« Sie verdrehte die Augen.

»Und Fanny, ich werd noch mal mit Susu über dich reden, du kleiner Sturkopf. Also, du kennst dich eh aus, gell?«

»Ja, ja, ich weiß, ich bin Lisas Freundin, wie immer.«

Ich konnte mich noch gut an die Operette erinnern, denn schließlich hatte meine Mutter in mehreren Inszenierungen die Lisa gesungen, aber da gab es immer mehrere Freundinnen und keine davon war ein Kind.

»Ist das auch ein Regieeinfall?«, fragte ich Alex und deutete dabei auf Fanny.

»Du sagst es. Unsere liebe Fanny stellt das ›innere Kind‹ dar«, antwortete sie mit einer Grimasse, als würde sie sich vor etwas ekeln. Hinter mir hörte ich, wie die Tür zur Probebühne aufging. Konrad sah kurz hin, dann stoppte er und schaute noch mal, als konnte er nicht glauben, wen er da sah.

»Was macht sie denn hier?«, fragte Alex, mehr sich selber, als auch sie erkannt hatte, wer gerade die Probebühne betreten hatte.

Ich drehte mich zur Tür. Katharina Seliger war ein paar Schritte hereingekommen und stehen geblieben, ihr heller Trenchcoat war zerknittert, und ihre roten, verschwollenen Augen blitzten unruhig hin und her.

»Sie steht doch gar nicht auf der Liste«, flüsterte Fanny.

Alex wollte gerade auf sie zugehen, als das Telefon auf ihrem Regiepult zu läuten begann. Wie ein Hase schlug sie einen Haken und hob den Hörer nach dem vierten Klingeln ab.

»Susu!«, sagte sie. »… ja, okay, verstehe. Alles klar, sie ist gerade gekommen. Aha, statt der Timiani. Verstehe. Ja, ich dachte mir schon …« Etwas leiser, aber immer noch gut hörbar, fügte sie hinzu: »Und du bist sicher, dass es eine gute Idee ist, Susu?«

Ich sah wieder zu Katharina Seliger, die ihre kleine rote Handtasche so verkrampft an die Brust drückte, dass sich ihre Fingerknöchel weiß färbten.

»In Ordnung, ja. Und was ist mit Fanny? … Aber … gut, wenn du das meinst, aber ich finde es nicht richtig. … Das haben sie bei den anderen Vorstellungen auch gesagt, und es ist trotzdem passiert. … Ja, in Ordnung, ich sag es ihnen und melde mich nach der Probe.«

Kaum hatte Alex den Hörer aufgelegt, sagte Katharina Seliger laut: »Darf ich kurz um eure Aufmerksamkeit bitten?« Es war eine reine Höflichkeitsfloskel, denn alle hatten sie bereits seit ihrem Eintreten fixiert.

»Ihr wundert euch sicher, warum ich da bin ... nach der Sache ... mit Beat...« Sie bemühte sich, aber ihre Stimme kippte immer wieder beim Versuch, die Tränen zu unterdrücken. Mit einem Schluchzer im Dreivierteltakt atmete sie tief ein, bevor sie weitersprach:

»Ich könnte jetzt sagen, ich springe ein, weil Beate es so gewollt hätte. Sie hat die Oper immer geliebt. Aber die Wahrheit ist: Ich muss es tun, weil ich sonst noch verrückt werde. Wer auch immer dieses Monster ist, das mir meine beste Freundin und so viele Kollegen genommen hat, ich werde mich nicht vor ihm verstecken. Ich werde ihm nicht die Genugtuung geben, Angst vor ihm zu haben.«

Es folgte betretenes Schweigen, das nach einer gefühlten Ewigkeit durch das Geräusch zweier klatschender Hände neben mir unterbrochen wurde. Ich sah erschrocken zu Fanny, doch sie hatte ihre Arme vor dem schwarzen Hexenkleid verschränkt. Wir begriffen gleichzeitig, dass es Konrad war, der da klatschte. Es dauerte keine Sekunde, dann fielen alle Anwesenden mit ein, irgendjemand rief sogar »Bravo«.

Durch die Tür der Probebühne kam Erich Freiwerf herein, er blieb kurz verdutzt stehen, bevor er auch in den Applaus mit einfiel, ohne zu wissen, worum es überhaupt ging. Katharina Seliger formte mit ihren Lippen ein stilles »Danke«, so voller Bedeutung, wie es nur Operndiven zustande bringen, dann ging sie im abebbenden Applaus zu dem freien Stuhl neben Bernhard.

Als nun alle Beteiligten da waren, verstand ich, warum das *Land des Lächelns* ausgewählt worden war: Außer Konrad und mir gab es in dieser Inszenierung nur drei weibliche und vier männliche Darsteller. Zurzeit war es die einzige Operette im Repertoire, die mit so wenigen Sängern auskam.

Obwohl sie zu alt dafür war, sollte Katharina Seliger die Hauptrolle der jungen Lisa singen, Bernhard war der chinesische Prinz Sou Chong, wegen dem sie ihren Vater und die Heimat verlassen und nach China gehen wollte. Erich Freiwerf war hier in einer

Doppelrolle, zuerst als Lisas Vater, dabei war er nur ein paar Jahre älter als sie, und dann als Sou Chongs strenger Onkel. Ein anderer Sänger, der sich mir als Peter Neuner vorstellte (48, Himmelblau und gebackener Fisch), war zuerst Lisas Onkel und dann der Obereunuch des Prinzen.

Ein nicht mehr ganz so hübscher und verbissener Mittvierziger mit einer kleinen Warze am Kinn, Ernesto Randolf, der Konrad und mich ignorierte, als wären wir aus Luft, war hier als bester Freund der Lisa. Und die Sängerin, Sabine Gschwandner, die uns ebenfalls keines Blickes würdigte, war Sou Chongs chinesische Schwester Mi. Ich kannte sie ebenfalls nicht, aber sie passte von ihrer üppigen Statur eher in ein Dirndl als in einen Kimono.

»In Ordnung«, sagte Alex und klopfte auf den Tisch. »Ich weiß, ihr habt alle schon mit Susu gesprochen, aber sie hat mich gebeten, euch trotzdem noch einmal allen zu danken, dass ihr euch bereit erklärt habt einzuspringen. Sie weiß, dass sie tief in der Schuld jedes Einzelnen steht, und sie wäre jetzt auch hier, um euch das persönlich zu sagen, aber sie hat einen Pressetermin mit dem Kulturminister. Wie ihr wisst, ist morgen Abend schon die erste Vorstellung, diese beiden Proben heute und morgen Vormittag sind also rein technisch. Das bedeutet, wir haben weder einen Korrepetitor noch einen Dirigenten. Ach ja, ihr müsst euch darauf einstellen, dass morgen wahrscheinlich auch das Orchester nicht in voller Besetzung da sein wird. Der Dirigent hat mir aber versichert, er wird sein Möglichstes tun, die Hysterie bei den Musikern hält sich in Grenzen, da noch keiner von ihnen … na ja. Also, die Tänzerinnen kommen in einer Stunde, da sollten wir mit dem Durchlauf so weit sein. Ach, etwas noch: Ich hoffe, ihr könnt alle euren Text. Leider werden wir bei den Vorstellungen keinen Souffleur bzw. keine Souffleuse haben.«

Alex bemühte sich so sehr, bei diesem letzten Satz nicht zu Katharina Seliger zu schauen, dass sie den Faden verlor und stockte. Für einen Moment herrschte so eisiges Schweigen, dass es sich anfühlte, als würde es in dem Raum um ein paar Grad kälter werden. Es war klar, dass nach dem Mord an der Souffleuse niemand freiwillig in den Souffleurkasten steigen würde.

»Äh, ja, also ... da jeder von euch schon in dieser Inszenierung mitgemacht beziehungsweise sie einmal geprobt hat – wenn auch vor längerer Zeit und in anderen Besetzungskonstellationen –, sollte das trotzdem alles kein Problem für euch sein. Darf ich euch nun auf eure Plätze zum Beginn des ersten Aktes bitten!« Sie hüpfte mit ihrem Hinterteil auf den Tisch und sah erwartungsvoll in die Reihe der Sängerinnen und Sänger. Doch keiner bewegte sich. Alle warfen sich ratlose Blicke zu, als hätte Alex eben chinesisch gesprochen.

»Gibt es noch was?«, fragte sie überrascht.

»Liebes Kind«, sagte Erich Freiwerf und faltete die Hände in seinem Schoß, als wäre er ein Priester, der eine Predigt beginnt, »diese Inszenierung ist seit vier Jahren auf dem Spielplan. Und genauso lange ist es her, seit ich sie das letzte Mal gespielt habe.«

»Bei mir sind es auch vier Jahre, dass ich sie geprobt habe«, sagte Katharina Seliger kleinlaut. »Es tut mir leid, ich hätte mir den Mitschnitt angesehen, aber es war jetzt doch so kurzfristig und deshalb ...«

»Mitschnitt, papperlapapp«, unterbrach Erich Freiwerf sie. »Wozu gibt es Proben, ich werde mir doch nicht noch meine kostbare Privatzeit damit verderben, mir diese grauenhafte Inszenierung anzusehen. Schon schlimm genug, dass ich sie wieder spielen muss, wenn es nicht für Susu wäre, ich sage euch ...«

»Ganz ehrlich, ich habe auch keine Ahnung mehr«, sagte Bernhard, und die anderen beiden Sänger stimmten ihm zu. »Alex, es tut mir leid, aber meine letzte Land-Vorstellung war vor zwei Jahren, und in der Zwischenzeit hatte ich wahrscheinlich dreißig andere Opern.«

Mein Magen verkrampfte sich, als Bernhard das gesagt hatte. Dreißig andere Opern. Dreißig!

»Oh bitte nicht«, murmelte Alex und sprang wieder vom Tisch. »Das heißt, keiner von euch weiß, was er zu tun hat?«

»Doch, ich«, sagte Fanny, aber der Rest der Besetzung schüttelte einstimmig die Köpfe.

»Na, wunderbar«, stöhnte Alex, und ihrem Blick nach zu urteilen, war ich in dem Moment nicht die Einzige in dem Raum, die sich dringend Alkohol wünschte.

Als die drei Tänzerinnen nach einer Stunde auftauchten, war allen Beteiligten gerade mal die ersten zwölf Minuten des Ablaufs klar.

Katharina Seliger lief ständig in verkehrte Richtungen ab, Bernhard verwechselte die Stücke und sagte andauernd Sätze aus anderen Operetten, die junge Sängerin der Mi war den Tränen nahe, und der Eunuch des Prinzen kannte sich überhaupt nicht mehr aus und sah so hilflos zu den anderen wie ein Erdmännchen auf der Suche nach seiner Familie. Konrad und ich waren das geringste Problem, wir stellten uns dorthin, wo Alex es uns sagte, und hätten wahrscheinlich Räder schlagen können, da sie uns sowieso nicht mehr wahrnahm. Die Einzige, der das alles gefiel und großen Spaß machte, war Fanny. Sie war so vergnügt, als wäre sie live bei einer Vorführung der Marx Brothers.

»Cool, das wird die erste improvisierte *Land des Lächelns* der Welt«, quietschte sie, als Erich Freiwerf auch bei der dritten Wiederholung der ersten Szene alles Mögliche sagte, außer seinem Text im Textbuch. Das T-Shirt der Regieassistentin klebte ihr verschwitzt am Rücken, und ihre blonden Strähnen standen vom Kopf weg, als wären sie elektrisch aufgeladen.

»Es tut mir leid«, entschuldigte sie sich bei den drei Grazien vom Ballett. »Wir sind noch nicht so weit. Noch lange nicht!«

Ich hatte die drei Frauen schon einmal gesehen, es war in der Kantine, als sie Susu Supritsch zu sich an den Tisch geholt hatten. Sie waren wahrscheinlich Mitte zwanzig, die größte war dünn und schlaksig, wie eine Giraffe, die zweite hatte kurze hellbraune Haare und ähnelte mit ihrer etwas muskulösen Statur eher einem heranwachsenden Jungen, und die dritte war die kleinste, aber auch die hübscheste. Mit ihrem zierlichen Körper, den wachen Augen und dem Dutt am Hinterkopf sah sie aus wie eine Bilderbuchballerina.

»Macht nix«, sagte sie und zwinkerte Alex zu, die den Mund so verzog, dass es gerade noch als Lächeln durchgehen konnte.

»Wir wärmen uns inzwischen auf«, gab die kleine Tänzerin den anderen das Kommando. Obwohl sie ihren Kolleginnen gerade bis zum nicht vorhandenen Busen reichte, schien sie die Anführerin zu sein. Sie gab ein Zeichen, worauf die drei gleichzeitig anfingen, sich in alle möglichen Richtungen zu dehnen, zu wippen und zu verrenken, als hätten sie statt Knochen Gummibänder im Körper.

Es sah hübsch aus, aber ich fragte mich, warum sie es hier und nicht in einer der leeren Probebühnen nebenan machten, als die Tür hinter ihnen aufging und ein leuchtend roter Haarschopf erschien. Es war Susu Supritsch. Wie eine Elfe schlich sie herein, so leise und behutsam, dass niemand außer mir es in dem Chaos mitzubekommen schien. Im nächsten Moment war sie weg, ich musste einen Schritt Richtung Tür gehen, um sie wieder zu entdecken. Sie hatte sich hinter dem Rollkasten mit den Probekostümen versteckt und sah zu, was sich in der Mitte der Probebühne abspielte. Als sie merkte, dass ich sie entdeckt hatte, legte sie einen Finger auf die rot glänzenden Lippen und lächelte. Ich nickte ihr zu und wiederholte ihre Geste.

Alex versuchte gerade verzweifelt, der Sängerin der Mi klarzumachen, dass sie das Lied bei der Vorstellung ohne Notenblatt singen müsse, worauf die jetzt wirklich in Tränen ausbrach.

»Es hat niemand gesagt, dass die Proben so kurz sind! Normalerweise dauern Wiederaufnahmen drei Wochen«, heulte sie. »Da mach ich extra mit bei diesem ganzen Wahnsinn! Weil Susu mich anfleht, setze ich mein Leben aufs Spiel, und dann ... das ist doch so was von verrückt! Wieso wird die Oper denn nicht zugesperrt?«

Sofort sah ich wieder zum Kostümkasten, ob sich Susu Supritsch jetzt doch zu Wort melden würde, aber sie war nicht mehr da. Die Balletttänzerinnen waren nur noch zu zweit, die kleine Anführerin hatte den Raum ebenfalls verlassen. Sie diskutierten wispernd miteinander, doch ich konnte nicht hören, worüber sie sprachen.

Nach gefühlten fünfzehn Minuten tauchte die hübsche Tänzerin wieder auf. Sie war alleine, Susu Supritsch war nicht wieder hereingekommen.

Sofort setzte sich die hübsche Tänzerin auf den Boden neben ihre Kolleginnen, grätschte ihre Beine und wippte in verschiedenen Dehnungen. Bevor sie den Raum verlassen hatte, hatte von ihrem kurzärmeligen hellblauen T-Shirt eine Micky Maus gewunken. Jetzt war die Micky Maus verschwunden, stattdessen waren alle Nähte und das Etikett sichtbar. Ich versuchte, nicht zu auffällig hinzusehen, als es auch der schlaksigen, dünnen Tänzerin auffiel. Sie zischte etwas, das ich nicht hören konnte, aber ihre Wut darüber stand ihr ins Gesicht geschrieben. Doch das schien die kleine Tänzerin nicht zu stören, sie kicherte, drehte ihr den Rücken zu, zog das T-Shirt aus und zog es diesmal richtig wieder an. Sie hatte keinen BH an, was ihre Kollegin noch wütender machte. Die Schlaksige gab der kleinen Tänzerin einen so festen Schubser, dass die zur Seite kippte, dann rannte sie aus der Probebühne. Auch die burschikose Tänzerin mit den kurzen Haaren schimpfte jetzt sehr lebhaft auf die hübsche Tänzerin ein, die darauf ein beleidigtes Gesicht machte.

Die Probe dauerte noch vier weitere zermürbende Stunden, in denen die burschikose die hübsche Tänzerin immer wieder anblaffte. Die schlaksige dünne Tänzerin war nicht wiedergekommen.

»Wer war das?«, flüsterte ich Fanny zu, als Alex die Probe endlich für beendet erklärt hatte. »Diese eine Tänzerin?«

»Also, die hübsche ist Tanja, die lange, die vorher da war und dann nicht mehr, ist Viktoria, und die mit den kurzen Haaren ist Pauli.«

Pauli, das war ein ungewöhnlicher Name für eine Frau. Vielleicht war diese Pauli so wütend geworden, weil sie es hatte sein wollen, mit der Susu Supritsch die Probebühne verlassen sollte?

»Heißt Pauli so, weil sie aussieht wie ein Junge?«, tastete ich mich vor.

»Nein, Pauli heißt nur so, weil es die Abkürzung von Paulina ist.«

»Ach so. Aber hat Pauli, also, mag sie Frauen, so wie Susu?«

Fanny sah mich überrascht an. »Das glaub ich nicht. Sie war doch noch bis vor kurzem Bernhards Freundin.«

»Was? Welcher Bernhard?«

»Na, der hier, der den Sou Chong spielt.«

»Wirklich? Das war seine Freundin?« Automatisch sah ich mich um, ob Bernhard noch da war, aber er war schon gegangen.

»Wie lange waren sie ein Paar?«

»Warum interessiert dich das?«

»Mich interessiert alles, was mit der Wiener Oper zu tun hat, du weißt, warum«, log ich.

»Die waren lange zusammen«, antwortete Fanny altklug. »Warte mal, ich glaube, ja, genau, vor drei Jahren hab ich sie das erste Mal zusammen gesehen, das war beim *Zigeunerbaron*, da haben alle darüber geredet, dass sie jetzt ein Paar sind.«

»Und wieso haben sie sich getrennt?«

Fanny hob die Schultern, ihre Schulterpolster verrutschten und blieben senkrecht stehen wie zwei kleine schwarze Flügel. »Da musst du sie selber fragen, das weiß ich nicht.«

Ich bedeutete Konrad, dass ich in einer Minute wieder da war, dann stürmte ich hinaus. In der Toilette sperrte ich mich in eine Kabine ein und wühlte in meiner Handtasche nach dem letzten vollen Wodkafläschchen.

28.

ZEITOPER

Es überraschte mich, wie sehr mich sogar unter diesen Umständen die Nachricht traf, dass Bernhard drei Jahre lang eine Freundin gehabt hatte. Vielleicht war es auch weniger die Tatsache, dass er eine gehabt hatte, sondern mehr, dass er nach uns wieder zu so einer langen Beziehung fähig war. Und dass es diese junge Frau war, denn sie hatte nett gewirkt, nicht affektiert, wie die Balletttänzerinnen, die ich von den Aufführungen meiner Mutter kannte.

Pauli passte nicht in mein Bild von »Bernhard, dem Monster«, das mit meiner Mutter geschlafen hatte. Während der Mann, der mich liebte, im Krankenhaus lag, weil er von meinem One-Night-Stand niedergestochen worden war.

»Du hast nicht zufällig ein Bier oder eine Flasche Wein da?«, fragte ich Konrad und suchte mit meinen Augen die Regale in seiner Küche ab. Ich hatte bereits in den anderen Zimmern gesucht, aber nichts gefunden. Er stand hinter dem Herd und taute etwas aus seiner Tiefkühltruhe auf.

»Nein, hab ich nicht.«

Ich setzte mich an den Küchentisch, er legte den Kochlöffel zur Seite und strich sich die Locken aus der Stirn. Vor ihm blubberte es leicht im Topf, und der Geruch nach indischem Curry breitete sich immer mehr in der Küche aus.

»Hast du die Angebote im Internet gesehen?«, fragte er.

»Was für Angebote?«

»Sie versteigern die Karten für morgen. Die letzten sind für fast 600 Euro weggegangen.«

»Das ist echt krank. Wer macht so was?«

»Ich weiß es nicht, aber Probleme wegen der Kartenverkäufe wird die Wiener Oper in nächster Zeit keine mehr haben.«

Ich rieb mir über meine Augen. War es der Schlafmangel oder die ganze Aufregung, aber meine Augen waren so trocken, dass sich meine Augenlider beim Blinzeln anhörten wie Rollos, die gerade hochgezogen wurden.

»Denkst du, Susu Supritsch wäre zu den Morden fähig?«, fragte ich und rieb mir die schwarzen Wimperntuschereste von den Fingern.

Er hob die Schultern. »Das ist nicht die Frage, die ich mir stelle. Weißt du, was mich immer am meisten gewundert hat, als ich noch Kommissar war? Wie vielen Leuten man ihre Taten nicht angesehen hat. Sehr wenige Menschen sind in Wirklichkeit das, was sie scheinen.«

»Also, du hältst es für möglich?«

»Im Moment ist sie die Einzige, bei der ich ein Motiv erkennen kann. Die Oper steht in den Schlagzeilen, die Kartenverkäufe boomen. Und wenn es stimmt, wofür wir noch keine Beweise haben, dann hat sie ihr Privatleben für die Oper nicht nur verschwiegen, sondern auch gleich ein völlig anderes inszeniert.«

»Ja, aber nur, weil sie vielleicht eine Lesbe ist, die wegen ihrer Karriere ›in the closet‹ lebt, heißt das nicht, dass sie über Leichen geht.«

»Was ist das, ›in the closet‹?«, fragte er und lehnte sich an den Kühlschrank.

»So hat meine Mutter das immer genannt, wenn ein Sänger nicht zugegeben hat, dass er schwul war, aus Angst, keine Rollen mehr zu bekommen.«

»Aha. Also, wie gesagt, für den Fall, dass es stimmt, was Fanny gesagt hat …«

»Ich hab dir doch die Sache von vorhin mit der kleinen Balletteuse erzählt.«

»Ja, aber das sind alles Vermutungen, genauso gut hätte sie sich draußen mit wem anderen treffen können. Aber egal, nehmen wir mal an, es ist die Wahrheit. Susanne Supritsch ist homosexuell. Sie ist ganz erfolgreich, kommt aber nicht in die Position, die sie haben möchte. Vielleicht wird ihr dann das Anbot gemacht, die Wiener Oper zu leiten, mit der Voraussetzung, dass sie heiratet. Die Frage ist nur, warum?«

»Warum sie heiraten musste für die Stelle?«

»Ja, genau, ich meine, in Zeiten wie diesen …«

»Das ist leicht. Es ist ein konservatives Opernhaus, der Altersdurchschnitt der Abonnenten liegt bei 70 Jahren. Und ich kann mir nicht vorstellen, dass die es gerne sehen würden, wenn Susu Supritsch bei Premieren in der Direktionsloge sitzt und mit einer anderen Frau Händchen hält. Sie leitet die bedeutendste Oper der Welt. Auch wenn die Inszenierungen manchmal einen Hauch von Modernität haben, die mehr schlecht als recht als Kunst durchgehen, ein Bruch in der realen Fassade? Niemals!«

»Mein Gott, in was für einer Welt leben wir?«

»In der Opernwelt. Wenn es stimmt, dann hat Susu Supritsch alles für die Karriere in Kauf genommen. Das Einzige, was ich daran nicht verstehe, ist: wieso diese ganzen Affären?«

»Das verstehe ich auch nicht.«

»Weißt du, was ich merkwürdig finde? Bei einem Mann würden wir uns diese Frage nicht stellen, oder? Da wäre die Antwort leicht.«

»Und zwar?«

»Na, weil es so einfach ist, in seiner Position. Willst du den Charakter eines Menschen erkennen, dann gib ihm Macht. Vielleicht ist das die Antwort: Supritsch tut es, weil es so einfach ist in ihrer Position.« Ich stockte, denn wie oft hatten sich Leute, Kollegen, Männer wie Frauen, damals, als ich noch Sängerin war, anders zu mir verhalten, als sie gehört hatten, dass Maria Fiore meine Mutter war.

»Jedenfalls, wenn es wahr ist, dann ist es nie an die Öffentlichkeit gekommen«, unterbrach Konrad meine Gedanken. »Und wenn uns Fanny nichts darüber erzählt hätte, wüssten wir es schließlich auch nicht. Außerdem hat sie das beste Alibi, das es gibt: einen Ehemann.«

»Das stimmt.«

Er schmeckte das Curry ab, gab ein wenig Salz und Gewürze in den Topf und drehte den Herd ab.

»Okay, ich spinne jetzt mal so herum«, begann ich. »Stell dir vor, der Plan, nämlich erfolgreich und mit viel Gewinn die Wiener Oper zu leiten, verläuft nicht so, wie sie es wollte. Ihr ganzes falsches Leben, die Heimlichtuerei, bringen nicht den Erfolg, mit dem sie gerechnet hat. Man würde sagen, sie hätte das Haus heruntergewirtschaftet, und da dreht sie durch und killt ein paar Leute während Vorstellungen, um das Haus und die Kassen wieder vollzukriegen und ihr schönes falsches Leben weiterzuleben.«

»Es wäre ein Motiv, aber wir haben nicht den geringsten Beweis«, sagte Konrad und nahm zwei Teller aus dem Hängeschrank.

»Ich weiß«, sagte ich resignierend, während Konrad etwas von dem tiefgelben Curry auf einen der Teller schöpfte und ihn vor mich auf den Tisch stellte.

»Aber es gibt uns eine Möglichkeit, was Neues rauszufinden«, sagte ich.

»Und die wäre?«

Ich beugte mich vor wie ein Pferd, das beim Rennen auf den Startschuss wartet: »Ich mache mich an Susu Supritsch ran.«

Konrad drehte sich so rasch zu mir, dass gelbe Curryspritzer von seinem Kochlöffel durch die Luft flogen: »Das wirst du nicht tun. Es ist zu gefährlich. Solange das alles nur Vermutungen sind …«

»… wird der Mörder weitermachen. Sie ist die einzige Spur.«

Konrads Kummerfalte auf der Stirn schwoll an, als er sagte: »Glaub mir, der Mörder wird so oder so weitermachen, was bringt es also, wenn du es tust?«

»Konrad, es wäre idiotisch, diese Gelegenheit nicht wahrzunehmen, selbst wenn die ganze Sache in einer Sackgasse endet.«

Die Diskussion zog sich über das gesamte Abendessen. Auch wenn das Curry so scharf war, dass es uns die Tränen in die Augen trieb und unsere Stimmen heiser machte, wurde unsere Unterhaltung erst unterbrochen, als es an der Tür klingelte. Konrad stand auf, und ich folgte ihm in den Vorraum.

»Anna«, sagte er, als er geöffnet hatte. Als ich ihren Namen hörte, fing mein Blut an, in meinen Ohren zu rauschen. Wieso war sie da? Hatte sie Neuigkeiten von Hannes, die sie nicht am Telefon sagen wollte? Doch ihr Lachen, als sie Konrad begrüßte, befreite mich aus meiner Starre. Niemand lacht, wenn er schlechte Nachrichten hat.

»Hallo, Lotta, ich hab euch durch die Wand gehört, da wollte ich es dir gleich selber sagen«, sagte Anna, als sie mich entdeckte. »Der Kollege aus dem Krankenhaus hat sich wieder gemeldet. Dein Freund hat nach dir gefragt.«

»Wie geht es ihm?«

»Gut, es ist alles in Ordnung. Er möchte dich sehen.«

»Ich dachte, ich darf noch nicht zu ihm?«

»Er dürfte sehr überzeugend gewesen sein, denn sie machen eine Ausnahme.«

»Was heißt das?«

»Das bedeutet, wenn du willst, kannst du ihn heute noch besuchen.«

Große Krankenhäuser haben immer etwas an sich, als wären sie kleine Städte auf einem fremden Planeten. Konrad hatte darauf bestanden mitzukommen, und nun gingen wir durch die riesige

Empfangshalle, die so ausgestorben dalag wie eine unbenutzte Filmkulisse.

In der Einsamkeit der Nacht war der Gedanke, dass Sven mich verfolgen und jetzt hinter irgendeiner der steinernen Säulen hervorspringen konnte, bedrohlicher, als er noch am Nachmittag gewesen war.

Unsere Schritte hallten über den Steinboden, mein Herzschlag folgte im doppelten Tempo. Konrad sah sich immer wieder um, und ich fragte mich, ob ihm auch der Gedanke gekommen war, dass wir Sven im Schlepptau haben könnten?

»Alles okay?«, fragte er. Nichts war okay. Gar nichts. Trotzdem nickte ich. Seit Anna gesagt hatte, ich könne zu Hannes, geisterten bisher verdrängte Gedanken durch meinen Kopf.

Würde Hannes bleibende Schäden zurückbehalten? Was, wenn er mich jetzt hasste? Er hätte guten Grund dazu, schließlich war es meine Schuld, dass er niedergestochen worden war. Hätte ich Sven sofort nach der versuchten Vergewaltigung angezeigt, wäre es wahrscheinlich nie dazu gekommen, dass Hannes jetzt im Krankenhaus lag.

Beim Lift angekommen, drückte Konrad den Knopf. Die silbernen Schiebetüren schlossen sich, nachdem wir eingestiegen waren, und die Kabine setzte sich mit einem leichten Wippen in Bewegung. Ich betrachtete unsere verzerrten Spiegelbilder in der Metallverkleidung.

Mein Wunsch, nach Konrads Hand zu greifen, wurde durch die sich öffnenden Lifttüren beiseitegeschoben. »Intensivstation« stand in schwarzen handgroßen Buchstaben auf einem weißen Schild, darunter ein Pfeil, der nach links führte.

»Ich warte hier auf dich«, sagte Konrad.

»Okay, danke.«

Eine der Schwestern, die im Pausenraum Kaffee tranken, wusste, dass ich kommen würde. Sie führte mich in einen kleinen Raum, der so nach Desinfektionsmittel roch, dass mir übel wurde.

»Hier, das müssen Sie anziehen«, sagte sie und reichte mir einen weißen Papiermantel, eine grüne Kopfbedeckung und zwei kleine Papiermützchen, die ich über die Schuhe ziehen sollte. Dann führte sie mich zu einem blauen Spender, der an der Wand hing, ließ zwei Ladungen der darin enthaltenen Flüssigkeit über meine Hände laufen und sagte: »Das müssen Sie verreiben und kurz trocknen lassen.« Ich fächelte meine Hände vor mir her, als hätte ich frisch lackierte Nägel.

»Zehn Minuten«, sagte sie und öffnete die Tür zu Hannes' Krankenzimmer.

Er lag im Bett und war an eine Herzmaschine angeschlossen, deren grüner Balken fast jede Sekunde einen Berg mit Bergspitze zeichnete.

Als er »Lotta« sagte, klang seine Stimme so flach und kraftlos, dass ich zu zittern anfing. Ich lief zu ihm und musste mich beherrschen, nicht zu weinen.

»Es tut mir so leid, es tut mir so unglaublich leid«, war alles, was ich sagen konnte. Sein Gesicht war so schmal, als hätte er in den letzten 24 Stunden fünf Kilo verloren.

»Du ... bist ... da«, antwortete er, so leise, dass ich aufhören musste zu atmen, um ihn zu verstehen. »Ich hab ... Arzt versprochen, mich um ... alle Strafzettel ... kümmern, wenn ... dich ... herholt.« Ein heiseres Lachen entkam ihm, sofort verzog er das Gesicht und keuchte.

Ich wollte nach seiner Hand greifen, wich aber zurück vor dem Schlauch, der an einer Nadel an seinem Handrücken hing. Sehr vorsichtig beugte ich mich über ihn und küsste sanft seine rauen Lippen.

Das Mädchen   23. Oktober

Fünf Tage war es her, seit dieser Traum ihr gesamtes kleines Leben auf den Kopf gestellt hatte. Immer wiederholte sich das Bild in ihrem Gedächtnis: Das kleine Mädchen, in dem sie ihr eigenes, um Jahre jüngeres Gesicht erkannt hatte. Noch immer zog sich Gänsehaut über ihre Arme, wenn sie daran dachte.

Als ihre Lehrerin sie am nächsten Tag in die Praxis von Dr. Krishan Blanckel brachte, wartete bereits ein Vater mit seinem kleinen Sohn auf den Arzt. »Bitte, es ist dringend, ich muss Sie kurz sprechen«, sagte der große Mann, als der Arzt aus dem Behandlungszimmer trat.
    »Natürlich«, antwortete Dr. Blanckel und wandte sich dann zu ihr: »Geh doch schon hinein, ich bin in zwei Minuten bei dir.«
    Zuerst wollte sie gleich zu ihrem Platz gehen, aber irgendetwas in ihrem Blickfeld hielt sie davon ab. Es war der Schreibtisch, er war sonst immer völlig leer, aber heute lag eine dicke hellbraune Mappe auf der weißen Tischplatte. Ihr Name stand mit schwarzem Filzstift in großen Blockbuchstaben darauf. Sie hatte diese Mappe noch nie gesehen, sie wusste nicht einmal, dass der Doktor sich Notizen gemacht hatte. Der Vater des Jungen draußen vor der Tür wurde laut, als würde er sie warnen, doch dann ebbte seine Stimme wieder ab. Ihre kleinen Finger fanden den Spalt zwischen den Deckblättern, und sie zögerte einen Moment. Ihr kleines Herz klopfte wild, als sie die Mappe aufklappte. Es befanden sich ein paar lose Zettel darin. In der linken oberen Ecke stand immer ein

Datum, wahrscheinlich waren das die Tage, an denen sie sich gesehen hatten. Darunter hatte der Arzt Stichwörter notiert: schwarzes Zimmer, Angst, dickes Mädchen, Schritte und noch viele andere, deren Bedeutung sie nicht kannte. Sie blätterte weiter, das Geschriebene unterschied sich kaum voneinander. Sie wollte die Mappe schon wieder zuklappen, als sie bemerkte, dass sie die letzte Seite noch nicht gesehen hatte. Es war ein anderer Zettel, so einer, wie sie ihn von Tests in der Schule kannte. Da waren bereits Worte draufgedruckt, und man musste auf der leeren Zeile die richtige Antwort eintragen.

ANAMNESE stand als Überschrift, sie wusste nicht, was es bedeutete. Das einzige Wort, das sie kannte, das so ähnlich klang, war Mayonnaise.

Dann hatte er ihren Namen eingetragen, wann und wo sie geboren worden war, auf welche Schule sie ging und dass ihre Lehrerin sie gebracht hatte.

Darunter stand:

Diagnose:

Verzögerte oder protrahierte Reaktion auf belastendes Ereignis; Verdacht auf schweres Trauma (Nachhallerinnerungen, Flashbacks). Patientin zeigt alle Symptome einer posttraumatischen Belastungsstörung. Übermäßige Schreckhaftigkeit und Schlafstörungen. Keine realen Erinnerungen, die Störung besteht seit unbestimmter Zeit.

Störung.

Wie konnte der Doktor, dem sie vertraute, dem sie alles bis ins letzte Detail erzählt hatte, so etwas über sie denken?

Seine Worte waren freundschaftlich, seine Blicke verständnisvoll, aber das machte den Betrug nur noch schlimmer. Sie wusste nicht, was diese ganzen Wörter wie Flashbacks, Nachhallerinnerungen oder schwere posttraumatische Belastungsstörung bedeuteten, aber eines wusste sie sehr wohl: Eine Störung war nie etwas Gutes. Sie war gestört. Er dachte das von ihr.

Sie verzichtete darauf, die Mappe zu schließen und so zu tun, als hätte sie es nicht gesehen, als er die Tür öffnete und sein Besprechungszimmer betrat. Ihr Unterkiefer zitterte, sie wollte etwas sagen, aber ihr fehlten die Worte für diesen Schmerz, den er ihr mit seiner Falschheit zugefügt hatte.

Der Arzt blieb stehen. »Ich nehme an, du hast das gelesen?«, fragte er mit dieser ruhigen, sanften Stimme, der sie nun nicht mehr glauben durfte. Da sie keine Reaktion zeigte, fuhr er fort: »Ich möchte dir erklären, was das alles bedeutet. Es heißt nichts anderes, als das, was ich dir schon gesagt habe, nämlich, dass dir dein Unterbewusstsein etwas mitteilen will. Nur die Worte, die ich dafür verwendet habe, sind andere, es sind medizinische Begriffe.«

Störung war kein medizinischer Begriff. Das hätte sie ihm am liebsten entgegengebrüllt, aber sie blieb stumm, weil sie nicht anders konnte.

Dr. Krishan Blanckel ging in die Hocke, um mit ihr auf Augenhöhe zu sein. »Ich kann verstehen, dass du jetzt verunsichert bist.« Er griff nach ihrer Hand, doch sie zog sie weg.

Er war ihr Anker gewesen, aber es war ein falscher, einer der vorspielte, er wäre aus Metall, und sich in Wahrheit als Papier-Attrappe entpuppte. Nun war sie ohne Halt – ihre Seele ein kleines Boot auf dem offenen Meer. Er sprach weiter, doch sie hörte ihm nicht mehr zu. Sie wusste, dass sie nie wieder zu ihm kommen, nie wieder mit ihm sprechen, ihm nie wieder eines ihrer Geheimnisse anvertrauen würde. Er hatte sie verraten.

29.

NACHTMUSIK

Entweder hatte die Krankenschwester ein Nachsehen mit Hannes und mir gehabt, oder sie hatte uns vergessen. Sie war nach zehn Minuten nicht gekommen, um mich aus seinem Krankenzimmer zu werfen – zumindest hatten wir sie nicht bemerkt. Als ich mich zwei Stunden später von Hannes verabschiedet hatte, wartete Konrad noch immer bei den Aufzügen auf mich. Mit keinem Wort erwähnte er mein ramponiertes Aussehen.

Im Bett wälzte ich mich unruhig hin und her, träumte davon, dass ich Hannes' Krankenzimmer nicht finden konnte und durch endlos lange Gänge eilte, die immer enger wurden. Als ich endlich den richtigen Weg gefunden hatte und in sein Zimmer kam, zeigte mir die Herzmaschine, an die er angeschlossen war, nur mehr eine stumme grüne Linie. Ich drehte mich zur Tür, um nach Hilfe zu rufen, doch statt in den Krankenhausgang sah ich in Svens Gesicht. In dem Moment wachte ich auf, das T-Shirt klebte an meinem Körper, und mein Herzschlag pochte in meinen Ohren. Das, was ich jetzt brauchte, war Alkohol.

Ich überlegte, was es für Alternativen gäbe, außer Konrads Eau de Cologne zu trinken, als ich leise Stimmen hörte. Wer besuchte Konrad um diese Uhrzeit, es war drei Uhr früh vorbei? Ein Mann sprach, aber da war auch eine Frauenstimme. Vielleicht Konrads Nachbarin Anna? Sie würde sicher Alkohol in ihrer Wohnung haben, und sei es nur Rum zum Kochen.

Ich trat extra laut auf, als ich das Zimmer verließ, sie sollten mich kommen hören. Die Stimmen kamen aus dem Wohnzimmer.

Konrad saß auf der Couch, er war alleine, und vor ihm flimmerte der Fernseher. »Hab ich dich geweckt?«, fragte er und sah hoch. Er sah müde aus, sein Gesicht war zerknittert wie Pergamentpapier.

»Nein, kannst du auch nicht schlafen?«

Er schüttelte den Kopf.

»Ich dachte, du kochst dann immer?«

Er wandte den Blick ab und sah zum Fernseher. »Das ist der andere Film, den Fanny dir mitgegeben hat.«

Eine jüngere Cher mit grauen Haarsträhnen saß gerade an einem Tisch in einem Restaurant, ihr gegenüber ein Mann mit langem Gesicht, Mittelscheitel und nervösen Augen. Konrad drehte den Ton lauter. Es ging darum, dass er vor seinem langen Flug keinen Fisch essen sollte. Konrad wischte sich über die Stirn, er wirkte unruhig.

»Was ist los?«, fragte ich, doch er hob nur die Schultern, ohne den Blick vom Bildschirm zu nehmen.

Der nervöse Mann machte Cher inzwischen einen Heiratsantrag, die darauf bestand, dass er ihr seinen Ring vom kleinen Finger gab und auf die Knie ging.

Sie nahm den Heiratsantrag an, brachte ihn zum Flughafen und kaufte dann in einem Spirituosenladen eine Flasche Champagner. Ich sah nur noch die Flasche. Was hätte ich darum gegeben, jetzt auch so eine zu haben!

Während ich noch überlegte, wie ich etwas zu trinken bekommen konnte, stand Konrad plötzlich auf, schaltete den Fernseher aus, murmelte »Wir sollten schlafen gehen« und verließ das Zimmer.

»Was ist denn los?«, rief ich und ging ihm nach.

»Wir suchen einen Mörder, reicht das nicht?«

Ich stützte mich am Türrahmen ab. »Nein, ich meine, was ist mit dir los?«

»Wir sollten wenigstens versuchen, ein paar Stunden zu schlafen«, wich er mir aus. Ich sah ihn an, seinen unruhigen Blick, seine gebeugten Schultern, die Traurigkeit, die ihn umschloss wie eine unsichtbare Hülle. Und da erst verstand ich. So viel war passiert, dass ich keinen Gedanken daran verschwendet hatte.

»Du hast Angst, weil Krump den Fall um das Verschwinden deiner Tochter aufnehmen lässt, ist es das? Du hast dein ganzes Leben dieser Suche gewidmet, und jetzt hast du Angst, dass er herausfindet, dass sie ...«

»Sei still«, blaffte er mich an.

Er fuhr sich fahrig durch die Haare und sagte zerknirscht: »Es tut mir leid, gehen wir schlafen ...«

»Willst du nicht, dass der Fall aufgenommen wird?«, bohrte ich.

»Doch, natürlich will ich es. Es ist nur – ach, ich weiß auch nicht.«

»Was?«

»Verdammt, als Eva noch da war, da war ich nicht alleine damit, auch wenn wir kaum Kontakt hatten.«

»Wer ist Eva?«

»Julias Mutter.«

»Und was sagt sie dazu?«

Er sah mich mit einer Mischung aus Verzweiflung und Wut an. »Sie hat sich umgebracht, zwei Jahre, nachdem Julia ... sie hatte nie Zweifel daran, dass Julia ertrunken war. Was, wenn sie recht hatte?«

Ich wusste nicht, was ich sagen sollte, und eine Stille breitete sich zwischen uns aus wie kriechender Nebel. Konrad brach sie, indem er nach ein paar Minuten sagte: »Ich gehe jetzt schlafen, und das solltest du auch tun.« Er verschwand in seinem Schlafzimmer.

Ich ging zurück in das Zimmer seiner Tochter und lag in dieser Nacht noch lange wach.

30.

COMMEDIA DELL'ARTE

Als ich sechs Jahre alt war, hatte meine Mutter, wie schon oft, eine Premiere in der Metropolitan Opera in New York gehabt. Es war Dezember, ein paar Tage vor Weihnachten, sie hatte am Abend noch eine Vorstellung in Berlin gesungen, und wir sollten am nächsten Morgen nach New York fliegen. Dann hätte sie eine Woche Zeit bis zur Premiere gehabt. So eine kurze Probenzeit war unüblich, aber da meine Mutter das Engagement sonst nicht hätte annehmen können und es sich um drei bereits ausverkaufte Vorstellungen inklusive Silvestervorstellung handelte, waren die Verantwortlichen damit einverstanden.

Der Plan war, dass die Oper, *Madame Butterfly*, in den drei Wochen davor mit der Zweitbesetzung inszeniert wurde und mit meiner Mutter in dieser letzten Woche ausgetauscht werden sollte, als wäre ihr Ersatz nur ein falsch eingesetztes Puzzleteil gewesen, denn sie hatte die Partie sowieso in ihrem Repertoire.

Ich weiß noch, wie ich in Berlin auf der Fahrt zum Flughafen an der Fensterscheibe des Taxis klebte und mich über die tanzenden Schneeflocken freute. Und wie ich anschließend durch den Schnee gesprungen bin, als wir von der Abflughalle durch das dichte Schneetreiben zum Flughafenhotel wechseln mussten, weil unser Flug gecancelt wurde.

Fünf weitere Tage konnte kein einziges Flugzeug starten oder landen. Das war nicht nur auf diesem Flughafen so – ein Schneesturm, der so außergewöhnlich war, dass man ihm den Namen »Nimius« gegeben hatte, hatte den gesamten europäischen Flugverkehr lahmgelegt. Sogar die Privatjets, die aufgetrieben worden waren, um wenigstens Teilstrecken zu bewältigen, bekamen keine Starterlaubnis.

Als wir dann endlich, mit insgesamt siebentägiger Verspätung und vier Stunden vor Premierenbeginn, in New York ankamen, war keine Zeit mehr, mich ins Hotel zu bringen. Meine Mutter nahm mich mit in das Opernhaus. Denn eines war mir, den Verantwortlichen und allen Zuschauern, die die Karten für viel Geld gekauft hatten, klar: Meine Mutter würde singen.

Sie würde immer singen. Sie glaubte an die Überwindung aller Widrigkeiten, wenn es sich um ihren Beruf, ihre Berufung, wie sie es immer nannte, handelte. Ein Kollege von ihr hatte einmal einen Scherz gemacht, der so viel Wahrheit beinhaltete, dass mir das Lachen in der Kehle stecken geblieben war: Selbst wenn meine Mutter auf dem Weg zu einer Vorstellung von einem Wagen angefahren worden wäre und ihr Bein nur noch an einem Hautfetzen hinge – sie würde sich das Bein unter den Arm klemmen, auf die Bühne hüpfen und versuchen, sie während ihrer Arie so wenig wie möglich vollzubluten.

Obwohl sie so erschöpft war, die Aufregung und der Schlafmangel sich in ihren dunklen Augenringen abzeichneten und sie genau noch zwei Stunden Zeit hatte, sich die Auf- und Abgänge einzuprägen, war diese eine Probe, die ich damals in New York erlebte, wie eine buddhistische Meditation gegen die letzte Vormittagsprobe von *Land des Lächelns* in der Wiener Oper.

Obwohl Konrad und ich nicht nur müde waren, sondern auch so aussahen, war es nichts im Vergleich zu den Sängern, die uns bei der *Land des Lächelns*-Probe erwarteten. Die Angst und das Lampenfieber hatte ihnen auch das letzte bisschen Farbe aus ihren Gesichtern gestohlen, und jeder von ihnen blickte den anderen voller Misstrauen an.

»Zum Beginn der Probe bitte ich alle Mitwirkenden auf die Bühne«, hatte Alex, die Regieassistentin, über den Lautsprecher durchgesagt.

Anders als sonst, wo man eine Ewigkeit warten musste, bis alle Beteiligten eingetröpfelt waren, standen Erich Freiwerf, Bernhard, Katharina Seliger, Fanny, Sabine Gschwandner, Ernesto Randolf und Peter Neuner bereits auf der Bühne. Eine Energie lag in der Luft wie in einem Schweinestall, kurz nachdem der Transporter zum Schlachthof eingetroffen war. Und daran änderten auch die Polizisten und die Securitymänner nichts, die von der Seitenbühne aus zusahen.

Der Vorhang hob sich und legte den Blick auf den dunklen Zuschauerraum frei. »Wo ist der Korrepetitor«, keifte Erich Freiwerf und kniff seine Augen zusammen, als würde dadurch der leere Orchestergraben gefüllt.

»Erich, ich hab euch gestern gesagt, es sind technische Proben, wir haben keinen Korrepetitor«, antwortete Alex ruhig.

»Was heißt technische Probe? Wenn du willst, dass ich heute Abend auch nur einen Ton singe, verlange ich auf der Stelle einen Korrepetitor«, beharrte er.

»Ich würde dir sofort einen bestellen, aber …«, sagte Alex, ging auf den Sänger zu und legte beschwichtigend eine Hand auf seinen Oberarm. Dann schlug ihre Stimme um, als wäre sie ein Kommandant beim Militär, und ihre Finger drückten sich fest in sein Fleisch: »… du sollst heute Abend auch keinen verdammten Ton singen, du hast eine Sprechrolle!«

»Das wirst du bereuen«, zischte Erich Freiwerf und schüttelte sie ab.

Von freundlicher und kollegialer Zurückhaltung war auch bei einigen anderen kaum mehr etwas zu merken. Peter Neuner beschimpfte Katharina Seliger, weil sie ihm beim falschen Abgang auf seine Hammerzehe gestiegen war. Darauf brach sie in Tränen aus, worauf der Sänger sich ihr an den Hals warf, sich selber beschimpfte, was für ein »Unmensch« er sei, und ebenfalls zu heulen begann.

Sabine Gschwandner musste davon abgehalten werden, Ernesto Randolf eine runterzuhauen, weil er laut »was für eine fette Kuh« gesagt hatte, als sie schon bei ihrem ersten Auftritt die Nähte ihres Kimonos gesprengt hatte.

Und Bernhard wurde so wütend, als ihm Alex seinen Text auch beim zehnten Anlauf auf die Stichwörter ausbesserte, dass er zwei der chinesischen Porzellanschüsseln, die zu den Requisiten des Stücks gehörten, in den Orchestergraben donnerte.

Es war eine Eislaufbahn der blanken Nerven – nur die drei Tänzerinnen, die wie schon am Tag davor nach einer Stunde dazukamen, schienen von der ganzen Aufregung unberührt.

Sie gingen sofort in Position, was völlig überflüssig war, da keiner der anderen mehr so genau wusste, was er zu tun hatte.

Ich lehnte mich an die Seitenwand der Bühne und schaute mich um. Wie ich erwartet hatte, leuchtete Susu Supritschs rote Mähne aus dem Zuschauerraum.

Gerade als ich überlegte, mich zu ihr zu setzen, sah ich, wie die kleine hübsche Tänzerin, die gestern ihr T-Shirt falsch herum angehabt hatte, der Direktorin zuwinkte und ihren Mund zu einem Luftkuss spitzte. Dann beugte sie sich lasziv vor, leckte sich über die Lippen und streichelte an der Innenseite ihrer Oberschenkel entlang.

Eine merkwürdige Stille breitete sich auf der Bühne aus, aber ich konnte nicht aufhören, die kleine Tänzerin anzustarren. Erst als ihre Kollegin und Bernhards Exfreundin Pauli ihr einen Schubser in die Rippen gab, bemerkte sie und auch ich, dass den anderen ihr Verhalten ebenfalls aufgefallen war. Sie grinste leicht und warf einen kokett-beschämten Blick in die Runde.

»Ich glaube, wir machen fünfzehn Minuten Pause«, seufzte Alex.

»Das ist eine gute Idee, aber bitte, hört mich vorher noch kurz an«, rief die Direktorin aus dem Zuschauerraum und gab sich somit zu erkennen. Sie stand auf und stützte sich mit einer Hand auf einem der Sitze vor sich ab und legte die andere auf ihr Herz.

»Ich weiß, das ist eine furchtbare und schwierige Situation, und ich kann euch allen gar nicht genug für euren Einsatz danken. Das werde ich euch nie vergessen, und ich werde mich dafür erkenntlich zeigen. Das verspreche ich euch.«

»Wer's glaubt, wird selig«, murmelte Fanny hinter mir.

»Ich bin überzeugt, ihr werdet euer Bestes geben, und ich stehe tief in der Schuld jedes Einzelnen. Was heute Abend auch passiert, ich versichere euch, dass die Oper noch nie so gut bewacht wurde wie jetzt. Auf den Seitenbühnen werden zu eurer Sicherheit noch mehr Polizeibeamte als jetzt stehen, dazu die Security im Zuschauerraum und die Wachen draußen. Und wenn etwas während der Vorstellung nicht so funktionieren sollte, wie es die Operette vorsieht, werden sowohl ich als auch das Publikum darüber hinwegsehen – weil uns allen klar ist, was ihr für uns tut.« Dabei deutete sie theatralisch in die Stuhlreihen, es wirkte wie aus einer Inszenierung. Aber sie fing nicht zu singen an, sondern sagte »Wir sehen uns gleich in der Kantine« und verließ den Zuschauerraum.

Ohne nach den anderen zu sehen, stürzte ich quer über die Bühne zum Ausgang, um die Erste bei der Direktorin in der Kantine zu sein. Vielleicht hatte ich nur ein paar Minuten mit ihr, aber die wollte ich nicht vergeuden.

Kaum war ich am Gang, rannte ich los, flitzte um die Ecke und donnerte in den Feuerlöscher, der an der Wand angebracht war und den ich zu spät gesehen hatte. Ich stolperte wie eine Billardkugel auf die andere Gangseite und brauchte noch zwei Schritte, bis ich endlich zum Stehen kam. Ich tastete mein rechtes Bein ab und beugte das Knie – es tat zwar weh, aber ich hatte Glück gehabt. Wahrscheinlich würde ich ein paar Tage einen weiteren riesigen blauen Fleck spazieren tragen.

Als ich in der Kantine ankam, saß die Direktorin bereits am

größten Tisch vor den Spiegeln und nippte an einem Espresso. In ihrem bordeauxroten Kostüm und mit den hochgesteckten Haaren sah sie unglaublich elegant aus. Ihre Augen wirkten durch den langen schwarzen Lidstrich noch katzenhafter, und ihre Lippen glänzten zart. Ihre Schönheit hatte etwas Unwirkliches, wie ein Bild in einem Hochglanzmagazin. Susu Supritsch gehörte zu der seltenen Art von Frauen, deren Alter wirklich nichts weiter war als eine Zahl im Reisepass.

»Hallo«, sagte ich und setzte mich, ohne dazu aufgefordert worden zu sein. »Ich bin froh, Sie alleine zu sprechen.« Ich hatte nicht viel Zeit, also würde ich aufs Ganze gehen. In den wachen Momenten, in denen ich in der Nacht in die Dunkelheit gestarrt hatte, war ich die Szene immer wieder durchgegangen.

»Hallo«, erwiderte sie mit einem professionellen Lächeln.

»Es tut mir leid, wenn ich so mit der Tür ins Haus falle, aber ... es ist verrückt, seit unserem ersten Treffen ...« Ich sah ihr tief in die kristallblauen Augen, und obwohl ich mir in der Nacht jede einzelne Schauspielstunde ins Gedächtnis gerufen hatte, um glaubwürdig zu wirken, war ich überrascht, wie leicht es mir jetzt fiel. »Sie gehen mir einfach nicht mehr aus dem Kopf. Ich weiß nicht mehr, was ich tun soll. Vielleicht ist es verrückt, und ich mache mich völlig lächerlich, aber unter diesen besonderen Umständen ...« Sie sah mich mit einer Mischung aus Verwirrung und Überraschung an.

»Ich meine, weil es im Moment doch so gefährlich ist«, erklärte ich und packte jedes Fünkchen Leidenschaft in meinen Blick, das ich in mir hatte. »... und niemand weiß, wie es weitergeht ... da habe ich mir gedacht, ich muss es riskieren. Denn die Wahrheit ist, Susu, ich kann nur noch an Sie denken. Und ich hab mich gefragt, ob ich Sie treffen darf, alleine, an einem Ort, wo wir ungestört sind und ...« Aus den Augenwinkeln merkte ich, wie jemand die Kantine betrat, aber ich fixierte weiterhin Susu Supritsch, deren Wangen sich leicht rosa färbten.

»Oh. Oh, ähm, Lotta«, unterbrach sie mich hektisch, »das ist sehr charmant von Ihnen, und ich fühle mich wirklich geschmeichelt, aber –« Sie ließ ihre Hand einen Moment in der Luft schweben, dann legte sie sie auf meine und sagte mit fester Stimme: »Ich muss Sie leider enttäuschen. Ich bin nicht … also ich interessiere mich nicht für Frauen. Nicht so wie Sie. Ich bin verheiratet.«

Jetzt war ich es, der das Blut ins Gesicht schoss. Ich wollte etwas sagen, aber da kam die Person, die gerade die Kantine betreten hatte, schon zu uns an den Tisch. Es war Alex, die Regieassistentin. »Susu, hast du einen Moment Zeit? Ich brauche deine Hilfe, ich glaube, es bricht das Chaos aus …«

»Natürlich«, sagte Susu, ließ meine Hand los und leerte ihre Kaffeetasse in einem Zug. »Lotta, Sie entschuldigen mich.« Mein Nicken war unkontrolliert, als hätte ich mich in einen Wackeldackel verwandelt. »Ja, sicher.«

Dann stand sie auf, setzte sich mit Alex an einen Tisch in der hinteren Ecke und hörte der aufgeregten Regieassistentin zu. Sie flüsterten, ich konnte bis auf die Namen Freiwerf, Seliger, Gschwandner und Randolf nichts verstehen.

Anscheinend nahmen die anderen Sängerinnen und Sänger Susu Supritschs Kantinenaufforderung nicht wahr, denn niemand von ihnen kam. Weil ich nicht wusste, was ich tun sollte, holte ich mir einen Kaffee und ein Stück Sachertorte und setzte mich wieder an den Tisch.

Hatte Fanny gelogen? Und wenn ja, welchen Grund hätte sie dazu gehabt? Was hatte das alles zu bedeuten?

Die Sachertorte war so trocken, wie sie aussah, und ich schob sie schon nach zwei Bissen von mir weg. Ich lehnte mich zurück und schloss für einen Moment die Augen. Was sollte ich jetzt tun? Ich wurde das Gefühl nicht los, dass Susu Supritsch mich angelogen hatte, die Frage war nur, warum? Weil sie vielleicht wusste, dass ich als verdeckte Ermittlerin und nicht als Statistin hier war? War sie es, die den Auftrag gegeben hatte? Woher sollte die Wiener Oper überflüssige 40 000 Euro haben – und das war nur Konrads und mein Honorar. Oder gab es dieses Geld gar nicht? Wir hatten nie einen schriftlichen Beweis, und was wollten wir tun, falls wir die vereinbarte Summe nicht bekämen? Irgendwen verklagen? Wer würde uns schon glauben?

War das der Grund, warum Krump Konrad den Vorschlag gemacht hatte, dass die Suche nach seiner Tochter wieder aufgenommen wurde? Weil er wusste, dass es das Honorar gar nicht gab?

Ich öffnete wieder meine Augen und bemerkte Katharina Seliger im Eingang zur Kantine. Sie sah sich um, ihr Blick war panisch, als hätte sie Schmerzen. Mit beiden Händen hielt sie ihren Magen und atmete schwer. Ich sprang sofort auf, doch Alex war schneller.

»Katharina, was ist mit dir?«, rief sie und lief zu der Sängerin. Susu Supritsch kam hinterher. Katharina Seliger fing zu schluchzen an, aber bis auf »Es ist alles so furchtbar« war nichts zu verstehen. Dann fing sie an zu hyperventilieren. Ich stand zwei Schritte von den drei Frauen entfernt und fühlte mich wie ein Zaungast bei einem Unfall.

»Wir brauchen sofort einen Arzt und der Portier soll kommen«, rief die Direktorin und hakte Katharina Seliger unter. Die junge Frau hinter dem Buffet nahm den Hörer, der an der Wand hing, und sprach hinein.

Alex redete beruhigend auf die Sängerin ein: »Alles wird gut, alles in Ordnung, hab keine Angst, das ist sicher nur der Stress …«, während sich in ihrem Gesicht die nackte Angst spiegelte. Die Sängerin röchelte, ihre Hände fingen an, unkontrolliert zu zittern, und Alex wimmerte: »Oh Gott! Oh Gott! Bitte nicht, oh Gott!«

»Es ist sicher nur ein Kollaps, so was hat sie öfter«, erklärte Susu Supritsch und streichelte mit ihrer freien Hand Katharina Seligers Oberarm. »Schnell, Traubenzucker.«

Ohne zu überlegen, lief ich zur Theke und rief der Buffetfrau »Apfelsaft« zu. Sie reichte mir eine geöffnete Apfelsaftpackung, ich schnappte mir ein leeres Glas, goss Saft hinein, lief zurück und reichte es Susu Supritsch. Sie setzte es der Sängerin an die weißen Lippen und flüsterte: »Trink, Kathi, komm, du musst das trinken.« Katharina Seliger röchelte und gluckste, und obwohl das meiste des Safts ihr Kinn entlangrann und sich mit den Tränen vermischte, nahm sie doch ein paar Schlucke.

Laute Schritte waren zu hören, dann stand der Portier auch schon in der Kantine.

»Wir bringen sie in ihre Garderobe, dort hat sie ihre Kreislauftropfen«, sagte Susu Supritsch, und der Portier hob Katharina Seliger mit lautem Ächzen hoch, als würde er sie nach der Hochzeit über eine Schwelle tragen.

31.

INTONATION

Alex und ich blieben zurück, die Regieassistentin war genauso leichenblass wie Katharina Seliger.

»Ich hoffe, Susu hat recht, oh Gott, ich hoffe so sehr …«, flüsterte sie. »Ich brauche einen Schnaps. Willst du auch?«

»Einen doppelten«, sagte ich, und sie rief zur Frau hinter dem Buffet: »Mizzi, bitte gib uns zwei große Williamsbirne.«

Alex nahm die Gläser in Empfang und setzte sich an den Tisch, auf dem noch meine trockene Sachertorte und meine Kaffeetasse standen. Ich nahm einen großen Schluck und genoss, wie sich durch den Alkohol jeder Muskel in Windeseile entspannte.

Ohne ein Wort zu sagen, leerten wir unsere Gläser, dann stand Alex auf und sagte: »Noch mal das Gleiche, Mizzi.«

Gerade als Mizzi den Schnaps eingegossen hatte, läutete hinter ihr der Hörer, der an der Wand befestigt war. »Für dich«, sagte sie, nachdem sie abgehoben hatte, und reichte ihn Alex.

»Ja? Wirklich? Gott sei Dank! Oh, mir fällt ein Stein vom Herzen! Ja, natürlich, wir verlängern die Pause, passt eine halbe Stunde? Perfekt, danke!«

»Es geht ihr gut, es war wirklich nur der Kreislauf«, sagte Alex, nachdem sie aufgelegt hatte. Mit einem schweren Plumpsen ließ sie sich wieder auf der Bank mir gegenüber nieder und prostete mir zu.

»Oh, gut«, sagte ich und wunderte mich, wieso Supritsch gleich so sicher gewesen war, dass Seligers Zustand gesundheitliche Gründe und nichts mit dem Mörder zu tun hatte. Es war noch kein Mord während einer Probe verübt worden, immer nur bei Vorstellungen. Aber trotzdem ließ mich der Gedanke nicht los. Supritsch war so sicher gewesen. Warum?

»Das ist aber auch kein Wunder«, unterbrach Alex meine Gedanken und nippte an ihrem Schnaps. »Nach allem, was Katharina durchgemacht hat. Ganz ehrlich, ich verstehe nicht, dass sie heute auftritt. Aber ich verstehe ja so einiges nicht.«

»Was, zum Beispiel?«

»Wieso Susu nicht die Vorstellung absagt. Ich meine, das ist doch Wahnsinn.« Sie langte nach dem Teller mit der Sachertorte, brach gedankenverloren ein Stück ab und tunkte es in ihr kleines Schnapsglas, bevor sie es sich in den Mund schob. »Da rennt ein Mörder herum, mitten unter uns, und sie stellt die Vorstellungen über das Leben aller Beteiligten. Entschuldige, aber das ist doch verrückt.« Sie wollte gerade wieder ein Stück von der Torte abbrechen, aber da hielt sie inne: »Oh, Pardon, das ist ja deine. Isst du sie noch?«

Ich schüttelte den Kopf. »Wieso bist du hier?«

Sie hob überrascht die Augenbrauen und grinste. »Weil ich wahrscheinlich auch verrückt bin. Außerdem fällt es sehr schwer, sich nicht in Susus Bann ziehen zu lassen … Wenn sie sich was in den Kopf setzt …« Sie sah sich kurz um, als würde sie sichergehen wollen, dass wirklich niemand in Hörweite war, und sagte dann leise: »Ich hab das übrigens vorher mitgekriegt … zwischen dir und Susu.« Sie senkte ihre Stimme noch mehr und lehnte sich ein Stückchen näher zu mir: »Sei froh, dass du nicht ihr Typ bist. Es bringt nur Ärger.«

»Aber wieso, sie hat mir doch gesagt, dass sie nicht an Frauen …«

»Ja, klar hat sie das gesagt! Das ist ihre Art, jemandem zu verstehen zu geben, dass man nicht ihr Typ ist. Das macht sie immer so.«

»Was tut sie, wenn man rausfindet, dass sie gelogen hat?«

Alex lachte auf. »Ja, nicht wahr? Ich frag mich auch immer, ob sie wirklich so naiv ist zu glauben, dass die Leute nicht reden?«

»Woher weißt du das alles?«

Sie sah mich prüfend an und zog die Nase kraus. »Wenn ich dir jetzt was erzähle, kann das unter uns bleiben?«

»Natürlich.«

»Weißt du, normalerweise breite ich nicht gleich vor jedem mein Privatleben aus, aber du bist irgendwie anders als die anderen hier.«

»Vielen Dank, ich fasse das als Kompliment auf«, entgegnete ich und wir lachten.

»Ich war mal Susus Freundin. Na ja, Geliebte wäre passender. Oder Gespielin, das trifft den Nagel auf den Kopf.«

Also hatte Fanny die Wahrheit gesagt. »Wie seid ihr zusammengekommen, und wie lange hat es gedauert?«

»Ach, es waren nur ein paar Wochen. Sie hat mich ehrlich gesagt überrumpelt. Wir waren nach einer Probe noch was trinken, um die kommende Premiere zu besprechen, dann hat sie mich gefragt, ob sie noch einen Sprung zu mir kommen kann. Na ja, das war es dann …«

»Bist du lesbisch?«, fragte ich.

»Von Kopf bis Fuß«, lachte sie.

»Und sie wusste das?«

»Ich hab sie am nächsten Tag dasselbe gefragt, und ich weiß noch ihre Antwort. Sie hat gesagt, es spielt keine Rolle, was du bist.«

Ich hob überrascht die Augenbrauen, doch Alex winkte ab. »Kennst du nicht den Witz: Was ist der Unterschied zwischen einer heterosexuellen Person und einer bisexuellen?«

Ich schüttelte den Kopf und Alex antwortete: »Drei Bier.«

Wie lachten laut. »Und man darf auch nicht das Aphrodisiakum der Macht ignorieren. Das hat schon aus vielen hässlichen Fröschen unwiderstehliche Liebesobjekte gemacht.«

»Obwohl Susu nicht hässlich ist«, warf ich ein.

Alex seufzte tief auf und nippte an ihrem Schnaps. »Nein, das ist sie wirklich nicht. Aber zum Glück ist diese Episode schon länger her, und mittlerweile spielt es auch keine Rolle mehr.« Sie stand auf und nahm den leeren Teller, von dem sie das ganze Stück Torte gegessen hatte, in die Hand. »Ich habe seit zwei Jahren eine Freundin, sie hat Kunstgeschichte studiert und arbeitet in einem Museum. Vor einer Woche hat sie mich gefragt, ob ich sie in New York heiraten möchte, weil man das ja hier noch nicht kann. Ich meine, man kann die Partnerschaft eintragen lassen, aber das ist doch so romantisch wie eine Steuererklärung ... Jedenfalls hab ich ja gesagt. Sie ist wirklich toll. Gott sei Dank hab ich nicht mehr den Fehler gemacht, mit wem von der Oper was anzufangen. Also dann, ich muss wieder, ich werde noch bei der Seliger in der Garderobe vorbeischauen. Wir sehen uns gleich.«

»Ach, Alex«, rief ich ihr hinterher und stand ebenfalls auf, »einen Moment noch.«

»Was gibt's?«, fragte sie, als ich sie eingeholt hatte.

Es war reine Intuition, dass mir der Gedanke gekommen war, aber ich wollte die Chance nicht ungenutzt lassen. »Ist es ein Gerücht, dass Susu auch was mit Männern hat, oder ist da was dran?«, log ich.

»Meinst du wirklich oder weil sie verheiratet ist?«

»Dass sie eine Alibi-Ehe führt, weiß ich. Ich meine, wirklich.«

»Na ja, ich will es mal so ausdrücken«, sagte Alex und sah mich verschwörerisch an, »wenn man dem Gerede Glauben schenken darf, dann schwimmt Susu seit einiger Zeit nicht nur an einer Seite des Ufers.«

Als ich für den zweiten Teil der Probe wieder auf die Bühne kam, war außer Fanny und den Polizisten noch niemand da. Sie lag in der Mitte der Bühne am Boden, Arme und Beine von sich gestreckt, und hob den Kopf, als sie mich hörte.

»Was machst du da?«, fragte ich.

»Ich bereite mich auf das Massaker vor«, antwortete sie. Die zwei doppelten Schnäpse hatten ein angenehmes Gefühl der Gleichgültigkeit in mir ausgelöst, und ich setzte mich im Schneidersitz neben sie.

»Wo sind denn alle?«, fragte ich.

»Die sitzen in ihren Garderoben, sie sind komplett ausgeflippt, als sie gehört haben, dass es Katharina nicht gut geht. Der Freiwerf hat einen Riesenzirkus gemacht und gesagt, er denkt gar nicht mehr daran, heute aufzutreten. Dann hat er irgendwas von Gewerkschaft und Grundrechten gebrüllt. Und Konrad, also ich meine Erwin, hat gerade einen Anruf bekommen und ist rausgegangen. Wo warst du?«

»In der Kantine.«

Fanny ließ den Kopf wieder sinken und sah an die Decke.

»Weißt du, was ich mich frage«, begann sie und verschränkte die Arme hinter ihrem Kopf. »Wenn alle so viel Angst haben, wieso sind sie dann überhaupt hier?«

»Wieso bist du denn hier?«

»Besser als Schule.«

»Und dein Vater hat wirklich nichts dagegen, dass du hier bist?«

»Nicht so ... wirklich.«

»Was bedeutet ›nicht so wirklich‹?«

Das Geräusch einer aufgehenden Tür unterbrach unser Gespräch. Ich sah hoch, doch statt dem von mir erwarteten Konrad stand Bernhard auf der Seitenbühne.

»Huhu, Bernhard, na, gibt es Neuigkeiten?«, fragte Fanny und winkte ihm. Am liebsten hätte ich ihre Hand genommen und sie wieder runtergedrückt, aber es war zu spät – Bernhard steuerte auf uns zu. Er hatte sein berufsmäßiges Lächeln aufgesetzt und zwinkerte Fanny zu.

»Alles wieder in Ordnung, die anderen kommen auch gleich. Susu hat alle beruhigt«, sagte er. »Und wie geht es euch?«

Wahrscheinlich war es der Alkohol, der dafür verantwortlich war, dass Bernhards »euch« in mir nachhallte wie ein Gongschlag. »Ganz phantastisch geht es uns, es ging uns noch nie besser. Und wie geht es dir, Bernhard? Oder soll ich auch fragen, wie es euch geht?«

In Bernhards Augen flackerte etwas zwischen Erstaunen, Erschrecken und Kummer auf, dann hatte er sich aber sofort wieder im Griff. »Wen meinst du mit ›euch‹, Lotta?«

»Na, dich und Pauli, die Primaballerina!« Ich hatte das ›au‹ in Pauli so lang gedehnt ausgesprochen, dass es klang, als hätte ich ein Haustier gerufen.

»Mir geht es gut, wie es Pauli geht, weiß ich nicht. Kann ich kurz mit dir reden, Lotta?«

Ich verzog mein Gesicht zu einer übertrieben überraschten Grimasse und schüttelte dazu den Kopf.

»Ich verstehe. Ich wollte dir nur sagen – es tut mir leid. Mehr, als du dir vorstellen kannst.« Da ich noch immer nichts sagte, schob er rasch hinterher: »Ich schau mir noch mal den Text an.«

»Was tut ihm leid?«, fragte Fanny, doch da wurde erneut die Tür geöffnet, und diesmal war es wirklich Konrad. Er bedeutete mir, zu ihm zu kommen.

»Was gibt's?«, fragte ich.

»Ich habe eben mit unserem Freund telefoniert«, sagte er leise.

»Mit wem?«

Mit seinen Lippen formte er ein lautloses »Heinz Krump«.

»Und?«, formte ich genauso still zurück.

»Was hat dir Sven Munz gesagt, warum er nach Wien gekommen ist?«

»Ein neuer Job.«

»Das war eine Lüge. Es gibt einen Haftbefehl für ihn in Sachsen-Anhalt. Sein richtiger Name ist Detlef Kronberger, deshalb wissen wir jetzt erst davon.«

»Was hat er getan?«

»Es gab mehrere Anzeigen von einer Frau, sie hatten sich im Internet kennengelernt, und als sie ihn nicht mehr wollte, hat er sie bedroht. Doch es gab dafür keine Beweise, nur Aussage gegen Aussage. Vor drei Wochen ist er in die Wohnung eingebrochen, hat sie vergewaltigt und anschließend niedergestochen. Es war reines Glück, dass sie überlebt hat.«

Es war, als würden Konrads Worte den Alkohol aus meinen Adern schwemmen.

»Wenn du jetzt hier aufhören möchtest ...«, sagte Konrad.

»Nein, ich werde nicht aufhören, auf gar keinen Fall. Wir sind so nah dran.«

Die Tür zur Bühne ging wieder auf, und Alex, Katharina Seliger und Erich Freiwerf kamen herein.

»Ich glaube nicht, dass Sven, oder wie er wirklich heißt, noch eine Gefahr für mich ist«, sagte ich rasch. »Nicht nach der Sache mit Hannes.«

Als die Probe nach drei weiteren Stunden beendet war, fühlte ich mich ein bisschen wie nach einer Wurzelbehandlung – man hatte vielleicht Schmerzen gehabt, war aber froh, dass es vorbei war. Zumindest bis zur Vorstellung am Abend.

Zwar war Katharina Seliger weiterhin in die falschen Richtungen abgegangen, Bernhard hatte sich seine Stichwörter noch immer nicht gemerkt, und Sabine Gschwandner und Ernesto Randolf waren so aneinandergekracht, dass erst Susus Erscheinen sie wieder zur Vernunft gebracht hatte, aber sonst schien es, als wäre eine kollektive Gelassenheit das Chaos betreffend eingekehrt. Konrad und ich waren von einer Bühnenecke in die andere geschoben worden wie Möbelstücke in einer neuen Wohnung. Da alle Lieder übersprungen wurden, hatten wir kaum Pause zwischen unseren Auftritten – falls man das, was wir zu tun hatten, überhaupt so nennen konnte. Da bereits alle nach Hause wollten, hatte sich Alex, als sie uns gefragt hatte, ob wir Walzer auch dann tanzen könnten, wenn die Musik langsam war und keinen Dreivierteltakt vorgab, mit der Antwort »Natürlich« zufriedengegeben und die Probe für beendet erklärt.

»Ich schaue kurz bei Hannes vorbei«, sagte ich, als wir durch den Bühneneingang auf die Straße hinausgetreten waren. Der Asphalt glänzte, es hatte geregnet, und der Geruch von Nässe hing noch in der Luft.

»Ich begleite dich«, sagte Konrad. Wir gingen ein Stück, bis ein freies Taxi vorbeifuhr, das er heranwinkte.

»Glaubst du, er ist noch hier?«, fragte ich Konrad, als sich das Auto in Bewegung gesetzt hatte, und sah aus dem Seitenfenster. Wahrscheinlich war es nur Einbildung, aber seit wir die Oper verlassen hatten, wurde ich das Gefühl nicht los, dass uns jemand beobachtete.

»Wer?«, fragte Konrad.

»Sven.«

»Ich weiß es nicht.«

Es beunruhigte mich, dass Konrad meinem Blick folgte, also beugte ich mich nach vorne. »Entschuldige, ich habe es mir anders überlegt«, sagte ich und gab dem Fahrer Konrads Adresse.

Vielleicht war diese Vorsichtsmaßnahme übertrieben, da ich ja auch schon am Vorabend bei Hannes im Krankenhaus gewesen war und dadurch Sven – oder Detlef – schon zu ihm geführt hätte. Falls er mich überhaupt beobachtete. Aber irgendetwas in meinem Inneren sagte mir, dass es so richtig war.

Konrad drehte sich um und sah aus dem Rückfenster. »Das ist eine kluge Entscheidung.«

32.

MENUETT

Als wir vor Konrads Haus aus dem Taxi stiegen, hatte sich mein Gefühl, dass wir beobachtet wurden, verflüchtigt. Wahrscheinlich war es nur der Stress, der nachlassende Alkohol und die Neuigkeit über Svens bzw. Detlefs Haftbefehl.

Erst in Konrads Wohnung erzählte ich ihm alles, was in der Kantine vorgefallen war. Während er anschließend ins Wohnzimmer ging, um Krump anzurufen, wählte ich Hannes' Handynummer. Sofort sprang die Mailbox an, aber ich legte noch vor dem Piepton wieder auf. Ich nahm an, er hatte es gar nicht bei sich, und suchte mir die Nummer des Krankenhauses raus. Ich wurde verbunden, dann hob eine Schwester ab. Ich bat sie um die Durchwahl von Hannes, aber sie erklärte mir, dass Patienten auf der Intensivstation keinen Telefonanschluss im Zimmer hatten. »Aber wenn Sie möchten, sehe ich kurz bei ihm rein, wie es ihm geht«, bot sie mir an.

»Das wäre sehr nett.«

Am anderen Ende knisterte es, nach einer Minute war sie wieder am Apparat. »Er schläft tief und fest.«

Ich bedankte mich und legte auf.

Die restlichen Stunden bis zur Vorstellung tigerten Konrad und ich durch seine Wohnung wie zwei Raubtiere in einem Käfig.

»Lotta, ich möchte, dass du heute Abend immer in meiner Nähe bleibst. Ich meine wirklich *immer*«, sagte Konrad, als wir kurz vor 18 Uhr die Wiener Oper durch den Bühneneingang betraten.

»Das wird nicht klappen«, widersprach ich und deutete zu den Treppen. »Die Garderobe der männlichen Statisten ist im fünften Stock und die der Frauen im dritten.«

»Gut, ich bringe dich jetzt zu dieser Garderobe, und du bleibst dort, bis ich dich hole.«

»Ich glaube, ich kann alleine ...«

»Nein, das wirst du nicht! Wir wissen weder etwas über den Mörder noch etwas über den Verbleib von Detlef Kronberger«, sagte er laut und sah mich wütend an.

Ich war überrascht über die Heftigkeit seiner Reaktion. »Ja, schon gut, ich bleibe oben, bis du kommst«, gab ich als Antwort und stieg die Treppe hoch.

Da wir keine Kostümprobe gehabt hatten, erwarteten mich vier verschiedene Kleider in der verlassenen Garderobe der Statistinnen, an denen ein Zettel angebracht war:

Für Lotta: Bitte nimm das, das am besten passt. Danke! Alex

Ich sah mich um. In der Mitte des Raums stand ein etwa fünf Meter langer Kleiderständer, rechts und links davon waren helle Holzsitzbänke über die gesamte Länge aufgestellt. Das Ganze erinnerte mich sofort an die Umkleidekabine vor einem Schulturnsaal.

Die Kleider überboten sich an Hässlichkeit, ich probierte eines nach dem anderen an und entschied mich dann für ein schwarzbraunes mit einem Stehkragen aus Rüschen, weil es das unauffälligste war.

Gerade als ich mich abmühte, den Reißverschluss auf der Rückseite hochzuziehen, klopfte es an der Tür.

»Lotta, ich bin es«, sagte Konrad.

»Komm rein.«

Er hatte mehr Glück gehabt, sein schwarzer Frack war zwar falsch zugeknöpft, aber ansonsten sah er darin wirklich gut aus.

»Herr Ober, würden Sie mir bitte mein Kleid zumachen und dann einen doppelten Cognac bringen?«, sagte ich und stellte mich mit dem Rücken zu ihm. Seine Hände zitterten, als er den Reißverschluss hochzog.

»Du bist nervös?«, fragte ich und drehte mich um.

Er senkte den Blick. »Nein, das ist es nicht.«

»Was ist es dann?«, fragte ich und setzte mich auf die Holzbank.

Er schloss die Tür hinter sich und lehnte sich dagegen. Die Stille in dem Raum dehnte sich aus. »Ich habe wieder angefangen zu trinken.«

Aus seiner Stimme war die Enttäuschung hörbar. Mir fielen die ganzen Male ein, in denen ich ihm vorgejammert hatte, dass ich Alkohol wollte. Was hatte ich mir nur dabei gedacht? Weil ich nicht wusste, was ich sonst sagen sollte, fragte ich: »Seit wann?«

»Seit wir bei Heinz im Kommissariat waren.« Er wischte sich nervös über die Oberlippe, die vor Schweiß glänzte. »Ich habe geglaubt, ich kann sofort wieder aufhören. Nach diesen ganzen Jahren ... ich habe das wirklich nicht erwartet. Aber seit gestern Nacht weiß ich, dass ich mich geirrt habe.«

Ich wollte irgendetwas sagen, um die Situation für ihn leichter zu machen, aber mir fiel nichts ein. Die Wahrheit war, dass ich, was den Alkohol betraf, viel mehr mit Konrads Vergangenheit gemeinsam hatte, als ich bereit war, mir einzugestehen.

»Ich habe seit acht Stunden nichts getrunken, damit ich jetzt den Überblick behalte, aber ...«

»Es sind fünfzehn Minuten vor Vorstellungsbeginn, fünfzehn Minuten, das ist das dritte und letzte Zeichen«, hallte Alex' Stimme aus dem Lautsprecher über unseren Köpfen. »Ich bitte ausnahmsweise jetzt schon Lisa, Gustl, den General, Lisas Vater und die beiden Festgäste für den Beginn des Stücks auf die Bühne.«

»Ich hab die anderen beiden Zeichen gar nicht gehört.« Konrad bemühte sich um ein Lächeln, das ihm nicht gelang.

»Es gab auch keine«, sagte ich betreten und stand auf.

»Lass uns gehen.« Konrad drehte sich um und hatte schon die Türschnalle in der Hand, als ich ihm eine Hand auf die Schulter legte. Er drehte sich zu mir, die Augenbrauen zu einer stummen Frage hochgezogen.
»Scheiße, wir sollten beide damit aufhören«, sagte ich leise.
»Womit?«
»Mit dem Trinken.«
»Ja, das sollten wir.«

Meine Annahme, dass die allgemeine Hysterie bei der ersten Hälfte der Vormittagsprobe schon der heutige Höhepunkt gewesen war, stellte sich als falsch heraus.

Als wir auf die Bühne kamen, lagen sich Sabine Gschwandner, die noch gar nicht eingerufen, aber trotzdem schon da war, und Katharina Seliger weinend in den Armen, Erich Freiwerf saß in einer Ecke, wippte mechanisch mit dem Oberkörper vor und zurück, als hätte er sich in ein Pendel verwandelt, und Peter Neuner lief, kaum war er auf der Bühne, auch schon wieder hinaus und rief zu den Polizisten, die aufgefädelt auf der Seitenbühne standen: »Alle aus dem Weg, ich muss aufs Klo.«

Der arrogante Ernesto Randolf versuchte, seine Nervosität hinter einer lässigen Körperhaltung zu verstecken, doch kaum sah einer nicht hin, knabberte er sich auch schon den nächsten Fingernagel ab.

Wie Susu gesagt hatte, standen die Polizisten auf jeder Seite versteckt in den Auf- und Abgängen. Jenseits des Vorhangs waren ein paar Stimmen zu hören, aber so wenige, dass ich mich fragte, ob es wirklich stimmen sollte, dass die Vorstellung ausverkauft war.

Alex stand auf und tätschelte Bernhard mit den Worten: »Das wird super, du wirst sehen, es wird alles gut gehen.«

Plötzlich stand die Direktorin auf der Bühne, ich hatte sie nicht kommen sehen. Sie klapperte alle Sängerinnen und Sänger ab, spuckte jedem dreimal über die Schulter und flüsterte ein paar aufmunternde Worte. Konrad und mich ließ sie aus.

»Hältst du vorher eine Ansprache?«, fragte Alex.

»Nein, heute nicht, aber ich schaue zu«, antwortete sie und verließ die Bühne durch die Seitentür, Richtung Zuschauerraum.

Und dann wurde es still, und im nächsten Moment fing das Orchester an, die Ouvertüre zu spielen. Obwohl alle eine abgespeckte Orchesterversion erwartet hatten, wurden doch erstaunte Blicke ausgetauscht. Das klang nach maximal zehn Leuten, wo sonst fünfzig spielten.

Alex gab ein Zeichen, Konrad, ich und alle anderen gingen auf Position. Und ich war davon überrumpelt, wie wild mein Herz zu klopfen begann, als sich der Vorhang hob.

Vorstellung:

LAND DES LÄCHELNS

Sie sah das kleine Päckchen sofort, als sie ihre Garderobe betrat. In weißes Seidenpapier gewickelt mit rosa Schleife lag es auf ihrem Schminktisch. Ein zufriedenes Lächeln legte sich auf ihr Gesicht, sie wusste, von wem das Geschenk kam. Eilig legte sie ihre Tasche ab, zog den Mantel aus, hängte ihn auf und langte in die oberste Lade, um sich eine Zigarette, ein Feuerzeug und eine kleine Nagelschere herauszuholen.

Natürlich durfte sie hier herinnen nicht rauchen, aber unter diesen besonderen Umständen, wer sollte etwas dagegen sagen? Außerdem war ja sowieso keiner von der Garderobe oder Maske da. Sie öffnete das Fenster, dann nahm sie das Päckchen und setzte sich damit auf die Fensterbank. Der Tabak knisterte, als sie die Zigarette anzündete und sie ihre Lungen mit einem tiefen Zug mit Rauch füllte. Am Päckchen war eine kleine Karte, sie war auf der Unterseite zwischen dem Papier und dem rosa Band eingeklemmt.

Für meine Wunderschöne ... stand da in gedruckten Buchstaben. Sie war gerührt über diese Aufmerksamkeit, denn bei der letzten Karte hatte sie sich beschwert, dass sie die Schrift nicht hatte entziffern können. Sie las weiter:

... dieses Geschenk ist meine Liebesgabe an dich und deine unglaubliche Schönheit. Trag es heute während der Vorstellung. Ich habe es mit all meinen guten Wünschen belegt, es wird dich beschützen, damit dir nichts passiert. Wenn ich das Klingeln höre, werde ich wissen, dass du in

Sicherheit bist. (Und ich werde wahnsinnig werden bei dem Gedanken, wo sich mein Geschenk in dir befindet, und mir wünschen, ich wäre an dessen Stelle.) Ich liebe dich.

Ihr blieb der Mund offen stehen, sie vergaß, die Zigarette abzuklopfen, und der Wind fegte die Asche ins Zimmer. Was konnte das für ein Geschenk sein? Und dann das »Ich liebe Dich«. Die drei Worte verunsicherten und erfreuten sie in gleicher Weise, und sie hoffte, dass sie ernst gemeint und nicht aus der Laune der jetzigen Situation heraus geschrieben waren.

Sie hatten sich wieder versöhnt. Es waren nur ein paar Worte nötig gewesen, und sie hatten beide bemerkt, dass es immer noch mehr zwischen ihnen gab, das sie verband, anstatt sie zu trennen. Es war paradox, aber wahrscheinlich war es auch dem Mörder in der Wiener Oper zu verdanken, dass sie sich mit ihrem Neubeginn keine Zeit gelassen hatten.

Hastig schnitt sie das Band durch und riss das Papier herunter. Es war eine weiße Pappschachtel mit einem goldenen Dreieck darauf. Vielleicht ein Schmuckstück? Das würde doch kein Ring sein? Sie hob den Deckel hoch und war im ersten Moment schwer enttäuscht über den Inhalt. Da lag auf einem roten Samtpolster eine schwarze Kugel mit winzig kleinen rosa Silikonnoppen darauf. Das Ding sah aus wie diese riesigen Kaugummis, die sie als Kind so gemocht hatte. Man musste sich fast den Kiefer ausrenken, um sie in den Mund zu stecken, Kieferbrecher oder so ähnlich hatten sie geheißen. Aber das hier war kein Kaugummi. Sie fuhr mit ihrem Finger darüber, die Noppen waren weich und gaben nach. Auf einer Seite der Kugel war eine schwarze Schnur mit einer Schlaufe am Ende angebracht. Als sie die Kugel hochhob, die schwerer war, als sie gedacht hatte, hörte sie das Klingeln. Es kam aus dem Inneren, da musste sich ein Glöckchen verstecken. Sie schüttelte noch einmal, dieses Mal stärker. Bimmeling, bimmeling, machte die Kugel.

Was war das?

Sie nahm einen Zug von ihrer Zigarette und schwang die Kugel vor sich hin und her. Vielleicht gab es in dem Päckchen irgendeine Beschreibung, die sie übersehen hatte? Tatsächlich, unter dem Samtpolster befand sich eine zusammengefaltete Anleitung.

Lustkugel – Single stand da als Überschrift und darunter: *Die Vaginalkugel (original Rin-no-tama) stammt ursprünglich aus Japan. Sie wird im Alltag und nicht während des Sexspiels getragen. Während des Gehens oder sonstigen Körperbewegungen schwingt die Metallkugel in der Hohlkugel und verbreitet angenehme Vibrationen im Unterleib. Das Modell Single ist mit samtig weichen Silikonnoppen ausgestattet, um den Reiz zu erhöhen. Entfernung durch das Rückholbändchen.*

Ihr wurde schlagartig heiß, sie schnippte die Zigarette weg und stieg von der Fensterbank. Sie mochte solche Sachen, sie hatte alles mögliche Sexspielzeug bei sich zu Hause im Nachtkästchen. Ob man das Klingeln hören würde? Ja, wahrscheinlich, aber es wäre ganz leise, und falls sie jemand fragte, dann könnte sie noch immer sagen, es wäre ein neuer Anhänger an ihrem Nabelpiercing.

Sie nahm die Kugel zwischen Zeigefinger und Daumen, zog mit der anderen Hand ihre Hose herunter und spreizte leicht die Beine. Überrascht stellte sie fest, wie einfach der Noppenball in sie hineinglitt – fast so, als hätte ihre Vagina ihn eingeatmet. Sie ging ein paar Schritte, das Klingeln war so leise, dass sie es nicht einmal selber hören konnte. Und das sollte so aufregend sein? Es fühlte sich eher an, als würde sie einen zu großen Tampon tragen.

Es klopfte an der Tür, und sie zuckte zusammen. »Wer ist da?«

»Ich bin's.« Es war die Stimme von Fanny, dem kleinen Mädchen.

»Ja, was gibt's?«, fragte sie und steckte ihren Kopf aus der Tür.

»Wir wurden schon eingerufen, kommst du? Alle anderen sind längst unten.«

Sie war so abgelenkt gewesen, dass sie es gar nicht gehört hatte.

»In einer Minute, warte bitte auf mich.«

»In Ordnung, aber beeil dich. Ich bin nicht allein, ein Polizist ist bei mir.« Erst jetzt bemerkte sie den Mann in Uniform, der ein paar Meter von dem Mädchen entfernt stand.

Hastig schloss sie die Tür, schlüpfte aus der Jeans und dem T-Shirt und zog ihr Kostüm an.

Fanny stand schon am Treppenabsatz, hinter ihr der Polizist. »Wer als Letzter unten ist, ist eine lahme Ente«, rief das Mädchen, als sie aus der Garderobe kam, und rannte die Treppe hinunter. Der Polizist brüllte »He, warte!« und stürmte los.

»He, das ist unfair, ihr habt einen Vorsprung«, rief sie lachend zurück und hüpfte hinterher. Als ihre Füße den Boden wieder berührten, zog sich die klingelnde Vibration der Kugel durch ihren gesamten Unterkörper. Abrupt blieb sie stehen und keuchte. Das hatte sie nicht erwartet. Es fühlte sich an, als hätte sie in ihrem Inneren Hunderte Zungen, die sie gleichzeitig liebkosten.

Fanny und der Beamte waren bereits so weit weg, dass sie nur noch den dumpfen Hall ihrer Schritte hörte. Sie hüpfte ein zweites Mal – wieder mit demselben Ergebnis. Einen kurzen Moment blieb sie unschlüssig auf der Steinstufe stehen. Ob sie nicht vielleicht doch besser wieder hinaufgehen und die Liebeskugel in der Garderobe zurücklassen sollte?

Sie drehte sich um und setzte einen Fuß auf die obere Stufe, da fielen ihr wieder die Worte auf der Karte ein: *Wenn ich das Klingeln höre, werde ich wissen, dass du in Sicherheit bist ... ich werde wahnsinnig werden bei dem Gedanken, wo sich mein Geschenk in dir befindet, und mir wünschen, ich wäre an dessen Stelle.*

Sie biss sich auf die Unterlippe.

Und während sie wieder kehrtmachte und Fanny und dem Polizisten folgte, dachte sie, dass es sicher in jeder Beziehung die aufregendste Vorstellung werden würde, die sie je in ihrem Leben gehabt hatte.

33.

PREMIERE

Aus den Augenwinkeln sah ich, dass der Zuschauerraum bis auf den letzten Platz besetzt war. In allen Logen drängten sich die Zuschauer, wahrscheinlich waren sogar ein paar Stühle extra dazugestellt worden.

Ich bemühte mich erst gar nicht mitzuspielen. Als Katharina Seliger anfing, uns mit »Gern, gern, wär ich verliebt, wenn's einen gibt, der mich so liebt ...« zu besingen, stand ich neben Konrad und sah ihr einfach nur zu. Und der Gedanke, dass ich mir meine Premiere in der Wiener Oper auch einmal anders vorgestellt hatte, rückte für einen Moment in den Hintergrund. Katharina Seliger war perfekt, sie hatte das, was eine große Opernsängerin ausmacht: Sie konnte ihren Schmerz und ihre Angst in Kunst verwandeln.

Wie die junge, verliebte Frau, die die Rolle vorgab, wirbelte sie über die Bühne und sang so voller Sehnsucht, dass man ganz vergaß, wie platt der Text eigentlich war.

Nie im Leben, und wenn ich noch tausend Stunden Unterricht gehabt hätte, hätte ich jemals so singen können. Es wirkte nicht nur mühelos, jeder Ton kam auch so kraftvoll aus ihrer Kehle, als hätte er nur darauf gewartet, herausgeschmettert zu werden. Und im nächsten Augenblick phrasierte sie mit dieser unglaublichen Geschmeidigkeit in ihrer Stimme, wie ich es nur bei sehr wenigen Sängerinnen erlebt hatte, meine Mutter mit eingeschlossen.

Als das Lied zu Ende war und das Publikum sich mit tosendem Applaus bei ihr bedankte, führte mich Konrad von der Bühne. Wir hatten nun bis zu unserem nächsten Auftritt eine halbe Stunde Pause.

»Glaubst du, es passiert heute was?«, wisperte ich Konrad zu.

»Ich glaube nichts und erwarte alles«, sagte er.

Während Konrad die Umgebung im Auge behielt, beobachtete ich von der Seitenbühne aus die nächste Szene. Erich Freiwerf sollte sich bei Peter Neuner über den Ungehorsam seiner Tochter empören, aber er wirkte eher wie eine Laborratte im Käfig. Immer wieder drehte er sich panisch um sich selbst, um die ganze Bühne im Blick zu haben, und sagte dabei seinen Text auf, als würde er ihn gerade ablesen.

Als Nächstes hatte Ernesto Randolf ein Duett mit Katharina Seliger, sein Ehrgeiz schien geweckt, da seine Partnerin trotz der Umstände so gut war. Aber so sehr er sich auch bemühte, gegen Katharina Seliger wirkte seine Stimme dünn und gepresst. Sein schauspielerisches Talent reichte auch nicht, um seinen Ärger zu überspielen, als er von der Bühne ging.

Dann kam Bernhard. Er hatte sich anscheinend selber die schwarze Perücke mit dem langen Zopf aufsetzen müssen, denn auf seinen Schläfen und der Stirn glänzten dicke Schichten vom Perückenkleber. Seine Augen waren mit so viel Kajal umrandet, dass er mehr Ähnlichkeit mit einem Pandabären hatte als mit einem chinesischen Prinzen. Von seinen Texthängern war nichts zu merken, entweder überspielte er sie gekonnt, oder er hatte sich alle Stellen doch noch gemerkt. Und es fiel mir nicht leicht, das zuzugeben, aber er war der Einzige, der mit Katharina Seliger mithalten konnte.

Besonders den Refrain sang er so überzeugend, dass ich mich fragte, wie viel persönliche Wahrheit darin steckte:

»Immer nur lächeln und immer vergnügt,
Immer zufrieden, wie's immer sich fügt.

Lächeln trotz Weh und tausend Schmerzen,
Doch wie's da drin aussieht, geht niemand etwas an.«

Als er am Ende der Arie den Refrain zum letzten Mal wiederholte, sah er in meine Richtung, und für einen kurzen Moment dachte ich, er würde mich meinen. Dann hörte ich hinter mir ein leises Scharren und drehte mich um. Hinter mir stand Pauli, die Tänzerin und Bernhards Exfreundin, die sich warmmachte, indem sie sich immer wieder auf die Zehenspitzen stellte.

Nach Bernhard hatte Sabine Gschwandner eine kurze Szene, dann kamen Fanny und Katharina Seliger auf die Bühne. Alex gab uns ein Zeichen, damit wir nicht vergaßen, dass Konrad und ich nach ihrem Auftritt gemeinsam mit den Tänzerinnen wieder rausmussten.

Fanny hüpfte freudig um Katharina Seliger herum, als wäre es das Leichteste der Welt, als würde es weder den Mörder noch die Umstände geben, die alle anderen hier so beunruhigten. Obwohl sie nur einen sehr kurzen Auftritt hatte, hielten sowohl Konrad als auch ich den Atem an.

Der Vorhang fuhr herab, da es für die nächste Szene einen Umbau gab. Die einzigen beiden Bühnenarbeiter, ein junger Mann mit einem großen Glitzerstein im Ohr und ein zweiter, der mehr breit als hoch war, mühten sich mit Alex' Hilfe ab, die Kulissenteile von der Bühne hinaus und auf die Seitenbühnen zu schieben. Als Alex merkte, dass es nicht klappte, rief sie den Polizisten zu, dass sie Hilfe brauchte. Drei von ihnen setzten sich in Bewegung und rückten auf Alex' Anweisung gemeinsam mit den Bühnenarbeitern die Möbelstücke auf Position.

Der Vorhang hob sich wieder, und als das abgespeckte Orchester einsetzte, gingen wir auf die Bühne und taten, als wären wir in ein lautloses Gespräch vertieft, während Konrad immer wieder die ganze Bühne mit einbezog, um sich umzusehen. Er machte das wirklich gut, als wären wir eben in China angekommen und er würde die Umgebung bewundern.

Es sollte Lisas Empfang in der neuen Heimat sein, bei dem sie von Sou Chong in ein kleines Teehaus geführt wurde, das in der Mitte der Bühne stand. Es war eine Holzkonstruktion aus glänzendem Kirschholz mit wunderschönen Intarsien auf den Seitenteilen. Der Chor, den Konrad und ich ersetzten, sollte Lisa mit seinem Gesang begrüßen, während sie mit heißem Tee und chinesischem Gebäck vom Prinzen gefüttert wurde. Doch von den Zuschauern bekam niemand etwas von der Szene mit, da durch die Hilfe der Polizisten das kleine Teehaus genau neben dem Scheinwerferlicht und somit im Schatten der Bühne stand.

Die drei Balletttänzerinnen tanzten herein, sie trugen enge Ganzkörperanzüge, die mit verschiedenfarbigen Drachen bemalt waren. Ich musste dabei an die Strohkalender denken, die oft in Chinarestaurants hingen. Es war reiner Zufall, dass ich in dem Moment Alex bemerkte.

Sie hüpfte auf der Seitenbühne auf und ab und fuchtelte mit den Armen. Ein Polizist stand neben ihr und redete auf sie ein. Ich verstand nicht, was sie wollte, sie deutete immer wieder zu dem Teehaus und winkte dann zu sich. Mit einem leichten Druck auf seinen Ellbogen verschaffte ich mir Konrads Aufmerksamkeit und bedeutete ihm mit einer Kinnbewegung, zu Alex zu schauen. Alex formte etwas mit ihren Lippen, und wir kapierten im selben Moment ihre Worte: »Holt die beiden ins Licht.«

Der Polizist wollte, dass wir Katharina und Bernhard aus dem dunklen Teehaus führten, weil sie in der Dunkelheit darin nicht gut zu sehen waren. Konrad ließ mir den Vortritt, ich betrat die Holzkonstruktion und beugte mich direkt zu Katharina Seliger, die mich erstaunt ansah.

»Das Teehaus steht falsch. Die Polizei kann Sie nicht sehen, bitte kommen Sie heraus«, flüsterte ich.

Sie hob ihre Augenbrauen, als Zeichen, dass sie verstand. »Danke.«

Konrad war inzwischen bei Bernhard, der jetzt auch aufstand.

Nacheinander traten wir aus dem Teehaus, Konrad und ich blieben im Schatten, doch Bernhard zog Katharina Seliger an sich, legte einen Arm um ihre Taille und wiegte sie im richtigen Spot sanft zur Musik.

Da der Polizist jetzt uns zuwedelte, stellten Konrad und ich uns ein wenig abseits ebenfalls ins Scheinwerferlicht, aber immer noch weit genug entfernt, um den drei Ballerinen, die hinter Bernhard und Katharina Seliger ihren chinesischen Tanz weitertanzten, nicht im Weg zu stehen.

»Hörst du das?«, flüsterte Konrad plötzlich und packte mich am Arm. Er wirkte aufgeregt, als hätte er etwas entdeckt. Ich wandte mich mit dem Gesicht vom Publikum ab und flüsterte zurück: »Was?«

»Dieses Geräusch!«

Ich versuchte etwas anderes zu hören als die Musik, aber da war nichts.

»Was für ein Geräusch?«

»Pssst, es ist ganz leise. Gehört das zur Musik?«

Ich konzentrierte mich, kam aber nicht drauf, was Konrad meinte.

»Ich höre nichts«, sagte ich.

Die Musik wurde leiser, die drei Tänzerinnen tanzten nach hinten ab, und Konrad und ich konnten endlich wieder abgehen.

Jetzt musste ich nur noch Bernhards letztes Lied vor der Pause ertragen.

»Dein ist mein ganzes Herz«, schmetterte er so inbrünstig, dass der Bühnenboden vibrierte. »Wo du nicht bist, kann ich nicht sein. So wie die Blume welkt, wenn sie nicht küsst der Sonnenschein. Dein ist mein schönstes Lied, weil es allein aus der Liebe erblüht. Sag mir noch einmal, mein einzig Lieb', oh, sag noch einmal mir: Ich hab dich lieb!«

Ich wollte nicht weinen. Ich begriff nicht einmal, warum mir die Tränen kamen. Ich liebte Bernhard nicht mehr, er war mir fremd geworden, und unsere Vergangenheit war zu einer fernen Erinnerung verblasst. Aber die Wunde, die unsere Trennung und alles, was danach kam, in mir hinterlassen hatte, brach wieder auf, und ich konnte nichts dagegen tun.

»Was für ein Geräusch hast du vorhin gemeint?«, fragte ich Konrad und verrührte den Zucker so energisch in meinem Kaffee, dass er einen Strudel erzeugte. Nachdem Bernhard sein Lied beendet hatte, war im Publikum tosender Applaus ausgebrochen, einige »Bravos« brandeten auf die Bühne und fühlten sich an wie Nadelstiche.
»Können wir bitte in die Kantine gehen?«, hatte ich Konrad gefragt, nachdem der Vorhang für die Pause geschlossen wurde. Als er mich forschend angesehen hatte, sagte ich: »Ich muss hier nur mal weg. Ein Kaffee, sonst nichts.«
Wir saßen an dem Tisch in der Ecke vor dem großen Spiegel. »Ich weiß auch nicht, vielleicht irre ich mich«, sagte er und griff nach seiner Kaffeetasse. Seine Hände zitterten noch immer. »Dieses Geräusch – es hat geklungen, als würde jemand eine Glocke läuten.«
»Christkind oder Kirche?«, fragte ich.
»Was?«
»Na, war es so eine kleine Glocke, wie man zu Weihnachten läutet, wenn das Christkind kommt, oder eine große wie in einer Kirche?«
»Christkind«, antwortete er.
»Ich habe nichts gemerkt, vielleicht hat es zur Musik gehört?«
»Ja, möglich.«
Die drei Tänzerinnen betraten mit Alex und Fanny im Schlepptau die Kantine. Die kleinste und hübscheste, die am Vortag ihr T-Shirt falsch herum angehabt hatte, hielt sich den Bauch und ging gleich zu einem der Tische, während die anderen noch kurz stehen blieben und mit Alex redeten.

»Ist alles in Ordnung?«, rief Konrad zu ihr hinüber.

»Was? Oh ja, danke vielmals ... nein, nein, es ist nichts. Ich hab nur vor der Vorstellung Kaviar gegessen, ich glaube, der war nicht ganz in Ordnung.«

»Oh, wie nobel, Kaviar! Hast du dich mit einem reichen Russen getroffen?«, sagte ihre Kollegin, während sie zu ihr an den Tisch ging. Anscheinend hatte sie Konrads Frage mitbekommen.

»Haha, sehr lustig. Nein, ich war beim Japaner.«

»Ach so, mit wem denn?«, stocherte die Tänzerin weiter und setzte sich. Als sie statt einer Antwort nur ein verschmitztes Grinsen bekam, sagte sie beleidigt: »Dass du vor der Vorstellung überhaupt was essen kannst, ist eh ein Wunder. Ich glaub, würd ich das machen, würd ich auf die Bühne kotzen.«

Die kleine hübsche Tänzerin rieb sich weiter über den Bauch, und ich schaute so lange zu ihr, bis sie meinen Blick erwiderte. Als ich in ihre Augen sah, wusste ich: Kirschrot, Makis mit rotem und schwarzem Kaviar und 24 Jahre. Sie hatte die Wahrheit gesagt.

Während Fanny zu uns an den Tisch kam und sich neben Konrad setzte, bestellte sich Alex einen Schnaps an der Theke.

»Läuft doch ganz gut«, sagte Fanny und nahm das Zuckerstück von Konrads Untersetzer. »Darf ich?« Er nickte, und sie ließ es zwischen ihren Lippen verschwinden.

Drei Männer und zwei Frauen in schwarzen Anzügen betraten die Kantine, sie mussten vom Orchester sein. Sie stellten sich hinter Alex an, die gerade bezahlte, und am Nebentisch lachten die drei Tänzerinnen wiehernd auf. Diese Situation hatte etwas so Normales, dass es mir Angst machte. Wie die Ruhe vor einem Sturm. Alex kam zu uns an den Tisch und setzte sich. Mit einem Zug kippte sie den Schnaps hinunter, und ich konnte mir ein Seufzen nicht verkneifen.

»Wie lange dauert der zweite Teil?«, fragte Konrad.

»Also, wir haben jetzt zwanzig Minuten Pause, und dann noch eine Stunde zehn. In etwa«, sagte sie und zog ihr Knie heran. »Bald haben wir es geschafft. Ich meine, so viel Polizei wie heute war noch nie da, ich glaube nicht, dass ...« Sie stoppte sich selber, ohne ihren Gedanken zu Ende gesprochen zu haben.

Eine weitere Person betrat die Kantine in einem schmutzig weißen Umhang.

»Katharina«, rief Alex und sprang auf. »Du hättest doch nur sagen müssen, wenn du was aus der Kantine willst, ich hätte es dir gebracht.«

Katharina Seliger winkte ab, kam herüber und blieb vor unserem Tisch stehen. Sie war in den Kittel gewickelt, um ihr Kostüm zu schützen, und lächelte Alex an. »Alex, danke, das ist wirklich lieb, aber du hast auch so schon genug zu tun. Ich hol mir nur einen Tee, ich geh dann gleich wieder rauf.«

»Ich weiß, es ist total unpassend«, begann Alex, »aber du bist einfach unglaublich heute Abend. Ich meine, endlich singst du die Vorstellung. Ich wünschte nur, dieser Idiot von Regisseur wäre da und würde dich sehen, wirklich!«

»Danke, Alex, aber ich tue das nur, wegen dem, was hier passiert ist. Alle diese schrecklichen Taten ... doch die Liebe, die bleibt. Sie ist das Einzige, was ich noch habe. Und dafür singe ich. Wer weiß, ob ich früher zu dieser Leistung fähig gewesen wäre.« Katharina Seliger lächelte das traurigste Lächeln, das ich je gesehen hatte. Sie war eine Überlebende, und ich konnte nicht anders, als sie zu bewundern.

»Natürlich wärst du das, du warst damals genauso gut wie jetzt und ...«

»Ganz ehrlich«, unterbrach Katharina Seliger Alex, »unter diesen Umständen hätte ich alles gegeben, um darauf zu verzichten.«

»Ja, natürlich, oh Gott, das war dumm von mir, entschuldige«, setzte die Regieassistentin rasch nach.

Die Sängerin beugte sich vor und gab Alex einen Kuss auf die Wange. Ich sah die Träne, die sich in ihrem Augenwinkel sammelte. »Nein. Nein, war es gar nicht.«

Dann sah sie mich an und nickte mir kurz zu, aber ich hatte den Eindruck, sie meinte damit mehr meine Mutter als mich. Sie ging zur Theke, holte sich ihren Tee und verließ die Kantine wieder.

»Was hast du gemeint, endlich singt sie die Vorstellung?«, fragte ich Alex.

»Hm?«

»Zur Seliger, du hast gerade zu ihr gesagt, dieser Idiot von Regisseur damals ...«

»Ach so, das. Der Regisseur, der damals das *Land des Lächelns* inszeniert hat, hat ihr die Premiere weggenommen.«

»Was heißt ›weggenommen‹?«

»Ich war bei dieser Inszenierung Regieassistentin. Katharina hat die Lisa geprobt, ich fand sie immer toll, aber dem Regisseur hat sie nicht gefallen. Die beiden haben oft gestritten, aber haben sich auch rasch versöhnt. Ich meine, du kennst das doch, zuerst hassen sich alle, und nach der Premiere haben sie sich wieder lieb. Und dann war die Generalprobe, wir haben alle schon gedacht, Gott sei Dank, jetzt ist es endlich vorbei. Und da ist er ausgerastet! Dieser Regisseur hat sich aufgeführt wie das Rumpelstilzchen, hat herumgeschrien und ist durch den Zuschauerraum gesprungen wie ein Wahnsinniger. Er hat sie aus dem Stück geworfen. Die Premiere hat die Zweitbesetzung gesungen.«

»Das geht?«, fragte Konrad nach.

»Oh ja, alles geht. Offiziell ist sie krank geworden und konnte deshalb nicht auftreten. Ich fand es ja toll, wie sie mit der ganzen Sache damals umgegangen ist, der Typ war ja echt nicht normal. Also, wenn mir das passiert wäre ...«

»Wer war der Regisseur?«, fragte ich.

»Otto Merkweditz, kennt kein Schwein mehr, aber damals war er der aufregende Newcomer, dem alle hinterherhecheln. Hat irgendeinen wahnsinnig wichtigen Preis bekommen und hatte somit freie Bahn.« Alex sah auf ihre Armbanduhr. »So, ich muss wieder rauf, bevor der zweite Teil beginnt. Fanny, wir sehen uns gleich, und ihr kommt kurz vor Schluss, okay?«

»Wir werden mit Fanny mitgehen«, sagte Konrad.

Alex machte noch einen kurzen Umweg über die Theke, wo sie sich einen großen Kaffee im Pappbecher mitnahm, und verließ dann die Kantine.

»Passieren solche Sachen öfter, dass Leute umbesetzt werden?«, fragte Konrad und nahm einen Schluck Kaffee.

Fanny winkte ab. »Ach komm, so was passiert doch ständig hier. Es sei denn, du kennst die richtigen Leute, und wenn du Glück hast, dann sind sie dir auch noch was schuldig. Ihr glaubt nicht, wie oft ich das hier schon erlebt habe. Ts, ts, eigentlich ein Jammer…«

Konrad und ich sahen uns verblüfft an und brachen in schallendes Gelächter aus.

»Was ist daran so lustig?«, fragte Fanny.

»Du redest, als wärst du fünfzig Jahre älter«, antwortete ich.

»Ich habe eben eine alte Seele«, erklärte Fanny, worauf wir noch mehr lachen mussten.

»So was gibt es, wirklich«, sagte sie eingeschnappt und verschränkte die Arme.

»Na komm schon, du alte Seele«, sagte Konrad und stand auf. »Schauen wir, dass wir dich sicher auf die Bühne bringen.«

Das Mädchen   3 Jahre später, 22. Juli

Ihre Lehrerin hatte ihr Versprechen eingehalten, die Arztbesuche zu beenden, sobald sie das wollte. »Ich möchte nicht mehr zu ihm«, hatte ausgereicht. Zwar hatte ihre Lehrerin immer wieder nachgefragt, aber ein halbes Jahr später wurde sie schwanger, verließ die Schule, und damit war auch ihr Kontakt beendet.

Die neue Lehrerin war ganz anders, eine kecke Rothaarige, die übertrieben laut lachte und immer in Stöckelschuhen zum Unterricht kam. Sie wurde von ihr kaum zur Kenntnis genommen. In den Jahren, die nach diesem Nachmittag in Dr. Krishan Blanckels Ordination vergangen waren, hatte sie eine gewisse Gleichgültigkeit dem Leben und ihren Alpträumen gegenüber entwickelt. Sogar die Angst blieb aus, wenn sie das Wort »Schlafenszeit« hörte.

Der Trick war, am nächsten Morgen so zu tun, als wären die Alpträume gar nicht ihr passiert. Es war wie mit dem Lügen – wenn man es nur oft genug tat, dann glaubte man irgendwann selber daran.

»Ja, es geht mir gut, Mama.« – »Es ist alles in Ordnung, Mama.« – »Ich bin glücklich, Mama.«

Und so wurden ihre Alpträume wie das Samenkorn einer Giftpflanze, das man vergräbt und dann vergisst, weil es nicht austreibt. Die giftigen Wurzeln, die unter der Erde zu wuchern beginnen, sieht man nicht.

Ihr zehnter Geburtstag fiel auf einen Donnerstag. Die Torte, die ihre Mutter auf den Tisch stellte, war mit einer weißen cremigen Glasur überzogen, und die Flammen der zehn bunten Kerzen flackerten.

»*Du musst dir was wünschen, wenn du sie ausbläst*«, *sagte ihre Mutter.*

Sie schloss die Augen und wiederholte lautlos denselben Wunsch wie auch schon in den drei Jahren zuvor, während sie in ihren Backen die Luft sammelte: »*Ich will nicht mehr* ...«

Sie pustete, so fest sie konnte. Die acht Kerzen in ihrer Nähe erloschen sofort, das Feuer der zwei, die am weitesten von ihr entfernt waren, zuckte. Sie stemmte sich aus ihrem Stuhl hoch, um näher heranzukommen, es klappte, auch die vorletzte ging aus. Doch jetzt war fast keine Luft mehr in ihren Lungen, sie presste und betete, bitte, bitte, geh aus. Obwohl nicht einmal mehr ein Hauch aus ihrem Mund kam, erlosch die letzte Flamme. Sie drehte sich über ihre linke Schulter und sah in das Gesicht ihrer Mutter, die die letzte Kerze für sie ausgeblasen hatte.

»*Hast du schon alles in die Kisten gepackt?*«, *fragte ihre Mutter, während sie sehr penibel die Vanillebuttercreme aus der Mitte des Tortenstücks ihrer Tochter schabte und auf den Teller abstreifte.*

»*Fast alles, den Rest mache ich morgen.*«

»*Aber Schatz, morgen ist es zu spät, das weißt du. Bitte, mach es jetzt*«, *sagte ihre Mutter.*

»*Natürlich, Mama.*«

Es war schnell erledigt, achtlos fasste sie in die Laden und warf alles ohne Ordnung in die bereitgestellten Kisten. Jetzt fehlte nur noch das alte Puppenhaus, das schon seit Jahren auf dem obersten Brett des Bücherregals verstaubte. Wie sollte sie das bloß alleine runterbekommen? Das Ding war riesig, eine Antiquität, ihre Mutter und deren Mutter und wahrscheinlich auch deren Mutter hatten als kleine Mädchen schon damit gespielt. Reichte das nicht, hatte es nicht schon seinen Zweck weitreichend erfüllt? Also warum sollte sie es mitnehmen? Schließlich war sie schon viel zu alt, um damit zu spielen. Seufzend setzte sie sich aufs Bett und sah sich im Zimmer um. Was für ein beschissener Geburtstag. Schon den ganzen Tag hatte sie ihrer Mutter geholfen, unentwegt waren Möbelpacker bei ihnen ein und aus gegangen. Nur die Möbel in ihrem Kinderzimmer blieben da, weil ihre Mutter meinte, sie bräuchte sowieso bald größere »*Teenagermöbel*«.

»Aber hast du sonst irgendwas Schweres in deinem Zimmer, das sie mitnehmen sollen?«, hatte ihre Mutter gefragt.

Als sie »Nein, nichts« antwortete, hatte sie natürlich das blöde Puppenhaus vergessen. Ihre Mutter würde ausflippen, wenn sie es mitbekam.

Sie brauchte irgendetwas, um an das Ding ranzukommen, aber das Einzige, was hoch genug war, war ihr Schreibtisch. So langsam, dass es fast kein Geräusch machte, zog sie den Tisch neben das Bücherregal und stieg darauf. Aus der Nähe betrachtet, erinnerte sie sich erst wieder, wie hübsch es war. Neun kleine Zimmer, eingerichtet mit kunstvoll geschnitzten braunrot glänzenden Holzmöbeln, winzigem Porzellangeschirr, Miniaturteppichen mit persischen Mustern und goldumrahmten Spiegeln. In einem Zimmer war sogar ein silberner Christbaum mit karmesinroten Glaskugeln, es gab einen Kristalllüster, kleiner als ihre Faust, und einen schwarzen gusseisernen Ofen, vor dem winzige Miniaturholzscheite aufgeschichtet lagen. Völlig vergessend, warum sie überhaupt hier heraufgeklettert war, blies sie in die Zimmer. Staubwölkchen wie grauer Schnee wirbelten durch die Luft. So vertraut war ihr das alles. Sie hatte es geliebt, damit zu spielen. Wieso hatte sie das vergessen? Wo waren die Puppen, die in das Haus gehörten? Es waren drei gewesen, der Vater mit dem adretten Mittelscheitel, die Mutter im beigen taillierten Kleid und das Kind mit den blonden Locken und den roten Pausbacken.

Als Erstes entdeckte sie die Mutter- und die Kindpuppe. Die beiden lagen eingewickelt in ein Papiertaschentuch in der kleinen Badewanne. Die Vaterpuppe befand sich im Stockwerk darüber, hinter dem Kleiderkasten eingeklemmt. Sie nahm alle drei und setzte sie auf das dunkelbraune Samtsofa im Puppenhauswohnzimmer. Der Mutterpuppe fehlte ein Arm, sie konnte sich erinnern, den hatte sie versteckt, damit ihre Mutter es nicht merkte. Das war der Grund, warum sie nicht mehr damit hatte spielen wollen, jetzt fiel es ihr wieder ein! Unter dem Doppelbettchen, im Zimmer links im Erdgeschoss, hatte sie ihn verborgen. Sie beugte sich, so weit sie konnte, zur Seite und tastete danach. Tatsächlich, da lag er. Aber da war noch etwas anderes unter dem Bett. Es hatte eine glatte Fläche und war hart wie ein dickes Papier. Sie zog es hervor. Das war kein Papier, das war ein Foto. Eines mit weißer Umrahmung, das mit einem Surren aus diesem speziellen Fotoapparat geschoben wurde, kaum hatte man abgedrückt. Und dann dauerte es nur zwei oder drei Minuten, bis das Bild darauf zu sehen war. Hatte sie das damals dort versteckt, gemeinsam mit dem Puppenarm?

»Oh nein, bitte nicht!«, hörte sie die Stimme ihrer Mutter und zuckte zusammen. Sie stand in der Tür ihres Kinderzimmers, die Arme verschränkt und schnaubte. »Ach, verdammt, wir haben das Puppenhaus vergessen.«

»Ja, ich habe gar nicht mehr daran gedacht«, sagte sie schuldbewusst, während sie hinter ihrem Rücken das Foto unter den Pulli in den Hosenbund schob.

34.

LEITMOTIV

Der Beginn des zweiten Teils der Operette ging, wie es so schön heißt, völlig reibungslos über die Bühne, und nach dem Ende der ersten Szene konnte man annehmen, dass der Mörder diesmal wirklich vor dem Aufgebot an Polizeischutz kapituliert hatte.

Anscheinend dachten das auch die Darsteller, von Erich Freiwerf und Sabine Gschwandner angefangen, die einander in einer tragischen Szene glücklich anstrahlten, über die Polizisten, die jetzt leise miteinander wisperten, bis zu Alex, die mich anlachte und sich imaginären Schweiß von der Stirn wischte. Sogar im Publikum schien sich die Stimmung zu verändern, es wurde jetzt immer öfter gehustet und geniest, was ein Zeichen war, dass die Aufmerksamkeit nachließ. Der Einzige, der außer mir nicht daran glaubte, war Konrad.

Wir standen, wie schon vor der Pause, im ersten Gang der Seitenbühne neben einem der Polizisten und verfolgten das Stück. Konrad schaute immer unruhiger um sich, und als ich ihn am Unterarm berührte, spürte ich, wie angespannt seine Muskeln waren.

»Was denkst du?«, fragte ich und bekam ein rügendes »Pssst« von Sabine Gschwandner, die im nächsten Gang auf ihren Auftritt wartete.

Konrads Locken klebten an der Stirn, und er verlor mich immer wieder aus seinem Blickfeld.

»Was ist los, ist alles in Ordnung? Hast du was bemerkt?«, flüsterte ich, nachdem Sabine Gschwandner ihr Stichwort bekommen hatte und aufgetreten war.

»Irgendetwas stimmt nicht«, sagte er gehetzt. »Ich komm nur nicht drauf, was es ist. Da, schon wieder dieses Klingeln. Hörst du es nicht?«

Ich konzentrierte mich und sah zu Boden. Jetzt hörte ich es auch, es war so leise, dass es als beginnender Tinnitus hätte durchgehen können.

»Doch, ich glaub, ich höre es auch. Woher kommt das?«

Er zuckte mit den Achseln. »Wo ist die Direktorin?«, fragte er, doch ich zuckte nur mit den Schultern. Auf der Bühne wurden gerade Katharina Seliger und Sabine Gschwandner von den drei Tänzerinnen verfolgt, die nun wie chinesische Krieger angezogen waren. Katharina Seliger lief genau in Peter Neuners Arme, der sie von der Bühne führte, wie es das Stück vorsah, und Sabine Gschwandner begann, umzingelt von den Körpern der drei Tänzerinnen, zu singen. Dann kam Katharina Seliger wieder auf die Bühne, mit Fanny an der Hand, deren letzter Auftritt das war. Sie besang ihr »inneres Kind«, dass sie so Heimweh hatte, und zum ersten Mal machte diese Idee der Inszenierung, die Rolle mit einem Kind zu besetzen, für mich Sinn.

Die Sängerinnen und Sänger traten auf, spielten, sangen, gingen wieder von der Bühne, das Klingeln war ab und zu ganz schwach zu hören, aber ich konnte nie die Richtung ausmachen, aus der es kam.

Die kleine hübsche Tänzerin, die den Kaviar gegessen hatte, Tanja, stand plötzlich neben mir und wartete auf ihren nächsten Auftritt. Ich sah mich um, Konrad war nicht mehr hinter mir, sondern sprach mit einem Polizisten.

»Lotta, so heißt du doch, oder? Darf ich dich kurz was fragen?«, flüsterte Tanja.

»Sicher«, sagte ich und sah zu ihr hinunter – sie war wirklich klein.

Sie ging ein paar Schritte zurück und bedeutete mir, ihr zu folgen. »Du warst mal mit Bernhard zusammen, stimmt das?«, fragte sie und setzte sich auf eine gepolsterte Holzbank, die an der Seitenwand stand.

»Woher weißt du das?«
»Bernhard hat es Pauli gesagt.«
»Aha. Und?«
»Also, stimmt es?«
»Ja. Wieso interessiert dich das?«
»Na, weil sie wieder zusammen sind.«
»Wer?«
»Bernhard und Pauli. Das war uns eh allen klar, dass sie es nicht lange ohne einander aushalten. Und es ist echt ein Glück für uns, Pauli war nicht auszuhalten in der Zeit, in der sie getrennt waren.« Sie kicherte. »Was soll man gegen die große Liebe schon tun? Die beiden hängen einfach viel zu sehr aneinander. Oh entschuldige, das war taktlos.«

»Gibt es sonst noch was?«, rutschte es mir heraus.

»Pauli sagt, es tut ihm so leid, was damals zwischen euch passiert ist.«

»Wieso erzählst du mir das?«

»Na ja, ich hab mir gedacht, du willst es vielleicht wissen. Was ist denn zwischen euch gewesen?«

»Hat dich Pauli geschickt, um mich das zu fragen?«

Sie seufzte auf. »Nein, sie weiß nicht, dass ich mit dir darüber rede. Sie ist meine Freundin, und Bernhard will es ihr nicht sagen. Er meint, dann würde Pauli ihn auch hassen, so wie du.«

»Das hat er gesagt?«

Die kleine Tänzerin nickte. »Pauli ist ein toller Mensch, wirklich. Sie hätte dich nie selber gefragt, aber es macht sie ganz verrückt, dass sie es nicht weiß ... na ja, ich hab mir gedacht, ich tu ihr einen Gefallen.«

Ich war zu perplex, um ihr eine Antwort zu geben, und blieb stumm stehen.

»Entschuldige, es war wahrscheinlich eine blöde Idee, ich meine, du kennst mich nicht mal und sicher ist es …«, sagte sie und stand auf.

Ich wollte sie nicht einfach so gehen lassen, denn schließlich war sie es, die anscheinend eine Affäre mit der Direktorin hatte und mir vielleicht Hinweise geben konnte.

»Wenn Pauli keine berühmte Mutter hat, braucht sie sich, glaub ich, keine Sorgen zu machen«, sagte ich, um sie aufzuhalten.

Sie sah mich erstaunt an. »Nein, hat sie nicht.«

»Susu ist eine tolle Frau, nicht wahr?« Mir war in der Eile keine bessere Einleitung eingefallen.

Wenn sie von meiner Aussage überrascht war, dann ließ sie es sich nicht anmerken. Sie hob die Schultern und nickte leicht: »Ja, ich glaub auch, sie ist eine ganz gute Direktorin. Oh, ich muss zum Auftritt. Wir sehen uns später.«

Und dann lief sie auch schon auf die Bühne, wo ihr Pauli und die andere Tänzerin von der gegenüberliegenden Seite entgegenkamen.

Das Stück zog sich dahin, und dann kam endlich die letzte Szene, in der der Prinz Sou Chong seine geliebte Lisa wieder nach Wien schickte und alleine zurückblieb. Es war der Moment, in dem Konrad und ich zu Bernhards »Dein war mein ganzes Herz« Walzer tanzen mussten. Und spätestens nach der ersten Drehung wurde uns klar, dass es ein großer Fehler gewesen war, es vorher nicht auszuprobieren. Konrad begann gleich im raschen Dreivierteltakt loszulegen, als gäbe es die langsame Musik nicht. Weil ich dachte, wir würden einen Zeitlupenwalzer tanzen, und nicht darauf gefasst war, zog er zwar meinen Oberkörper mit, aber meine Beine blieben stehen, wo sie waren. Konrad stolperte über meine Füße, und hätten wir nicht in der Tanzpose dagestanden, in der ich ihn an den Armen aufhalten konnte, wäre er der Länge nach hingefallen. Wir versuchten es noch zweimal, aber auch da wurde es nicht besser. Schließlich gaben wir auf und blieben in der Tanzhaltung stehen, ohne uns zu bewegen. Das einzig Gute an unserem Auftritt war, dass wir uns im hinteren Teil der Bühne befanden, wo es ein bisschen dunkler war, während Bernhard vorne im Scheinwerferlicht Katharina Seliger singend nachschluchzte.

Als die letzten Töne des Orchesters verklungen waren, der Vorhang sich senkte und der Applaus losging, winkte uns Alex von der Bühne, damit Bernhard und Katharina Seliger alleine waren, wenn der Vorhang wieder hochging.

»Na, Fred und Ginger«, sagte Alex grinsend. Ich wollte etwas erwidern, aber es wurde so laut, als der Vorhang sich wieder hob, dass ich nichts sagte. Die beiden Hauptdarsteller verbeugten sich, Bernhard küsste Seligers Hand, und das Publikum jubelte sogar noch, als sie abgingen.

Die Applausordnung war einfach, da Alex am Beginn des zweiten Teils gesagt hatte, es würde nur einen Durchgang geben. Dann sollte der Vorhang sich senken, egal wie lange der Applaus andauerte, und das Saallicht würde hochgefahren werden.

Konrad und ich gingen raus, verbeugten uns kurz und blieben am linken Bühnenrand stehen. Nach uns kam Fanny, sie machte einen übertriebenen Knicks und stellte sich neben uns. Die Tänzerinnen liefen in die Mitte der Bühne, jede trat einzeln vor und lief nach ihrem Applaus auf die uns gegenüberliegende Seite. So kam nacheinander einer nach dem anderen, verbeugte sich und blieb dann auf der ihm zugeteilten Bühnenseite stehen.

Bernhard war der Vorletzte, und sowohl bei ihm als auch bei Katharina Seliger, die nach ihm herauskam, klatschte sogar das Orchester mit. Ich sah zu der Seite, wo Alex stand, neben ihr war Susu Supritsch aufgetaucht und klopfte der Regieassistentin anerkennend auf die Schulter.

Anscheinend verwirrte Alex das, denn sie drückte plötzlich nervös irgendwelche Knöpfe am Regiepult neben sich, und das

Saallicht ging an. Ich sah erschrocken zu Konrad. Er war angespannt wie ein Raubtier vor dem Sprung.

»Ach du Scheiße«, sagte Fanny laut und zeigte ins Publikum, »da ist mein Papa.«

Ich sah auf die Stelle, wo sie hindeutete, und wirklich, im Gang zwischen den Stuhlreihen stand Fannys Vater. Sogar auf die Entfernung konnte ich sehen, wie wütend er war. Sein kahler Kopf glühte wie eine Boje.

Ich wollte meinen Blick schon wieder zu Konrad wenden, als ich ihn bemerkte. Sven, oder Detlef, wie sein richtiger Name war, stand vielleicht zwei Meter hinter Fannys Vater. Anscheinend hatte Konrad ihn auch gesehen, denn er schrie mir zu: »Runter von der Bühne.«

Dann war nur noch dieser ohrenbetäubende Knall zu hören und etwas Feuchtes und Glibberiges, wie warmer Pudding, flog mir um die Ohren.

35.

GRAND OPERA

Ich verlor die Orientierung. Das Klingen in meinen Ohren übertönte die Schreie. Ich wurde am Arm gepackt und zu Boden gerissen. Meine Hand griff in etwas Glitschiges. Obwohl ich sah, dass es ein blutiger Fleischklumpen war, der neben mir am Boden lag, wollte es mein Gehirn nicht begreifen. Ich beugte mich näher über den roten Brocken, der bedeckt war mit winzigen Kügelchen, die an manchen Stellen schwarz aus der Masse hervorschimmerten. Als ich erkannte, was es war, schien die Zeit einzufrieren. Neben mir lag ein Teil vom Verdauungstrakt eines Menschen. Eines Menschen, der Kaviar gegessen hatte. Wie in Trance hob ich den Kopf und sah zur anderen Seite der Bühne. Auf dem Platz, wo Tanja, die kleine Tänzerin, mit der ich vor dreißig Minuten noch geredet hatte, gestanden hatte, lagen ihre zerfetzten Reste in einer Blutlache.

Jemand kam und schob mich zur Seite, er schrie und schrie, aber ich konnte ihn nicht verstehen. Fannys Vater griff nach seiner Tochter, die hinter mir lag, er hob sie hoch und rannte mit dem weinenden Mädchen von der Bühne. Es war wie in einem Alptraum, in dem man die ganze Zeit hofft, dass man aufwacht. Aber hier wurde niemand wach.

Jemand hob mich hoch und trug mich ebenfalls von der Bühne. Zuerst dachte ich, es wäre Konrad, aber dann erkannte ich, dass es nicht nur eine Person war, sondern zwei – es waren die Polizisten, die vorhin auf der Seitenbühne Wache gestanden hatten. Sie stellten mich neben Alex ab, die mit weit aufgerissenen Augen und Mund noch immer auf die Bühne starrte. Ihr Gesicht, ihre blonden Haare und ihr helles T-Shirt waren übersät mit Blutspritzern.

Plötzlich wurde ich herumgerissen – Konrad schüttelte mich, während er schrie: »Lotta, du musst mir helfen. Was haben wir übersehen?«

»Wurde sie erschossen?«, rief jemand hinter ihm. Konrad trat zur Seite, es war Krump. Zuerst dachte ich absurderweise, Krump hätte mich gemeint, aber dann verstand ich, dass er wissen wollte, wie die kleine Tänzerin umgebracht worden war. Um uns hetzten Beamte in Zivil und in Uniform, ich wurde angerempelt, jemand brüllte nach einem Kollegen, und vom Zuschauerraum hörte man Weinen und Schreien.

»Nein, der Knall kam direkt von der Bühne, als hätte sie auf einer Bombe gestanden.« Konrad packte mich an den Schultern und sagte immer wieder: »Was haben wir übersehen? Was?«

Mein Mund bewegte sich wie von selbst, ich sagte das Erste, was mir einfiel, und meine Stimme hörte sich an wie die einer Fremden: »Der Mörder wollte, dass die Vorstellung bis zum Schluss stattfindet.«

»Aber warum?«

»Ich weiß nicht ...«

Konrad ließ mich los, stolperte ein paar Schritte zurück, sein Gesicht zuckte vor Anstrengung, als würde er versuchen, ein unlösbares Rätsel zu entschlüsseln.

Dann riss er plötzlich die Augen auf, und sein Kopf bewegte sich schnell hin und her, als würde er eine Frage verneinen, die niemand gestellt hatte. »Verdammt!«

»Was haben Sie, Fürst?«, schrie Krump.

Auch ich konnte seinen Gedanken nicht folgen.

»Für wen ist es wichtig, dass diese Vorstellung bis zum Schluss stattfindet?«, fragte er mich.

»Für die Direktorin?«

»Kann sein. Aber für wen noch? Für wen ist diese Vorstellung wichtig?«

»Für ... Seliger?«

»Ja, das ist es! Der Mörder will, dass Seliger diese Vorstellung singt. Er will diese Ungerechtigkeit, dass sie damals die Premiere nicht singen durfte, wiedergutmachen«, schrie Konrad, dann wandte er sich zu Alex neben mir und packte sie an den Schultern. »Alex, sieh mich an. Du musst dich jetzt konzentrieren. Wem ist es so wichtig, dass Katharina Seliger diese Vorstellung singt?«

»Ich ... ich weiß nicht«, stammelte sie.

»Erinnerst du dich an damals? Gab es jemanden, der gegen diese Umbesetzung war?«

Langsam schüttelte Alex den Kopf, es sah aus, als wäre sie in Trance.

»Jemand aus dem Ensemble? Oder die Direktorin? Hat sie dagegen protestiert?«, hakte er nach.

Alex blinzelte ihn an, als würde sie ein klein wenig erwachen. »Susu? Nein, sie hat Katharina nicht geholfen. Im Gegenteil.«

»Was heißt im Gegenteil?«, fragte er, doch Alex sah wieder nur an ihm vorbei und starrte ins Leere.

»Hilf mir, Lotta, hilf mir!«, flehte Konrad und nahm mich wieder an den Schultern. »Wir übersehen etwas! WAS? WAS? WAS? Heute Vormittag in der Kantine, du wolltest dich an die Direktorin ...«

Und da erkannte ich, was er meinte. Als hätten mir seine Worte eine Tür geöffnet. »Die tote Tänzerin. Sie und Supritsch ... bei der Probe.«

»Natürlich! Sie war Supritschs Affäre. Scheiße, wo ist sie? Wo ist Susu Supritsch?«, schrie Konrad.

»Was? Was ist mit Supritsch?«, krähte Krump über den Lärm hinweg.

»Der Mörder kann nicht mehr fliehen, es ist zu viel Polizei da. Deshalb hat er bis zum Schluss gewartet. Er hat Seliger ihren entgangenen Triumph verschafft, den sie wegen Supritsch nicht hatte. Und dann hat er Supritschs Geliebte umgebracht. Es geht nicht um die Oper! Ich glaube, es geht um die Direktorin, es ging ...«

»... immer um sie«, vollendete ich den Satz.

»Er wird Supritsch umbringen«, schrie Konrad.

Krump machte sofort kehrt, und ich hörte ihn noch im Weggehen brüllen: »Findet mir sofort Supritsch und bringt sie hier raus.« Auf sein Kommando rannten alle Polizisten von der Bühne wie kleine Insekten.

»Wir müssen Supritsch finden«, schrie Konrad, und Alex sagte etwas, aber es war so leise, dass ihre Worte in dem Getöse untergingen.

»Was?«, brüllte ich sie an.

»Aber da ist sie doch«, wiederholte Alex, hob langsam ihre Hand und deutete hoch zur Oberbühne.

Im ersten Moment sah es aus, als würden die beiden Personen, die auf der sechs Meter hohen Beleuchterbrücke der Oberbühne standen, einander umarmen. Susu Supritschs hochgesteckte Haare hatten sich gelöst und flossen im Licht des einzigen leuchtenden Scheinwerfers über ihre Schultern wie ein glänzender Wasserfall aus Kupfer.

Ich konnte nicht glauben, wer die andere Person war, die ihr die Pistole an den Kopf hielt. Als ich begriff, dass es weder eine optische Täuschung noch Einbildung war, schleuderte mich der Schock in die Realität.

»Wie komme ich da rauf?«, brüllte Konrad Alex an. Doch sie schien ihn nicht zu verstehen, denn sie sah ihn nur an und fragte mit zittriger Stimme: »Was macht ... Katharina ... dort oben?«

»Wie komm ich da rauf?«, brüllte Konrad noch lauter.

Katharina Seliger redete auf Susu Supritsch ein, während sie ihr den Lauf der Pistole an die Schläfe drückte. Sie wirkte dabei ganz ruhig, Susu Supritsch schüttelte immer wieder den Kopf und versuchte, sich aus Seligers Griff zu befreien, aber sie konnte irgendwie ihre Hände nicht bewegen, als wäre sie gefesselt.

»Im nächsten Stock … Ende vom Gang … Stahltür …«, stammelte Alex noch, dann glitt sie aus seinen Händen, und Konrad konnte ihren Sturz gerade noch verhindern, als sie in Ohnmacht fiel.

Ich rannte vor Konrad los, aber er überholte mich mit den Worten: »Gib Heinz Bescheid, ich geh rauf.«

»Nein, du darfst nicht alleine …«, versuchte ich ihn aufzuhalten, doch er brüllte nur »Such Heinz!« und stürmte an mir vorbei, durch die Seitentür.

Das letzte Mal, als ich Krump gesehen hatte, war er in den hinteren Teil der Bühne gelaufen, um Susu Supritsch zu suchen. Ich folgte seinem Weg und kreischte hysterisch: »Krump, wo ist Krump?«

Die langen schwarzen Vorhänge, die die Rückseite der Bühne vom Zuschauerraum abdeckten, schluckten das Licht, und mit jedem Schritt wurde es dunkler. »Krump, wo sind Sie?«

Ich hatte mich geirrt, er war nicht hier. Niemand war hier, wahrscheinlich durchsuchten er und seine Einsatzleute gerade das Gebäude. Panik packte mich so fest, dass ich wimmerte. Ich musste sofort rauf zu Konrad, ich hatte keine Zeit mehr, nach Krump zu suchen.

»Ich bin hier«, kam plötzlich seine unerwartete Antwort.

»Krump!«, schrie ich auf und taumelte weiter in die Dunkelheit. »Seliger, es ist Katharina Seliger, sie ist auf der Oberbühne mit …«

Ein Schlag auf den Mund ließ mich verstummen und nahm mir die Luft.

»Ich hab doch gesagt, ich bin hier«, wiederholte die Stimme leise.

Ich hatte mich erneut geirrt – das war nicht Krump.

»Und jetzt bringst du mich hier raus, Schlampe, aber ein bisschen dalli«, sagte Detlef und hielt mir mit einer Hand ein Messer an den Hals, während er die andere weiter fest auf meinen Mund drückte.

»Und wenn du auch nur daran denkst zu schreien, bist du tot.« Sehr langsam löste er seine schwitzenden Finger von meinen Lippen und drückte mir die Schneide des Messers so fest an den Hals, dass die Klinge in meine Haut ritzte.

»Was hab ich für ein Pech! Da hab ich dich endlich gefunden und dann das …«, flüsterte er mir ins Ohr, dann drehte er mir meinen linken Arm auf den Rücken und führte das Messer ganz langsam zwischen meine Schulterblätter. Der Stich mit der Spitze war so schmerzhaft, dass ich den Aufschrei nicht unterdrücken konnte. Im nächsten Moment spürte ich, wie ein kleines Rinnsaal Blut meinen Rücken runterfloss.

»Noch ein Ton und ich stech dich wirklich ab.«

Meine Gedanken überschlugen sich. Konrad war sicher schon oben bei Katharina Seliger, und niemand wusste davon. Sie hatte eine Waffe und würde sie auch benutzen. Ich hatte keine Chance, mich gegen Detlef zu wehren, aber ich nahm nicht an, dass er mich laufen lassen würde, sollten wir es tatsächlich aus der Oper schaffen.

»Detlef«, sagte ich und gab mir Mühe, meine Stimme ruhig klingen zu lassen, »gemeinsam haben wir keine Chance. Sie wissen alle, wer du bist, es wird nach dir gefahndet. Wenn wir zusammen rausgehen, werden sie dich erkennen. Ich schwöre dir, ich sage nichts, aber bitte lass mich gehen. Ich muss gehen.«

»Wieso soll ich so einer kleinen Schlampe wie dir glauben? Nur, weil du meinen richtigen Namen kennst?«

»Weil ich die Wahrheit sage.«

Er kam so nah an mein Gesicht, dass ich seinen stinkenden Atem roch. »Aber du hast eines vergessen, Schlampe: Ohne dich komme ich hier schon gar nicht raus. Sie haben alle Ausgänge verschlossen.«

»Nein, das stimmt nicht«, sagte ich rasch. »Wenn du in den Keller gehst, da gibt es einen Lagerraum, von dem führt eine Tür direkt auf die Straße.« Es war eine Lüge, aber ich musste ihn so schnell wie möglich loswerden.

»Gut«, sagte er, »dann wirst du mich dorthin begleiten.«

»Aber ...«, begann ich, doch er drückte mir die Messerspitze wieder in die Wunde und bewegte sie leicht.

»Los«, befahl er und schob mich Richtung Bühnenausgang. »Und wenn du auch nur versuchst, jemandem ein Zeichen zu geben, hast du mein Messer im Rücken.«

Ich überlegte, ob ich eine Chance hätte, mich aus seinem Griff zu entwinden und wegzulaufen, als ich die Schritte hörte. Jemand kam angelaufen. Detlef blieb stehen, aber er hatte es um den Bruchteil einer Sekunde zu spät bemerkt. Der junge Polizist in Uniform erschien bereits in dem Gang zwischen den schwarzen Vorhängen. Er war einer derjenigen, die mich vorhin von der Bühne getragen hatten. Wir waren nur ein paar Schritte von ihm entfernt, aber in unserem Teil war es so dunkel, dass ich nicht sicher sein konnte, ob er die Situation richtig beurteilte.

»He, was machen Sie da?«, fragte er perplex.

»Schießen Sie! Er hat ein Messer! Schießen Sie«, schrie ich, ließ mich mit ganzer Kraft nach vorne fallen und ignorierte den stechenden Schmerz in meinem linken Unterarm. Im nächsten Moment knallte ein Schuss. Detlef hinter mir schrie auf, dann sackte sein massiger Körper zu Boden. Ich lief zu dem Polizisten, der ein paar Meter entfernt stand.

»Wer ... das ... ist ...«, stammelte der Polizist, die Pistole noch immer vor sich ausgestreckt.

»Krump, wo ist Krump?«, brüllte ich ihn an.

»Weiß nicht ... sucht ... Direktorin«, sagte er.

»Sagen Sie ihm, Fürst braucht sofort Unterstützung, er ist bei

Seliger, auf der Oberbühne. Sie ist die Mörderin«, schrie ich und rannte aus dem hinteren Teil nach vorne auf die Hauptbühne.

Katharina Seliger war die Erste, die ich sah. Sie stand hinter dem hüfthohen Geländer auf der Beleuchterbrücke. Ihre Fußspitzen ragten über den freien Abgrund, mit einer Hand hielt sie sich an der Eisenstange hinter sich fest, mit der anderen Hand richtete sie den Lauf ihrer Pistole auf Konrad, der links von ihr auf der Beleuchterbrücke stand. Ich konnte nicht hören, was er sagte, aber Konrad redete auf Katharina Seliger ein, die so heftig weinte, dass ihr Körper bebte. Susu Supritsch kniete ein paar Meter von den beiden entfernt auf der rechten Seite. Konrad ging einen Schritt auf Katharina Seliger zu, und für einen Moment sah es so aus, als würde Seliger die Waffe senken, aber dann hielt sie sie plötzlich wieder hoch, direkt auf Konrads Gesicht gerichtet, und streckte ihren Arm durch. Ihre Lippen bewegten sich und Konrad blieb stehen.

Es musste irgendwas sein, das Katharina Seliger gesagt hatte, denn plötzlich stand die Direktorin auf. Sie knickte kurz zurück, ihre Hände waren hinter ihrem Rücken gefesselt, doch dann fand sie wieder das Gleichgewicht und ging auf Seliger zu.

»NICHT!«, schrie Seliger, so laut, dass ich es unten hören konnte. Aber Supritsch ging weiter. Sofort drehte sich Seliger mit der Pistole in ihre Richtung und kehrte Konrad den Rücken zu. Und in diesem Moment hechtete er zu ihr und schlug ihr mit voller Wucht die Waffe aus der Hand. Die Pistole flog durch die Luft, landete hinter Susu Supritsch, rutschte weiter über den Metallboden und fiel hinunter auf die Bühne, nicht weit von dem Platz, wo ich stand.

Und dann ging alles rasend schnell.

Katharina Seliger verlor durch den Schlag, den sie von Konrad bekommen hatte, den Halt. Das hüfthohe Geländer, an dem sie sich festgehalten hatte, glitt ihr aus der Hand.

Sie ruderte mit den Armen, versuchte wieder, nach der Eisenstange zu greifen. Doch sie verfehlte sie und kippte nach vorne.

Konrad, der nur auf die Waffe und nicht mehr auf sie geachtet hatte, bemerkte es erst jetzt und sprang, um sie festzuhalten. Als er ihre Taille zu fassen kriegte, war es bereits zu spät. Er hatte zu viel Schwung genommen und keine Chance mehr, das Gleichgewicht zu finden. Er streckte seine Hand noch nach dem Geländer, aber er griff ins Leere.

Ich wollte schreien. Doch kein Ton kam aus meiner Kehle.

Ich konnte nur zusehen, wie Konrad von Katharina Seligers Körper mitgerissen wurde und mit ihr die sechs Meter hinunter auf die Hauptbühne fiel.

36.

BALLADE

»Alles wird gut, Konrad, es wird alles wieder gut«, flüsterte ich, kniete mich neben ihn und legte meine rechte Hand auf seine blutige Wange. Wir wussten beide, dass es eine Lüge war.

Die trampelnden Schritte der hereinlaufenden Beamten ließen den Boden vibrieren. Ich glitt mit der Hand unter seinen Kopf, um die Erschütterung abzufangen.

Katharina Seliger hatte Glück gehabt. Im Sturz hatten sich ihre Körper getrennt, und sie war auf das Teehaus aus Karton und Pressspanplatten gefallen. Unter der Wucht des Aufpralls war es zerkracht und hatte ihren Körper dadurch abgefangen.

Doch Konrad war ungebremst auf die Mitte der Bühne gefallen. Wie eine Puppe war er am Boden aufgeschlagen, ein dumpfer Laut, der mein Herz zerriss. Seine Beine standen in unnatürlichem Winkel von seinem Körper ab, und sein Atem ging so flach, dass sein Brustkorb sich nicht mehr bewegte.

»Alles gut«, wiederholte ich. »Es wird alles gut, die Rettung ist gleich da, sie werden dich ins Krankenhaus bringen …«

Meine Stimme kippte, war nur noch ein Piepsen, während Konrad mich mit seinen schwarzen Kohleaugen ansah, aus denen langsam der Glanz wich. Ich strich ihm, so gut ich konnte, mit der linken Hand die Locken aus der Stirn, und als sie schon nicht mehr da waren, strich ich noch immer.

»Verdammt, wo bleibt der Krankenwagen?«, hörte ich jemanden panisch hinter mir brüllen, ich glaube, es war Krump. Die Schritte wurden eiliger, Stimmen riefen durcheinander, aber ich hörte nicht mehr zu.

Konrad öffnete den Mund, um etwas zu sagen.

Ich beugte mich näher über sein Gesicht, schüttelte energisch den Kopf, als wäre er nur ein ungezogenes Kind, das sich beim Spielen wehgetan hatte. »Nein, Konrad. Nicht sprechen. Du darfst dich nicht anstrengen.«

Da zog er einen Mundwinkel hoch, so wie er es immer getan hatte, wenn ihn etwas amüsierte. Es war dieses kleine Lächeln, mit dem er mich so oft angesehen hatte. Mein Unterkiefer fing an zu beben, und ich biss mir auf die Unterlippe, doch es half nichts. Seine zitternde Hand griff nach mir, und als unsere Finger ineinanderglitten, spürte ich, dass es nicht mehr lange dauern würde. Er bäumte sich vor Schmerzen auf und drückte meine Hand fester.

Und dann wurde es plötzlich still um uns. Die Schritte blieben stehen, die Stimmen verstummten. Als würden alle erst jetzt begreifen, was hier passierte.

Konrad öffnete wieder den Mund, und diesmal hielt ich ihn nicht zurück. Ich wusste, er würde sterben, und ich konnte nichts dagegen tun.

»Julia«, sagte er und blinzelte schwach.

»Ja, sie werden deine Tochter finden«, wisperte ich und versuchte zu lächeln. »Krump hat es dir versprochen. Sie werden Julia finden.«

Er öffnete die Augen ein Stückchen weiter. »Nein, du bist es ... Julia«, hauchte er, »du bist ... meine Julia.«

Ich wollte nicht weinen. Ich wollte nicht, dass Konrad als Letztes mein heulendes Gesicht sah.

»Damals ... ich habe ... nicht aufgepasst ... es ... es tut mir ... so leid«, keuchte er und drückte meine Hand.

»Bitte geh nicht. Du darfst nicht gehen.« Die Tränen liefen mein Kinn entlang und tropften auf seinen Hals.

In meiner rechten Hand spürte ich, wie er ganz leicht seinen Kopf bewegte, als würde er versuchen, ihn zu schütteln. »Nicht weinen. Es ist … gut. Jetzt … ist es … gut.«

Sein Atem wurde noch schwächer.

Wie oft in meinem Leben hatte ich das Falsche gesagt? Vorsätzlich zu meinem eigenen Vorteil gelogen?

Auch wenn es nicht die Wahrheit war, sagte ich jetzt die einzig richtigen Worte, die mir einfielen: »Ja, ich bin Julia«, sagte ich. »Du hast mich gefunden. Ich bin da, Papa.«

Sein Blick erhellte sich für den Bruchteil einer Sekunde.

»Papa«, wiederholte er und drückte meine Hand. Ich nickte und weinte und sah zu, wie er seinen letzten Atemzug nahm.

Und dann schloss Konrad Fürst seine Augen.

Das Mädchen   23. Juli

Sie musste noch einmal zu Dr. Krishan Blanckel. Das wusste sie seit dem Moment, als sie wieder alleine in ihrem Zimmer war und das Polaroidfoto aus ihrem Hosenbund gezogen hatte.

Wie jeden Morgen wurde sie am nächsten Tag zur Schule gebracht. Doch heute ging sie nicht ins Klassenzimmer, sondern wartete in der Mädchentoilette auf das Läuten der Schulglocke. Es war egal, dass sie die erste Schulstunde versäumte. Sie würde sich eine Ausrede einfallen lassen, und selbst wenn der Lehrer ihr nicht glaubte, spielte es keine Rolle mehr. Schließlich war diese Woche bereits Schulschluss, und danach würde niemand hier sie wiedersehen.

Als sie endlich sicher sein konnte, dass alle in den Klassenzimmern waren, kam sie aus der Toilette und schlich den Gang entlang zum Haupttor. Sie musste sich beeilen. Der Schulwart durfte sie auf keinen Fall sehen. Er sperrte zwar normalerweise erst ein paar Minuten nach acht Uhr ab, um nicht bei jedem Schüler, der zu spät kam, aus seinem Zimmer herausgeklingelt zu werden, aber manchmal verschloss er das Schultor auch früher, wenn ihm danach war, eine Standpauke zu halten.

Seine Tür stand offen, sie linste hinein, er zählte gerade die Milchpäckchen für die Pause ab. Sie hielt die Luft an und trippelte auf den Zehenspitzen vorbei, die Treppe zum gläsernen Eingangstor hinunter. Erleichtert stellte sie fest, dass es noch nicht zugesperrt war. Sie öffnete das Tor gerade so weit, dass sie sich durchquetschen konnte, und dann fing sie an zu rennen. Sie rannte so schnell, wie sie noch nie in ihrem Leben gerannt war.

»Oh.« Das war das Einzige, was aus dem Mund von Dr. Krishan Blanckel kam, als er die Tür öffnete. Er erkannte sie sofort, auch wenn sie in den letzten drei Jahren ein ganzes Stück gewachsen war.
»Ich muss Ihnen etwas zeigen«, sagte sie, noch immer außer Atem.
»Komm doch erst mal rein.«
»Nein, ich kann nicht bleiben.« Sie griff in ihre Schultasche und nahm das Polaroidfoto heraus.
»Willst du mir nicht erst einmal sagen, wie es dir geht?«, fragte der Arzt. Er lächelte freundlich, aber sie ließ sich nicht davon täuschen – sie wusste sehr genau, was er damals in seine Mappe über sie geschrieben hatte. Störung!
Sie schüttelte energisch den Kopf und hielt ihm das Foto in ihrer Hand entgegen.
»Da, sehen Sie.«
»Was hast du de...«, begann er, stockte jedoch, als er in ihre Hand blickte. Auf dem Bild waren zwei Mädchen abgelichtet, Wange an Wange, einander umarmend, und blickten in die Kamera.
»Das Mädchen links, bist das du?«, fragte der Arzt. Sie nickte. »Du bist noch recht klein auf dem Foto, wie alt bist du da? Drei? Vier? Fünf?«
»Ich weiß es nicht, ich kann mich nicht daran erinnern.«
»Und das andere Mädchen, wer ist das?«
Sie hatte das Mädchen sofort erkannt.
Obwohl man nur ihr Gesicht auf dem Foto sah, fiel auf, wie dick sie war. Die kleinen braunen Augen mit den kurzen unregelmäßigen Wimpern wie Bindfäden, eine fleischige Boxernase und ein Mund, bei dem die Unterlippe doppelt so groß war wie die Oberlippe.
»Das ist das Mädchen aus meinen Alpträumen. Das Mädchen, das so lange kein Gesicht hatte und dann plötzlich eines bekommen hat, erinnern Sie sich?
Kaum hatte er genickt, drehte sie sich um und wollte gehen.

»Ist das wahr?«, hielt er sie auf.

»Ich habe Sie noch nie belogen.«

»Wie heißt sie?«

»Ich habe keine Ahnung, wie sie heißt«, fuhr sie ihn heftiger an, als sie wollte. »Sie spricht im Traum wirres Zeug und ich ...«

»Was sagt sie denn?«, fragte er so sanft, dass ihre Sehnsucht nach ihm sie wie ein Nadelstich mitten ins Herz traf.

»Pastellrosa, Nudelsuppe und 5«, antwortete sie.

»Was meint sie damit?«

»Das weiß ich doch nicht. Aber ich weiß, dass sie das Mädchen von dem Foto ist. Und dass ich keine Störung habe.« Ihre Worte waren Verteidigung und Anklage zugleich.

»Es war nie meine Absicht, dich zu verletzen, bitte, lass es mich erklären.«

Er griff nach ihrer Hand, nicht wie ein Arzt, sondern wie ein Freund, und ihre Wut verebbte in der Berührung. Doch dann schüttelte sie den Kopf. »Das hat keinen Sinn. Ich muss jetzt gehen.«

»Bitte, ich möchte, dass du wiederkommst. Ich werde dich nicht im Stich lassen, glaub mir, ich werde alles in meiner Macht Stehende tun, wir finden heraus, wer dieses Mädchen auf dem Foto ist und ...«

»Ich kann nicht zu Ihnen kommen«, unterbrach sie ihn.

»Ist es wegen dem, was du damals in der Mappe gelesen hast?«

»Nein, es ist nicht nur deswegen.«

»Was ist es dann?«

Ihr wurde so schwer ums Herz, als wäre ein Bündel mit Steinen darangehängt worden. So ging es ihr schon die ganze Woche, seit sie die Neuigkeit erfahren hatte. Es war eine beschlossene Sache, und sie war nicht nach ihrer Meinung gefragt worden.

Sie schluckte schwer, bevor sie sagte: »Ich kann nicht zu Ihnen kommen, weil meine Mutter und ich übersiedeln.«

»Dann kommst du danach, wenn ihr in der neuen Wohnung eingezogen ...«

»Wir übersiedeln in keine neue Wohnung, sondern in eine neue Stadt.«

»Wohin?«

»Nach Wien.«

»Aber warum?«

»Weil meine Mutter möchte, dass ich bei denselben Lehrern Gesang studiere, bei denen sie gelernt hat.«

»Du möchtest Sängerin werden?«

»Ich nicht. Aber meine Mutter will, dass aus mir auch so eine berühmte Opernsängerin wird, wie sie eine ist.«

37.

TRILLER

Es war eine schreiende Stimme, die mich wieder in die Wirklichkeit zurückholte.

»Seliger! Wo ist Seliger?« Ich hob meinen Kopf von Konrads Brustkorb und sah hinter mich. Neben der Menschentraube, die um uns stand, war der junge Polizist aufgetaucht, der Sven oder Detlef, oder wie auch immer sein richtiger Name war, erschossen hatte. Er hielt einen Teil des Teehauses, auf das Katharina Seliger gefallen war, in der Hand.

»Sie war doch gerade noch hier ... ich habe aufgepasst ... ich verstehe nicht«, stammelte er. Ich drehte mich zur anderen Seite und sah unter den vielen Füßen hindurch, auf den Platz, wo die Pistole, die Konrad ihr aus der Hand geschlagen hatte, auf die Bühne gefallen war. Es war keine Überraschung, dass er leer war.

»Fahndung! Sofort! Mit ihren Verletzungen kann sie nicht weit sein«, schrie Krump, und auf sein Kommando setzte sich die Menschenmenge um mich in Bewegung. Ich zog meine Hand unter Konrads Kopf hervor, löste meine Finger aus seinen und stand auf. Katharina Seliger konnte wirklich nicht weit sein. Dieses Haus war ihre Heimat.

»Wer war das vorhin?«, fragte mich dieselbe Stimme, die eben geschrien hatte. Es war der junge Polizist, er stand noch immer auf demselben Platz, mit den Teilen des Teehauses in seinen Händen, als wären sie Requisiten, die er aufbauen sollte.

»Ich verstehe nicht«, sagte ich langsam. Konrads Blut war auf meiner Wange eingetrocknet, und die Haut spannte beim Sprechen.

»Der Mann, als Sie gesagt haben, ich soll schießen?«

»Ein gesuchter Verbrecher.«

»Oh. Scheiße.«

Plötzlich war ich hellwach. »Was heißt das?«

»Na ja, ich wusste doch nicht ...«

»Sie haben ihn doch erschossen?«

»Ich kann doch niemanden erschießen, wenn ich nicht mal weiß, warum. Ich dachte, ich soll ihn erschrecken.«

»Wo ist er?«

»Keine Ahnung. Als Sie fort waren, ist er aufgestanden und weggelaufen.«

»Sie sind ein Idiot«, zischte ich und rannte durch die Seitentür hinaus. Vielleicht war es gar nicht Katharina Seliger gewesen, die die Pistole an sich genommen hatte, sondern Detlef?

Krump stand neben der Portiersloge und brüllte in sein Handy, während Beamte um ihn herumsurrten wie Bienen um die Königin: »Sie lassen ohne meine Erlaubnis niemanden, der nicht zu uns gehört, ins oder aus dem Gebäude, haben Sie mich verstanden?«

Ich kämpfte mich durch die Menge.

»Der Mann, der Hannes Fischer niedergestochen hat, Detlef, er war gerade hier«, sagte ich zu dem Chefinspektor.

»Was?«, fragte Krump verwundert und hielt sein Handy ein Stück vom Ohr entfernt.

Ich wiederholte, was ich eben gesagt hatte, und schloss mit den Worten: »Ich weiß nicht, wo er jetzt ist.«

»Na großartig. Auch das noch. Darum kümmere ich mich später. Die ganze Zeit, vorhin ... während Fürst ... niemand hat den Ausgang bewacht. Er kann weiß Gott wo sein. Gehen Sie nach Hause, Fiore. Sie können hier nichts mehr tun. Nehmen Sie Fürsts Handy. Wenn ich Neuigkeiten habe, rufe ich Sie an.« Damit drehte er sich um und verschwand in der herumlaufenden Horde.

Mir war klar, dass er recht hatte. Aber wo sollte ich denn hin? In meine Wohnung, in der Detlef wahrscheinlich schon auf mich wartete? Oder zu Hannes ins Krankenhaus? Und wenn Detlef mich verfolgte, würde ich ihn direkt hinführen.

Nein, es gab für mich nur einen Platz, wo ich hinkonnte. Ich nahm zwei Stufen auf einmal, als ich die Treppen in den fünften Stock hinaufrannte. In der Herrengarderobe der Statisten lagen Konrads Hemd und seine Jeans über den Sessel geworfen. Der Geruch seines Aftershaves lag noch in der Luft. Als ich seine Wohnungsschlüssel aus der Hose holte, rutschte sein Hemd auf den Boden. Statt es aufzuheben, ging ich auf die Knie und vergrub mein Gesicht in dem weißen Hemdstoff. Das Schluchzen, das ich bis jetzt unterdrückt hatte, bahnte sich seinen Weg an die Oberfläche.

Wieso ich dann tat, was ich tat, verstehe ich bis heute nicht. Als hätte er es mir zugeflüstert.

Im Ballettsaal war es stockdunkel. Ich tastete die Wand entlang nach dem Lichtschalter. Das Licht der Deckenlampen verdoppelte sich in den verspiegelten Wänden. Der Raum war bis auf das Klavier in der Ecke und einen Stapel Gummimatratzen leer. Ich trat in die Mitte des Ballettsaals und sah mich um. Keine Möglichkeit, sich hier zu verstecken. Keine Nische, in die man nicht Einblick hatte.

Ich wollte gerade wieder zur Tür zurückgehen, als ich es sah. Das Neonlicht, es fiel mitten in der Spiegelfront auf eine Kante und strahlte zurück. Langsam bewegte ich mich zu der Stelle. Erst als ich davorstand, konnte ich den kleinen Gang hinter den versetzten Spiegeln sehen.

Katharina Seliger saß zusammengekauert vor der Tür am Ende dieses Ganges, die Pistole fest umklammert und auf mich gerichtet. Ihr Gesicht war durch den Sturz entsetzlich zugerichtet, über ihrem rechten Auge klaffte eine große Wunde, aus der sich ein Blutfluss ihre Wange und den Hals entlang in ihr Dekolleté schlängelte.

»Sie werden mich finden, nicht wahr?«, sagte sie, während sie den Abzug spannte.

Ich nickte. »Wieso haben Sie es getan?«

Ein heiseres Lachen stieg aus ihrer Kehle. »Ich habe es Ihnen vorhin gesagt. Unten in der Kantine. Ich habe gesagt, ich tue das nur wegen dem, was hier passiert ist. Nur habe ich von etwas anderem gesprochen, als Sie dachten.«

»Das alles, nur weil Sie aus einer Produktion hinausgekickt wurden? Weil man Sie nicht die Premiere von *Land des Lächelns* hat singen lassen?«

Ihre Hände zitterten, doch sie hielt den Lauf weiter auf mich gerichtet. Erst jetzt bemerkte ich, dass sie den Ring meiner Mutter, den Maria-Fiore-Ring, die Auszeichnung für besondere Leistungen einer Sopranistin, am Ringfinger trug.

»Glauben Sie das wirklich von mir? Denken Sie, das wäre Grund genug für mich, alles das zu tun? Wenn Sie mich verstanden hätten, wüssten Sie, warum ich es getan habe. Die Liebe, die bleibt. Und ich habe sie geliebt. Ich werde sie immer lieben.«

»Wen?«

»Die Frau, die mein Leben verändert hat. Zweimal.«

Das Zittern wurde stärker, ich überlegte, ob ich eine Chance hatte, aus dem Gang und zur Tür, durch die ich gekommen war, zu laufen, doch sie durchschaute mich: »Tun Sie es nicht.«

Mühsam stand sie auf, sie musste eine Hand von der Pistole nehmen, um sich aufzustützen, doch sie ließ mich keinen Augenblick aus den Augen. Dann dirigierte sie mich aus dem Gang in den Ballettsaal. Das Gehen fiel ihr schwer, ihr Kleid war um die Bauchpartie blutdurchtränkt. Einmal knickte sie kurz ein, fand aber sofort wieder die Balance.

Ich musste sie zum Reden bringen. Krump und seine Leute durchsuchten das Haus, und es war nur eine Frage der Zeit, bis sie im fünften Stock ankommen würden. Der große Vorteil des Ballettsaals war seine schalldichte Isolierung – wir würden niemanden kommen hören, die Beamten würden Seliger überraschen. Sie durfte nur nicht aufhören zu reden.

»Von wem sprechen Sie?«

Sie sog hörbar die Luft ein, bevor sie antwortete: »Susu.«

»Was war zwischen Ihnen und Susu Supritsch?«, fragte ich.

»Sie hat mich gerettet. Und dann hat sie mich in die Hölle zurückgestoßen.«

»Was ist passiert?«

»Wieso wollen Sie das wissen?«

»Ich will es verstehen.« Ich hielt ihrem skeptischen Blick stand: »Bitte, ich muss es verstehen.«

Und in diesem Moment geschah etwas mit ihr, sie verlor den starren Ausdruck in ihrem Gesicht, als würde die Maske, die sie trug, fallen.

»Versprechen Sie, nicht über mich zu urteilen, wenn ich es Ihnen erzähle?«, fragte sie und ließ die Waffe ein kleines Stück sinken. Ich nickte.

»Ich wusste schon immer, dass ich anders war«, begann sie leise. »Schon als Kind. Ich glaube, meine Eltern wussten es auch. Warum sonst hätte mich mein Vater geschlagen und meine Mutter so getan, als wäre nichts passiert? Ich weiß nicht, warum ich mich zu Frauen mehr hingezogen gefühlt habe als zu Männern. Vielleicht war es wegen meiner Eltern, oder war es schon immer in mir, in meinen Genen? Wer weiß so was schon? Mein Vater hat mich dafür bestraft, dass ich Frauen liebte. Ich habe nie herausgefunden, wie er davon erfahren hat, aber als ich 14 Jahre alt war und das erste Mal Sex mit einem Mädchen hatte, hat er mich danach … Ich glaube, er wollte mir zeigen, wie Sex mit einem Mann ist.« Ihre Stimme brach ab, es dauerte einen Moment, bis sie weitersprach: »Ich war 16, als ich ihn im Arbeitszimmer fand. Er lag im Sterben. Doch auch nach seinem Tod habe ich immer im Gefängnis meiner Scham gelebt. Und dann lernte ich Susu kennen. Sie war so – anders.«

»Wie?«

»Offen. Lebenslustig. Sie hat sich nicht für das geschämt, was sie gefühlt hat. Hatte nie Bedenken, mich als ihre Partnerin vorzustellen. Ich muss zugeben, ich war immer die treibende Kraft, wenn es darum ging, unsere Liebe geheim zu halten. Das war der einzig wirkliche Streitpunkt zwischen uns. Zu der Zeit haben wir in Deutschland gelebt. Es war eine glückliche Zeit, fast 13 Jahre lang waren wir ein ganz normales Paar, hatten eine wunderschöne Wohnung, ein paar Freunde, die Bescheid wussten. Meine Gesangskarriere ging ab dem Zeitpunkt, in dem Susu in mein Leben getreten war, steil bergauf – sie gab mir das Selbstvertrauen und die Kraft, die mir immer gefehlt hatten. Doch das alles hat sich geändert, als Susu als Direktorin an die Wiener Oper geholt wurde. Ich hatte panische Angst, unsere Beziehung könnte jetzt in Wien, durch das Interesse der Presse an Susus neuer Aufgabe, an die Öffentlichkeit kommen. Darum waren auch die getrennten Wohnungen und Susus Alibiheirat mit dem zwanzig Jahre älteren Steuerberater meine Idee. Susu fand sich in ihrer neuen Rolle als Operndirektorin gut zurecht – zu gut. Die plötzliche Machtposition eröffnete ihr Möglichkeiten – ich hatte nie erwartet, dass sie diesen Verlockungen nicht widersteht. Aber ich habe mich geirrt. Das Wort ›Besetzungscouch‹ war keine leere Floskel mehr. Zu Beginn habe ich die Augen vor ihren Liebschaften, so gut es ging, verschlossen. Ich wollte es nicht wahrhaben, habe gewartet, dass sich die Situation wieder ändert. Doch ich wartete vergeblich. Liebe hinterlässt Narben. Immer.«

Sie verstummte und begann so zu zittern, dass ich Angst bekam, ein Schuss könnte sich unabsichtlich lösen.

»Was ist dann passiert?«, fragte ich.

»Der Todesstoß für unsere Beziehung war die Operette *Land des Lächelns*. Ich hatte früher schon hier gesungen, aber es sollte meine erste Hauptrolle an dem Haus unter Susus Direktion sein. Vom Beginn der Proben gab es Spannungen, ich war dem jungen Regisseur zu alt, und meine Darstellung der Lisa war ihm zu bieder.

Als er mich nach der Generalprobe deswegen anschrie und vor allen lächerlich gemacht und gedemütigt hat, stand Susu neben ihm. Sie hat nichts gesagt. Kein Wort. Der Regisseur bestand vor allen Beteiligten auf meine Umbesetzung für die Premiere und die Vorstellungen, und wissen Sie, was Susu getan hat? Sie hat ihm seinen Wunsch sofort erfüllt! Die nächsten Jahre habe ich Susu dabei zugesehen, wie sie immer mehr aufgeblüht ist, während ich in die Ecke gestellt worden war. Ich war wie ein abgenutzter Sessel, den man zwar noch aus nostalgischen Gründen behält, aber auf dem man nicht mehr sitzt. Susu war auf junge Frauen fixiert, doch plötzlich war sie auch Männern nicht mehr abgeneigt. Die Frau, die ich so geliebt habe und es immer noch tue. Die meine Geschichte weiß. Von der ich dachte, ich kenne sie besser als mich selbst – ich habe es nicht mehr ertragen.«

»Und da haben Sie angefangen zu töten?«

»Nein. Ich wollte niemanden umbringen, nur mich selbst. Sie werden diese Verzweiflung nicht kennen, bei der man nur noch den Wunsch hat, dass dieser Schmerz aufhört. Und dann bekam ich das erste Zeichen.«

»Was für ein Zeichen?«

»Der erste Todesfall. Die Sängerin, die während der Vorstellung von einem schlecht verankerten Kulissenteil erdrückt wurde, das war kein Mord. Sie würden sagen, es war ein Unfall, doch ich weiß, dass es Gottes Zeichen an mich war. Er hatte schon einmal meine Gebete erhört und mich gerettet. Mit diesem Unfall hat er mir den Weg zurück zu Susu und zu dem Leben, das ich so sehr vermisste, gezeigt.«

»Die Opfer, waren das alles Susus Affären?«

»Nein, Tanja war die Erste, die ich selber gewählt habe. Alle anderen ... Sie werden es nicht verstehen, aber Gott gab mir die Zeichen.«

»Auch das Zeichen für Ihre beste Freundin?«

»Ja. Ich glaube, sie musste sterben, damit ich niemals verdächtigt werde.«

»Aber wieso wollten Sie, dass die Vorstellungen ausverkauft sind?«

»Das war nie meine Absicht. Ich dachte, die Morde würden Susu zerbrechen. Sie so schwächen, dass sie wieder zu mir zurückkommen würde.«

»Wieso haben Sie nicht schon früher aufgehört, als Sie gemerkt haben, dass Ihr Plan nicht funktioniert?«

»Weil ich vertraut habe. Gott hat mich auf diesen Weg geführt. Und er hat sie mir auch wieder zurückgebracht. Aber nur für kurze Zeit, so kurze Zeit. Denn dann habe ich sie wiedergesehen, mit Tanja, der kleinen hübschen Tänzerin, und da ...«

Das Öffnen einer Tür unterbrach sie mitten im Satz. Meine Erleichterung, dass die Polizisten uns gefunden hatten, hielt nicht einmal den Bruchteil einer Sekunde. Aus dem Gang hinter dem Spiegel stürmte Detlef heraus, das Messer im Anschlag, und rannte auf mich zu. Katharina Seliger stieß mich zur Seite, als er ausholte und es in meine Richtung warf. Ein Schuss fiel, darauf folgte ein erstickter Schrei. Ein zweiter Schuss wurde abgefeuert.

Katharina Seliger hatte geschossen und ihn getroffen. Er sackte zusammen und blieb reglos liegen, eine Blutlache floss unter seinem Körper hervor.

Erschrocken drehte ich mich zu Katharina Seliger.

»Carlotta, es gibt noch etwas, das müssen Sie wissen ...«, begann sie noch, dann brach sie zusammen. Aus ihrer Brust ragte das Messer, das Detlef geworfen und sie abgefangen hatte.

37.

FINALE

Es war mit 1 299 000 Einträgen im Internet zu finden, lief auf jedem Fernsehsender und stand als Schlagzeile auf allen Titelblättern:

Katharina Seliger, die berühmte Sopranistin der Wiener Oper, war die gesuchte Serienmörderin. Und nicht nur das, die Hintergrundgeschichte, warum sie dazu geworden war, wurde zum gefundenen Fressen für die Presse. Die verheimlichte lesbische Liebe, die Demütigungen durch den Betrug mit den diversen Geliebten der Direktorin und die Tatsache, dass sie an diesem Abend nicht nur aufgetreten war, sondern auch noch so hinreißend die Lisa gesungen hatte.

Im Internet fanden sich etliche Fotos, alles Privataufnahmen aus glücklicheren Zeiten von ihr und Susu Supritsch.

In keinem Artikel wurde Konrads oder mein Name erwähnt oder die Tatsache, dass Katharina Seliger mir – ob absichtlich oder aus Zufall – das Leben gerettet hatte. Ich fuhr mit der Maus auf das X am rechten oberen Bildschirmrand und schloss den Browser.

Keine Minute nachdem Katharina Seliger den zweiten Schuss auf Detlef abgegeben hatte, waren die Polizeibeamten in den Ballettsaal gestürmt. Detlef war sofort tot, doch Katharina Seliger hatte noch gelebt, als die Sanitäter sie abtransportierten.

Es war der Notarzt, der mich ansah und sagte: »Sie gehen besser ebenfalls ins Krankenhaus, ich glaube, Ihr linker Arm ist gebrochen.« Ich sah an mir herunter, mein Unterarm war merkwürdig verdreht. Nicht einmal ein Ziepen hatte ich gespürt. Wahrscheinlich hatte ich ihn mir gebrochen, als ich mich aus Detlefs Griff auf der Hinterbühne befreit hatte. Der Schmerz ließ sich noch weitere vier Stunden Zeit, bis er sich zu erkennen gab. Und obwohl ich bereits drei Schmerztabletten genommen hatte, ließ er nicht mehr nach. Die Haut unter dem Gips fing jetzt schon an, nach nicht einmal acht Stunden, wie verrückt zu jucken.

Ich lehnte mich auf meinem Küchenstuhl zurück und schloss die Augen. Noch nie hatte ich mich so leer gefühlt. Als hätte Konrad in dem Moment, als er seine Augen geschlossen hatte, alle meine Gefühle mitgenommen.

Mein Handy klingelte, es war eine unbekannte Nummer am Display.

»Hallo?«

»Lotta, he, was machst du für Sachen?« Es war Hannes, er klang noch immer unglaublich müde und schwach. Ich hatte ihn nicht angerufen, ich wollte ihn am Nachmittag besuchen und dann alles erzählen.

»Wie hast du es erfahren?«

»Ein paar Kollegen waren gerade hier. Wie geht es dir?«

»Ich weiß es nicht«, antwortete ich. Dann war Stille. »Bist du noch da?«, fragte ich nach einer Minute.

»Hm, was? Entschuldige, ich kann so schlecht wach bleiben.«

»Schlaf weiter. Ich komme später zu dir.«

»Du kannst mich immer unter dieser Nummer erreichen.«

»Hast du jetzt ein Telefon im Zimmer?«

»Ja, ein Kollege hat dafür gesorgt. Legst du dich wieder zu mir, wenn ich schlafe?«, fragte er. Bei meinem Besuch war Hannes eingeschlafen, und ich hatte mich neben ihn auf das Bett gelegt. Erst zwei Stunden später war ich wieder aufgewacht – mit schmerzender Hüfte, weil ich auf dem Eisengestell gelegen hatte, das ihn daran hindern sollte, aus dem Bett zu fallen.

»Ich werde es versuchen.« Ich sah auf meinen eingegipsten Arm. »Danke.«

»Hannes?«

»Ja?«

»Ich liebe dich.«

Ich hatte das schon das letzte Mal zu ihm sagen wollen, aber ich hatte es nicht getan.

»Ich liebe dich auch, Lotta«, sagte er, dann folgten Stille und sein gleichmäßiger Atem. Eine Weile hörte ich ihm noch zu, und als ich sicher war, dass er eingeschlafen sein musste, legte ich auf.

Es läutete gleich wieder, aber diesmal war die Rufnummer unterdrückt.

»Frau Fiore?«, fragte die Frau am anderen Ende.

»Ja.«

»Hier ist –«, sie zögerte kurz, bevor sie ihren Namen sagte: »Susu Supritsch. Sie wundern sich wahrscheinlich, warum ich Sie anrufe.« Sie seufzte nervös. »Ich bin bei Katharina im Krankenhaus. Es geht ihr schlecht ... sie ist recht verwirrt, und ich weiß einfach nicht ...«

»Was wollen Sie von mir?«

»Es tut mir alles so leid, oh Gott, es tut mir so leid.«

»Rufen Sie deshalb an?«

»Nein, Katharina bittet Sie, ins Krankenhaus zu kommen. Ich habe es nicht verstanden, sie hat immer wieder etwas gesagt von einer CD, *La Bohème*, die sie Ihnen hinterlegt hat, und sie ...«

Ich wusste, wovon sie sprach. Es war die Aufnahme aus Covent Garden mit meiner Mutter, die ich auf meinem Küchentisch gefunden hatte. War das wirklich erst ein paar Tage her?

»Was ist damit?«, unterbrach ich Susu Supritsch.

»Sie hat gesagt, sie muss Ihnen das Geheimnis verraten.«

»Welches Geheimnis?«

»Das weiß ich nicht, sie hat es mir nicht gesagt. Sie hat wegen der Schmerzen ...«

»Mich interessiert kein Geheimnis.«

»Carlotta«, rief Supritsch, als ich das Handy schon von meinem Ohr genommen hatte. Einen Moment war ich versucht, auf die rote Taste zu drücken, doch ich tat es nicht: »Ja?«

»Ich nehme nicht an, dass Sie einen Rat von mir wollen, aber ich glaube wirklich, Sie sollten herkommen. Sie hat gesagt, Sie müssen es wissen. Und die Ärzte meinen, Katharina wird die Nacht nicht überleben.«

Dafür, dass man mit ihrem baldigen Tod rechnete, wurde Katharina Seliger gut bewacht. Im Eingangsbereich standen Polizisten, die versuchten, die Traube der Reporter mit ihren Kamerateams in Schach zu halten. Sowohl in der Abteilung, in der sie lag, als auch vor der Tür ihres Krankenzimmers versperrten mir weitere Beamte den Weg. Erst als Krump auf Nachfrage das O. K. gab, ließ man mich hinein.

»Ich lasse Sie alleine«, sagte Susu Supritsch und verschwand durch die Tür, kaum dass ich das Zimmer betreten hatte.

Katharina Seligers Kopf war bandagiert wie eine Mumie, die freien Hautstücke schimmerten in allen möglichen Schattierungen von Lila über Blau zu Dunkelrot. Ihr rechtes Auge war so zugeschwollen, dass sie nichts mehr daraus sehen konnte.

Ich blieb bei der Tür stehen und wollte es nur noch genauso machen wie Susu Supritsch: Ich wollte weglaufen.

»Carlotta, sind Sie das?«, krächzte Katharina Seliger und blinzelte mit ihrem heilen Auge in meine Richtung. »Bitte, kommen Sie herüber, wenn Sie es sind.« Langsam setzte ich mich in Bewegung.

»Gott sei Dank, Sie sind da«, sagte sie mit brechender Stimme, als ich so nah war, dass sie mich erkennen konnte. »Bitte, nehmen Sie einen Stuhl.« Ihr Mund hing beim Sprechen merkwürdig schief, als hätte sie nur über die linke Hälfte ihrer Gesichtsmuskeln die Kontrolle.

»Ich bleibe stehen. Also, was wollen Sie von mir?«

Sie antwortete nicht, sondern betrachtete mich nur.

»Ist es, weil Sie mich gerettet haben? Geht es darum?«, fragte ich unwirsch.

Da sie immer noch nichts sagte und ich mir nicht sicher war, ob sie sich in ihrem Zustand überhaupt noch daran erinnern konnte, fuhr ich fort: »Der Mann mit dem Messer! Im Ballettsaal! Sie haben mich zur Seite gestoßen. Wollten Sie deswegen, dass ich komme?«

»Ich musste es tun.« Sie schloss das eine Auge, räusperte sich und sagte leise: »Ich kenne Sie schon sehr lange.«

»Wen?«

»Sie, Carlotta, ich kenne Sie schon sehr, sehr lange.«

Ich hatte keine Ahnung, wovon sie sprach, ich war Katharina Seliger vor der ersten gemeinsamen Probe in der Wiener Oper noch nie begegnet. Vielleicht befand sie sich schon im Delirium, oder aus ihr sprachen die Schmerzmittel, die von den zwei großen Glasflaschen direkt in ihre Venen tropften.

»Was meinen Sie damit?«

»Ich war da, bei dem Parkfest.«

»Bei welchem Parkfest?«

»Sie müssen sich setzen, bitte«, sagte sie noch mit geschlossenem Auge.

Ich zog mit meiner gesunden Hand den Stuhl heran, der bei dem Tisch in der Ecke stand, und stellte ihn so neben das Bett, dass ich außerhalb ihres Blickfelds wäre, wenn sie das Auge wieder öffnete. Dann setzte ich mich und legte meinen Gipsarm auf der Seitenlehne ab.

Katharina Seliger hörte sich an, als würde sie bei jedem Atemzug eine Rassel schwingen. Wahrscheinlich war ihre Lunge voller Wasser.

»Bei dem Parkfest – vor so vielen Jahren. Es war mein erster öffentlicher Soloauftritt, auf einer der vielen Bühnen. Da war eine

Kinderbühne mit einem Clown, eine, auf der eine Band Musik der 50er Jahre spielte, es gab eine Bühne, auf der Schulkinder ihre einstudierten Tänze zeigten, und dann gab es unsere Bühne, auf der Opernsängerinnen und -sänger auftraten. Ich war 25 Jahre alt, es war lange, bevor ich Susu kennengelernt habe. Man hatte mich ausgewählt, eine kleine Partie zu singen. Es war bis dahin einer der glücklichsten Tage meines Lebens, obwohl ich so nervös war. Nicht nur wegen des Auftritts, sondern auch wegen ihr. Mein Gott, sie war wie ein Wunder. Ich konnte nicht aufhören, sie anzusehen, fast hätte ich deshalb meinen Einsatz verpasst. Ich war verliebt in sie, aber mir war klar, dass es eine hoffnungslose Liebe war. Obwohl ich mich später oft gefragt habe, ob sie es wusste? Doch lieber wäre ich damals gestorben, als einer Frau offen meine Gefühle zu gestehen.«

Sie schluchzte kurz auf, aber ich wusste nicht, ob vor Trauer oder weil sie keine Luft bekam.

»Ich bin ihr gefolgt, als unser Auftritt vorbei war. Sie hatte ein Kopftuch aufgesetzt und eine Sonnenbrille, und niemand hat sie erkannt. Ich wollte nur in ihrer Nähe sein, vielleicht sogar ein, zwei Worte mit ihr reden.«

»Mit wem?«, fragte ich, aber sie überhörte meine Frage.

»Sie war so wunderbar, alles an ihr war schön, nicht nur ihr Äußeres, es war ihre ganze Art. Natürlich habe ich mich nicht getraut, etwas zu ihr zu sagen. Wieso hätte sie gerade mit mir sprechen wollen? Sie verstehen das wahrscheinlich nicht, aber Scham ist ein grausames Gefühl. Ich war ein paar Meter hinter ihr, als sie in eine leere Seitengasse eingebogen ist und den ganzen Trubel hinter sich gelassen hat. Dann ist sie in ein Auto eingestiegen, und ich habe mich im nächsten Hauseingang versteckt. Ich habe sie beobachtet, sie war ganz alleine. Zuerst konnte ich nicht glauben, was ich sah. Ich meine, alle Leute hatten ihr gerade noch zugejubelt, wieso sollte sie in diesem Moment einen Grund haben zu weinen? Aber sie hat geweint. Hat ihre Sonnenbrille abgenommen, ihr Gesicht in den Händen verborgen und geweint. Und dann war da plötzlich dieses Kind. Ich weiß nicht, wo es hergekommen ist, es ist die Straße entlanggelaufen. Ein süßes kleines Mädchen mit einem roten Rucksack und glitzernden Schuhen, es hat mich angelacht, als es an mir vorbeigelaufen ist. Auch sie hat dieses Mädchen bemerkt, sie ist aus dem Wagen gesprungen und hat das Kind aufgehalten. Ich höre manchmal noch ihre wundervolle Stimme, die Worte, die sie zu dem Kind gesagt hat ...«

»Meinen Sie die Tochter von Konrad Fürst? Ist es das, Sie waren dabei, als Julia Fürst entführt wurde?«

»Sie hat zu dem Kind gesagt: ›Du hast aber schöne rosa Schuhe, ist das deine Lieblingsfarbe? Du siehst hungrig aus, was hast du denn gegessen? Wie alt bist du, mein Schatz?‹ Ich weiß nicht, was das Kind geantwortet hat, ich war wie verzaubert von ihr. Sie hat in dem Moment ausgesehen wie eine Heilige.«

Ich erstarrte.

Lieblingsfarbe.

Letzte Mahlzeit.

Alter.

Diese drei Antworten, die ich wusste, sobald ich einem Menschen nur lange genug in die Augen sah.

»Was ... was soll das? Wovon reden Sie da?«

»Die Kleine wollte nicht in das Auto einsteigen, sie hat sich gewehrt und um sich geschlagen. Ich glaube, da hat sie Angst bekommen. Die Straße war zwar menschenleer, aber wie lange konnte es dauern, bis jemand auf das Kind aufmerksam werden würde? Darum habe ich mich aus meinem Versteck gewagt. Ich wusste nicht, warum sie es tat, aber ich habe nie an etwas Unrechtes gedacht, das müssen Sie mir glauben, Carlotta. Darum habe ich ihr geholfen, als sie das Mädchen hochgehoben und auf den Rücksitz gesetzt hat.«

»Ich hole einen Beamten«, sagte ich, doch ich konnte mich

nicht bewegen. Das Zimmer um mich herum begann sich zu drehen, als wäre ich in der Mitte eines Kreisels. Mein Blut hatte sich in Lava verwandelt und schoss brennend durch meine Adern.

»Wir sind zu ihrer Wohnung gefahren. Da war noch ein Kind, auch ein Mädchen.«

»Hören ... Sie ... auf!«, stammelte ich, doch Katharina Seliger sprach weiter, als hätte sie mich nicht gehört.

»Ich wusste, dass Maria Fiore eine kleine Tochter hatte, aber sie war immer darauf bedacht, das Kind nie in der Öffentlichkeit zu zeigen. Als ich die kleine Carlotta gesehen habe, war mir sofort klar, warum.« Sie brach ab und öffnete das eine Auge.

»Sie sind wahnsinnig, ich will das nicht hören«, sagte ich und stand auf.

»Ich glaube, die beiden Mädchen mochten einander. Maria Fiores Tochter, dieses dicke verrückte Kind, sie hat das fremde Mädchen beruhigt.«

»Hören Sie auf!«

»Maria Fiore hat gar nicht versucht, eine Lüge zu erfinden. Sie hat mich nur angefleht, nichts zu sagen. Als ich es ihr versprochen habe, hat sie mich auf den Mund geküsst und gesagt, unser Geheimnis sei jetzt besiegelt.«

»Das kann nicht sein! Sie lügen!«

»Ich habe nicht gelogen. Anfangs war mir nicht klar, was sie vorhat. Aber dann habe ich es verstanden. Doch ich habe nie wieder darüber gesprochen, weder mit ihr noch mit sonst jemandem. Bis heute. Mein Verbrechen war mein Schweigen. Und ich weiß, dass ich mich dadurch schuldig gemacht habe.«

»Nein, Sie lügen.«

»Ich lüge nicht, Carlotta. Maria Fiore hat Sie ein Jahr lang versteckt ...«

Die Panik raubte mir die Luft, ich versuchte zu atmen, aber es gelang mir nicht.

»... dann erst hat sie sich mit Ihnen an die Öffentlichkeit gewagt. Sie hat sie ein Jahr älter gemacht, damit Sie den Platz ihrer Tochter einnehmen konnten. Niemand hat ihre leibliche Tochter, die echte kleine Carlotta, bis zu diesem Zeitpunkt gekannt ...«

»Nein ...«

»Bei *La Bohème* ... die CD ... in Covent Garden war es das erste Mal, dass Sie in die Öffentlichkeit gebracht wurden. Als ihre Tochter ... ich war auch dort, Carlotta. Ich habe Sie beide gesehen.« Ihre Stimme hing nur noch an einem seidenen Faden.

»NEIN! DAS IST NICHT WAHR!«, schrie ich sie an, während mich die Bilder der Erinnerungen schon überschwemmten wie ein Tsunami. Meine Alpträume, in denen ich jedes Mal fortgerissen worden war, ohne geringste Chance, mich gegen die Hände, die mich packten, zu wehren. Die vielen Stunden bei Dr. Krishan Blanckel.

Meine »Störung«.

Das dicke Mädchen aus meinen Träumen mit den kleinen braunen Augen, den Wimpern wie Bindfäden, der fleischigen Boxernase und dem Mund, dessen Unterlippe doppelt so groß war wie die Oberlippe.

Das versteckte Polaroidfoto, auf dem wir beide einander umarmten. Sie war genauso plötzlich wieder in meinem Leben aufgetaucht, wie sie damals verschwunden war. Alles fügte sich ineinander und zerbrach wie ein Rammbock die Mauer, die ich um meine verwirrenden Erinnerungen gebaut hatte. Alles, was ich bis jetzt nicht verstanden hatte, ergab plötzlich Sinn. Und da wusste ich, dass Katharina Seliger die Wahrheit sagte. Meine Alpträume waren keine Träume, es waren bruchstückhafte Erinnerungen. Ich wollte ein Eis. Er hatte sich geweigert, mir eines zu kaufen. Als er es dann doch tat, wollte ich ihn ärgern und mich verstecken. Ich bin fortgelaufen. Aber ich hatte gedacht, er würde mir folgen.

»Glauben Sie an Gott, Carlotta?«, flüsterte Katharina Seliger. »Wenn nicht, dann sagen Sie mir, wer Sie wieder mit Konrad Fürst zusammengeführt hat?«

PAPA.

Das letzte Wort, das ich zu Konrad gesagt hatte, um ihn zu trösten. Es war keine Lüge. Er hatte mich gefunden.

39.

PAVANE

Ist das Leben gerecht? Gibt es einen Plan, oder ist alles nur eine Aneinanderreihung von Zufällen ohne Ursache und Wirkung? Gibt es Schuld? Und wenn ja, wie weit lässt sie sich zurückverfolgen? Wo ist ihr Ursprung?

Alles, an das ich in meinem Leben geglaubt hatte, stürzte in dem Moment ein, in dem Katharina Seliger das Geheimnis, das uns verband, gelüftet hatte.

Manchmal ist das Eigenleben von Gefühlen eine verwirrende Sache. Obwohl es sich tief in mir anfühlte, als würde mich der Schmerz zerreißen, war ich an der Oberfläche plötzlich wie gelähmt und zu keiner Reaktion mehr in der Lage. Ohne Katharina Seliger noch einmal anzusehen, drehte ich mich um und verließ das Krankenzimmer.

In der Empfangshalle ließ ich mich auf einen der braunen Plastikstühle sinken und beobachtete, wie die vielen Menschen an mir vorbeizogen, während meine Seele nicht mehr mit dem mitkam, was sich in meinem Kopf abspielte. Ich weiß nicht, wie lange Krump neben mir gestanden hatte. Ich bemerkte ihn erst, als ein Polizist ihn im Vorbeigehen grüßte. Krump hatte die Hände vor der Brust verschränkt und musterte mich.

»Ich muss mit Ihnen sprechen«, sagte er grußlos. »Kommen Sie mit.«

Ohne auch nur darüber nachzudenken, folgte ich ihm, fast schon dankbar, weil er mich in eine andere Realität schleuderte als die, in der ich gerade steckte.

Wir traten vor das Krankenhaus, und er dirigierte mich mit den Worten »Steigen Sie ein« zu einem der Streifenwagen.

»Ich möchte, dass Sie in meiner Abteilung anfangen«, sagte er, kaum saß ich neben ihm im Auto. »Ich werde Ihre Ausbildung abkürzen, zwei Prüfungen kann ich Ihnen nicht ersparen, aber der Rest gilt hiermit als bestanden. Es ist bereits alles in die Wege geleitet …«

»Wollen Sie sich so vor der Honorarauszahlung drücken?«, fragte ich und streckte ihm meinen eingegipsten linken Arm entgegen.

Seine Halsmuskeln spannten sich leicht an, er schluckte und sagte bemüht freundlich: »Morgen wird es Ihnen ein Bote bringen, sagen Sie mir Uhrzeit und Adresse und …«

»Wer ist es? Hatte Konrad recht? Ist der Glücksspielkonzern der Auftraggeber?«

»Wenn es Sie beruhigt, er ist es nicht. Zu weiteren Informationen bin ich nicht befugt.«

»Herr Krump, so funktioniert das nicht. Sie können nicht erwarten, dass ich in Ihrer Abteilung arbeite, und mir dann so etwas vorenthalten.«

Er fuhr sich mit der Zunge über seine schmalen Lippen, und ich dachte schon, er würde mich im nächsten Moment aus dem Wagen werfen, doch dann sagte er: »Sie kennen die Freunde der Wiener Oper?«

Ich hatte davon gehört, aber das wollte ich Krump nicht wissen lassen. »Nein, wer ist das?«

»Wir sammeln Geld, um die Wiener Oper zu unterstützen …«

»Wir?«

»Ja, wir. Ich bin seit vier Jahren im Vorstand. Das Honorar für den Undercovereinsatz stammt aus Spenden.«

»Wer hat gespendet?«

»Wieso sind Sie so misstrauisch?«

Ich antwortete nicht, sondern sah ihn nur skeptisch an.

»Also bitte«, seufzte er. »Es ist alles auf freiwilliger Basis, zweimal im Jahr verschicken wir Erlagscheine an unsere Mitglieder – und es ist alles vertreten, vom Verkäufer über den öffentlich Bediensteten bis zum Arzt und zum Manager. Jeder gibt, so viel er will, alles ohne Vorteile oder Konsequenzen.«

»Sie meinen, das Geld kommt von ganz normalen Leuten?«

»Ja, von ganz normalen Leuten, die die Oper lieben und die deshalb jetzt so viel gegeben haben, wie sie konnten, damit sich die Chancen, den Fall zu klären, durch Sie und Fürst erhöhen.«

Die Oper lieben. Die Worte dockten an der Stelle in meinem Herzen an, für die dieser Satz einmal wahr gewesen war.

»Behalten Sie das Geld, ich will es nicht«, sagte ich ruhig, während ich in seine ungläubigen Augen starrte, wie ein Zauberer, der versucht, ein Kaninchen zu hypnotisieren. Ich hatte noch einige Fragen, und ich wollte nicht aussteigen, bevor ich keine Antworten hatte.

»Aber stattdessen bitte ich Sie um etwas anderes. Ich habe mich oft gefragt, wie Sie damals erfahren haben, dass ich beim Eignungstest der Polizei den Selbstmordversuch verschwiegen habe? Ich kann mir einfach nicht erklären, wie Sie überhaupt auf die Idee gekommen sind, dass ich etwas bei dem Test nicht angegeben habe? Ich meine, es gibt doch die ärztliche Schweigepflicht!«

»Wären Sie vor dem Test zu mir gekommen und hätten es mir gesagt, dann ...«

»Dann hätten Sie mich niemals zugelassen, das wissen wir beide. Also, wie sind Sie an diese Information gekommen?«

»Es war ... Zufall«, sagte er, doch ich hatte sein leichtes Zucken nicht übersehen.

»Was war der Deal? Was haben Sie dafür von meiner Mu... von Maria Fiore bekommen, dass Sie mich rausschmeißen?«

»Sie haben nicht die Wahrheit gesagt. Ich habe nur nach Vorschrift gehandelt.«

»Und Sie haben meine Frage nicht beantwortet. Aber gut, ich verstehe, also dann etwas anderes. Ich kann nachvollziehen, warum Sie mich für den Undercoverauftrag wollten, aber wieso Konrad?«

»Seine Auftritte als Clown haben ihn einfach ...«

»Nein. Damit konnten Sie seinen Einsatz vielleicht offiziell begründen, aber Konrad hat mir erzählt, was damals zwischen Ihnen passiert ist. Also, was war der wirkliche Grund? Wenn es nämlich nicht Sie wären, würde mir nur Mitgefühl oder schlechtes Gewissen als Erklärung einfallen. Er war damals ein brillanter Ermittler, oder? Vor der Sache mit seiner ... Tochter.«

Krump sagte kein Wort, er sah mich nicht mehr an, sondern starrte nur geradeaus.

»Sie werden es mir sowieso nicht sagen, nicht wahr? Was ist mit dem Versprechen, das Sie Konrad Fürst gegeben haben? Wird die Spezialkommission nach seiner Tochter suchen?«

»Natürlich wird sie das! Für wen halten Sie mich?«

»Das wollen Sie nicht wissen. Der Fall wäre sowieso wieder aufgerollt worden, oder? Was war es? Ermittlungsfehler, die erst jetzt bekannt wurden? Hat Julias Rucksack im Donaukanal doch nicht ausgereicht, um ein Kind für tot zu erklären?«

Er sagte wieder nichts, aber das war mir Antwort genug. »Ich komme weder zurück zur Polizei, noch werde ich in Ihrer Abteilung anfangen. Ich weiß, dass ich Ihnen nicht trauen kann.«

»Tun Sie das nicht, machen Sie keinen Fehler, Fiore.«

»Das habe ich auch nicht vor. Sie haben schon genug Fehler für uns alle gemacht«, antwortete ich und öffnete die Autotür.

Krump beeilte sich, damit wir gleichzeitig aus dem Wagen stiegen. Mit meinem Gipsarm auf das Autodach gelehnt, rief ich ihm über die toten blauen Sirenen zu: »Sagen Sie der Spezialeinheit, der Fall Julia Fürst ist geklärt. Er hat mich gefunden.«

Ich spürte Krumps Blick noch in meinem Rücken, als ich dem Gehweg folgte, der aus dem Krankenhausareal hinausführte.

40.

REFERENZTON

Wenn ich nicht im Krankenhaus war, verbrachte ich die nächsten drei Tage in dem Coffeeshop gegenüber dem Eingang zum Möbelhaus, in dem ich bis vor einer Woche als Hausdetektivin gearbeitet hatte. Ich wollte nicht die städtischen Nervenheilanstalten nach ihr durchsuchen. Unser Wiedersehen sollte nicht dort stattfinden. Also wartete ich.

Ich wartete auf Maria Fiores leibliche Tochter, die mich vor dreiundzwanzig Jahren getröstet und die mir in der kurzen Zeit, in der wir zusammen waren, die Angst erträglicher gemacht hatte. Sie hatte mir in dem Zimmer, in dem wir eingesperrt waren, stundenlang vorgetanzt und mich in dieser Verzweiflung zum Lachen gebracht. Sie hatte mich mit ihrer verrückten Liebe überschüttet, bis zu dem Morgen, als ich aufwachte und der Platz neben mir im Bett leer war.

Am vierten Tag, als ich gerade meinen ich-weiß-nicht-wievielten Cappuccino vor mir hatte, tauchte sie auf der anderen Straßenseite auf. Henriettes Körperhaltung war unverändert, wie eine Balletttänzerin, die jeden Moment damit rechnet, aus dem Stand eine Pirouette zu drehen. Der Oberkörper durchgestreckt, das Becken nach vorne gekippt und die Fußspitzen zur Seite gedreht. Jeder Schritt eine Einladung zum Tanz.

Sie hatte das Möbelhaus schon betreten, als ich erst dabei war, den Coffeeshop zu verlassen. Ich lief über die Straße, ignorierte das wild hupende Auto, das wegen mir eine Vollbremsung hinlegte, und stürmte ins Geschäft. Sie stand noch vor der Tafel bei den Rolltreppen im Erdgeschoss und studierte, was sich in den verschiedenen Stockwerken befand.

»Henriette«, rief ich, und sie drehte sich zu mir um. Und erst jetzt, wo ich wusste, wer sie war, erkannte ich sie. Wie wenig sich ihre markanten Gesichtszüge in diesen dreiundzwanzig Jahren verändert hatten! Bis auf die Brille mit den Gläsern, so dick wie Aschenbecher, war sie noch immer das dicke Mädchen mit den kleinen braunen Augen, den Wimpern wie Bindfäden, der fleischigen Boxernase und dem Mund, dessen Unterlippe doppelt so groß war wie die Oberlippe. Das vertraute Gesicht aus meinen Träumen, das ich in eine verschlossene Kammer meiner Seele verbannt hatte.

»Ich weiß jetzt, wer du bist«, flüsterte ich und fasste nach ihrer Hand. Unsere Finger glitten ineinander, so wie in den Nächten vor dreiundzwanzig Jahren, bevor Maria Fiore ihre Tochter fortgebracht und mich an deren Stelle aufgezogen hatte.

»Weißt du auch, wer ich bin?«, fragte ich.

»Ich habe immer gewusst, wer du bist«, sagte sie, und Tränen tauchten hinter ihren Brillengläsern auf. »Dein Foto, es war in der Zeitung, als Mama gestorben ist. Ich habe dich darauf erkannt.«

»Wirklich? Nach der langen Zeit?«

Sie nickte, und die Tränen fingen sich im Rahmen ihrer Brille. »Du warst meine erste Freundin. Ein Pfleger hat für mich deine Adresse herausgefunden, und dann bin ich dir gefolgt. Bis hierher. Aber du hast nicht gewusst, wer ich bin. Du hast mich nicht erkannt. Da habe ich gedacht, ich irre mich schon wieder ... manchmal vermischen sich die Sachen in meinem Kopf ...«

Sie weinte jetzt so sehr, dass sie nicht mehr weitersprechen konnte. Zwei Frauen an der Kassa wurden auf uns aufmerksam, sie wisperten etwas, dann beugte sich eine zu der Kassiererin, die darauf zum Telefonhörer griff und eine Nummer wählte. Ich legte meinen eingegipsten linken Arm umständlich um Henriettes Schulter und führte sie aus dem Möbelhaus. Mein Platz im Coffeeshop war noch frei, und auch mein inzwischen kalter Cappuccino stand noch am Tisch.

»Pastellrosa, Nudelsuppe und 5. Das war dein Spiel, weißt du es noch?«, schluchzte sie.

»Warum hast du mir nicht gesagt, wer du bist? Ich meine vor zwei Jahren, als du das erste Mal hier warst?«

Sie sah mich verständnislos an. »Weil du mir nicht geglaubt hättest.« Es lag so viel Resignation in ihren Worten, dass ich mich fragte, wie oft Henriette in diesen vielen Jahren schon etwas gesagt hatte, das als Einbildung abgetan worden war.

Wir saßen noch lange in dem Coffeeshop, redeten, lachten und weinten, während wir versuchten, die Bruchstücke unserer Erinnerungen zu einem ganzen Bild zusammenzusetzen.

Henriette erzählte mir, dass sie bis vor zwei Jahren in einer Privatklinik für psychische Erkrankungen in der Steiermark gelebt hatte. Ihre Mutter hatte sie dorthin gebracht, ein paar Monate nachdem ich bei ihnen aufgetaucht war. Sie war nie wieder zurückgekommen.

Alle dort waren sehr nett und freundlich, auch wenn sie nicht verstand, wieso sie niemand mehr Carlotta nannte, sondern plötzlich alle Henriette zu ihr sagten. Vor zwei Jahren musste sie dann unerwartet in ein städtisches Heim umziehen.

Ich wusste nicht, ob das alles stimmte, aber eine Tatsache sprach dafür: Wenn Maria Fiore für den Aufenthalt ihrer Tochter in der Privatklinik gezahlt hatte, dann war der Geldfluss vor zwei Jahren durch ihren Tod gestoppt worden.

Manchmal wurden Henriettes Erzählungen so wirr und absurd, dass ich sie nur noch für Erfindungen halten konnte. Und trotzdem fing ich an zu zweifeln, ob sie wirklich so verrückt und die Nervenheilanstalt gerechtfertigt war? Bei allem, was sie erlebt hatte, wer würde da nicht anfangen, Sachen in seinem Kopf zu vermischen?

Immer, wenn sie von unserer gemeinsamen Zeit in dem dunklen Zimmer erzählte, tauchten bei mir Erinnerungsblitze auf – Bilder, die nach einer Millisekunde wieder verschwanden. Ich musste an Dr. Krishan Blanckels Worte denken: »Das Unterbewusstsein merkt sich viel, was das Bewusstsein schon längst vergessen hat.«

Wir waren beide überrascht, wie schnell die Zeit vergangen war, als vor dem Fenster die Dämmerung einsetzte. Ich wollte Henriette begleiten, doch sie schüttelte den Kopf.

»Nicht dorthin«, sagte sie ein bisschen wütend und ein bisschen traurig. »Aber wir sehen uns wieder. In drei Tagen. Hier.«

Als wir uns zum Abschied umarmten, flüsterte sie etwas in mein Ohr, das sie mir schon vor einer Woche gesagt hatte. Ich drückte sie fester an mich und flüsterte dasselbe zurück.

Es war: »Keep calm and survive, Carlotta Fiore.«

Dann ging sie, und ich blieb noch einen Moment stehen und sah ihr nach, bevor ich ein Taxi heranwinkte und ins Krankenhaus fuhr.

EPILOG

EINEINHALB JAHRE SPÄTER

»Hannes, kannst du mal eben die Tür öffnen«, rief ich in die Küche, als es geläutet hatte. »Das ist sicher Fanny oder Alex.«

Ich lauschte seinen Schritten, dann dem leisen Quietschen der Türscharniere und seiner Stimme, die sagte: »He, der Star ist da!«

»Vielen Dank«, lachte Fanny. Beide flüsterten, und ich konnte nicht mehr verstehen, was sie sagten.

Eineinhalb Jahre waren vergangen, seit Fannys Vater sie nach dem Mord an der kleinen Tänzerin von der Bühne getragen hatte. Er hatte ihr mit drei Jahren Hausarrest gedroht, doch letztendlich waren nur drei Wochen daraus geworden.

Fanny ging, als die Oper nach einem halben Jahr unter neuer Direktion wieder geöffnet wurde, trotz des Protests ihres Vaters dorthin zurück. Vor einer Woche hatte sie Premiere mit ihrer ersten Hauptrolle in einer Oper für Kinder gehabt, und das Publikum und die Kritiken lobten und feierten sie.

Kaum jemand erwähnte noch, was passiert war – die Morde an der Wiener Oper und der damit verbundene Skandal profitierten von einer besonders menschlichen Eigenschaft: der Verdrängung.

Katharina Seliger hatte noch zwei Tage gelebt, nachdem ich sie damals besucht hatte. Ich ging zu ihrer Beerdigung. Es war kein logischer Entschluss, vielleicht wollte ein Teil von mir die Gewissheit haben, dass es vorbei war. Außer der ganzen Presse, die von der Polizei im Hintergrund gehalten wurde, waren wir nur zu fünft. Die Einzige, die ich kannte, war Alex. Susu Supritsch war nicht gekommen.

Es war eine kurze und lieblose Ansprache von einem Angestellten des Friedhofs, aber was sollte man auch sagen?

Als Katharina Seligers Sarg versenkt wurde und Panik mich einschnürte wie ein Korsett, da wusste ich, dass es nie vorbei sein würde. Es war naiv von mir, zu glauben, dass ein Holzsarg, dem ich dabei zusah, wie er in die Erde gelassen wurde, etwas daran ändern könnte.

Nach der Beerdigung stand ich unschlüssig unter einem großen Lindenbaum in der Friedhofsallee und wusste nicht, wo ich hingehen sollte. Das Grab der Frau, die ich für meine Mutter gehalten hatte, lag am anderen Ende des Friedhofs.

Die Tage zuvor hatte ich versucht zu begreifen, warum Maria Fiore das alles getan hatte. Ich hatte versucht, Henriettes Leben ab dem Zeitpunkt unserer Trennung vor dreiundzwanzig Jahren nachzuforschen. Es stimmte, sie hatte seit ihrem fünften Lebensjahr unter dem Namen Henriette Manzini in dieser Privatklinik in der Steiermark gelebt. Auf meine Frage, wer denn für ihren Aufenthalt bezahlt hatte, wurde mir keine Auskunft gegeben. Auch nicht, als ich mich nach Henriettes Krankheitsbild erkundigte und was denn so einen langen Aufenthalt gerechtfertigt hätte?

Was war der Grund, warum Maria Fiore mich vor so vielen Jahren mitgenommen hatte? Eine Tochter, die so anders war, als es in ihr Lebensbild passte? War Henriette damals wirklich krank? Hatte Maria Fiore mich gekannt? Oder war es reiner Zufall, dass ich es war, die an diesem Tag an ihrem Auto vorbeigelaufen war? Die Antworten lagen hundert Meter von mir entfernt unter einer dicken Erdschicht, und ich würde sie nie erfahren.

»Hast du Lust auf einen privaten Leichenschmaus?«, hatte mich Alex damals gefragt und mir die Entscheidung, zum Grab von Maria Fiore zu gehen, abgenommen.

Wir wählten ein altes Wiener Gasthaus, nicht weit vom Friedhof. Obwohl die Versuchung unglaublich groß war, trank ich den ganzen Abend nur Mineralwasser. Ich erzählte Alex die Wahrheit über den Undercovereinsatz, und ich glaube, es war dieser Abend, an dem wir von Bekannten zu Freundinnen wurden.

Als sie ihre Lebensgefährtin in New York geheiratet hatte, war ich ihre Trauzeugin. Zurück in Wien, hatte man Alex ihre alte Stelle in der Wiener Oper angeboten, aber sie hatte abgelehnt und sich einen Job in einer Werbeagentur gesucht. Nach einem halben Jahr war sie dann doch wieder an die Wiener Oper zurückgegangen, weil »die Wahnsinnigen dort wenigstens singen können«.

Alex war, außer Hannes, die Einzige, der ich erzählt hatte, was mir Katharina Seliger an diesem Vormittag im Krankenhaus gestanden hatte. Obwohl ich daran gedacht hatte, Henriettes und meinen Namen zu ändern, hatten wir es nicht getan. Nicht, weil wir es nicht wollten, sondern weil wir beide nicht bereit waren für die Konsequenzen, die es nach sich ziehen würde – die Ermittlungen, der Presserummel und die Nachforschungen, die unsere bisherigen Leben sezieren würden.

Die Maisonettewohnung am Karlsplatz, mein Erbe von Maria Fiore, hatte ich auf Henriette überschreiben lassen, ein Schlupfwinkel, der im Testament übersehen worden war – ob absichtlich oder nicht, sei dahingestellt.

Henriette zog es trotzdem »aus Gewohnheit« vor, in der Nervenheilanstalt zu bleiben. Die Klausel im Testament, dass die Wohnung nicht vermietet werden durfte, wurde durch die Überschreibung aufgehoben, und ein Sachwalter sorgte nun dafür. Sowohl er als auch die städtische Anstalt freuten sich über die zusätzliche Einnahme.

»Seither sind sie alle richtig nett zu mir«, grinste Henriette, als ich sie danach fragte.

Konrads Gefrierschrank war mittlerweile leer. Ich war bereits in seine Wohnung eingezogen, als Hannes noch im Krankenhaus lag. Jeden Abend hatte ich eine der Plastikdosen rausgeholt und den Inhalt aufgetaut. Ich hatte mir verboten, während des Essens zu weinen, aber mehr als einmal hatte sich der salzige Geschmack meiner Tränen mit den Speisen vermischt.

Ich war nie wieder auf den Friedhof zu Maria Fiore zurückgegangen.

Mein altes Kinderzimmer hatte ich so gelassen, wie es war, nur das Bett hatten Hannes und ich gegen ein Gitterbett ausgetauscht.

Jetzt erschien ein riesiger hellbrauner Teddybär mit roter Schleife und schwarzen Knopfaugen in der Tür.

»He, ist der für mich?«, fragte ich, und Fanny streckte ihren Kopf über dem flauschigen Bärenkopf hervor.

»Nein, der ist für den kleinen Mann hier, der mir sicher viel Geld als Babysitterin einbringen wird«, antwortete sie, setzte den Bären auf einen Sessel und kam zu mir auf die Couch.

»Ist er das?« Sie deutete auf das Baby in meinen Armen.

»Ja, das ist er. Darf ich vorstellen, Fanny, das ist Konrad. Konrad, das ist Fanny.« Konrad war erst ein paar Monate alt, er hatte Hannes' Augen, meinen Mund und rabenschwarze Löckchen, wie sein Großvater.

Jetzt streckte er seine kleinen Finger nach Fannys großer Nase aus, und sie beugte sich vor, vergrub ihr Gesicht in seinem Bauch und kitzelte ihn damit. Er gurgelte und quietschte vor Vergnügen.

»Ich glaube, Konrad braucht eine neue Windel«, sagte Fanny, als sie wieder hochgekommen war, und stieß ein paarmal Luft aus.

»Hannes, dein Sohn braucht jetzt seinen starken Vater«, sagte ich und hielt unser Baby hoch.

»Aha, wenn er die Windel voll hat, dann ist es mein Sohn«, sagte Hannes und zwinkerte Fanny zu.

Er wollte mir gerade unser Baby abnehmen, als mein Handy am Couchtisch zu läuten begann.

»Oh, das tut mir leid, da muss ich rangehen, das ist sicher für mich«, rief er und schnappte sich mein Telefon. Er drückte auf die grüne Taste und grinste mich an. »Ich kann jetzt leider keine Windel wechseln«, sagte er zu mir und dann in das Handy: »Ja, bitte?«

»Ist es Alex?«, fragte ich. »Sicher kommt sie wieder später, weil eine Probe so unglaubl…«

Hannes' entgleisende Gesichtszüge hielten mich zurück weiterzusprechen. Er wurde blass, seine Augen weiteten sich, Fanny sah mich erschrocken an. »Was ist los?«

Ich schüttelte ratlos den Kopf, Konrad fing auf meinem Arm an zu quengeln.

»Ja, danke«, sagte Hannes und legte auf.

»Wer war das?«, fragte ich.

»Das war ein Arzt aus dem Krankenhaus«, sagte Hannes und ließ das Handy sinken. »Dein Vater ist aus dem Koma erwacht.«

Danksagung

Dieses Buch zu schreiben war wie eine Reise, bei der ich zwar ahnte, auf welchen Kontinent sie mich führen würde, ich jedoch keine Ahnung hatte, wie es dort wirklich wäre. Aber eines wurde mir rasch klar: Ich hatte großartige Reisebegleiter. Allen voran meine wunderbare, kluge Agentin Sabine Langohr, mit der ich immer so viel lachen kann und die mit ihrem Weitblick und ihrer Empathie so viel mehr aus mir und diesem Buch herausgeholt hat, als ich mir vorstellen konnte. Sie und die Agentur Keil&Keil sind ein absoluter Glücksfall. Danke!

Danke an meine Lektorin Heide Kloth und an Monika Boese, die mich mit ihrer Freundlichkeit, ihrem Scharfsinn und ihrem Humor begeistert und bezaubert haben. Es ist mir eine Ehre und Freude, mit so großartigen Frauen zusammenarbeiten zu dürfen.

Danke an Michaela Philipzen für die phantastischen Fotos, an Siv Bublitz und an das gesamte Ullstein/Marion von Schöder-Team! Es war toll, mit so viel Enthusiasmus und Herzlichkeit empfangen zu werden.

Danke an Werner Sabitzer, der mir bei meinen Recherchen zur Polizeiarbeit nicht nur zur Seite gestanden, sondern auch jede E-Mail blitzschnell beantwortet hat, und danke an Christoph Korsosec, der mir diesen Kontakt möglich gemacht hat. Besonderen Dank auch an Siegfried Krische, der mir so viele Fragen beantwortet hat und eine große Inspirationsquelle war! Danke an Jürgen Beyrer, dass wir ihn bei dem besten aller Rotweine über die Polizeischule ausquetschen durften.

Danke Florentina Kubizek für die chemische Beratung (ich werde nie vergessen, wie du auf meine SMS, wie man jemandem unauffällig vergiften kann, geantwortet hast: Theresa, was hast du vor???).

Danke an Sonja Fischerauer für ihre Anmerkungen zum Manuskript und ihren klugen Input und danke auch an Lilo Besold, Nora Miedler, Armin Autz, Manfred Langer und Rudolf Klaban!

Danke an meine Bestsellergirls Hilde Fehr und Maria Winkler für unsere feuchtfröhlichen Besprechungen und danke an die drei Musketiere Claudia Toman, Victoria Schlederer und Thomas Mühlfellner. Danke an meine Familie, Freunde und Kollegen für ihre Begeisterung.

Der größte Dank gebührt meinem bemerkenswerten Ehemann Joseph. Danke, dass du so an mich glaubst, immer die richtigen Worte findest und mich unterstützt, obwohl ich oft stundenlang hinter dem Computer verschollen bin. Danke, dass du mich zum Lachen bringst wie niemand sonst und mein Herz berührst. Joseph, du rockst!

Wollen Sie mehr von den Ullstein Buchverlagen lesen?

Erhalten Sie jetzt regelmäßig
den Ullstein-Newsletter
mit spannenden Leseempfehlungen,
aktuellen Infos zu Autoren und
exklusiven Gewinnspielen.

www.ullstein-buchverlage.de/newsletter

Karin Salvalaggio

**Eisiges
Geheimnis**

Thriller.
Aus dem Englischen von
Susanne Gabriel.
368 Seiten. Klappenbroschur.
Auch als E-Book erhältlich.
www.marion-von-schroeder.de

Sie gibt nicht auf

Ein eiskalter Wintermorgen im verlassenen Norden Montanas. Blutüberströmt bricht eine Frau vor dem Haus von Grace zusammen. Beim Versuch, sie zu retten, erkennt Grace in der Toten ihre vor vielen Jahren spurlos verschwundene Mutter.

Die hochschwangere Polizistin Macy Greeley übernimmt den Fall. Sie kehrt zurück in die raue, eingeschworene Gemeinschaft nahe der kanadischen Grenze. Vor elf Jahren hat sie vergeblich versucht, Grace' Mutter aufzuspüren. Grace ist in großer Gefahr. Jemand verfolgt sie. Dennoch lässt sie Macy nicht an sich heran. Bis die beiden Frauen dem Mörder immer näher kommen …

Marion von Schröder

Stefan Ahnhem

Und morgen du

Kriminalroman.
Aus dem Schwedischen von
Katrin Frey.
560 Seiten. Klappenbroschur.
Auch als E-Book erhältlich.
www.list-verlag.de

Ein Klassenfoto, drei Tote. Wer wird der nächste sein?

Helsingborg, Südschweden. Kommissar Fabian Risk ist gerade in sein idyllisches Heimatstädtchen zurückgekehrt. Er möchte endlich mehr Zeit mit seiner Familie verbringen. Doch dann wird in seiner alten Schule eine brutal zugerichtete Leiche gefunden. Daneben liegt ein Klassenfoto. Darauf abgebildet ist Risks alte Klasse, das Gesicht des Mordopfers mit einem Kreuz markiert. Und das ist erst der Beginn einer brutalen Mordserie, bei der der Mörder Risk und seiner Familie immer näher kommt.

»*Ein Krimi, der einen nicht mehr loslässt.
Fesselnd von der ersten bis zur letzten Seite.*«
Hjorth & Rosenfeldt

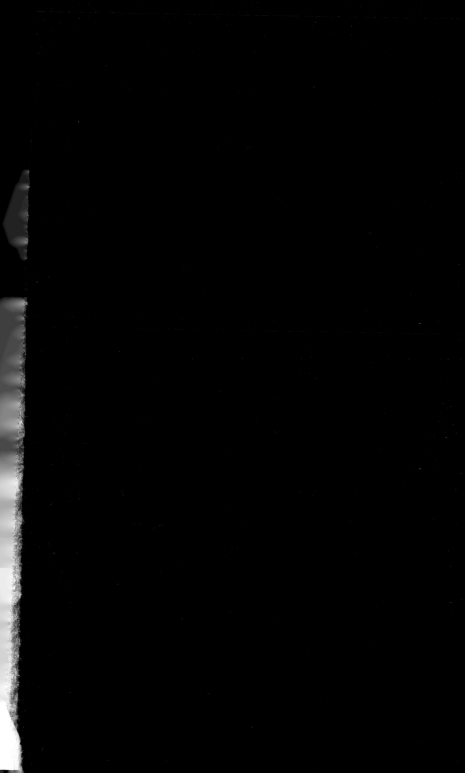